GUERREIRA AKATA

CB009915

Conheça as obras da autora publicadas pela Galera:

Trilogia Akata

Bruxa *akata*
Guerreira *akata*

Binti

NNEDI OKORAFOR

GUERREIRA AKATA

Tradução
João Sette Câmara

1ª edição

Galera
RIO DE JANEIRO
2022

PREPARAÇÃO
Vanessa Raposo

REVISÃO
Anna Clara Ferreira

TÍTULO ORIGINAL
Akata warrior

CIP-BRASIL. CATALOGAÇÃO NA PUBLICAÇÃO
SINDICATO NACIONAL DOS EDITORES DE LIVROS, RJ

O36G

Okorafor, Nnedi
Guerreira Akata / Nnedi Okorafor; tradução João Setti. – 1. ed. – Rio de Janeiro: Galera Record, 2022.
(Bruxa Akata ; 2)

Tradução de: Akata warrior
Sequência de: Bruxa Akata
ISBN 978-65-5981-166-3

1. Ficção americana. I. Setti, João. II. Título. III. Série.

22-77537

CDD: 813
CDU: 82-3(73)

Meri Gleice Rodrigues de Souza – Bibliotecária – CRB-7/6439

Copyright © 2017 by Nnedi Okorafor

Todos os direitos reservados.
Proibida a reprodução, no todo ou em parte, através de quaisquer meios.
Os direitos morais da autora foram assegurados.

Texto revisado segundo o novo Acordo Ortográfico da Língua Portuguesa.

Direitos exclusivos de publicação em língua portuguesa somente para o Brasil
adquiridos pela
EDITORA GALERA RECORD LTDA.
Rua Argentina, 120 – Rio de Janeiro, RJ – 20921-380 – Tel.: (21) 2585-2000,
que se reserva a propriedade literária desta tradução.

Impresso no Brasil

ISBN 978-65-5981-166-3

Seja um leitor preferencial Record.
Cadastre-se e receba informações sobre nossos
lançamentos e nossas promoções.

Atendimento e venda direta ao leitor:
sac@record.com.br

Dedicado a todas as histórias que respiram
no meu cangote. Eu vejo vocês.

*Símbolo nsibidi que significa “tudo isto é meu”

GLOSSÁRIO

Abatwa: Uma das etnias de pigmeus que habitam a África.

Ah-ah, biko-nu: "Por favor, por favor", em pidgin.

Anuofia: No pidgin da Nigéria, literalmente "animal selvagem"; termo pejorativo equivalente a "imbecil", "estúpido".

Biko: Outro termo que significa "por favor".

Crip Walk: Também conhecido como C-Walk, é um passo de dança criado nos anos 1970 em Los Angeles por membros da gangue dos Crips, e que se popularizou em todo o mundo.

Danfo: Palavra usada para descrever um veículo feio, geralmente Kombis ou ônibus escolares muito velhos, que já sofreram muitos acidentes e têm a carroceria amassada e enferrujada, por exemplo.

Eba: Prato típico da África Ocidental, feito a partir de mandioca ralada e seca conhecida como garri, que é hidratada em uma panela com água quente e mexida até formar uma massa sólida. O eba geralmente é consumido acompanhado de uma sopa.

Eid Al-Fitr: celebração muçulmana que marca o fim do jejum do Ramadã, o nono mês do calendário islâmico.

Eid Al-Adha: também conhecido como Grande Festa ou Festa do Sacrifício, por sua vez, é um festival muçulmano de quatro dias que sucede a realização do hajj, a peregrinação a Meca.

Gullah: Grupo de negros americanos que habitavam uma região que ia da Carolina do Norte à costa da Flórida, e que, por terem vivido muito tempo isolados trabalhando em plantations, terminaram desenvolvendo uma língua e cultura crioulas próprias, com influências africanas e americanas. Atualmente, habitam apenas parte da Geórgia e da Carolina do Sul.

Kabu kabu: "Táxi pirata" em pidgin.

Kai: Interjeição em pidgin que exprime enfado, raiva ou impaciência.

Mumu: "Tolo" em pidgin.

Na wao: Exclamação utilizada para denotar choque, surpresa ou desgosto em pidgin

Nollywood: Termo usado para descrever a indústria cinematográfica nigeriana, fusão das palavras "Nigéria" e "Hollywood".

Oga: Na Nigéria, forma de tratamento respeitosa, equivalente ao nosso "senhor".

Ogogoro: "Aguardente" em pidgin.

Okada: "Mototáxi" em pidgin.

Ogbanjes: "Espírito maligno" ou "bruxa" em pidgin.

Ogbono: Sopa feita com as sementes secas e moídas de ogbono (também conhecida como manga africana), carnes, legumes, verduras e temperos.

Sha: Palavra que em pidgin significa "de todo modo".

Ugwu: Abóbora canelada (Telfairia occidentalis), trepadeira tropical cultivada na África Ocidental por suas folhas e sementes comestíveis.

Wahala: "Problema", "encrenca" em Pidgin.

Wahala Dey: Expressão que significa "há um problema" ou "temos um problema" em pidgin.

Uhamiri: Deusa igbo do lago Oguta, na Nigéria, ela é uma das Mami Wata, espíritos aquáticos conhecidos por toda a África Ocidental e Central.

Wrapper: Roupa tradicional da África Ocidental usada tanto por homens quanto por mulheres e que se amarra à cintura.

Onye na-agu edemede a muru ako:
AVISO AO LEITOR

Saudações do Coletivo da Biblioteca de Obi do Departamento de Responsabilidade de Leopardo Bate. Somos uma organização atarefada, com coisas mais importantes a fazer. No entanto, recebemos uma ordem para escrever para você esta breve carta informativa. É preciso que você entenda bem no que está se metendo antes que comece a ler este livro. Se você já entende, então sinta-se livre para pular este aviso, e vá direto para a continuação da história de Sunny, no capítulo 1.

Ok, vamos começar.

Que o leitor esteja avisado de que há juju neste livro. Juju é como nós, africanos ocidentais, chamamos livremente de mágica, misticismo manipulável ou atrativos atraentes. Ele é selvagem, vivo, enigmático, e está interessado em você. O juju é sempre difícil de definir. Ele certamente inclui todas as forças ardilosas arrancadas dos mais profundos reservatórios da natureza e do espírito. Existe controle, mas nunca controle absoluto. Leve o juju a sério, a não ser que você esteja buscando uma morte inesperada.

O juju passeia por entre estas páginas como poeira em uma tempestade de areia. Não nos importa que você tenha medo. Não nos importa que você ache que este livro lhe trará boa sorte. Não nos importa que você seja um forasteiro. Só nos importa que você leia este aviso, e que então esteja avisado. Assim, você só poderá culpar a si mesmo caso goste desta história.

Essa garota chamada Sunny Nwazue mora no sudoeste da Nigéria (que é considerado a Igbolândia), em uma aldeia que não fica longe da próspera cidade de Aba. Sunny agora tem cerca de 13 anos e meio, é do grupo étnico dos igbo, e é uma "Naijamericana" (o que significa "nigeriana americana": nascida nos Estados Unidos de pais nigerianos; até parece que você não pode pesquisar isso na internet). Seus dois irmãos mais velhos, Chukwu e Ugonna, nasceram na Nigéria. Sunny, por sua vez, nasceu em Nova York. Ela e sua família moraram lá até quando ela tinha 9 anos, e depois se mudaram de volta para a Nigéria. Isso quer dizer que ela fala igbo com um sotaque americano. Isso também quer dizer que às vezes ela tem de aturar que alguns colegas de turma a chamem de *akata* quando querem implicar com ela.

Akata é uma palavra que alguns de nós, nigerianos, usamos para nos referir, muitas vezes de modo depreciativo, a negros americanos ou negros nascidos no estrangeiro. Há quem diga que a palavra significa "animal da mata"; outros dizem que significa "crioulo", e ainda há outros que dizem que significa "animal selvagem", ou "raposa": ninguém consegue chegar a um acordo. Não importa qual seja o significado: não é uma palavra carinhosa. Consulte qualquer pessoa que já tenha sido chamada de *akata* por nigerianos, pelas razões que os nigerianos chamam as pessoas de *akata*, e você não vai encontrar uma sequer que tenha gostado da experiência.

Ah, e Sunny por acaso também tem albinismo (uma anomalia genética congênita que reduz a quantidade de melanina, pigmento que dá cor à pele, aos pelos, e/ou aos olhos), mas isso não tem importância.

Que o leitor esteja avisado de que há um ano e meio, Sunny Nwazue finalmente tomou ciência de seu eu mais verdadeiro, e foi oficialmente admitida na sociedade dos leopardos local. Para esclarecer, citemos o livro essencial *Fatos rápidos para agentes livres,* de Isong Abong Effiong Isong:

> *As pessoas-leopardo são conhecidas por diversos nomes ao redor do mundo. A expressão "pessoa-leopardo" foi cunhada na África Ocidental e vem de* ekpe, *uma palavra do povo efik, que significa "leopardo". Todas as pessoas com verdadeiras habilidades místicas são pessoas-leopardo.*

Nós, pessoas-leopardo, somos conhecidas por muitos outros nomes em muitas outras línguas. Uma característica fundamental de ser uma pessoa-leopardo é que os seus maiores "defeitos" naturais, ou sua singularidade, é a chave do seu poder. No caso de Sunny, foi o seu albinismo. Ela aos poucos está aprendendo o que isso significa. Além disso, ser uma pessoa-leopardo é também ter uma cara espiritual: esta é a sua cara mais verdadeira, aquela que você sempre terá. E revelar a sua cara espiritual para as pessoas é como sair por aí trotando pelado em público. Sunny também está aos poucos se acostumando com a existência, o sigilo, e o poder de sua cara espiritual (cujo nome é Anyanwu).

No ano passado, Sunny descobriu que ela era uma agente livre, uma pessoa em que o espírito do leopardo havia pulado uma geração. Os agentes livres não têm pais leopardos para lhes ensinar quem eles são desde o nascimento. Um agente livre não sabe nada sobre a sociedade dos leopardos: seja sobre outras pessoas-leopardo, sobre juju e o mundo místico, ou sobre a exposição a lugares como Leopardo Bate. Eles simplesmente tomam ciência de sua condição de leopardo, e descobrem como é quando o seu mundo vira um caos.

Sunny aprendeu sobre sua condição de leopardo quando tinha 12 anos. Sua misteriosa avó materna era a pessoa-leopardo na família de Sunny, e se essa avó não tivesse sido assassinada pelo aluno de quem era mentora, ela teria apresentado Sunny à sua condição de modo adequado.

Esteja avisado de que o mundo de Sunny agora é habitado por pessoas místicas, e por seres que só as pessoa-leopardo podem ver, como mascarados, *tungwas*, almas da mata, gafantasmas e por aí vai. Isso se percebe especialmente em Leopardo Bate, o refúgio da sociedade leopardo local. Trata-se de um pedaço de terra isolado, conjurado pelos ancestrais, e cercado por um rio caudaloso habitado por uma fera aquática furtiva e vingativa. A entrada para lá é uma ponte que atravessa o rio, tão estreita quanto um fio de um antigo poste telefônico.

Entenda que, para apreciar este livro, você deve compreender o que é e o que não é um mascarado. Mascarados não são homens usando máscaras elaboradas e vestindo fantasias de ráfia, pano, contas e coisas do gênero. Eis uma citação sobre eles, extraída do livro *Fatos rápidos para agentes livres*, de Isong Abong Effiong Isong:

> *Fantasmas, bruxas, demônios, metamorfos e mascarados, todos são reais. Mascarados são sempre perigosos. Eles podem matar, roubar sua alma, se apoderar da sua mente, se apoderar do seu passado, reescrever seu futuro e até provocar o fim do mundo. Como agente livre, você não vai se envolver com os mascarados de verdade, senão é morte na certa. Se você for inteligente, vai deixar os verdadeiros mascarados para aqueles que sabem o que fazer com o juju.*

Os mascarados podem surgir em muitos tamanhos: eles podem ser grandes como uma casa, ou pequenos como uma mamangaba. É possível até que sejam invisíveis. Eles podem ser um lençol empoeirado todo embolado sobre um monte de traças, podem parecer um montinho de grama seca, podem tomar a forma de uma sombra cabriolante ou ter muitas cabeças de madeira. Você só vai saber mesmo quando for a hora.

No entanto, por favor observe que, quando a autora do livro aqui citado, Isong Abong Effiong Isong, era uma adolescente, ela importunou um Mmuo Ifuru (um mascarado floral) que morava em seu jardim. Aquele mascarado então transformou a vida dela em um inferno por três anos, fato que reflete a parcialidade de Isong contra os mascarados em seu livro. Nem todos eles são raivosos, tacanhos, maus ou perigosos. Muitos são bastante gentis e bonitos; outros não são nem bondosos nem maliciosos, e não querem se envolver com seres vivos, e por aí vai.

Saiba que, quanto mais Sunny aprender a ler aquele livro em nsibidi que ela comprou no ano passado, mais ela vai ser capaz de ver. Nsibidi é uma escrita mágica do sudoeste da Nigéria. É preciso ler o misterioso nsibidi com muito cuidado e habilidade; palavras em nsibidi lidas sem cuidado podem provocar a morte. Esteja avisado de que, à medida que você lê sobre Sunny, seu próprio mundo pode mudar, se expandir, ficar mais nítido e mais vibrante. Não é preciso olhar embaixo da sua cama todas as noites, mas seria bom se certificar de que todos os livros no seu quarto são de fato livros.

Tenha cuidado, pois a jovem Sunny tem amigos íntimos que também fazem jujus. E quando os quatro estão juntos, eles podem salvar ou destruir o mundo. Chichi é a garota que mora com a mãe na pequena cabana que fica entre casas modernas, apesar do fato de ela fazer parte da realeza pelo lado materno e de seu pai ser um famoso cantor de *highlife* e *afrobeat*. Chichi talvez seja mais velha ou mais nova do que Sunny, mas quem sabe, e quem liga? Chichi pode ser baixa em estatura, mas sua boca e extrema força de vontade são páreo para a feirante mais bem-sucedida. A memória fotográfica de Chichi e sua intensa inquietação são as chaves para seu talento pessoal.

Orlu, que já tem quase 15 anos, é o vizinho com quem Sunny não conversava até que seu destino desabrochasse. Orlu é calmo, com um temperamento estável, qualidades que Sunny meio que admira em um menino. Sua dislexia provocou a impressionante habilidade de instintivamente desfazer qualquer juju com que ele se depare. A melhor maneira de saber se está acontecendo alguma encrenca mágica é atentar para as mãos de Orlu.

Sasha, que tem 15 anos, é da parte africana dos Estados Unidos, do lado sul de Chicago, para ser mais exato. Seus pais o mandaram para Naija (gíria usada para se referir à "Nigéria") por conta de seus problemas para lidar com a autoridade, especialmente a autoridade representada na forma da polícia. Ele é como Chichi: rápido, hiperinteligente, e tem uma memória que mais parece a de um computador. Ele só causa problemas no mundo das ovelhas (o mundo não mágico), mas é incrivelmente talentoso no mundo dos leopardos.

Entenda que, logo depois de entrar para a sociedade dos leopardos, Sunny, Orlu, Chichi e Sasha tiveram que enfrentar um terrível assassino ritualista chamado Chapéu Preto Otokoto, que tencionava trazer Ekwensu, o mais poderoso, mais feio e mais perverso dos mascarados, para o mundo físico. Como todos ainda estão vivos, você pode presumir que as coisas não deram totalmente errado no fim das contas. Para terminar, Sugar Cream, a Bibliotecária-chefe da Biblioteca de Obi (o fulcro da sociedade dos leopardos), para o deleite de Sunny, finalmente concordou em ser a mentora dela.

Este livro não assevera nada, ele apenas pretende contar a história das idas e vindas subsequentes desta jovem agente livre chamada Sunny Nwazue.

Atenciosamente,
Departamento de Responsabilidade
Coletivo da Biblioteca de Obi de Leopardo Bate

1
Pimentas contaminadas

Foi burrice vir aqui à noite, especialmente por conta dos sonhos perturbadores que Sunny vinha tendo. Sonhos que ela suspeitava não serem de fato sonhos. No entanto, sua mentora, Sugar Cream, a havia desafiado, e Sunny queria provar que ela estava errada.

Sunny e Sugar Cream haviam começado mais uma de suas discussões acaloradas; essa em particular era sobre as garotas americanas dos dias de hoje e sua completa falta de habilidade na cozinha. A mulher velha e encurvada havia olhado de modo condescendente para Sunny, rido entre dentes, e dito:

— Você é tão americanizada que provavelmente nem sabe fazer sopa de pimenta.

— Sei sim, senhora — insistiu Sunny, irritada e ofendida. Sopa de pimenta não era nem um pouco difícil de fazer.

— Ah, com certeza, mas você é uma pessoa-leopardo, não é? Então, sua sopa deveria ser feita com pimentas *contaminadas*, e não com aquelas mixarias que as ovelhas gostam de moer e usar.

Sunny havia lido uma receita de sopa de pimenta contaminada no seu livro *Fatos rápidos para agentes livres*, mas realmente, na verdade, sinceramente, ela não estava à altura do desafio de Sugar Cream. Bastava que você cometesse o menor erro ao preparar sopa de pimenta contaminada (como usar sal de cozinha em vez de sal marinho) para que houvesse alguma consequência assustadora, como a sopa ficar venenosa ou explodir. Isso havia desestimulado Sunny a sequer tentar prepará-la algum dia.

No entanto, ela não iria admitir sua incapacidade de fazer a sopa. Pelo menos não para Sugar Cream, para quem ela teve de provar o seu valor derrotando um dos mais poderosos criminosos que a comunidade dos leopardos havia visto em séculos. Sunny era uma reles agente livre, uma pessoa-leopardo criada entre ovelhas, e, portanto, ignorante com relação a muitas coisas. Ainda assim, o *chi* dela, que se manifestava na forma de sua cara espiritual, era Anyanwu, um ente grandioso na vastidão. Mas, francamente, de que adiantava você já ter sido a bam-bam-bam do mundo espiritual? O que importava era o presente, e ela era Sunny Nwazue. Ainda tinha de provar para a Bibliotecária-chefe que ela era digna de ter Sugar Cream como mentora.

Então, apesar de tudo, Sunny disse que iria sair da Biblioteca de Obi, embora tivesse acabado de passar da meia-noite, para colher três pimentas contaminadas dos arbustos que cresciam na estrada de terra. Sugar Cream havia apenas revirado os olhos e prometido que teria todos os demais ingredientes para fazer a sopa na mesa do escritório quando Sunny voltasse. Incluindo um pouco de carne de bode recém-cortada.

Sunny deixou sua bolsa e seus óculos para trás. Ela ficou particularmente feliz de deixar os óculos. Feitos de um plástico verde fino como uma pena, ela ainda não se habituara a eles Ao longo do ano passado, apesar de o fato de ser uma pessoa-leopardo ter acabado com a sua sensibilidade à luz, isso não contribuiu para melhorar os seus problemas de visão. Ela sempre tivera olhos melhores do que a maioria dos albinos, mas isso não queria dizer que eles eram ótimos.

Depois do seu exame de vista no mês passado, o médico dela finalmente dissera o que Sunny sabia que ele acabaria dizendo: "Você vai ter de usar óculos." Eles eram do tipo que a lente escurece com a luminosidade, e ela os detestava. Gostava de ver a luz do sol como ela era, mesmo que incomodasse sua visão. No entanto, ultimamente, a inabilidade dos seus olhos para bloquear o brilho do sol havia começado a tornar o mundo tão desbotado que ela mal conseguia distinguir qualquer detalhe. Ela havia inclusive tentado usar um boné por uma semana, na esperança de que a aba protegeria os seus olhos. Isso não adiantou de nada, então ela teve de se render aos óculos. Mas, sempre que podia, ela os tirava. E essa era a melhor coisa sobre a noite.

— Espero que ela tenha dificuldade em conseguir carne de bode a essa hora — murmurou Sunny consigo mesma à medida que marchava da entrada da Biblioteca de Obi para a estreita estrada de terra.

Menos de um minuto depois disso, ela sentiu um mosquito picar o seu tornozelo.

— Ah, fala sério! — resmungou. Sunny passou a andar mais rápido. A noite estava quente e com um cheiro doce enjoativo, uma combinação perfeita para o mau humor dela. Era a época das chuvas, e as nuvens tinham despejado água por uma hora no dia anterior. O chão havia se expandido, e as árvores e plantas respiravam. Insetos zumbiam animados, e ela ouviu pequenos morcegos chiarem enquanto se alimentavam deles. No sentido oposto, na direção da entrada de Leopardo Bate, os negócios estavam a toda. Era a hora em que tanto as transações mais silenciosas quanto as mais barulhentas aconteciam. Mesmo de onde ela estava, Sunny podia ouvir algumas das mais barulhentas, incluindo dois homens igbo discutindo em voz alta as restrições e o custo exorbitante dos amuletos de sorte.

Sunny apertou o passo. Quanto mais cedo chegasse ao campo em que as pimentas contaminadas cresciam selvagens, mais cedo poderia voltar para a Biblioteca de Obi e mostrar a Sugar Cream que ela de fato não fazia ideia de como preparar sopa de pimenta contaminada, um dos pratos mais típicos entre as pessoas-leopardo da Nigéria.

Sunny suspirou. Ela havia estado nesse campo várias vezes com Chichi para colher pimentas contaminadas. Elas cresciam selvagens, e não eram tão picantes quanto as que eram vendidas nas lojas e barracas de alimentos de Leopardo Bate, mas Sunny gostava de manter as suas papilas gustativas funcionando normalmente, muito obrigada. Era Chichi quem sempre fazia a sopa, e Chichi também preferia pouco picante. Além disso, as pimentas contaminadas aqui não custavam nada, e você podia colhê-las a qualquer hora, de dia ou de noite.

Era a época do ano em que as pimentas cresciam mais volumosas, ou pelo menos foi isso o que Orlu e Chichi haviam dito. Fazia somente um ano e meio que Sunny soubera da existência de Leopardo Bate. Isso não era tempo o bastante para ela conhecer os hábitos das pimentas contaminadas selvagens que cresciam perto dos campos de flores usadas para fazer pó de juju. Chichi e Orlu vinham fazendo incursões por Leopardo Bate a vida toda. Portanto, Sunny estava inclinada a acreditar neles. As pimentas amavam o calor e o sol, que não estiveram em falta apesar das chuvas recentes.

Quando chegou ao trecho onde ficavam as pimentas, ela pegou duas vermelhas e bonitas, e as depositou em sua cesta refratária.

O trecho onde ficavam as pimentas contaminadas brilhava como uma pequena galáxia. O brilho verde-amarelo dos vaga-lumes lembrava naves espaciais esporádicas. Além das pimentas brilhantes havia um campo de flores roxas com miolos brancos, que seriam colhidas, secas e moídas para se fazer muitos tipos corriqueiros de pó de juju. Sunny admirou a vista do campo tarde da noite.

Ela estivera atenta, e inclusive percebeu um *tungwa* flutuando preguiçoso a poucos metros de distância, logo acima de algumas das flores. Redondo e grande como uma bola de basquete, sua fina pele marrom roçou as pontas de uma flor.

— Que coisa ridícula — murmurou ela quando o *tungwa* explodiu com um barulho suave, silenciosamente, fazendo cair uma chuva de tufos de cabelo preto, dentes brancos e ossos sobre as pimenteiras.

Sunny se ajoelhou para procurar a terceira pimenta que ela queria colher. Dois minutos mais tarde, tornou a erguer o olhar. Tudo o que ela pôde fazer foi piscar e observar fixamente.

— Mas... que... diabos? — sussurrou.

Ela aferrou sua cesta de pimentas contaminadas. Teve um pressentimento de que precisaria estar com todos os sentidos muito atentos naquele momento. Ficou aturdida por conta da intensidade de sua confusão... e de seu medo.

— Será que estou sonhando?

Havia um lago onde antes ficava o campo de flores roxas. Suas águas eram calmas e refletiam a meia-lua como um espelho. Teriam as pimentas exalado algum gás que provocava alucinações? Ela não se surpreenderia se fosse o caso. Quando estavam maduras demais, soltavam um leve vapor e às vezes até crepitavam. Mas Sunny não estava apenas *vendo* o lago; ela também sentia o seu cheiro: silvestre, com uma nota intensa de salmoura, molhado. Ela podia até ouvir os sapos coaxarem.

Sunny pensou em dar meia-volta e disparar de volta para a Biblioteca de Obi. *É melhor fingir que você não está vendo nada,* alertou uma vozinha em sua mente. *Volte!* Em Leopardo Bate, às vezes a coisa mais inteligente a fazer quando se é uma criança que acaba de dar de cara com alguma estranheza inexplicável é fazer vista grossa e ir embora.

Além do mais, ela tinha de levar em conta os seus pais. Sunny estava fora de casa tarde da noite de um sábado, e estava em Leopardo Bate, um lugar em que os não leopardos, incluindo os pais dela, não tinham permissão para entrar, e muito menos saber que existia. Os pais dela não podiam saber de nada relacionado aos leopardos. Tudo o que sabiam era que Sunny não estava em casa, e que aquilo se devia a alguma coisa semelhante ao que a mãe da mãe de Sunny costumava fazer quando era viva.

A mãe de Sunny provavelmente estava morta de preocupação, mas não ia perguntar nada quando a filha voltasse para casa. O pai dela iria abrir a porta com raiva e, sem dizer palavra, voltaria para o seu quarto, onde finalmente também conseguiria dormir. Apesar da tensão entre ela e os pais, Sunny mentalmente prometeu a eles que permaneceria sã e salva.

Mas nos últimos tempos, os sonhos de Sunny estavam sendo estranhos, para dizer o mínimo. Se ela começasse a tê-los enquanto estava de pé e acordada, isso seria um novo tipo de problema. Tinha de se certificar de que esse não era o caso. Ela pegou a chave de casa e acendeu a pequena lanterna que mantinha presa ao chaveiro. Depois, se esgueirou até a borda do lago para poder vê-lo melhor, abrindo caminho entre plantas verdes densas e úmidas que não eram pimentas contaminadas ou flores roxas. A terra continuou seca até ela chegar na beira da água, onde se tornava esponjosa e encharcada.

Sunny pegou uma pedra e a atirou. *Ploft.* A água parecia profunda. Tinha pelo menos dois metros de profundidade. Ela correu o fraco feixe de luz pela superfície bem a tempo de ver o tentáculo emergir e tentar envolver a perna dela. Ele errou o alvo, e acabou agarrando e arrancando algumas das plantas altas. Sunny deu um berro e saiu de perto da água aos tropeções. Mais tentáculos grandes e moles emergiram.

Girando nos calcanhares, ela disparou para longe, conseguindo dar sete passos largos antes de tropeçar na rama de uma planta rasteira e cair sobre algumas flores, a poucos metros do lago. Sunny olhou para trás, aliviada por estar a uma distância segura do que quer que houvesse na água. Sentiu um calafrio e engatinhou até conseguir ficar de pé, horrorizada. Não conseguia acreditar. Mas o fato de ela não acreditar não transformava aquilo em algo menos verdadeiro. O lago agora estava a menos de um metro de distância dela, com suas águas se esgueirando mais para perto a cada segundo. Movia-se rápido como uma onda no oceano, com a terra, as flores e tudo o mais submetendo-se ao seu domínio.

Os tentáculos envolveram o tornozelo direito de Sunny antes que ela pudesse se desviar. Eles a derrubaram quando dois, e depois três, se agarraram ao seu tornozelo esquerdo, torso e coxa. Grama foi esmagada contra a sua calça jeans e camiseta, e depois a pele nua de suas costas, à medida que a criatura a arrastava em direção à água. Sunny nunca havia sido uma boa nadadora. Quando ela era menor, nadar era algo sempre feito sob o sol e, portanto, uma atividade que ela evitava. Era noite, mas ela definitivamente queria evitar nadar agora.

Sunny se debateu e se contorceu, lutando contra o horror que sentia: entrar em pânico não levaria a nada. Essa foi uma das primeiras coisas que Sugar Cream lhe ensinara no primeiro dia de mentoria. Sugar Cream. Ela estaria se perguntando onde estava Sunny. Ela estava quase na água agora.

Subitamente, um dos tentáculos a soltou. Depois, outro. E mais outro. Ela estava... livre. Sunny saiu da água engatinhando, sentindo a lama, as folhas encharcadas e as flores se esmagarem sob seu corpo. Olhou fixamente para a água, tonta pela injeção de adrenalina provocada pelo medo. Por um instante, ela bizarramente enxergou por meio de dois pares de olhos, os da sua cara espiritual e os da cara mortal. Através deles, ela viu ao mesmo tempo a água e outro lugar. A visão dupla provocou-lhe ânsias de vômito. Ela pôs a mão na barriga, piscando várias vezes.

— Mas eu estou bem, estou bem — sussurrou.

Quando Sunny tornou a olhar, viu à luz do luar, boiando na superfície do lago, uma mulher de pele negra com o que pareciam *dreadlocks* fartos e muito, muito compridos. Ela deu uma risada gutural e tornou a mergulhar nas águas fundas. *Ela tem uma nadadeira,* pensou Sunny. Ela deu uma risadinha.

— Os monstros do lago são reais, Mami Wata é real. — Sunny ficou apoiada em seus cotovelos por um instante, fechou os olhos e respirou fundo. Orlu saberia algo sobre o monstro do lago; ele provavelmente saberia cada detalhe, desde seu nome científico até os seus hábitos de acasalamento. Ela riu um pouco mais. Em seguida, congelou, pois a água atrás dela espadanava com um som alto, e a terra sob seu corpo ficava cada vez mais encharcada. Sunny se arriscou a olhar para trás.

Havia algo se agitando na água que parecia uma bola de tentáculos preenchendo o lago. A ponta de uma cabeça em forma de um bulbo molhado emergiu. Polvo! Um enorme polvo. Ele jogou a cabeça para trás, deixando à mostra um bico poderoso, do tamanho de um carro. O monstro, fazendo uma barulheira.

abriu e fechou o bico várias vezes, e, em seguida, emitiu um som alto de tosse seca mais aterrorizante do que se ele tivesse rugido.

A mulher boiava entre Sunny e o monstro, de costas para a garota. O monstro parou, mas Sunny podia notar que ele ainda estava de olho nela. Dando um pulo, se virou e correu. Ouviu um bater de asas e olhou para cima bem a tempo de ver uma enorme figura alada voando em disparada logo acima da cabeça dela.

— O quê? — Ela tomou fôlego. — Isso é... — Mas ela tinha de preservar o fôlego para poder correr. Sunny chegou na estrada de terra e, sem olhar para trás ou para cima, seguiu correndo.

A sopa de pimenta tinha o cheiro do néctar da vida. Forte. Ela havia sido feita com pimentas contaminadas e carne de bode. Também havia peixe nela. Cavala? O cômodo estava quente. Sunny estava viva. O gotejar da chuva veio do lado de fora da janela. O som a deixava atenta. Sunny abriu os olhos e viu centenas de máscaras cerimoniais penduradas na parede: algumas riam, outras faziam cara feia, e outras olhavam fixamente. Tinham olhos grandes, esbugalhados, estreitos. Deuses e espíritos de muitas cores, formas, temperamentos. Sugar mandou que ficasse calada e que se sentasse por dez minutos. Quando a mentora saiu do escritório para "Ir pegar algumas coisas", Sunny deve ter cochilado.

Agora, a velha mulher estava ajoelhada ao lado dela, segurando uma tigela com o que Sunny presumia ser sopa de pimenta. Sugar Cream estava encurvada para a frente, sua coluna torta dificultando-lhe o ato de se ajoelhar.

— Como você teve tanto trabalho para conseguir as pimentas, eu saí e comprei-as eu mesma — disse ela. Sugar Cream se levantou devagar, parecendo satisfeita. — Encontrei Miknikstic a caminho do mercado 24h.

— Ele... ele estava aqui? — *Então* foi *ele quem eu vi voando*, pensou ela.

— Sente-se direito — falou Sugar Cream.

A mentora lhe passou a tigela de sopa. Sunny começou a comer e a sopa esquentou seu corpo de modo agradável. Estivera deitada em um tapete e olhou em volta pelo chão, procurando as pequenas aranhas vermelhas que Sugar Cream deixava que se esgueirassem pelo escritório. Avistou uma a apenas alguns centímetros de distância e tremeu, mas não se levantou. Sugar Cream dissera que as aranhas eram venenosas, mas que se Sunny não as importunasse, elas tampouco a importunariam. No entanto, as aranhas não gostavam de ser tratadas com falta de educação, portanto, Sunny não podia se desviar delas imediatamente.

— Havia um lago — disse Sunny. — Onde as pimentas contaminadas e aquelas flores roxas crescem. Eu sei que parece loucura, mas... — Ela tocou em seus cabelos e franziu o cenho. Vinha ostentando um penteado black power de tamanho médio, e havia algo em seus cabelos. Sua mente irracional lhe disse que era uma aranha vermelha gigante e seu corpo todo se retesou.

— Você está bem — comentou Sugar Cream abanando uma das mãos. — Você se encontrou com o monstro do lago, primo do monstro do rio. Eu só não sei por que ele tentou te devorar.

Sunny ficou tonta à medida que sua atenção se dividia entre tentar descobrir o que havia na sua cabeça e processar o fato de que o monstro do rio tinha parentes.

— O monstro do rio tem família? — quis saber.

— E quem não tem? — respondeu a mentora.

Sunny esfregou o rosto. O monstro do rio morava sob a estreita ponte que levava a Leopardo Bate. Na primeira vez em que tentou atravessá-la, o monstro tentou ludibriá-la a saltar para a morte. Se

Sasha não a tivesse agarrado pelo colar, o monstro teria sido bem-sucedido. Pensar que aquela coisa tinha família não tranquilizava a mente dela.

— Então foi Ogbuide quem salvou você do monstro — prosseguiu Sugar Cream.

Sunny piscou, erguendo o olhar.

— Você está falando de Mami Wata? O espírito da água? — indagou Sunny, e suas têmporas começaram a latejar. Ela ergueu as mãos para tocar a cabeça, mas depois voltou a abaixá-las. — Minha mãe sempre fala dela, porque morria de medo de ser sequestrada por ela quando era criança.

— Isso é bobagem — disse Sugar Cream. — Ogbuide não sequestra ninguém. Quando as ovelhas não entendem alguma coisa ou esquecem a história real por trás delas, elas as substituem pelo medo. De todo modo, você ainda é uma novata. A maioria das pessoas-leopardo sabe que deve fugir quando vê um lago onde ele não deveria estar.

— Tem alguma coisa na minha cabeça? — sussurrou Sunny, se esforçando muito para não deixar sua tigela cair no chão. Ela teve vontade de perguntar se era uma aranha, mas não queria irritar a sua mentora ainda mais do que já a havia irritado com a audácia de quase ter morrido.

— É um pente — respondeu Sugar Cream.

Aliviada, Sunny ergueu os braços e retirou o pente dos cabelos.

— Aaah — suspirou. — Que lindo. — Ele se parecia com a parte de dentro da concha de uma ostra, com iridescências em tons de azul e rosa, mas era pesado e sólido como metal. Sunny olhou para Sugar Cream em busca de uma explicação.

— Ela salvou você. E em seguida lhe deu um presente.

Sunny havia sido atacada por um polvo monstruoso que andava por aí usando um lago gigante como uma aranha usa a sua teia. Depois, tinha sido salva por Ogbuide, a renomada divindade da água. *Em seguida*, vira Miknikstic, o Campeão de Luta Livre de Zuma morto em uma luta e transformado em anjo da guarda, voando. Ela ficou sem palavras.

— Guarde-o bem — aconselhou Sugar Cream. — E, se eu fosse você, não cortaria meus cabelos tão cedo. Ogbuide provavelmente espera que você tenha cabelos que consigam manter esse pente fixo na cabeça. Além disso, compre alguma coisa bonita e brilhante, vá para um lago real, um açude ou uma praia e jogue o presente na água. Ela vai pegá-lo.

Sunny terminou de comer a sopa de pimenta. Depois, aguentou mais trinta minutos de um sermão de Sugar Cream sobre como ela deveria ser uma garota-leopardo mais cautelosa e racional. Enquanto a mentora a levava para fora do prédio, onde chovia, ela entregou a Sunny um guarda-chuva preto muito parecido com aquele que costumava usar fazia mais de um ano.

— Tudo bem para você atravessar a ponte sozinha?

Sunny mordeu o lábio, fez uma pausa e depois assentiu.

— Vou deslizar pela ponte.

Deslizar significava lançar o seu espírito na vastidão (uma gíria dos leopardos para designar o "mundo dos espíritos") e tornar o seu corpo físico invisível. Ela faria um acordo com o ar e passaria disparada pela ponte como se fosse uma brisa fugaz.

Ela havia deslizado por instinto quando atravessou a ponte de Leopardo Bate pela terceira vez, na esperança de evitar o monstro do rio. Com as orientações subsequentes de Sugar Cream, Sunny agora havia aperfeiçoado aquela habilidade com tanta destreza que já nem soltava mais a costumeira lufada de ar morno quando passava pelas pessoas. Com a ajuda de pó de juju, todas as pessoas-leopardo podiam deslizar, mas a habilidade natural de Sunny permitia que ela o fizesse sem o pó. Deslizar assim significava entrar parcial e perigosamente na vastidão. No entanto, Sunny fazia com tanta frequência, e gostava tanto, que não se preocupava com isso.

— Você tem dinheiro para o trem futum?

— Tenho — disse Sunny. — Vou ficar bem.

— Minha expectativa é que você consiga preparar uma boa panela de sopa de pimenta para mim até a semana que vem.

Sunny se esforçou muito para não soltar um gemido. Da próxima vez, ela iria comprar as pimentas contaminadas. De jeito nenhum voltaria para o campo que ficava estrada abaixo. Pelo menos não por algum tempo. Sunny colocou o guarda-chuva sobre a cabeça e adentrou a manhã chuvosa e quente. No caminho para casa, viu muitas poças e um rio caudaloso, mas, felizmente, nenhum lago.

*Símbolo nsibidi que significa "Nsibidi"

...Este livro jamais será um best-seller. A língua em que ele está escrito é muito parecida com aquela usada pelos mais altos níveis da academia. Ela é egoistamente excludente por definição. Ela é autocomplacente. Esta é a natureza de qualquer coisa escrita com os pictogramas místicos e baseados em juju chamados de nsibidi.
Você consegue me escutar. Você é especial. Você faz parte daquele grupo exclusivo. Você é capaz de fazer algo que a maioria das pessoas-leopardo não consegue. Então, feche-o, desligue-o, desconecte-se. Sinta a brisa: ela é morna e fresca. Tem cheiro de folhas de palmeira e de iroco, terra vermelha úmida. Ainda não começaram a perfurar o solo em busca de petróleo aqui. Há poucas estradas, e, portanto, fumaça de combustível contaminada com chumbo não intoxicou o ar. Há uma pomba na palmeira à sua direita, e ela olha para baixo, em sua direção, com os olhos pretos suaves e cautelosos. Um mosquito tenta lhe picar, e você dá um tapa no braço. Agora você o coça, pois não foi rápido o bastante.
Caminhe comigo...

Extraído do livro *Nsibidi: A língua mágica dos espíritos*

2

Boceeeejo

— Na aula de estudos sociais, aprendemos história, geografia e economia. Juntamos tudo isso para poder estudar como vivemos uns com os outros — disse a Sra. Oluwatosin enquanto se sentava em sua cadeira diante da classe. — Mas, de muitos modos, a aula de estudos sociais é toda sobre *vocês*. Ela deveria ajudá-los a olhar para si mesmos e perguntar: "Quem sou eu? E quem eu quero ser quando crescer?" Então, hoje, quero perguntar a todos vocês: Quem vocês querem ser? O que querem ser quando crescerem?

A professora fez uma pausa, esperando. Ninguém na sala de aula levantou a mão. Sunny bocejou, ajeitando os óculos no rosto pela milionésima vez — estava ocupada demais vasculhando um mundo mágico intenso para descobrir o que queria ser quando crescer. Só havia conseguido dormir por duas horas depois que voltara para casa. E essas duas horas foram assoladas por pensamentos sobre o povo gigante que habitava o lago e que tentara agarrá-la. *Que diabos era o problema dele?*, pensou pela milionésima vez. Ela estava com preguiça demais para se dar ao trabalho de tomar café da manhã, e apesar de ter feito todo o dever de casa, mal conseguia se lembrar do que tinha feito. Ao lado dela, Preciosa Agu levantou a mão. A Sra. Oluwatosin sorriu, aliviada, e indicou com a cabeça que ela podia falar.

— Eu quero ser presidente — disse Preciosa com um sorriso grandioso.

Fez-se uma pausa, e, em seguida, toda a turma teve um ataque de risos.

— Você não pode ser presidente se não for rica — comentou Caramujo do outro lado da sala.

— E o que o seu marido vai achar disso? — perguntou um garoto ao lado dele. Os dois fizeram um "toca aqui".

Preciosa olhou com raiva para eles e se virou, sibilando:

— Vocês ainda vivem na Idade das Trevas* — murmurou ela.

— É porque moramos no Continente Negro — replicou Caramujo, e a turma riu ainda mais.

— Calados! — disparou a Sra. Oluwatosin. — Preciosa, essa é uma boa ideia. A Nigéria precisa mesmo de uma primeira presidente mulher. Não desista de seu sonho e estude bastante, e talvez você seja a garota a tornar isso realidade.

Preciosa pareceu se encher de orgulho, apesar das risadinhas dos garotos. Sunny observava tudo aquilo em meio a seu estado grogue. Ela gostava da Sra. Oluwatosin, que acabara de se juntar ao corpo docente da exclusiva escola de ensino médio de Sunny. A professora era um acréscimo bem-vindo: o tipo que realmente acreditava no potencial de seus alunos.

Caramujo levantou a mão. Quando a Sra. Oluwatosin chamou--o, ele disse:

---

* No original, "Dark Ages" (Idade das Trevas) e "Dark Continent" (Continente Negro) formam um trocadilho com o termo "Dark" que não foi possível manter na tradução. (N. do E.)

— Eu quero ser chefe de polícia.

— Para que as pessoas possam atirar dinheiro em você em todos os lugares? — indagou Jibaku.

Ouviram-se mais risos da turma.

Caramujo assentiu.

— Planejo ter muitas, muitas esposas, então vou ter de ganhar um dinheiro a mais para mantê-las todas felizes. — Ele deu uma piscadela para Jibaku, que soltou um muxoxo e revirou os olhos.

— Você vai ter sorte se conseguir uma esposa que seja — replicou ela. — Com essa sua cabeça grande...

Sunny riu entre dentes, apoiando o queixo nas mãos. A malícia de Jibaku certamente era mais engraçada quando não era dirigida a ela. Sunny fechou os olhos por um instante, sentindo o sono tentar dominá-la. Na escuridão por trás de seus olhos, veio de novo aquela sensação, como se algo a puxasse para a esquerda e outra coisa a puxasse para a direita. Era perturbador, mas por um momento ela tentou analisá-la. Sentiu ânsia de vômito e seu corpo pareceu balançar. Estava prestes a abrir os olhos quando ouviu um ronco.

Ah, não! Caí no sono, pensou, rapidamente abrindo os olhos, certa de que as pessoas a estariam encarando. Graças a Deus, ninguém estava. Aparentemente, o ronco havia acontecido apenas na cabeça dela.

— Orlu — chamou a Sra. Oluwatosin. — O que você quer ser quando crescer?

Sunny se empertigou. Orlu estava na frente da classe, então ela não conseguia ver o rosto dele. Ela mal tivera a oportunidade de cumprimentá-lo naquela manhã, mas Orlu parecia ter dormido bem. Sunny se perguntou o que Taiwo o teria mandado fazer na noite anterior, e como Orlu havia conseguido voltar para casa cedo o bastante para poder descansar.

— Um zoólogo, eu acho — disse ele. — Adoro estudar sobre animais.

— Muito bem — respondeu a Sra. Oluwatosin. — Essa é uma excelente profissão. E também é muito fascinante.

Sunny concordou. Além do mais, Orlu já era uma espécie de enciclopédia ambulante quando se tratava de criaturas e feras, mágicas ou não.

— Sunny? E você?

Sunny abriu a boca e depois tornou a fechá-la. Ela não sabia o que queria ser quando crescer. *Jogadora de futebol profissional?*, pensou. *Sou boa nisso.*

Nos últimos meses, Sunny vinha jogando futebol com os meninos da turma quando eles se reuniam no campo ao lado da escola. Provar para eles que era boa o suficiente havia sido fácil. Tudo o que ela precisou fazer foi pegar a bola e jogar do mesmo jeito de sempre, algo tão natural para Sunny quanto respirar.

No entanto, a parte complicada era explicar como ela podia ter albinismo e ainda assim jogar sob o sol escaldante da Nigéria: certamente não poderia dizer a eles que isso estava ligado ao fato de ela ser uma pessoa-leopardo.

— Meu pai encomendou um remédio dos Estados Unidos que me permite ficar sob o sol — contou ela aos meninos que perguntaram. Ela era uma jogadora de futebol tão extraordinária que todos aceitaram a resposta e deixaram-na jogar. Quando ela estava em campo, ficava muito, muito feliz.

Mas ser jogadora de futebol não era profissão. Não de verdade. Não para uma menina. E, francamente, será que ela queria mesmo ganhar dinheiro expondo-se dessa maneira? Se ela jogasse, jogaria pela Nigéria, e chamaria atenção demais por conta do albinismo. Sunny franziu o cenho, com seu próprio pensamento magoando-a. *Eu não sou realmente boa em mais nada*, pensou.

— Hum... Eu... Eu não sei, senhora — disse ela. — Ainda estou descobrindo o que quero.

A Sra. Oluwatosin riu entre dentes.

— Não tem problema, você tem bastante tempo ainda. Mas permita-se pensar sobre isso. Deus tem planos para você, e você quer saber quais são eles, não é?

— Sim, senhora — respondeu, baixinho, Sunny. Ela ficou contente quando a Sra. Oluwatosin mudou de assunto e prosseguiu com a lição. Considerando o caos do ano passado, Sunny não tinha certeza de que queria saber o que "Deus havia planejado" para ela. *Eu me admiraria se Deus sequer me notasse*, pensou cansada.

— Aqueles monstros do lago e do rio claramente cismaram com você — observou Sasha naquela tarde na cabana da mãe de Chichi. — O que será que você fez a eles na sua vida passada? — Ele riu alto. Chichi deu uma risadinha, e se jogou no colo dele, apoiando a cabeça contra seu peito. Ela estava carregando um livro enorme e pesado, e Sasha arquejou com o peso. — Meu Deus, Chichi, está tentando me matar?

— Ah, você vai sobreviver — respondeu ela, beijando a bochecha dele e acariciando-a com o nariz. Com esforço, ela ergueu o livro e começou a folheá-lo. Era muito bom estar com os amigos depois do que havia acontecido nas últimas 24 horas, mas Sunny sabia que teria de voltar para casa em alguns minutos.

— O monstro do lago é da espécie *Enteroctopus* — explicou Orlu. — Eles são nascidos e criados nas terras plenas por famílias numerosas, compostas por muitos parentes. A maioria deles se aventura pelo mundo se locomovendo com os seus corpos aquáticos. Por que ele estava em Leopardo Bate?

— O que são as "terras plenas"? — indagou Sunny.

— Lugares que se misturam de modo equilibrado com a vastidão — explicou ele. — Alguns lugares na Nigéria são terras plenas conhecidas: Osisi, Arochukwu, Ikare-Akoko, e às vezes Chibok fica um pouco plena. Os lugares plenos têm um pouco daqui e um pouco de lá, com os dois mundos sobrepostos e interligados.

— Um monstro a atacou em Leopardo Bate — disse Chichi. — Quem se importa *por que* ele estava ali? Um monte de coisas vêm e vão o tempo todo por qualquer motivo. Estou mais interessada em *quem* salvou você! Ei, posso ver esse pente?!

Sunny tirou o pente da parte da frente do cabelo e entregou-o a Chichi. Assim que o removeu, ficou bastante ciente do fato de que ele não estava mais lá. O pente era bastante pesado, mas era um peso bom, reconfortante. A iridescência que parecia a concha de uma ostra combinava muito com o farto black power louro de Sunny.

— Isso é feito de quê? Metal ou concha? — indagou Chichi.

Sunny deu de ombros enquanto se levantava.

— Tenho que ir para casa.

Chichi devolveu o pente a ela, e Sunny voltou a prendê-lo aos cabelos. Ela e Sasha se cumprimentaram com um "toca aqui", e Chichi deu-lhe um abraço.

— Você está bem? — perguntou a amiga.

— Sim — respondeu ela. — O monstro não me pegou, e estou viva.

— Não sei por que aquela coisa vai atrás de você quando há presas menores e mais fáceis por aí — disse Chichi, beliscando um dos braços fortes de Sunny.

Sunny sorriu, mas desviou o olhar. Ela sempre havia sido um tanto alta, porém mesmo ela precisava admitir que tinha se tornado bastante forte. Isso provavelmente se devia ao futebol que vinha jogando com os meninos, mas algo a mais estava acontecendo. Ela não estava ganhando corpo como um halterofilista, mas havia... mudanças, como o fato de que ela agora era capaz de apertar o pulso de alguém até que doesse terrivelmente, de chutar a bola de futebol com tanta força que machucava quem fosse atingido e de levantar coisas que ela não conseguia levantar no ano anterior.

— Quer que eu faça um juju para humilhar todos os ancestrais dele e deformar toda a sua prole? — perguntou Sasha. Sunny sorriu, fazendo uma pausa para considerar.

— Não, vou deixar o carma cuidar disso.

— Juju funciona melhor e mais rápido do que carma — afirmou Chichi.

Sunny saiu da cabana e Orlu a seguiu, segurando a mão dela delicadamente. Quando Sunny soltou a mão dele à medida que entrava na estrada vazia, Orlu disse:

— Vejo você amanhã.

Sunny sorriu para ele, olhando direto em seus olhos meigos, e falou:

— Sim.

Você não está lendo este livro corretamente se esta é a primeira vez que lê nsibidi. Continue lendo. Vai chegar o momento em que você entenderá. Mas você consegue ouvir a minha voz, e este é o primeiro passo. Estou com você. Sou sua guia. O nsibidi é a escrita da vastidão. Ele não foi feito para ser usado pelos seres humanos. No entanto, só porque não foi feito para nós, não significa que não podemos usá-lo. Alguns de nós conseguem. Nsibidi é para "jogar", e também para enxergar de verdade. Se você perder este livro, ele vai tornar a encontrar você, mas não sem antes forçar-lhe a sofrer um castigo... caso você mereça.
Não perca este livro...

Extraído do livro *Nsibidi: A língua mágica dos espíritos*

3

Casa

O irmão mais velho de Sunny, Chukwu, estava sentado em seu jipe em frente à casa olhando fixamente para a tela do celular enquanto digitava furiosamente uma mensagem. Sunny observava-o à medida que se aproximava de fininho. O cenho dele estava muito franzido, as narinas dilatadas. No ano anterior, Chukwu havia descoberto seu potencial de facilmente ganhar massa muscular, e os bíceps e peitorais recém-inchados latejavam enquanto ele segurava o telefone com força.

— O que há de errado com essa garota tonta? — murmurou enquanto Sunny se recostava contra o jipe com o braço na porta quente. Ela não precisava se preocupar com a poeira. Como sempre, o carro estava imaculado. Sunny suspeitava que ele pagava alguns dos garotos mais jovens da vizinhança para lavar o seu carro com frequência. Chukwu tinha ganhado o jipe fazia três semanas, e ele iria levar o carro consigo para a Universidade de Port Harcourt em de cinco dias.

Ele não a viu de pé ali. Ele nunca a via. Desde que eram mais jovens, ela conseguia fazer isso com ele, com seu outro irmão, Ugonna, e com seu pai. Mas ela nunca se aproximava de fininho da mãe. Algo dentro dela, mesmo quando tinha 3 anos de idade, a dizia para não fazer isso.

Sunny revirou os olhos. Aquele era o seu irmão mais velho. Empesteado de perfume. Usando suas melhores roupas. O cabelo raspado rente e perfeito. Tinha 17 anos, quase 18, e já era versado na arte de se dividir entre quatro namoradas simultâneas que ele abandonaria em menos de uma semana. E prestes a conquistar a quinta, caso conseguisse convencer a menina para quem digitava a mensagem a sair com ele naquele fim de semana. Sunny leu a mensagem enquanto os dedos dele corriam pela tela do telefone.

Só me dá uma chance — Ele digitou. — Vc sabe q ta a fim, sabe q vai se divertir cmg

Sunny ficou feliz por nunca ter se interessado muito em mandar mensagens. Olha só como as palavras ficavam ridículas abreviadas! Além do mais, ela não precisava. Só usava o celular para ligar para os pais e avisá-los onde estava. Depois de conhecer os jujus, muitas tecnologias pareciam primitivas.

— É sério isso? — disse ela finalmente, quando já não aguentava mais ficar ali vendo o irmão fazer aquele papel ridículo.

Chukwu deu um berro e um solavanco de susto, deixando o telefone cair no colo. Depois, lançou um olhar de fúria para Sunny.

— Merda! Qual é o seu problema?

Sunny deu uma risadinha.

— Odeio quando você faz isso!

O telefone vibrou em seu colo e ele o pegou.

— Esta é uma conversa particular. Vá cozinhar o jantar ou algo do gênero. Estou com fome. Vá fazer algo de útil.

— Você já não tem namoradas o suficiente?

Ele mostrou os dentes para Sunny, e rapidamente escreveu uma mensagem de volta para a garota.

— Acontece que é fácil *demais*. Não consigo evitar.

— Imbecil — murmurou ela, caminhando em direção à casa.

— De onde você está vindo suada desse jeito? — perguntou ele, erguendo o olhar na direção dela.

Ela estivera jogando futebol com os meninos. O grupo de garotos com quem Chukwu jogava era mais velho, então ele não fazia ideia de que agora ela estava no time. Se ele descobrisse, Sunny não saberia como explicar isso. Na verdade, ela precisava se preocupar mais com Ugonna, que tinha 16 anos. Às vezes seus companheiros de time jogavam com garotos da idade de Ugonna. Felizmente, o irmão não se interessava muito por futebol. Portanto, até aquele momento estava tudo bem.

— Não é da sua conta — replicou ela por sobre o ombro, e rapidamente entrou em casa.

Seus pais só chegariam dentro de algumas horas. A mãe dela estava fazendo um atendimento domiciliar e havia mandado a eles uma mensagem dizendo o que tinha para comer. E o pai sempre chegava tarde nas quintas-feiras. Ugonna estava na cozinha comendo uma laranja e tinha um lápis na mão. Estava desenhando outra vez. Sunny considerou sair da cozinha, mas estava com fome.

Ugonna sempre gostara de desenhar; ele fazia esboços de coisas como rostos sorridentes, imagens vagas de garotas, árvores, carros de que ele gostava, e pares de tênis de ginástica. Mas, no ano passado, depois de descobrir um site que ensinava a ilustrar, ele passou a levar sua habilidade mais a sério. Em vez de sair com os amigos, ele começou a passar cada vez mais tempo na mesa da cozinha, rabiscando. O que ele desenhava melhor eram rostos e imagens abstratas de florestas.

Alguns desses desenhos abstratos faziam Sunny se lembrar do nsibidi que ela estava aprendendo a ler. Não que tivessem a mesma aparência, mas tinham uma energia similar. Os desenhos dele não se moviam literalmente como os pictogramas nsibidi em seu livro, mas *pareciam* se mover. As árvores pareciam balançar ao vento, e os insetos nos galhos *pareciam* caminhar.

Então, no mês anterior, ele havia desenhado aquilo com que Sunny vinha sonhando desde a semana que se seguiu ao enfrentamento de Ekwensu. A cidade de fumaça. Era um bom desenho. A mãe deles o achara tão bonito que decidira mandar emoldurá-lo. Sunny agora tinha de olhar para aquela imagem na sala de estar toda vez que queria ver televisão ou sair. Os próprios sonhos já eram horríveis o suficiente.

Eles eram piores do que a visão do fim do mundo. Os sonhos mostravam o que acontecia *à medida que* o mundo acabava. Uma cidade de fumaça que soltava espirais enquanto ardia em chamas, e que quase se parecia com um mundo inteiramente diverso. Era como olhar através dos olhos de um deus. Na primeira vez em que havia tido o sonho, ela acordara, correra até o banheiro no escuro e vomitara na privada. Na segunda vez, ficara doente horas depois, e não conseguira sair de casa por dois dias enquanto se recuperava de um caso terrível de malária. Na terceira vez, acordou chorando descontroladamente. Ela não contara a ninguém sobre os sonhos. Nem para Sugar Cream. No entanto, ali estava seu irmão não leopardo desenhando-os, e sua mãe ainda havia emoldurado e pendurado na parede da sala.

— Oi — grunhiu ela, passando rapidamente por Ugonna e indo para a geladeira.

— Boa tarde — disse ele, sem tirar os olhos do que estava desenhando.

Ela abriu a geladeira, seu estômago roncando terrivelmente. Sunny não havia tomado café da manhã, tinha se esquecido de levar o almoço para a escola, não tivera dinheiro o bastante para comprar um petisco na hora do lanche e não sentira vontade de pedir dinheiro emprestado mais uma vez a Orlu. Trocando em miúdos, ela não comera nada desde a sopa de pimenta que Sugar Cream lhe havia servido na noite anterior, depois do ataque. Ela tirou da geladeira três bananas-da-terra maduras.

— O Chukwu ainda está lá no jipe dele? — perguntou Ugonna.

— Aham.

— Ele é muito metido a besta — comentou Ugonna. — Não sei por que a mamãe e o papai decidiram comprar esse carro para ele! Ele vai ficar hospedado num albergue do governo, o que as pessoas vão achar de um negócio desses?

— Nosso pai bem que tentou — disse Sunny, dando de ombros. Chukwu ia chamar atenção na universidade. Ele não só havia sido um dos melhores alunos de sua turma de formandos, como também era o melhor jogador de futebol da região. Ainda assim, seu pai queria que seu filho mais velho realmente experimentasse a vida de um estudante universitário. Portanto, em vez de Chukwu se hospedar em um dos albergues de estudantes fora do campus, que eram particulares e mais confortáveis, ele insistira para que Chukwu ficasse hospedado nos mais austeros albergues estatais dentro do campus. Ele teria de dividir um quarto grande com outros cinco alunos. Chukwu havia reclamado furiosamente, mas por fim calou a boca quando soube que sua mãe havia comprado para ele o jipe usado.

Ugonna riu entre dentes. Sunny também. Ela fez talhos nas cascas amarelas e pretas das bananas-da-terra e as descascou. Em seguida, cortou as bananas em rodelas finas e ligeiramente enviesadas, e as colocou em uma tigela grande. Esquentou uma panela funda com óleo e depois jogou nela as bananas, para fritá-las. Enquanto fazia tudo isso, Sunny resistiu à ânsia de espiar o que o irmão desenhava. Mais uma vez ela voltou a se perguntar como é que ele havia desenhado aquela horrível cidade em chamas. Ele não era uma pessoa-leopardo. Estaria alguém operando algum juju nela? Ou em sua família?

Franzindo o cenho, ela virou as bananas-da-terra na panela e retirou do óleo a primeira leva, colocando as fatias quentes sobre um prato com três folhas de papel toalha. Pegou uma fatia e mordeu. Ficou com água na boca enquanto apreciava o sabor agridoce da fruta frita, que se parecia muito com a banana prata, mas, ao mesmo tempo, não tinha nada a ver. Perfeito.

Sunny se concentrou em preparar as bananas-da-terra, e não na conversa que planejava ter com Sugar Cream na noite seguinte, ou no fato de que vinha escondendo de seus amigos segredos muito graves. Escondê-los de Orlu, em particular, era a parte mais difícil. Logo ela contaria a eles. Todos os três iriam perder as estribeiras.

Ela botou o prato com as bananas-da-terra na mesa.

— Quer um pouco? — perguntou ela, colocando várias rodelas em seu próprio prato.

Ugonna olhou para as bananas, e depois se levantou para pegar um prato.

— Obrigado.

Os dois comeram e assistiram a um filme de Nollywood na televisão da cozinha. Minutos depois, Chukwu se juntou a eles. Enquanto eles riam de uma mulher idiota que era tão burra a ponto de esquecer seu bebê em um táxi, Sunny olhou de soslaio para o desenho de Ugonna. Era um Dodge Viper tunado com uma mulher de aparência sensual inclinada sobre o capô.

Ela sorriu e desfrutou das bananas e da companhia dos irmãos.

Naquela noite, Sunny deitou-se na cama e ficou olhando fixamente para a foto de sua avó. Sua avó, a única dentre todos os parentes de Sunny que era uma pessoa-leopardo, a única pessoa com quem ela poderia ter conversado sobre todas as coisas relacionadas aos leopardos. Enquanto Sunny era albina, com olhos, cabelo e pele pálidos, a avó tinha a pele negro-azulada e cabelos pretos cortados bem rente. Sunny aproximou mais a foto de si e olhou para a faca juju que sua avó segurava contra o peito.

A faca de dois gumes era particularmente grande, quase como uma peixeira pontiaguda, e parecia ser feita de ferro bruto pesado. Ambos os gumes eram serrilhados, com desenhos gravados em baixo-relevo. *Será que eles a enterraram com você?*, Sunny se perguntou. *Você sequer tinha um corpo para ser cremado depois que Chapéu Preto a assassinou?* Ela fechou os olhos. Era tarde, e estava cansada. Aquele não era um recôndito de sua mente que ela devia visitar antes de dormir. Pôs a foto de lado e desdobrou o único outro item que havia na caixa com a carta de sua avó, a fina folha de papel com os símbolos nsibidi.

Sunny voltou a tentar ler os símbolos. Quando sentiu o enjoo se instalando, dobrou o papel novamente. Fechou os olhos, tentando fazer o enjoo passar com a força do pensamento. Na primeira vez, ela não dera ouvidos ao aviso de seu corpo: continuou tentando e tentando ler. No fim das contas, acabou vomitando a alma. Vomitara tanto que seu pai foi tomado por uma preocupação violenta, não importando o quanto a mãe dela, que era médica, assegurasse a ele que Sunny estava bem.

— O que há de errado em levá-la para o hospital, afinal? — ele ficava perguntando à mãe dela, com raiva, ao pé da cama de Sunny. — *Kai!* Esta é uma doença normal, não é? Então, a cura tem de ser normal! — No fim das contas, o enjoo acabou passando, deixando Sunny com a questão intrigante sobre o que significavam os pictogramas no papel. Ela teria de melhorar a sua capacidade de ler nsibidi para descobrir. Olhou de soslaio para o pedaço de papel apenas por um breve segundo. Depois, guardou todas as coisas da avó e, em vez disso, pegou seu livro *Nsibidi: A língua mágica dos espíritos.*

Sunny não estava pronta para ler a complexa página deixada pela avó, mas de fato *tinha* avançado muito em sua capacidade de ler nsibidi. A cada dia ela era mais e mais capaz de "ler" o livro de Sugar Cream — principalmente quando estava descansada, tinha feito uma boa refeição e conseguira passar quase o dia inteiro sem falar com ninguém. O nsibidi não é algo que se consiga ler da mesma maneira como um livro qualquer ou até uma partitura. Era uma escrita mágica. Ele tinha de chamá-lo, e ele somente chamava aqueles que podiam e queriam mudar de forma.

Os metamorfos que viam o nsibidi veriam os símbolos se movendo e até os ouviriam sussurrar. Sunny passou por essa experiência no instante em que pegou o livro de nsibidi por acaso na Loja de Livros do Bola, no ano anterior. E apesar de o livro ter custado muitos *chittim* (a moeda dos leopardos, que só poderia ser recebida ao se adquirir conhecimento), ele valia a pena. Aquela foi a sua primeira lição sobre como começar a dominar a arte dos leopardos. A princípio, aprender a ler o nsibidi era intuitivo, com o leitor sendo forçado a atingir as profundezas de seu âmago e a entender que os símbolos estavam vivos, e que eles também eram metamorfos. E quando os símbolos nsibidi mudavam de forma para você, o mundo inteiro mudava junto.

A primeira vez que isso aconteceu havia sido duas semanas antes, quando Sunny pensou que já havia aprendido a ler o nsibidi. Ela conseguira ler a primeira página toda, que era basicamente uma introdução ao livro, ou pelo menos fora isso o que achara. Sugar Cream escreveu que seu livro jamais seria um best-seller. Pouquíssimas pessoas conseguiam "ouvir" o nsibidi, e menos ainda queriam dar ouvidos a ele. Ela dizia que o nsibidi era mais uma língua dos espíritos do que uma língua para ser usada pela humanidade. Em seguida, começava a explicar como o livro estava dividido em partes. O tomo era bem fino, então as seções eram muito curtas. Sunny chegara até este ponto.

Por algum motivo, não importava o quanto ela refletisse sobre os símbolos que se retorciam ou o quanto desfocasse o seu olhar e se esforçasse para "ouvir" o que diziam os sussurros, Sunny não conseguia avançar na leitura. Ela havia chegado a um beco sem saída.

Suando e frustrada, pousou o livro na cama, com as espessas páginas abertas, e recostou-se contra os travesseiros.

— Vamos lá — sussurrou, cansada.

Entender aquela primeira página havia sido profundamente gratificante. Depois de tudo pelo que havia passado no ano anterior, eis que ali havia algo que Sunny sentia que fazia sentido. Cada parte de seu ser amava e queria aprender nsibidi. E parecia que a compreensão chegava a ela *por causa* disso. Era exaustivo física e mentalmente, e frustrante, mas ela amava. Foi quando a compreensão veio. Em seguida, Sunny chegou no beco sem saída.

Agora, enquanto ela olhava para o livro fino com grossas páginas cor de creme cheias de símbolos amarronzados e parecidos com gelatina, que oscilavam e às vezes rodopiavam, que se encolhiam e se expandiam, Sunny relaxou e soltou um suspiro.

— A compreensão vai vir — murmurou. E relaxou um pouco mais. Seus batimentos cardíacos desaceleraram. Ela tinha outros deveres de casa a fazer. O nsibidi era um amigo, não um leão a domar ou alguma coisa que se subjuga à base de surras. Estava pensando em ir comer alguma coisa. Seu estômago parecia vazio, apesar de ela ter acabado de jantar.

— Sunny — ela ouviu alguém sussurrar suavemente.

Quando olhou para o livro, sentiu mãos macias e frias pressionarem as suas bochechas para firmar a cabeça.

— Mantenha esta posição — disse a voz.

Tudo se desfez.

Não havia nada além dos símbolos sussurrantes.

Palavras orais e escritas combinadas.

Sunny sentiu um calor no rosto, como se fosse a luz do sol.

Luz do sol agora, e não antes de sua iniciação na sociedade *ekpe*. A sociedade-leopardo. A luz do sol não queimava.

Sunny caminhou por uma trilha, com a floresta selvagem à esquerda e à direita. Tambores retumbavam, mas podia ouvir com clareza a voz de Sugar Cream. Ela viu os símbolos dançarem diante de si quando Sugar Cream os invocou, entocando-se no chão quando eram falados e dando voltas como o ciclo de um tornado quando pronunciados.

— O título deste livro é *Nsibidi: A língua mágica dos espíritos.* Mas este livro é traiçoeiro. Assim como eu, ele muda de forma. Ele usa um outro nome, um nome oculto, revelado apenas para aqueles que conseguem lê-lo. *Trapaceira: minha vida e meus ensinamentos,* escrito por Sugar Cream, é o nome oculto, seu nome verdadeiro. Este livro é uma parte de mim. É maravilhoso que você esteja aqui, e que esteja ouvindo. Isso é bom.

Sugar Cream prosseguiu contando/mostrando a Sunny que aquela selva era onde Sugar Cream havia crescido. Estava apresentando um velho e peludo babuíno de um clã que ela chamava de os idiok quando Sunny subitamente voltou a si. Teve de piscar várias vezes para fazer com que seus olhos e mente se concentrassem. Alguém batia à porta, e ela olhou de relance para a hora em seu celular. Haviam se passado duas horas! E Sunny havia virado *uma* página.

— Sunny? — sua mãe tornou a chamar. Sunny ficou tensa. Ninguém em sua família sabia nada de nada. E não poderiam saber, tanto por conta de um juju quanto por causa das leis dos leopardos. Entre muitas outras coisas, isso às vezes tornava ler o livro em nsibidi difícil. A mãe bateu à porta.

— O que você está fazendo aí?

Tim, tim, tim, tim! Dez pesados *chittim* de cobre caíram no chão em frente à cama de Sunny. A moeda corrente dos leopardos caía sempre que se obtinha conhecimento, e os de cobre eram os mais apreciados. Com o formato de uma barra curva, os *chittim* vinham em muitos tamanhos e podiam ser feitos de cobre, bronze, prata ou ouro: os de cobre tinham o maior valor, enquanto os de ouro tinham o menor. Ninguém sabia quem os jogava ou por que eles nunca machucavam alguém quando caíam.

Sunny deu um pulo e rapidamente pegou os *chittim* e colocou-os em sua bolsa. Sim, ela havia aprendido algo importante e sabia que podia abrir o livro e "ouvir" o nsibidi de novo da mesma forma.

— Uau — sussurrou ela, colocando a bolsa pesada ao seu lado, com os *chittim* lá dentro tilintando alto. Foi quando a dor em sua barriga a atingiu com força e ela se encolheu em posição fetal. Era fome, mas uma fome terrivelmente agressiva. Ela pigarreou e tentou parecer normal.

— Estou apenas estudando, mãe.

Sua mãe tentou abrir a porta.

— Por que a porta está trancada, então?

Sunny se arrastou até a beira da cama. Botou os pés no chão frio.

— Desculpe, mãe — disse, obrigando-se a ficar de pé.

Quando abriu a porta, sua mãe a encarou por muito tempo. Examinou o rosto de Sunny, farejou o quarto, tentando escutar alguma coisa, qualquer coisa que fosse. Sunny conhecia bem aquela rotina. As coisas não ditas que haviam entre elas aumentava a cada dia. Mas o amor que sentiam uma pela outra se mantinha. Então estava tudo bem.

— Estou... estou bem, mãe — gaguejou Sunny. Ela estampou o sorriso mais falso de toda a sua vida.

— Tem certeza? — sussurrou a mãe. Sunny a abraçou. Com 13 anos e meio, já tinha a mesma altura da mãe: 1,72 m.

— Sim, mãe. Estou apenas estudando... muito.

— Já são dez da noite. Você devia se arrumar para ir dormir. — Sua mãe olhou por sobre o ombro de Sunny para o exemplar na cama dela, que não era um livro didático.

— Já vou, depois que comer alguma coisa.

— Mas você acabou de jantar.

— Eu sei. Mas estou com fome de novo, acho. Só um pouquinho.

— Está bem, então — suspirou a mãe. — Sobrou bastante banana-da-terra.

Sunny escancarou um sorriso.

— Perfeito. — Ela sempre estava disposta a comer as deliciosas bananas-da-terra, fritas, suculentas e doces. Quando terminou a refeição, escovou os dentes de novo e voltou para o quarto. Apagou a luz, caiu na cama e em 30 segundos já estava dormindo. Cinco minutos depois, ela estava sonhando com o fim do mundo...

A cidade ardia em chamas tão violentamente que parecia uma cidade de fumaça. Sunny testemunhou isso por cima da exuberante floresta verde. Estava voando. Mas não era um pássaro. O que era ela? Quem sou eu?, *perguntou-se.*

Ali as coisas eram sempre assim. Sunny podia sentir o cheiro à medida que se apressava em direção à cidade em chamas. No entanto, ela não farejava fumaça. O vento devia estar soprando para longe dela. Em vez disso, sentia o cheiro de flores. Um cheiro doce, como se as árvores abaixo dela estivessem enchendo o ar de pólen.

Tentou parar, mas a força que a conduzia queria ir em direção à cidade. Ela era uma mente em um corpo que tinha outros planos. Havia edifícios que espiralavam. E estruturas menores no chão, bulbosas como ovos fumegantes. Tudo ficava ondulado com a fumaça. Este era o fim. Seria esta cidade Lagos? Nova York? Tóquio? Cairo?

Mais perto.

Sunny teve vontade de berrar. Não queria mais olhar para aquilo. Mas ela sequer tinha um corpo para controlar. Era como ler em nsibidi. Nsibidi?, *pensou ela, entrando em pânico.* O que é isso?

Agora ela estava perto demais da cidade em chamas. Em breve estaria acima dela. Que coisas eram aquelas que voavam para fora da cidade? Destroços de prédios pegando fogo? Pareciam morcegos. Demônios.

Ela podia sentir seu coração disparando, dando pancadas contra o seu peito, desejando sair. Meu coração? Eu tenho coração? *Ela estava tremendo. Agora, despencava. As árvores da floresta se chocando em sua direção...*

Seu corpo estremeceu quando ela atingiu o chão. Seus olhos se arregalaram enquanto ela se debatia na escuridão. O chão era duro. Cheiros familiares. Ela se acalmou. O cheiro dela. Sunny tocou seu black power amassado; ela se esquecera de tirar do cabelo o pente que Mami Wata lhe dera. Em seguida, voltou para a cama e ficou deitada ali até que dormiu um sono inquieto mas, felizmente, sem sonhos.

4

Ler nsibidi é arriscado

No fim da tarde de sábado, Sunny foi visitar Sugar Cream na Biblioteca de Obi, como de costume. Ela estava acostumada a atravessar a ponte para Leopardo Bate. O monstro do rio a deixava nervosa, mas ela sempre o encarava com um olhar intimidador enquanto cruzava a ponte. Inclusive desta vez. Ele se emboscava logo abaixo da superfície, formando uma sombra do tamanho de uma casa, com olhos que emitiam um fraco brilho amarelo. Observando. Esperando. Pelo quê, Sunny não sabia. Mas quando ela invocou sua cara espiritual e Anyanwu a encheu de confiança, desenvoltura e coragem, ela não se importou. Desafiou o monstro do rio a vir com tudo, pois assim ela teria motivos para dar-lhe uma surra de uma vez por todas.

Quando chegou ao escritório de Sugar Cream por volta das oito da noite, sua mentora ainda não estava lá. Uma das máscaras ancestrais na parede, a vermelha com bochechas inchadas e olhos selvagens, abriu a boca e riu dela em silêncio. Outra botou a língua para fora. As máscaras eram muito irritantes. Era como se houvesse um coro de crianças seguindo Sugar Cream por todo o lado, zombando e implicando com Sunny sempre que ela levava uma bronca ou cometia um erro.

— Ah, pare com isso — disse ela para a máscara de ébano de rosto comprido que semicerrava os olhos e soltava muxoxos para ela à medida que Sunny ia para a mesa de Sugar Cream. Havia um bilhete nela. *Sente-se. Hoje vamos treinar deslizamento. Então esvazie a sua mente. Volto em breve.*

Sunny soltou um gemido. "Sente-se" significava "Sente-se no chão em frente à mesa". Ela suspirou, vasculhando o piso de madeira escura. Avistou quatro das grandes aranhas vermelhas perambulando rápido pelo chão. Sempre havia algumas delas. Para onde iam Sunny não sabia, mas elas *sempre* estavam indo para algum lugar. Eram como formigas feias e assustadoras que na verdade eram aranhas.

Sunny lentamente se sentou no chão. Fechou os olhos e respirou fundo devagar. Fez um esforço para se esquecer das aranhas, e tornou a respirar fundo bem devagar. Infelizmente, à medida que sua mente se esvaziava, abria espaço justamente para a coisa em que Sunny queria parar de pensar. Seu sonho. A cidade fumegante. Ela franziu o cenho, tentando esvaziar a mente com mais afinco. Suor se acumulava em gotas em sua testa enquanto o sonho perdia seus contornos nítidos e começava a tornar-se vago.

O corpo dela começou a relaxar. Seus batimentos cardíacos diminuíram. Bem-estar. Nada além disso. Duraria por cerca de 30 segundos. Por enquanto, esse era o máximo de tempo que ela conseguia manter a concentração. Mas aquele meio minuto era pura felicidade. Dez segundos. Um sorriso se estampou em seus lábios. Quinze segundos. Ela começou a ouvir de novo aquele lento e suave zumbido. Vinha de baixo dos pés dela, sob o solo — profundo, profundo, profundo. Era lindo. Dezoito segundos, ela sentiu algo que a pinicava.

Seus olhos se arregalaram, e ela olhou para a mão. Uma das aranhas vermelhas estava rastejando sobre seus dedos mindinho e anelar.

— Eeeecaaaa! — berrou ela, espantando a aranha, que pousou no chão e correu em direção à mesa de Sugar Cream. Sunny ficou de pé, ainda aos berros, quando seus olhos toparam com a mulher sentada atrás da mesa.

— Boa noite — cumprimentou Sugar Cream. Hoje ela usava um vestido amarelo-creme e um lenço da mesma cor amarrado à cabeça. As pulseiras vermelhas em seus pulsos tilintaram quando ela mudou de posição.

— Aranha! Era... — Sunny estava tão desorientada que ficou sem fôlego e balbuciante. Estava qualquer coisa, *menos* relaxada.

— Você devia estar em uma meditação profunda — disse sua mentora em ibo. — Acho que a aranha ia verificar seu pulso para confirmar se você ainda estava viva. — Atrás dela, a máscara vermelha ria em silêncio. — O que gostaria que discutíssemos hoje? — indagou Sugar Cream.

Sunny sabia que qualquer que fosse sua resposta, ela raramente seria levada em consideração, mas gostava que a pergunta fosse feita. Ela cogitou contar a Sugar Cream sobre o sonho. *Mas, para ser sincera, foi apenas um sonho*, pensou. *Não tenho nenhuma prova*. No caso da visão do fim do mundo que ela tivera enquanto olhava fixamente para a chama de uma vela dois anos atrás, havia outros anciãos que haviam tido uma visão similar. Não foi apenas ela. Mas talvez outras pessoas também estivessem tendo o mesmo sonho. Talvez. Um sonho era muito menos convincente do que uma visão que alguém de fato teve enquanto estava lúcido e desperto. Ela tinha visto Chapéu Preto cortar a própria garganta e, além disso, enfrentara Ekwensu fazia muito pouco tempo. Na verdade, era normal que tivesse alguns pesadelos. Sunny decidiu seguir por outra direção.

— Que tal me ensinar mais sobre como se lê o nsibidi? — sugeriu ela, lentamente voltando a se sentar. — Acho... acho que progredi bastante. — Ela contou a Sugar Cream sobre sua experiência com a leitura do nsibidi, e a mentora pareceu satisfeita.

— Finalmente — comentou ela, dando o maior sorriso que Sunny a tinha visto dar desde que começara a sua mentoria com a Bibliotecária-chefe. Normalmente, Sugar Cream era muito sutil e estoica. — Ler nsibidi não é algo que posso lhe ensinar. Bom, bom, bom. Agora podemos fazer mais coisas.

— Mas por que ele me suga tanto? — indagou Sunny. — Me senti como se fosse morrer de fome. Não sei como consegui esconder a dor da minha mãe.

— Acredite em mim: sua mãe percebeu. — Sugar Cream riu entre dentes. — Mas ela está aprendendo a aceitar o que você é, por mais que não saiba exatamente *o quê* você é. E isso é algo bom e prudente para ambas. — Ela arqueou as costas em sua poltrona de couro macio e virou o corpo de lado. A coluna de Sugar Cream era curvada na forma de um "S" dramático e, portanto, nenhuma cadeira realmente era feita para se adequar ao corpo dela. Sunny se perguntava por que ela simplesmente não mandava que fabricassem um assento sob medida. — Ler o nsibidi é um toma lá dá cá — prosseguiu. — Ele lhe dá experiência e conhecimento, e, em troca, a mágica suga a sua energia. Isso não causa problemas se você se reabastecer logo em seguida. Continue a fazer o que vem fazendo. Leia um pouquinho, e depois coma bem, durma, relaxe. Não brigue com seus irmãos ou vá assistir a algo irritante na televisão, porque, antes que você se dê conta, vai desmaiar e fazer um papel ridículo.

Sunny riu.

— E pode esperar ter alguns pesadelos agora que você descobriu a chave para verdadeiramente ler o nsibidi — completou a mentora.

— Pesadelos? — perguntou Sunny, com o corpo todo formigando.

— De muitos modos, ler nsibidi é como deslizar pela vastidão, pois também envolve sair do seu corpo. Isso vai te assustar, mesmo que o que você esteja lendo não seja assustador. Sua mente compensa isso fazendo-a ter pesadelos.

— Ah — suspirou Sunny.

Sugar Cream ficou mais séria, e ergueu um dedo indicador ossudo, prendendo a atenção de Sunny com seus olhos.

— Ler nsibidi é arriscado. Você é uma agente livre, e o fato de conseguir lê-lo não é apenas raro como também uma combinação ruim. Pessoas já morreram por lerem demais, Sunny. Cuidado com livros escritos em um nsibidi primoroso: você tem de ser verdadeiramente forte para lê-los. Caso contrário, pode acabar sendo sugada para dentro da história, ou dos ensinamentos, ou da informação. Quando você voltar para si mesma, vai ser apenas para se despedir desta vida atual. Seu corpo vai ter definhado e só restarão os ossos; você já não terá nada mais. Não é uma boa maneira de se passar para a sua próxima vida.

O papel com símbolos nsibidi que a avó de Sunny havia deixado para ela deveria ser esse tipo perigoso. Ela não sabia o que o papel dizia, se era ficção ou não ficção, mas sabia como se sentia quando tentava "lê-lo".

Sugar Cream se levantou.

— Agora, então — anunciou ela —, nós vamos dar um passeio.

— Aonde vamos?

— Até os arbustos de pimenta contaminada.

Sunny sentiu todo o seu corpo congelar.

— Reparou no modo como você reagiu? — indagou Sugar Cream. — Não é bom viver uma vida regida pelo medo. Esta é uma lição que você particularmente deve aprender aqui e agora. Caso contrário, vai viver infeliz. — Ela riu. — Sua cara espiritual é corajosa e forte; quer que ela sinta vergonha de você?

Sunny seguiu Sugar Cream porta afora. Tudo bem. *Só espero não ver nem uma poça d'água que seja*, pensou.

5

Tia Uju e seu juju

Na segunda-feira, apesar das palavras de Sugar Cream e do fato de não haver nenhum monstro do lago perto dos arbustos de pimenta contaminada, Sunny voltou a se preocupar com o seu sonho. Lá fora chovia, e a umidade deixava tudo empapado. Ainda estava chovendo quando acabaram as aulas, e Sunny tinha de encontrar Orlu no portão da frente da escola. Eles caminharam na chuva. Nenhum dos dois tinha um guarda-chuva.

Sunny resmungou, agarrando sua faca juju dentro do bolso. Ela sempre levava a faca consigo a todos os lugares, até para a escola, apesar de nunca a ter usado lá para fazer nada. Eles chegaram a uma estrada escorregadia, e Orlu começou a caminhar na direção oposta das casas deles. Sunny suspirou. Uma boa dose da presença silenciosa de Orlu bem que viria a calhar hoje. Chichi e Sasha poderiam estar por ali, mas poderiam não estar também. Aqueles dois estavam sempre ou no mercado comprando novos pós de juju, ou sozinhos em seu "lugar secreto" criando-os. Atualmente, além de serem namorados, Sasha e Chichi pareciam uma dupla de cientistas loucos, sempre fedendo a flores moídas, com dedos manchados e um constante sorriso satisfeito e um tanto maníaco estampado nos rostos. O cabelo de Sasha tinha até dobrado de tamanho, como se ele estivesse tomando algum tipo de vitamina mágica. As pontas de suas tranças afro agora desciam por toda a extensão das costas dele.

Sunny tivera esperanças de que ela e Orlu pudessem ir para a casa dela estudar na mesa da cozinha juntos enquanto ouviam o barulho da chuva. No entanto, ela havia se esquecido de que hoje era o dia em que Orlu visitava sua tia em um vilarejo próximo.

— Posso ir com você? — perguntou subitamente Sunny.

Orlu olhou para ela com as sobrancelhas erguidas, a chuva escorrendo em seu rosto.

— Por quê?

Ela deu de ombros.

— Se tiver problema, então...

— Não, está tudo bem. É só que... seus pais não vão se importar?

— Vou ligar para eles. Acho que vai ser tranquilo.

— Tudo bem então. Mas deixe-me avisá-la agora que eu amo a minha tia, mas que ela é... um tanto quanto conservadora.

A dois minutos de distância da escola, eles conseguiram pegar um *danfo*. O pequeno ônibus capenga estava lotado de pessoas encharcadas e de aparência triste, e não havia assentos vagos. Sunny e Orlu se espremeram entre os passageiros que estavam de pé no corredor. Orlu envolveu Sunny com um dos braços quando um solavanco do ônibus quase a atirou no colo do homem que estava sentado ao lado dela.

A viagem durou apenas dez minutos, e apesar de ter precisado ficar de pé, Sunny queria que tivesse demorado mais. À medida que o ônibus se movia, a chuva apertava. Quando eles saltaram, foi como entrar em uma cachoeira.

— Queria que pudéssemos fazer um feitiço que funcionasse como um guarda-chuva — murmurou Orlu. Mas os dois sabiam que se fizessem isso iam ser mandados para a Biblioteca de Obi para receber um castigo. Bastaria que apenas uma ovelha os visse andar pela rua sem que uma gota de chuva tocasse a pele, as roupas ou as mochilas deles.

A casa da tia de Orlu era grande, branca, com um telhado verde e rodeada por uma espessa cerca branca. Orlu bateu no portão, que o porteiro rapidamente abriu para eles.

— Boa tarde — cumprimentou o porteiro. Em seguida, voltou correndo para o abrigo de sua guarita. À medida que subiam o caminho em direção à casa, Orlu parou subitamente.

— Minha tia é ovelha — informou ele abruptamente.

— Ok. E daí?

Orlu deu de ombros.

— Orlu, eu sou uma agente livre. Acha que vou julgar você por ter parentes que são ovelhas?

Ele deu um sorriso constrangido.

— É verdade — comentou ele. — Venha, vamos sair dessa chuva.

Uma jovem abriu a porta para os dois.

— Boa tarde, Orlu — cumprimentou ela, e depois fez uma pausa, examinando Sunny. Em seguida, seu sorriso ganhou um ar insinuante. — Aposto que você é Sunny Nwazue.

— Kema, pare — pediu Orlu.

— Oi — cumprimentou Sunny. Kema pegou a mão de Sunny e deu um aperto firme.

— Ele fala muito de você — comentou Kema. Ela tocou o pente da Mami Wata que Sunny levava preso ao seu black power. — Lindo pente.

— Obrigada — respondeu Sunny, nervosa. Se a tia de Orlu não era leopardo, será que Kema era? O que acontecia quando ovelhas tocavam em presentes da Mami Wata?

— Cadê a minha tia? — indagou Orlu.

O sorriso de Kema ficou menos escancarado.

— Está na sala vendo um filme. Ela não está se sentindo nada bem hoje. Talvez seja por conta da chuva.

Orlu pegou a mão de Sunny.

— Venha.

Sunny pôde sentir o cheiro da tia de Orlu antes mesmo de vê-la, uma mistura de fumaça de cigarro, perfume caro, azeite de dendê e doença. Ela estava sentada em frente a uma enorme televisão de tela plana, encarando-a fixamente e de modo inexpressivo. Não era muito mais velha do que a mãe de Sunny, tinha um corpo saudavelmente roliço e o rosto maquiado em cores chamativas. Suas pálpebras tinham um tom escuro de roxo, suas sobrancelhas haviam sido raspadas e redesenhadas na forma de espessas barras escuras, seus lábios eram vermelho-sangue e sua pele estava imaculada, coberta por uma base marrom-clara. Ela obviamente usava produtos para clarear a face, pois seu rosto marrom-claro contrastava com o pescoço e os braços em tom marrom-escuro. Ela vestia uma blusa branca e calças pretas estilosas.

Estava passando um filme de Nollywood em que uma mulher com uma peruca horrível gritava com outra mulher com uma peruca tão horrível quanto. Quando a segunda mulher arregalou os olhos e deu um tapa na cara da primeira, a tia de Orlu nem esboçou reação. O volume da televisão estava alto demais, e Orlu imediatamente o abaixou. Ela tampouco reagiu a isso.

— Boa tarde, tia Uju — cumprimentou ele em tom suave, se ajoelhando em frente a ela e pegando uma de suas mãos.

Os olhos de Sunny começaram a lacrimejar, e ela subitamente teve vontade de espirrar. Então espirrou. Quase deu um pulo de susto quando a tia Uju subitamente olhou para ela. Sunny deu vários passos para longe da mulher: o semblante dela estava repleto de veneno.

— Quem é *essa*? — disparou a tia Uju.

— Tia — começou Orlu —, essa é Sunny. Ela é minha...

— Ela é albina — falou a tia, fazendo uma careta de nojo.

— Sim, tia, isso é óbvio.

— Boa tarde — cumprimentou Sunny em tom suave, estendendo uma das mãos. A mulher parecia prestes a explodir; era melhor agir com cuidado. O nariz de Sunny tornou a coçar e, antes que pudesse apertar a mão da mulher, ela espirrou. E espirrou de novo e de novo.

— *Kai!* — exclamou a tia, olhando fixamente para Sunny, que tinha uma das mãos sobre o nariz cheio de catarro.

— Me desculpe — disse Sunny, constrangida.

— Olhe só para esta garota perversa — gritou a tia Uju. — Olhe só para ela! É como um fantasma. Ela vai atrair doença, pobreza e azar para esta casa! Menina bruxa cheia de bruxaria!

— Tia, pare com isso — implorou Orlu. Ele olhou de soslaio para Sunny, pedindo desculpas. — Relaxe. Esta é minha amiga. Minha melhor amiga. Ela…

— *Esta* é sua melhor amiga?! — exclamou a mulher, arregalando olhos chocados. Ela se virou para Sunny com um olhar tão perverso e assustador, franzindo o rosto maquiado, que Sunny deu um pulo para trás. — Saia daqui e morra! — berrou para Sunny

Sunny encolheu o corpo.

— O quê? Eu…

— Pai nosso, que estais no Céu, ooohh... — Ela subitamente começou a gemer. Ergueu as mãos, deu um pulo e pisoteou o chão enquanto gritava: — Fogo! Fogo! Fogo! Saia daqui!

— Tia! — exclamou Orlu, pegando a mulher pelos ombros e tentando fazê-la se sentar.

Mas isso somente deixou sua tia mais agitada.

— Fogo! Fogo! Fogo! SAIA DAQUI!

Sunny, nervosa, deu meia-volta e deixou a sala. Ela caminhou corredor abaixo muito ofegante. Não derramaria uma lágrima na frente daquela mulher louca. Sunny não daria *esse* gostinho a ela. Ela já havia se deparado com esse tipo de situação muitas vezes. Se chorasse, a mulher pensaria que os seus gritos seguidos haviam feito Sunny se sentir culpada por sua "bruxaria perversa".

Sunny parou no umbral e colocou as mãos trêmulas no rosto.

— Mas eu sou mesmo uma bruxa — sussurrou consigo mesma. No entanto, ela não era uma bruxa no sentido em que acreditava aquela mulher e muitos outros nigerianos delirantes. As pessoas-leopardo não tinham nada a ver com tudo aquilo. Essas coisas sequer existiam.

Por que tem sempre que ser pelo fato de eu ser albina?, pensou ela. *Eu nunca faço nada de mal para ninguém, e ainda assim eles pensam que eu sou má.* Os olhos dela arderam à medida que as lágrimas vieram.

— Você está bem? — perguntou Kema, saindo do banheiro.

— Estou bem — murmurou Sunny.

— Sunny — chamou Orlu, correndo até ela. — Me desculpe por isso. Não se sinta mal. A tia Uju não bate bem da cabeça. Ela tem um tipo de demência.

Sunny agora já não podia conter as lágrimas. Ou os espirros. Ela olhou para Orlu, querendo fazer a pergunta que estava em sua mente. Mas Kema estava ali. Kema correu para o banheiro e lhe trouxe um pouco de papel higiênico.

— Obrigada — disse Sunny, assoando o nariz. Ela tornou a espirrar. — Acho que eu deveria ir embora.

Orlu acompanhou-a para fora da casa, e os dois ficaram parados ao lado do portão de entrada enquanto Sunny assoava o nariz de novo. Orlu deu a ela mais do papel higiênico que Kema havia lhe entregado.

— Me desculpe — falou Orlu.

Sunny somente balançou a cabeça.

— Não é a primeira vez. As pessoas perdem a cabeça na presença de albinos com mais frequência do que você gostaria de imaginar.

— Minha tia é da Igreja Montanha de Fogo e Milagres* — comentou Orlu.

— Deu para perceber.

— Eu deveria ter adivinhado que isso ia acontecer, acho. Acontece que estou tão acostumado com você que eu... eu não vejo o seu albinismo como algo além de uma parte do que você é. Eu esqueço que as outras pessoas... têm problemas com relação a isso.

— Como a sua tia.

— Sim — respondeu ele, colocando um dos pés na chuva.

— Orlu, você disse que ela não é leopardo.

— Ela não é.

— E a Kema é?

— Não. Meu tio é que é leopardo.

---

* A Igreja Montanha de Fogo e Milagres (The Mountain of Fire and Miracles Ministries) é uma denominação pentecostal fundada em Lagos, na Nigéria, em 1989, e que hoje tem igrejas espalhadas por muitos países, tanto de língua inglesa quanto de outras línguas. Foi fundada pelo Dr. Daniel Kolawole Olukoya, cientista e clérigo nigeriano. *(N. do T.)*

— Por que aquela sala fede a pó de juju?

— É por isso que você estava espirrando?

— Sim. Dã.

— Meu tio acha que a demência dela não é... natural. Então ele espalha uns feitiços protetores por toda a casa. Mas, como você pode ver, eles não funcionam.

— Porque a causa da doença dela talvez *seja* natural.

— Sim. É uma doença comum no lado dela da família.

Eles ficaram em silêncio por um tempo. Orlu pegou a mão de Sunny e apertou.

— Me desculpe.

Sunny assentiu com a cabeça.

— Não tem problema.

— Quer que eu volte de ônibus com você?

— Não, visite a sua tia. Ela precisa de você.

Kema veio do corredor com um guarda-chuva.

— Aqui, tome — ofereceu ela, entregando o guarda-chuva para Sunny. — Devolva-o depois para o Orlu. — Aquela era a segunda vez em menos de uma semana que alguém lhe oferecia um guarda-chuva preto.

— Obrigada — respondeu ela, aceitando-o. Sunny botou-o sobre a cabeça e caminhou em meio à chuva forte. Ficou de pé esperando um *danfo* por meia hora. O guarda-chuva preto foi como uma dádiva.

6

O deleite dos idiok

Você está caminhando por uma floresta virgem. Ela jamais foi tocada por qualquer pá, tijolo, argamassa ou pneu. Este é um lugar pleno. Há muitos anos, presumia-se que era uma Floresta Maligna. Um lugar perverso demais para que as pessoas sequer desovassem cadáveres de vítimas de suicídio, gêmeos rejeitados, assassinos e outras pessoas que eram consideradas abominações pelas sociedades tradicionais dos igbo e dos ibibio. Os babuínos idiok me contaram tudo isso quando eu era jovem demais para, de fato, compreender. Mas eles têm um modo de ensinar em que o conhecimento que é plantado em sua mente somente desabrocha quando você está pronto para entendê--lo. Este é o método de ensino especial deles e que os seres humanos ainda não são capazes de dominar. Fui ensinada desse modo. Partes deste livro são baseadas em informações que eles me passaram e em experiências que vivi quando tinha menos de 3 anos de idade. Isso para mim é claro como o dia.

Este pequeno trecho de floresta que eu lhe mostro era assombrado. As pessoas acreditavam que se você caminhasse sequer meio metro ali dentro jamais conseguiria encontrar a saída. Talvez isso seja verdade para as ovelhas. De muitos modos, superstições são como estereótipos. Elas não só se baseiam no medo e na ignorância como também estão misturadas com fatos. Este lugar era o mundo físico prosaico e a vastidão reunidos em uma coisa só. Era por isso que esses babuínos adoravam este lugar, pois eles também eram pessoas-leopardo. E durante séculos, geração após geração, eles fizeram deste lugar o seu lar. Aqui eles estavam seguros, e aqui podiam falar com os seus ancestrais, espíritos e outras criaturas da vastidão.

Dá para sentir o cheiro da pureza no ar, não é mesmo? Pare e toque as folhas deste arbusto. Passe a mão sobre elas. Elas sussurram, e se você olhar de perto, vai ver que aquele grilo marrom com as antenas longas acabou de caminhar através da folha. Você não tornará a encontrá-lo. Espíritos que não gostam de ser enxergados se tornam invisíveis quando são vistos por acidente.

Esta sou eu, sentada com aqueles quatro babuínos. Eles me disseram que, quando eu contar a minha história, devo deixar os nomes deles de fora dela. Os babuínos têm nomes, mas não no mesmo sentido que nós. Os nomes deles não são simplesmente suas identidades: eles contêm a sua genealogia. Diferente dos seres humanos, os nomes dos babuínos são iguais às suas caras espirituais. Portanto, eles são muito reservados quanto a revelá-los. Olhe para o babuíno grande com o pelo embaraçado: ele gosta de nadar no mar com frequência, e o sal embraça o seu pelo e faz com que cheire a maresia. Muitos tinham certeza de que ele era amigo de Mami Wata. Ele me ensinou meu primeiro juju, que foi como abrir um coco sem perder a água. Meus primeiros jujus foram com nsibidi, e não com pó ou faca.

O babuíno com pelos vermelhos perto dos olhos me odiou desde o primeiro momento em que ela me viu. Ela tentou me dilacerar, mas os outros não deixaram. Ensinou-me a subir em árvores deixando que eu caísse. Em seguida, impressionada por eu não ter morrido, ela me ensinou a subir na árvore mais alta da floresta. A árvore levava a um lugar no céu em que se podia caminhar porque também era parte da vastidão. Ali brotavam frutas que somente eu e ela gostávamos de comer.

Aquele babuíno pequeno com a perna mutilada era meu melhor amigo. Dormimos juntos na mesma toca até o dia em que fui levada para viver com seres humanos.

E o quarto babuíno, aquele com o pelo grisalho, é um ancião. Ele é o mais velho de todo o clã. Ninguém sabe a idade dele, mas sua memória de nsibidi é inigualável. Alguns dizem que sua grande habilidade com a língua e a contação de histórias é o motivo por que ele vive tão distante de todos os demais. Ele se move lentamente e só come frutas moles de tão maduras, mas seria capaz de fazer todo o clã desaparecer caso estivesse em perigo. Ele é conhecido por toda a vastidão. Conversa com frequência com mascarados, e esses espíritos poderosos o amam porque ele pode entrar completamente na vastidão e voltar para o mundo dos vivos como se fosse um fantasma. Por falar nisso, este é o apelido dele: "Fantasma." Eu sei o verdadeiro nome dele, e isso deixava vários dos outros com ciúmes, pois somente eu e sua companheira, uma anciã babuíno que raramente saía da toca, sabíamos seu nome verdadeiro.

Tenho cerca de 3 anos de idade. Olhe para mim ali, ao lado da árvore, cabisbaixa. A garotinha nua de pele negra com uma pulseira de conchinhas que o babuíno com o pelo embaraçado achou perto da beira do mar. Meus braços estão cruzados contra o peito, e meu queixo toca meu pescoço. Mesmo tendo sido criada por babuínos, eu ainda tenho traços humanos. Sei que sou humana. Eles se certificaram de que eu entendesse isso. Os idiok não acreditam em mentiras. Estamos a duas semanas de o garoto de 17 anos que se tornaria meu pai me encontrar. Eu estava feliz no dia anterior, mas hoje não estou.

Sou jovem demais, mas Fantasma me mostrou os rostos dos meus pais. Já vi humanos antes, de longe, enquanto passam em seus carros ou caminham apressados para longe de nossa floresta. Já os ouvi falar, e até aprendi algumas das palavras deles, para o deleite dos idiok. Mas quando Fantasma fez aqueles sinais diante do meu rosto alguma coisa me aconteceu. Comecei a me lembrar de como havia chegado ali. Acho que meus pais foram assassinados. E é por isso que estou cabisbaixa. Isso é demais para alguém pequena como eu.

No entanto, espere. Me observe. Não ficarei chateada por muito tempo. Sou uma criança, e o mundo é lindo para mim. Mas vou me lembrar. Este é um dos poderes do nsibidi. Memória. Quando você fechar este livro, pense em...

— Sunny! — chamou a mãe dela.

Sunny voltou a si e se recostou contra o travesseiro em sua cama, com seu exemplar do livro de Sugar Cream *Nsibidi: A língua mágica dos espíritos* no colo. Ela podia sentir o cheiro fresco das folhas e da terra pura. O tempo estava quente e úmido, e uma brisa soprava. Ela podia ouvir os cantos e chiados de pássaros estranhos. Mas a mente humana frequentemente renega o que não pode entender. *Como podem babuínos ensinar uma linguagem mágica?*, perguntou-se. Aquilo era ridículo. O livro todo era ridículo, mas também era legal. Ela perguntaria sem rodeios a Sugar Cream sobre isso. E talvez também perguntasse sobre Fantasma e o babuíno amigo de Mami Wata. E talvez perguntasse como alguém sequer *escreve* um livro em nsibidi. Sunny riu. Sugar Cream de fato tinha origens muito estranhas. E "ler" sobre isso fazia com que a menina se sentisse igualmente estranha. Ela bocejou. Sentia seu corpo pesado e frouxo.

— Sunny?! — falou a mãe, abrindo a porta.

— Sim, mãe.

— Chukwu está indo embora. Venha se despedir.

— Ah! — disse Sunny. Estivera tão absorta no livro que perdera a noção do tempo. Já haviam se passado duas horas? Ela saiu da cama lentamente, fechando os olhos por um instante e depois voltando a abri-los. Sacudiu o corpo. — Acorde, Sunny — falou, dando pulos. Isso ajudou, mas não muito. Ela tinha passado duas horas "lendo" o nsibidi. Nada espantaria o cansaço além de um cochilo. Teria de fingir que não estava exausta.

O jipe do irmão de Sunny estava abarrotado de malas.

— Mal posso esperar — declarou Chukwu. — No primeiro semestre, vou ter aulas de química e de biologia. Vou mostrar para eles do que sou feito. — Seu melhor amigo, Adebayo Moses Oluwaseun, estava sentado no banco do carona. Fazia anos que os dois eram amigos, mas desde o ano passado eles haviam se tornado inseparáveis. Ambos eram bons jogadores de futebol, mas o irmão de Sunny era, de longe, o melhor. E os dois haviam descoberto a musculação ao mesmo tempo.

— Eu ia dizer para tomarem cuidado com bandidos armados na estrada, mas vocês dois parecem perigosos demais para serem incomodados. — O pai de Sunny riu.

Adebayo flexionou um braço musculoso.

— Nenhuma bala é capaz de penetrar a minha pele — afirmou ele.

Chukwu riu alto, e os dois trocaram um olhar, partilhando alguma piada interna.

— Apenas dirija com cuidado e sem demora — alertou a mãe de Sunny. — E cheguem ao campus antes que escureça.

— Mamãe, o campus fica a meia hora daqui — retrucou Chukwu. — Ainda é de manhã.

— O seguro morreu de velho — respondeu ela.

— Sunny — chamou Chukwu com um sorriso pretensioso. — Fique longe do meu quarto.

— Até parece que eu tenho algum motivo para entrar naquele lugar fedorento — replicou ela, recostando-se contra a casa. As pernas dela estavam fracas. Sunny se sentou no meio-fio e olhou fixamente para o irmão. Ele realmente estava indo embora para estudar na universidade. "Uau", pensou.

— Ugonna, fique longe do meu lado do quarto — avisou Chukwu, dispensando Sunny com um aceno.

— *Seu* quarto? — questionou Ugonna. — Você não *tem* mais um quarto, e eu tenho um bem grande.

— Isso é o que nós vamos ver quando eu voltar no Natal para fazer uma visita — ameaçou Chukwu, dando partida no jipe.

— Me ligue quando chegar lá — pediu a mãe, abrindo a porta do carro e abraçando-o no banco do motorista.

— Estude bastante, meu filho — acrescentou o pai, dando-lhe um tapinha no ombro.

Sunny se inclinou para um lado, com a mão na terra, à medida que todos observavam seu irmão cruzar o portão e pegar a estrada. Então ele partiu. Sunny franziu o cenho, e sua mente voltou para o que ela acabara de "ler" no livro de nsibidi, que os idiok que adotaram Sugar Cream eram pessoas-leopardo-babuíno, e todos tinham o mesmo nome de suas caras espirituais. *Isso é simplesmente... bizarro,* pensou de modo indolente. Depois, riu e se levantou devagar. *Boa sorte, Chukwu.*

7

A noz-de-cola

Mais tarde naquele dia, Sunny driblava a bola de futebol entre os pés descalços enquanto corria em direção a Ugonna. Ela movia a bola mais rápido à medida que chegava mais perto do irmão. Enquanto se aproximava, Ugonna se preparou para desafiá-la. À medida que chegava mais perto, Sunny viu o rosto dele mudar de um sorriso para um cenho franzido.

— Merda — exclamou ele.

Ela chutou a bola para a esquerda quando chegou onde ele estava, rodopiando rápido e tornando a pegar a bola com facilidade enquanto desviava dele.

— Maldição — esbravejou Ugonna, dando meia-volta para observá-la.

Sunny diminuiu o ritmo, trabalhando a bola. Botou-a sobre o pé e deu três embaixadas. Depois, colocou a bola sobre o joelho e continuou as embaixadinhas.

— Talvez você devesse fazer um teste para tentar entrar no Arsenal.

O sorriso de Sunny se escancarou mais ainda.

— Eles não aceitam mulheres. — Ainda fazendo embaixadinhas, colocou a bola sobre a cabeça, e depois sobre o pé mais uma vez. Depois, chutou-a para o irmão.

— Você pode mostrar a eles como abrir uma exceção — ressaltou Ugonna, driblando desajeitadamente a bola entre os pés.

— Quem sabe — respondeu ela, olhando para o brilhante sol do fim de tarde. Ela havia conseguido fazer com que seus colegas de time leopardos na Copa de Zuma em Abuja e o grupo de garotos da escola abrissem exceções. Por que não conseguiria fazer isso um terceira vez? — Quem sabe.

Um carro parou no portão. Era o tio Chibuzo, o irmão mais velho do pai de Sunny e Ugonna. Ele entrou com seu BMW verde brilhante e estacionou ao lado do Honda preto do pai deles.

— Ugonna, Sunny, como estão vocês? — cumprimentou ele enquanto saía do carro.

— Bem — responderam os dois, cada qual dando-lhe um abraço.

— E o colégio, como está? Estão estudando muito?

— Sim, senhor — declarou Ugonna.

— Sempre — concordou Sunny.

— Fiquei sabendo que o irmão de vocês foi hoje para a universidade.

— Sim — falou Ugonna. — Ele deve estar conhecendo seus colegas de albergue agora.

— Vocês deviam se orgulhar.

— Estamos orgulhosos — afirmou Sunny. Ela delicadamente chutou a bola para cima, bateu nela com o joelho e agarrou-a.

— Você é muito boa — elogiou o tio Chibuzo. — Quer ser como o seu irmão mais velho?

— Não — respondeu Sunny —, ele não é tão bom quanto eu.

O tio Chibuzo riu com gosto. Com gosto até demais. *Aff, ele não faz ideia*, pensou Sunny, irritada. Ela queria que ele estivesse presente na semana anterior, quando fez cinco gols seguidos jogando com seus colegas de turma.

— Por aqui — indicou Ugonna, tomando a frente.

O pai deles estivera esperando a visita do irmão, e já estava na sala aguardando. Enquanto eles se cumprimentavam, batendo as mãos e rindo, Sunny e Ugonna tentaram sair de fininho.

— Sunny — chamou o tio Chibuzo —, traga noz-de-cola.

Ugonna tapou a boca para abafar uma risada. Sunny deu meia-volta, revirando os olhos. A cerimônia de quebrar a noz-de-cola, chamada de modo mais simples de "quebrar cola", sempre a relegava a bancar a criada, visto que era a menina mais jovem na casa.

— Tanto faz — murmurou ela, entrando na cozinha.

Ela colocou uma noz-de-cola no pequeno prato de madeira. Depois, acrescentou uma boa colherada de pasta de amendoim e um montinho de pimentas-malagueta para acompanhar. Levou o prato para o tio e o pai, e fez o melhor possível para não parecer tão irritada quanto estava.

— Ah, é chegada a noz-de-cola — anunciou seu tio com pompa, exibindo os dentes em um sorriso largo.

— Muito bem — elogiou seu pai.

Ugonna simplesmente permaneceu de pé ali, visivelmente tão impaciente quanto Sunny para que aquilo acabasse logo. Ficou de frente para o tio porque a noz-de-cola era sempre oferecida ao homem mais velho do cômodo. Ela segurou firme o prato para que as sementes de pimenta-da-guiné não rolassem para fora dele.

— Olhe só para você, oferecendo a noz-de-cola como se fosse um ser humano infeliz — disparou o tio. — Tome tento. Isso não é apenas uma coisa que os mais velhos fazem. É um ritual importante. Vocês jovens não sabem de nada.

Sunny queria muito protestar. Queria dizer que sabia mais sobre os antigos costumes do que ele *jamais* saberia. Ela havia enfrentado mascarados de verdade e tinha sua própria faca juju, pelo amor de Deus.

— A noz-de-cola é importante — afirmou seu tio. — Não só para os igbo, mas para *todos* os nigerianos. Os iorubá a cultivam, os hauçá a mastigam e os igbo falam e falam dela. Para nós, que somos do povo ndi igbo, a noz-de-cola, ou obi, simboliza a intenção pura. Ela nos conecta com nossos ancestrais. O obi é o canal de comunicação que ultrapassa o mundo físico e chega ao mundo dos espíritos. Nada se inicia sem a quebra da noz-de-cola.

Ele pegou a noz-de-cola rosa-amarelada e a quebrou em quarto partes.

— Quatro lóbulos — disse ele. — Muito bom.

Ele tomou um pedaço, e com ele pegou um pouco da pasta de amendoim e, depois, um pouco da pimenta-malagueta, e passou o prato para Sunny enquanto comia. Sunny em seguida ofereceu o prato para seu pai, que fez o mesmo. Quando ela serviu Ugonna, se recusou a olhar para o sorriso pretensioso que ele estampava no rosto. Mesmo se ele fosse mais jovem do que ela, ainda assim Sunny teria de servi-lo, pois ser homem era mais importante do que ser mais velho na cultura dos igbo. *Ridículo,* pensou Sunny, como sempre fazia quando era obrigada a servir a noz-de-cola quando seu pai recebia uma visita.

Sunny pegou seu pedaço, passou-o na pasta de amendoim e na pimenta, e mastigou a mistura com raiva. O gosto amargo vinha do fato de a noz-de-cola conter muita cafeína. Ela costumava ser o ingrediente que dava à Coca-Cola o seu sabor e sua cafeína. O amargor, a ardência da pimenta e o sabor de amendoim eram sempre como uma explosão em suas papilas gustativas. Ela se concentrou nisso em vez de em sua irritação.

Sunny estudou até tarde da noite, aproveitando o efeito da cafeína provocado por aquele pedaço da noz-de-cola. Quando terminou, ela tirou a caixa que guardava embaixo da cama e a abriu. O efeito da noz-de-cola atiçou a sua curiosidade. *Será?*, pensou, retirando a folha com os ideogramas nsibidi. Mas ela voltou a guardá-la, desestimulada pela possibilidade de vomitar a noz-de-cola se tentasse lê-la. Depois, voltou a pegá-la. Respirou fundo e rapidamente desdobrou o papel.

Olhou para os símbolos e nada aconteceu. Irritada, suspirou. Não acontecer nada era ainda pior do que sentir aquele enjoo terrível.

— Ótimo — murmurou ela, ainda se esforçando para "ler" o nsibidi. — Agora eu nem mesmo... — Os símbolos começaram a se mover. Com a surpresa, sentiu um espasmo na barriga. Ela agarrou a folha com mais força. — Eles estão olhando de volta para mim — sussurrou, sentindo seus lábios dormentes e os ouvidos começarem a ficar obstruídos. Estava sendo atirada muito alto no ar, ou muito fundo na água. Havia um cheiro estranho, mas não desagradável. Era doce, herbáceo e também oleoso. Seu estômago roncou e ficou embrulhado.

Em seguida, Sunny ouviu a voz de sua única parente leopardo, que havia sido muito ponderosa. Tão amada e tão sigilosa, e que fora brutalmente assassinada por seu melhor aluno, Chapéu Preto Otokoto. O estômago de Sunny se acalmou, e o crescente enjoo se esvaiu. Sua avó tinha a voz quase idêntica à da sua mãe. O mesmo timbre agudo, e o mesmo modo rápido de falar. Um lugar estranho se abriu diante de Sunny: uma cidade com lindos prédios de pedra, todos entalhados com complexos desenhos. Mosaicos, entalhes, rochas que tinham veios minerais que formavam os padrões naturais e coloridos dos fractais. Os prédios eram arranha-céus, mas eles competiam com as igualmente ambiciosas e robustas árvores, algumas palmeiras, e outras mais como troncudos baobás e pesados ébanos. As estradas eram de terra vermelha batida. E havia uma pequena casa de pedra de um tom amarelo como girassol, com um telhado de pedra...

A casa está aqui. Sim, ela também cheira a flores. Isso me surpreende. Adoro flores. Tudo aqui é de pedra, feito para durar. Se fosse de madeira, as árvores se ofenderiam e derrubariam a casa. Os ventos podem ser fortes neste lugar quando chove. Uma casa precisa ser sólida e também pesada. A porta da frente é redonda e feita da asa de um besouro Ntu Tu gigante. Ela é mais translúcida do que vidro, mas não quebra, não importa o que você faça com ela. Essa porta é velha, mas não é a parte mais velha da casa. No interior, você encontrará livros, encontrará calor, e flores que cresceram no teto desde que a casa foi construída.

Sunny, este é um lugar que, se você procurar, vai encontrar. Levei anos para achá-lo. Talvez em algum momento você tenha de fazer a mesma coisa. Se você é o que eu sei que é, sua vida não será fácil, e você vai ter de responder por muitas coisas. Mas, por ora, relaxe e observe este lugar. Observe a rua que leva a ele. Observe a porta da frente. E há muito do lado de dentro.

O piso é um mosaico que se pode ficar olhando fixamente por horas pensando sobre o mundo. Está vendo a palmeira que cresce bem no meio da casa? Há um telhado transparente que protege a abertura da água quando chove. Venha nesta direção, para a biblioteca. Ela sempre cheira a sândalo, e as paredes são cobertas de amuletos. A acústica aqui dá vida a qualquer tipo de música com a mesma intensidade que as palavras nestes livros dão vida a ideias e histórias. Aprender é viver.

Quando o nsibidi a liberou, Sunny estava olhando inexpressivamente para o fim da página. Ela ainda podia sentir o cheiro de sândalo. *Que lugar bonito era aquele,* pensou, deitando-se.

— Quero uma casa exatamente como essa quando eu crescer — sussurrou. — Igualzinha. — Mas o que significava aquilo tudo? Por que sua avó teria escrito uma página em nsibidi sobre aquele lugar? Ela nem sequer havia dito a Sunny onde a casa ficava, ou de quem ela era. *Talvez isso seja algo que ela quer que eu leia quando estiver sob estresse,* pensou Sunny. A fadiga resultante da "leitura" do poderoso nsibidi estava pesando em suas pálpebras. Ela guardou a página e fechou a caixa. Depois, ficou deitada na cama. Muito relaxada. Por vários minutos, ela pensou na casa que ficava na estranha cidade. *Talvez minha avó tenha sido uma escritora de ficção,* pensou Sunny, rindo entre dentes. *Ficção escrita em nsibidi seria melhor do que um filme.* Ela riu um pouco mais. Já havia passado das três da manhã. À medida que seus olhos se fechavam, ela esperava sonhar com a linda casa.

Mas isso não aconteceu.

Em questão de minutos, ela estava sonhando...

Sunny estava em águas calmas e cálidas. Não águas turbulentas e de corrente forte, como quando ela estava no rio, durante sua iniciação. Não, este lugar era tranquilo e azul, mas ela conseguia sentir o seu peso à medida que se movia por ele. E aqui ela podia respirar. Ela acelerou. Seu corpo parecia saber aonde estava indo, mesmo que sua mente não soubesse. Mais rápido e mais rápido, até que o azul da água se tornou o azul do céu.

Sunny estava voando. A lufada de ar frio contra o seu rosto a deixou sem fôlego. Ela estava bem acima de uma floresta, uma floresta tropical. Neblina se movia entre as árvores, como se fossem nuvens preguiçosas demais para flutuar. Depois, a distância, ela a viu. Uma cidade de fumaça. Ardendo tão quente que os prédios pareciam etéreos.

— Nããão! — gritou Sunny, tentando parar. Mas ela não conseguia parar. Ela simplesmente continuou a toda velocidade em direção à cidade. Ela também arderia em chamas...

Sunny estava caindo. Ela acordou com o solavanco de seu corpo mais uma vez atingindo o chão.

— Ai! — Ela piscou no escuro, com os olhos se adaptando à falta de luz. Olhou em volta do quarto e se sentou na cama. Uma cama, uma cômoda, um closet. Havia um jornal enrolado no chão. Ela sentiu pânico por um instante. Não conseguia se lembrar de seu próprio nome. — Quem sou eu? — sussurrou, franzindo o cenho.

Não conseguia se lembrar. O quarto era bom, confortável e agradável aos olhos dela, mas era estranho. Onde estou? O que é tudo isso? Sunny se levantou, lutando contra o pânico. A cama tinha um lençol amarelo e rosa, e ela havia empurrado metade dele para longe quando caiu. Olhou para as pernas e franziu o cenho. A pele estava pálida demais. Havia um monitor de tela plana na escrivaninha e uma pequena CPU no chão ao lado dela. Também havia livros escolares espalhados. Sim, aqueles eram livros escolares.

À medida que olhava em volta do quarto, sem saber quem era ou onde estava, Sunny começou a se lembrar de outras coisas. A vastidão. Como uma selva maravilhosa e impossível, cheia de... tudo quanto é gente... menos as vivas. A maior parte do que se via era verde, mas todas as outras cores e tipos de criaturas também residiam lá. A vastidão fazia o mundo físico parecer insosso, morto e silencioso.

— Ekwensu — sussurrou ela. E quando falou o nome da poderosa e aterrorizante mascarada que quase matara ela e seus amigos um ano atrás, Sunny sentiu uma raiva profunda surgir dentro de si. Ela não odiava ninguém, pois não tinha propensão para o ódio. Ainda assim, a criatura que atendia por aquele nome era a que ela queria mandar para o canto mais escuro do universo.

Seus olhos se dirigiram para a parte de cima da cômoda que ficava ao lado da janela. Ela piscou. Em seguida, teve um acesso de risos. Ela se sentou na cama, com os olhos ainda fixos na parte de cima da cômoda, e riu com mais intensidade ainda. À medida que gargalhava, era como se seu espírito voasse para dentro dela e a preenchesse. Tudo retornou: suas memórias, seu destino, seu eu. Ela era Sunny Nwazue, e era Anyanwu. Era a filha de Kingsley e Ugwu Nwazue, e neta de Ozoemena, do clã guerreiro de Nimm. Ela era uma agente livre da sociedade dos leopardos, iniciada um ano antes, e testemunha ocular do suicídio do assassino ritualista Chapéu Preto Otokoto e do banimento da perversa Ekwensu. E ela era uma excelente jogadora de futebol.

Sunny estava rindo porque Della, sua vespa artista, havia feito uma nova escultura a partir de biscoitos Oreo que estavam na mochila de Sunny, uma réplica perfeita e com olhar severo do... Batman. Enquanto Sunny olhava e ria ainda mais, Della usou sua fina pata para adicionar um último floreio: um sorriso de desdém realista nos lábios do Batman, provavelmente feito com o recheio do biscoito.

Sentiu cãibras na barriga quando tentou abafar o riso. Sabia exatamente de onde a grande vespa azul havia tirado sua inspiração. Sunny andava lendo o exemplar de seu irmão de *Batman: Death by Design*, que o tio deles havia mandado do Reino Unido. Lá estava ele, no chão, ao lado dos livros escolares.

— Você é incrível, Della! Adorei! — Ela tornou rir.

Della zumbiu com orgulho, e ficou adejando ao lado da escultura enquanto Sunny tirava uma foto com o celular. A vespa tinha crescido até atingir quase quatro centímetros de comprimento, e suas habilidades evoluíram além do que Sunny jamais imaginara. Vespas artistas felizes eram conhecidas por viver tanto quanto o ser humano ao qual estavam ligadas e por desenvolver habilidades que competiriam com as dos maiores artistas humanos. Esse Batman não só parecia capaz de andar a qualquer momento, como também lembrava o Batman sombrio e durão dos filmes recentes que Ugonna tanto amava.

Della zumbiu feliz, deu uma pirueta completa de alegria no ar e pousou no ninho de lama que havia construído numa das quinas do teto. Sunny sentou-se na cama. O dia estava por raiar. Ela se vestiu. Hoje era um novo dia.

8

Insetos-pimenta

O dia seguinte também foi um novo dia. Um dia normal. Assim como o seguinte, e o próximo. Durante dois meses, as coisas se acertaram para Sunny. Bem, se acertaram o máximo que podiam em se tratando de uma agente livre cuja mentora era a Bibliotecária-chefe de Leopardo Bate.

Sunny não viu mais lagos impulsionados por polvos monstruosos, Mami Wata se manteve distante e ela sentia que ler nsibidi tornava-se cada vez mais natural, embora não menos sublime. Não disse uma palavra a ninguém sobre o seu corpo cada dia mais rijo, e isso também tornava as coisas mais fáceis. Era melhor deixar os acontecimentos seguirem o seu curso do que tentar explicá-los para alguém.

À meia-noite de toda quarta-feira, Sunny ia com Chichi, Sasha e Orlu às aulas de Anatov. Eles passavam a metade do tempo na cabana dele revisando leituras, aprendendo e praticando novos jujus e recebendo lições sobre a etiqueta e a história dos leopardos. Chichi e Sasha haviam recentemente passado para o nível *Mbawkwa*, e Anatov os ensinou e fez com que praticassem jujus de nível mais alto. Quando isso acontecia, Orlu e Sunny podiam apenas sentar e escutar. Eles não tinham permissão nem para fazer perguntas durante essa parte das lições.

A outra metade de suas noites com Anatov era passada "aprendendo por experiência". No sistema educacional dos leopardos não havia férias ou folgas, com a exceção de alguns feriados religiosos, como o Eid Al-Fitr, o Eid Al-Adha, o Natal e a Páscoa. Para o Eid Al-Fitr, enquanto a escola das ovelhas estava de folga, Anatov fez os quatro trabalharem como voluntários em um orfanato muçulmano local, e depois, à noite, os mandou preencher buracos ao longo de uma das estradas secundárias do vilarejo. Eles haviam usado um juju que Anatov ensinara a eles naquela mesma noite para compactar e deslocar a terra. Durante dias, Sunny ficou tirando terra das unhas e varrendo-a do chão do quarto.

No "aprendizado por experiência" daquela noite, Anatov os mandara para a Floresta do Corredor Noturno para capturar quatro insetos-pimenta.

— O que é um inseto-pimenta? — perguntou Chichi, franzindo o cenho.

Anatov deu um sorriso pretensioso e apontou um longo dedo para ela.

— Veja só: você e Sasha devoram todos os livros de jujus, de história dos leopardos e de cultura dos leopardos, mas negligenciam os guias de campo. E, Sunny, você ainda não teve tempo de aprender sobre as criaturas do mundo dos leopardos, exceto por aquelas que encontrou pessoalmente, como os gafantasmas e os monstros do lago e do rio. Lapsos de conhecimento não são nada bons.

— Eu também conheço os *tungwas* e as almas da mata — acrescentou Sunny. — E as vespas artistas e todos aqueles...

Anatov sacudiu uma mão com desdém.

— Você não sabe nada sobre as milhões de criaturas mágicas do mundo. E eu ainda tenho de incumbi-los de ler algum guia de campo. Por exemplo: *tungwas* são vistos o tempo todo, mas quem sabe me dizer o que eles são na realidade?

Sunny olhou para os outros, quase incapaz de disfarçar o seu prazer. Até Orlu ficou calado, franzindo o cenho de irritação. Sendo nova no mundo dos leopardos, ela havia ficado profundamente perturbada com aquelas esferas cobertas de pele do tamanho de bolas de basquete que explodiam com uma enxurrada de dentes, ossos, miúdos e tufos de cabelo. Para tranquilizar a sua mente, ela havia pesquisado um pouco sobre eles.

— Nem mesmo na Biblioteca de Obi havia informações concretas sobre eles — anunciou Sunny, olhando com superioridade para Orlu, Sasha e Chichi. — Primeiro: ninguém realmente se importa em saber. Segundo: algumas coisas neste mundo simplesmente ultrapassam a lógica, e o *tungwa* é uma delas. — Ela escancarou um sorriso e depois acrescentou: — Tudo isso segundo a Sugar Cream. Tenho de admitir que fico bastante satisfeita com ambas as respostas.

Todos encararam Sunny, e ela devolveu o olhar para eles, com seu sorriso se esvaindo.

— Bem, *isso* foi surpreendente — falou Anatov depois de um instante. — De todo modo, por ora, esse exercício vai ser o suficiente. — Ele se virou para Orlu. — Acredito que você saiba exatamente o que é um inseto-pimenta.

Orlu concordou com a cabeça.

— E eu sabia que você iria nos pedir para ir encontrar alguns.

— Por quê? — perguntou Anatov.

— Por alguns motivos — respondeu Orlu. — O custo das pimentas contaminadas acabou de aumentar no mercado. Você gosta da sua comida muito picante. E os arbustos de pimenta no seu quintal parecem ter sido todos devorados por alguma coisa.

Anatov grunhiu, irritado.

— Sim, tem uma pequena ratazana-do-capim que mora perto da minha cabana e que gosta de comida apimentada. Essas coisas malditas são as marmotas da Nigéria. Elas inclusive se parecem com marmotas. — Ele sorriu para Orlu. — Você é observador. Explique para eles no caminho.

Anatov entregou a Orlu uma grande panela de metal, quatro espátulas e luvas de forno, e depois rapidamente conduziu-os para fora, pela porta em que estava escrito "ENTRADA".

— Boa sorte — disse ele. — E lembrem-se de que a passagem para a Floresta do Corredor Noturno se fecha na aurora. Tragam os insetos aqui antes de voltarem para casa.

Somente Orlu ficou entusiasmado com aquela tarefa. Todos lembravam como era a Floresta do Corredor Noturno, pois ela quase os havia matado no ano anterior. Mas eles haviam aprendido muitas coisas desde então. Sabiam como evitar serem mortos ou gravemente feridos. Mas certamente isso não tornava nem um pouco mais tolerável precisarem perambular por ali à uma da manhã.

— Eles não devem ser muito difíceis de encontrar — comentou Orlu enquanto Sasha desenhava o símbolo da árvore na terra não muito longe da ponte de Leopardo Bate. De todos eles, Sasha era quem estava mais acostumado a entrar na Floresta do Corredor Noturno, porque seu mentor, Kehinde, morava lá. — Eles são vermelhos, têm patas longas e corpos achatados e quadrados que são um tanto estriados, mais ou menos como uma folha — explicou. — Eles se parecem com pequenos pedaços planos de carne de vaca muito magra ou de salmão.

— Que nojo — exclamou Chichi.

Orlu a ignorou.

— Eles têm cerca de cinco centímetros de diâmetro, e emitem uma luz vermelha no escuro.

— Aposto que picam — conjecturou Sunny, enquanto caminhavam pela trilha que se abriu diante deles. — Coisas desse tipo sempre picam.

— Não, eles não picam — corrigiu Orlu. — Eles provocam queimaduras.

— Dá quase no mesmo.

Segundo Orlu, esses insetos adoravam pimenta. Eles costumavam encontrar um arbusto, comer a pimenta mais picante e depois começavam a brilhar. Esse brilho nutria a planta e criava uma ligação entre o inseto-pimenta e o vegetal. O inseto então injetava na planta um soro que fortalecia a saúde dela. Portanto, ela não só crescia mais como também ficava mais saudável. Em seguida, ele defecava na base da planta, e dentro de uma noite outro arbusto de pimenta nascia. Depois, outro e mais outro, até que houvesse todo um conjunto de pelo menos dez arbustos crescendo selvagens. Então, o inseto-pimenta fazia uma dança rebolante e luminosa para atrair um parceiro, e esses arbustos se tornavam a casa deles. Os insetos ficavam felizes em compartilhar com os seres humanos, contanto que eles regassem frequentemente a planta e não colhessem pimentas demais.

— Anatov quer replantar seus arbustos — informou Orlu. — Depois, ele mesmo vai contaminar as pimentas, para que cresçam e fiquem muito picantes, bem do jeito que ele gosta.

Um aviso para mim mesma, pensou Sunny. *Nunca coma a sopa de pimenta de Anatov.*

— Então por que ele mesmo não vem aqui buscar os insetos? — indagou Sasha.

— Ele é nosso professor — disparou Chichi. — E os alunos fazem compras para seus professores o tempo todo. Eles vão ao mercado e tudo o mais. Você não faz isso?

— Não nos Estados Unidos — retrucou Sasha. — Isso se chama puxar saco.

Eles caminharam com dificuldade pela Floresta do Corredor Noturno, se esforçando para não perturbar, pisar, esbarrar ou inquietar nada. Obviamente isso era quase impossível.

— Odeio esse lugar — reclamou Chichi com um silvo. Ela estava piscando muito, e seus olhos lacrimejavam. Um gorgulho perverso, um inseto de cara esticada e muito mal-humorado que tinha a capacidade de lançar pequenos objetos, havia jogado uma sementinha bem no olho dela. Orlu grunhiu, coçando uma mancha redonda e laranja em seu braço, onde uma mosca de Marte o havia picado.

— É, tem dias em que eu tenho vontade de soltar uma bomba atômica neste lugar — admitiu Sasha, jogando mais um graveto na floresta diante deles. Ele soprou um pouco de pó e murmurou algumas palavras, e o graveto se ergueu e começou a bater com firmeza contra o trecho de mata que ficava à esquerda deles. Alguma coisa grande saiu correndo. — É uma pena que ninguém tenha escrito um juju que pudesse fazer isso.

— Talvez seja só uma questão de tempo — murmurou Sunny.

Todos ficaram em silêncio por um instante. Um lampejo na floresta chamou a atenção de Sunny.

— Epa — exclamou ela. O brilho era vermelho, como se houvesse um monte de luzinhas de Natal enroscadas em meio à grama espessa.

— Boa, Sunny — elogiou Orlu. Todos correram em direção aos arbustos. Os caules ultrapassavam a altura da cintura de Sunny, e as pimentas eram rechonchudas e abundantes. De perto, elas eram exatamente iguais àquelas luzinhas em forma de pimenta dedo-de-moça que Sunny costumava ver em restaurantes mexicanos nos Estados Unidos. Os insetos-pimenta eram muito fáceis de identificar, pois moviam-se pesada e alegremente para cima e para baixo nos galhos, golpeando e pressionando as pimentas com suas espessas antenas.

— Caramba, nunca vi esses bichos antes — falou Sasha.

— Deve ser porque você sempre faz a mesma trilha até a casa de Kehinde — sugeriu Orlu. — Os insetos-pimenta vivem nos caminhos menos percorridos.

Sasha revirou os olhos.

— Aff, tanto faz.

— Então, como os pegamos? — indagou Sunny. — Se fomos incumbidos de fazer isso, presumo que não seja uma tarefa fácil.

— Temos de colocá-los nesta panela — explicou Orlu. — Eles são muito quentes, e se usássemos um pote de plástico, ele derreteria.

— Eles são ágeis? — perguntou Chichi, olhando com nojo para os insetos.

— Não. — Orlu deu a cada um deles uma espátula de metal com cabo de borracha. — Façam com que caminhem sobre a espátula, coloquem-nos na panela e fechem a tampa.

Sunny se aproximou furtivamente de um dos bichos e quase imediatamente começou a espirrar. Não por conta do pó de juju, mas pelos fortes gases apimentados que o inseto começou a exalar subitamente.

— Eca — reclamou ela, tornando a espirrar.

— Meu Deus! — Sunny ouviu Sasha exclamar a alguns metros dela.

— Ah, desculpem — falou Orlu. — Esqueci de acrescentar que quando se sentem ameaçados, eles "carregam na pimenta".

— Então como é que a gente deveria pegá-los? — perguntou Chichi.

— Assim — indicou Orlu, se aproximando furtivamente de um dos insetos. — Devagar. Movam-se suavemente. — Ele persuadiu o animal brilhante a ir para a sua espátula com delicadeza. Ele colocou uma pata sobre o metal plano e depois a retirou. Orlu deu mais um empurrãozinho e, por fim, o inseto subiu na espátula. Lentamente, Orlu colocou-o na panela e ele saiu da espátula. Orlu fechou a tampa. — Pronto. — A panela começou a ficar vermelha com o calor. — Foi por isso que Anatov me deu as luvas de forno. Quando os insetos-pimenta se dão conta de que foram capturados, ficam com muita raiva e se aquecem até ficarem escaldantes.

Quando parou de espirrar, Sunny conseguiu pegar um inseto com muita facilidade. Praguejando e espirrando bastante, Sasha também conseguiu pegar um. Chichi, no entanto, continuava a ser atingida pelos gases. Àquela altura, toda a colônia de insetos-pimenta já havia notado a presença deles. Quando Chichi foi atingida pelos gases pela quarta vez, depois de passar cinco minutos se aproximando furtivamente de um inseto, ela gritou com raiva:

— ODEIO TODOS VOCÊS, SEUS BICHOS IMBECIS! SAIAM DAQUI E MORRAM!

Orlu pegou a mão dela.

— Sinto muito — lamentou Orlu, enquanto ela assoava o nariz em um lenço de papel que Sunny havia dado a ela. — Deixe-me tentar uma coisa.

Ele ergueu as mãos e fez aquela coisa que fazia naturalmente para desfazer qualquer juju negativo. Suas mãos se dobraram, contorceram e retorceram enquanto ele desfazia qualquer que fosse o juju que os insetos aparentemente tinham produzido. Em seguida, disse:

— Não queremos fazer mal. Estamos apenas pedindo que alguns de vocês venham a um lugar perto daqui para reiniciar um novo canteiro de pimentas. Sei que podem voar. Vocês podem voltar aqui para uma visita e para fazer polinização cruzada. Se algum de vocês estiver atrás de uma aventura, é só chegar.

— Qual é, cara?! Nenhum inseto é tão sensato assim. — Sasha riu.

Mas um deles de fato era, pois um inseto-pimenta lentamente se dirigiu até Chichi. Ela olhou para Orlu, que assentiu. Chichi se inclinou e deixou o animal caminhar até a sua espátula por livre e espontânea vontade. Cerca de dez segundos depois de colocá-lo na panela, a vermelhidão quente se esvaiu.

— Está fria — comentou Orlu, tocando com hesitação nas laterais da panela. — Aquele inseto deve ter contado aos outros o que eu disse. — Apesar disso, ele pegou a panela com as luvas de forno. — A maioria dos insetos tem uma certa astúcia.

Depois de levarem os bichos de volta para Anatov, eles observaram o professor soltá-los em seu moribundo canteiro de pimentas. Os quatro insetos se juntaram, formando um quadrado no centro dos arbustos mortos e em vias de morrer, e uniram suas patas, fechando o quadrado.

— Vocês todos foram muito bem — elogiou Anatov, enquanto observava os insetos fazerem sua cerimônia de cura. — Eles vão ficar nessa a noite toda. De manhã haverá novos brotos. Podem ir para casa agora.

* * *

As aulas de Sunny com Sugar Cream estavam cada vez mais desafiadoras. Diferente de Anatov, Sugar Cream não fazia a aluna sair para comprar livros. Ela era a Bibliotecária-chefe e tinha todos os livros de que poderiam precisar ali mesmo naquele prédio. Elas sempre se encontravam no escritório de Sugar Cream, no terceiro andar da Biblioteca de Obi, normalmente aos sábados. Mas, neste fim de semana, elas se encontraram numa noite de domingo porque Sugar Cream havia tido uma reunião importante na tarde de sábado. Sunny também não podia evitar suspeitar que a mentora queria que ela se aventurasse por Leopardo Bate à noite, o que a obrigava a lidar com o monstro do rio e com seu medo do monstro do lago. Felizmente, nada acontecera durante a travessia de Sunny até Leopardo Bate naquela noite e ela chegara ao escritório de Sugar Cream pontualmente às nove horas.

A mentora estava recostada contra a soleira da porta quando Sunny chegou ao topo das escadas.

— Aí está você — disse Sugar Cream com um sorriso pretensioso. — Entre. Vamos começar.

Durante as duas primeiras semanas, Sugar Cream havia se concentrado nas regras e regulamentos que envolvem ser uma pessoa-leopardo. Ela não somente fez Sunny ler o curto e irritantemente preconceituoso livro *Fatos rápidos para agentes livres* mais duas vezes, como também a obrigou a escrever um trabalho apontando e descontruindo as partes tendenciosas do livro. Sunny nunca havia precisado escrever um trabalho tão difícil em toda a sua vida. Aquilo a obrigou a examinar o *modo* como as informações eram apresentadas a ela, assim como a vida da autora do livro, Isong Abong Effiong Isong. Sunny descobriu que Isong não só tinha sido educada no Ocidente, como também havia fugido da Nigéria depois de uma experiência terrível com ladrões armados. Por esse motivo, Isong desenvolvera medo e ódio por todas as coisas que vinham da Nigéria. Apesar de o trabalho ter sido difícil, Sunny ficou contente por ser obrigada a escrevê-lo. Agora ela entendia as regras que o livro ensinava, e também como lê-las. Vários pequenos *chittim* de prata haviam caído enquanto ela escrevia o trabalho.

Sugar Cream também levara Sunny para várias reuniões do Conselho da Biblioteca, nas quais a menina tinha de ir bem-vestida e ficar sentada em silêncio atrás dela. Sua mentora se reunia com anciãos de todas as partes do país e, certa vez, com anciãos do mundo todo. Assim, Sunny aprendeu que as pessoas-leopardo eram um grupo organizado que impedia que muitos dos males do mundo se tornassem piores do que já eram. Quem teria imaginado que boa parte da corrupção na Nigéria era impedida pelos jujus organizados dos anciãos leopardo de vários dos estados do país? Sunny certamente não. A ideia de que as coisas na Nigéria poderiam ser bem piores a amedrontava profundamente.

Sunny também havia conhecido alguns dos importantes colegas de Sugar Cream fora das reuniões. Fazia apenas duas semanas que entrara no escritório de Sugar Cream e quase esbarrara contra o peito de um homem árabe alto. Ele vestia roupas soltas e um turbante branco, e cheirava a incenso adocicado. Sunny se lembrara dele do ano anterior, durante uma reunião que ela e os amigos tiveram com um grupo dos mais importantes anciãos da África pouco antes de terem sido mandados para lidar com Chapéu Preto. Pelo que se lembrava, pelo menos parte do nome daquele homem era Ali, e ele podia se transformar em um tucano colorido.

Sunny dera um passo para trás.

— Sinto muito, *Oga* Ali — dissera ela em igbo. A maioria dos anciãos da biblioteca falava várias línguas, e na reunião ele expressara um grave desgosto pelos americanos. Era melhor que ela não falasse com seu inglês cheio de sotaque.

Ele a surpreendera com um sorriso.

— Sunny Nwazue — falara ele. — Você parece estar bem. Ter Sugar Cream como mentora é bom para você.

Sunny não teve certeza se aquilo era um elogio ou um insulto. Ela havia sorrido e respondido:

— Obrigada.

Ele se virara para a mentora dela, que franzia o cenho.

— Nos falamos mais tarde, querida.

Sugar Cream concordara com a cabeça.

— Vá em paz.

— *Inshallah* — dissera ele, fechando a porta ao sair.

Sugar Cream dava a Sunny livros sobre a história dos leopardos africanos e a política dos leopardos de todo o mundo. Ela inclusive deu a Sunny alguns romances de autores leopardo locais. Sunny não havia achado nenhum desses romances muito bom. Sugar Cream rira e concordara com ela.

No entanto, eram as lições de deslizamento que mais agradavam Sunny. Naquela noite, esse era o foco da aula.

— Sente-se, Sunny, sente-se — falou Sugar Cream.

Sunny botou no chão os livros que carregava, olhou ao redor buscando aranhas vermelhas e, quando não viu nenhuma por perto, se sentou. Sugar Cream se acomodou em sua mesa com uma expressão agitada no rosto. Ela subitamente olhou para a aluna.

— Eu ia testar você com relação às suas leituras sobre a história dos leopardos, mas mudei de ideia. Preste bastante atenção.

À medida que Sunny observava, ela teve vontade de gritar. Sugar Cream jamais se transformara diante dela. Ela apenas *falara* sobre seu talento natural. Sugar Cream podia se transformar em uma cobra e, em seguida, deslizar pelo tempo. Sunny nunca gostara de cobras, então não estava ansiosa para ver sua mentora virar uma.

Agora, Sunny sabia que estava certa em não ter pedido para ela mudar de forma antes.

Sugar Cream era uma mulher idosa e frágil de estatura mediana. Tinha uma pele de um marrom intenso que fazia Sunny se lembrar de sua avó paterna. Ela não fazia ideia se a sua mentora era igbo, hauçá, iorubá, efik, ijaw, fulâni ou de alguma outra etnia. Sugar Cream tampouco sabia, na verdade, pois havia sido abandonada na floresta quando era muito jovem. Se Sunny tivesse que adivinhar, diria que ela era iorubá. Mas tudo aquilo começou a se esvair. As roupas de sua mentora pendiam à medida que eram esvaziadas. A pele enrugada do rosto de Sugar Cream começou a encolher. Todo o corpo dela murchou. Sunny sentiu náuseas e não conseguiu esconder a expressão de completo nojo no rosto. Seu estômago revirou, e ela se encurvou com ânsias de vômito no momento em que a massa de carne que naquele momento era o corpo de Sugar Cream caiu para a frente sobre a mesa do escritório emitindo um baque suave. Com o mesmo tom de pele marrom, a massa se contorceu e rolou.

Sunny arquejou, fechando os olhos com força. *Conte até dez,* sussurrou uma voz seca e rouca dentro da sua cabeça. *Depois olhe para mim.*

Sunny contou até dez devagar. Quando abriu os olhos, estava fitando os olhos verde-amarelados de uma enorme cobra de um verde chamativo. *Ser capaz de falar enquanto se está em outra forma,* disse Sugar Cream na cabeça de Sunny, *é algo que tem de ser aprendido. Mas mudar de forma não é difícil uma vez que se domina a técnica.*

Ela não se moveu, e a maior parte de seu corpo ainda estava coberto por suas roupas. Quando Sugar Cream tomou a forma humana mais uma vez, Sunny entendeu por que ela não saíra do lugar. A mentora tornou a preencher as suas roupas com a facilidade de uma especialista.

— Ver eu me transformar de volta não tem o mesmo efeito nauseante — comentou Sugar Cream. — É só da primeira vez que as pessoas sentem isso. Você não tornará a sentir-se enjoada quando vir eu me transformar novamente. Além disso, o seu dom é diferente do meu. Quando você se transforma em névoa e desliza, leva consigo suas roupas. Você pode arrastar consigo qualquer coisa que as suas células toquem.

Primeiro elas começaram com a respiração, pois parte do deslizamento entre a vastidão e o mundo físico compreendia entender que você geralmente tinha de *parar* de respirar para fazer isso por qualquer período de tempo.

— Você já consegue deslizar pela ponte ou por uma fechadura. Isso é fácil — afirmou Sugar Cream. — Mas você consegue deslizar daqui até a sua casa?

Deslizar entre a vastidão e o mundo físico era uma coisa, mas Sunny sabia para o que Sugar Cream a vinha preparando lentamente. Para se lançar completamente na vastidão. Para fazer isso, ela teria de morrer, morrer de verdade. Mas ela havia nascido com aquela habilidade, então sempre seria capaz de voltar... caso fizesse as coisas corretamente. Ela não tinha a menor pressa de tentar, e Sugar Cream tampouco estava ávida para isso.

— Este ano, não — falou Sugar Cream. — Mas talvez no ano que vem, ou no próximo.

Sugar Cream fazia Sunny trabalhar duro. Depois dos exercícios de deslizamento, elas se dedicaram às Compleições Noturnas, que eram vários estados de existência que somente eram alcançados à noite. Compleições Noturnas requeriam uma combinação de floreios de faca juju, zumbidos graves com a garganta e um pó de juju azul que deixava a pele dela toda oleosa. Compleições Noturnas eram as fases primárias do deslizamento total para a vastidão.

— Você não vai querer entrar na vastidão e depois não conseguir sair — assegurou Sugar Cream. — Isso, obviamente, significa a morte. Então pratique deslizar para dentro e depois para fora, aos poucos. A noite é quando a barreira entre os mundos físico e espiritual é mais tênue.

Era preciso morrer para entrar na vastidão, portanto a pessoa tinha que fazer a si mesma nascer de novo. Era preciso ser forte para dar à luz. Apesar de Sunny ter nascido com uma habilidade natural para fazer as duas coisas, até ela sabia que o talento e a habilidade precisavam ser refinados. Sunny havia assentido solenemente, e depois elas começaram os trabalhos. Treinaram duas compleições, que Sunny conseguiu fazer com facilidade, mas que descobriu que precisava se esforçar para conseguir manter. Outra e outra vez, o zumbido, o pó sendo soprado, os espirros, e depois as cores que começavam a se imiscuir a tudo. Quando Sugar Cream a dispensou para que voltasse para casa, Sunny se sentiu como se o mundo vibrasse.

As aulas de Sugar Cream, os ensinamentos de Anatov, a escola das ovelhas, seu corpo estranhamente mutável e o tempo que passava com Chichi, Orlu e Sasha: Sunny estava assoberbada, mas, ainda assim, aprendia e absorvia muitas coisas. Enquanto se sentava no assento no trem futum praticamente vazio que a levaria para casa, ela se encolheu contra a janela e fechou os olhos. Respirou fundo, relaxando de verdade pela primeira vez em horas, e foi aí que sentiu aquela sensação de ser dividida em duas. Os olhos dela se arregalaram e, enquanto olhava fixamente pela janela, começou a chorar baixinho.

— Anyanwu? — sussurrou. Depois, ouviu a si mesma responder com uma voz grave: — Durma, Sunny, eu estou aqui.

9

Qual é a distância?

Sunny resmungou enquanto abria o portão. O céu da noite ainda não havia começado a esquentar, mas logo iria, e os pássaros da manhã já estavam cantando.

Ela dormira durante toda a viagem de volta no trem futum. Felizmente, a motorista, uma velha alta chamada Magnificent, que a via com frequência nas madrugadas, sabia qual era o ponto em que Sunny tinha que descer. Magnificent gritou:

— Sunny! Você chegou em casa. Saia daqui e vá dormir!

Sunny ficou de pé com um pulo e se arrastou para fora do veículo movido a juju sem se dar conta do que estava acontecendo. O trem futum silenciosamente deslizou para fora dali, deixando para trás apenas uma lufada de ar com cheiro de rosas e Sunny parada no escuro, em frente ao portão de casa.

Cabisbaixa, ela silenciosamente destrancou e abriu o portão apenas o suficiente para o seu corpo passar. Caminhou cansada em direção à porta da frente. O alarme da casa não estaria acionado e seus pais não estariam esperando acordados por ela, apesar de Sunny suspeitar que estivessem com os ouvidos ansiosamente atentos ao seu retorno. Eles já não faziam perguntas. Que bom. Aquele era um estresse a menos. Sunny ainda sentia a pele oleosa por conta do pó de melhoramento, e o seu nariz sensível estava entupido de catarro. Ela precisaria de um bom banho antes de ir para a cama, e aquilo roubaria dela quinze minutos das quatro horas que teria para dormir antes de ir para a escola.

Enfiou a chave no buraco da fechadura. Sunny poderia atravessá-la, mas sempre havia a possibilidade de seu irmão ou seus pais estarem na sala. Assim, ela acabaria condenada a uma surra de bengala pelo Conselho da Biblioteca por ter exposto os costumes das pessoas-leopardo. Será que eles apagariam ou alterariam as lembranças da família dela? E sabe-se lá o que faziam! Agora que ela não precisava ficar andando furtivamente, não valia a pena correr esse risco.

Crá!

Sunny congelou. Alguém estava entrando pelo portão atrás dela. A coisa estava a metros de distância de Sunny, e ela podia abrir a porta de casa, entrar e trancá-la. Ou podia simplesmente se arriscar e passar pela fechadura. *Ekwensu,* pensou. *E se for Ekwensu? Mas por que a maior adversária do mundo físico teria de abrir um portão?* Seriam então ladrões armados? Mas o portão estava trancado. Teriam eles uma chave? Teria sido usado algum juju para entrar? A fechadura tinha sido arrombada?

Dando meia-volta, Sunny largou a mochila e sacou a faca juju. O *que estou fazendo?*, pensou, horrorizada.

O portão se abriu. Seu corpo se encheu de adrenalina, fazendo seus ouvidos zumbirem e sua pele suar frio. Ela se esgueirou mais para perto. Uma sombra apareceu em volta do portão. O rapaz olhou direto para ela.

— Sunny? — arquejou ele.

— Chukwu? — Ela rapidamente guardou a faca no bolso.

— O que você está fazendo aqui?

— Por que você não está na faculdade? — disparou Sunny.

Eles olharam um para o outro fixamente. Seu irmão tinha a pele escura e estava na sombra, então ela não conseguia distinguir a expressão no rosto dele.

— Eu... eu acabei de chegar em casa — admitiu ela, se aproximando.

— De seja lá o lugar aonde você vai à noite? — indagou ele. Chukwu se afastou dela e ficou segurando o portão.

— Onde está o seu jipe?

— Estacionei na rua — respondeu o irmão. — Não... — Chukwu se afastou ainda mais dela e, ao fazer isso, parou sob um luar fraco.

Sunny tapou a boca com as mãos e arquejou.

— O que aconteceu?

O irmão dela havia ficado bastante musculoso ao longo do ano anterior. Ele não só havia descoberto a musculação, como também havia descoberto que amava a musculação desesperadamente e de todo o coração. Sunny sabia que, além de chutar uma bola de futebol, não havia nada de que ele gostasse mais do que de ficar na academia fazendo exercícios até que seus músculos sofressem espasmos. Agora Sunny podia ver que ele tinha crescido ainda mais desde que fora para a faculdade, algumas semanas antes. Ainda assim, naquele momento, ele parecia um adolescente medroso que tinha levado uma surra. Seu olho esquerdo estava tão inchado que ele não conseguia abri-lo, e ele parecia ter duas bolas de golfe dentro da boca. Chukwu se agarrava ao portão com uma das mãos enormes.

Sunny se aproximou do irmão e tocou seu rosto. Ele virou a cara.

— Chukwu, o que...

— Mamãe e papai não podem saber que estou aqui — falou ele.

— Por quê?

— Preciso pegar o dinheiro que deixei guardado no meu quarto. Depois eu vou embora. — Ele olhou nos olhos dela. — Não quero botar ninguém aqui em perigo. — Seu rosto se contorceu e ele franziu o cenho, e uma lágrima escorreu por sua bochecha.

Sunny também sentiu seus olhos arderem. Aquele era seu irmão Chukwu, cujo nome significava "Ser Supremo", porque ele era o "presente de Deus para as mulheres", ou pelo menos era assim que ele gostava de se vangloriar. Aquele era seu irmão mais velho, que a atormentara desde que ela era um bebê, e que também a protegia, de seu próprio modo rude.

— V-venha — chamou ela com a voz embargada. Sunny cruzou um braço com o dele. — Escore-se em mim. Vou levar você pra dentro.

Eles se moveram rápido e foram direto para o quarto de Sunny. Ela contava com o fato de que seus pais simplesmente presumiriam que era apenas ela entrando em casa, e não o filho mais velho, que havia fugido da universidade que pagavam uma fortuna para ele frequentar. Trancou a porta enquanto Chukwu se sentava na cama. Na luz, ela viu que ele estava bem pior do que imaginara. Sunny respirou fundo e se recompôs: aquela não era hora de chorar.

— Onde está o dinheiro? — perguntou ela. — Eu pego pra você.

Ele franziu o cenho.

— O quê? Não, não, está em um lugar secreto. Está...

— No seu quarto?

— Sim — respondeu ele.

— E se Ugonna te ver?

— Ele vai estar dormindo.

— Não se você o acordar. E se nossa mãe ou nosso pai saírem do quarto? Sei que eles nos ouviram entrar. Às vezes, mamãe aparece para checar como estou. Ela vem e escuta atrás da porta. Ela acha que eu não sei, mas eu reparei.

— Merda — chiou ele. — Bem, o que você quer que eu faça? Preciso daquele dinheiro.

— Eu pego.

Ele sopesou a ideia por um instante.

— O que você vai dizer se Ugonna acordar?

— Ele não vai. Você sabe que sou muito melhor em ser furtiva do que você jamais será.

Chukwu concordou.

— É verdade. Ok... Tem uma tábua solta no piso perto da janela. O pé direito da minha cama fica bem em cima dela. O dinheiro está ali dentro.

— Está bem. Volto já. — Ela fez uma pausa. — Feche os olhos e tape os ouvidos.

— Por quê?

— Apenas faça o que estou dizendo.

Chukwu franziu o cenho para ela, mas depois fez o que Sunny pediu. Ela correu até a porta, se certificou de que estava trancada, olhou de soslaio para trás rapidamente e depois atravessou a fechadura antes que o irmão abrisse os olhos e perguntasse por que ela estava pedindo para ele fazer uma coisa tão estranha assim. A sensação foi de compressão e frieza. Bem diferente da que tivera quando fez aquilo pela primeira vez, na época em que achava que estava realizando o primeiro juju de sua vida, enquanto, na verdade, utilizava seu talento natural. Desde então, ela havia realizado aquilo várias vezes, e era cada vez mais fácil. No entanto, a sensação também era mais aguda. Mais deliberada.

Sunny saiu do outro lado da porta e depois correu em direção ao quarto que Chukwu e Ugonna costumavam dividir, mas que agora era só de Ugonna. Ela verificou se a porta estava trancada. Estava. Sunny atravessou a fechadura. Ugonna estava com o corpo estendido na cama, fazendo barulhos enquanto dormia. Ele preferia estudar no chão, então era lá que seus livros escolares e folhas de papel estavam espalhados. O protetor de tela da sua enorme televisão projetava imagens de carros esportivos na escuridão do quarto. *Que bom*, pensou Sunny. Ela conseguia enxergar bem ali dentro. Um jazz baixinho tocava. Isso era melhor ainda, um barulho de fundo, apesar de ela achar que não era necessário. Ela correu até a cama de Chukwu e esperou.

Ainda incorpórea, sentia a gravidade a afetar, mas não tanto quanto se estivesse materializada. Se Ugonna acordasse e olhasse direto para onde ela estava, ele não veria nada, mas talvez sentisse a presença dela, mesmo que fosse uma ovelha — ainda mais considerando como ele andava antenado ultimamente. Isso só dava a Sunny mais motivos para agir rápido.

Sunny sentiu o seu corpo se aquecer e o cheiro do quarto de Ugonna a atingiu. Suor, perfume e talvez houvesse uma laranja apodrecendo atrás de alguma coisa em algum canto do quarto. Ela olhou para Ugonna quando ele se mexeu na cama. Seu irmão era sensível, com certeza. Estava dormindo, mas *sabia* que ela estava ali, fora assim que Anatov descrevera esse tipo de coisa. Sunny não tinha muito tempo.

Delicadamente, mas com firmeza, ela empurrou a cama e tocou na tábua exposta do piso. Tateou as bordas, localizou o desnível e levantou a tábua. Lá estava o dinheiro. Rolos e mais rolos de notas de dólares americanos e de nairas amarradas com elásticos. Ela pegou os rolos e rapidamente começou a esfregá-los contra o braço. Esfregou e esfregou, mantendo os olhos no irmão. Ele se mexeu novamente, mas depois voltou a dormir profundamente e não se mexeu mais.

Ela inspirou os rolos de dinheiro e depois se levantou. Ugonna agora estava se virando e se debatendo, tentando acordar a si mesmo com solavancos. Incerta sobre o que fazer, Sunny se arriscou. Se ela fracassasse e ele a visse, Sunny certamente levaria uma surra de bengala desta vez. Ter Sugar Cream como mentora, a mesma pessoa que decidiria sobre o seu castigo, não garantiria a ela qualquer demonstração de solidariedade. Na verdade, aquilo provavelmente significava que ela receberia a punição mais severa que havia. Sugar Cream era uma professora ainda melhor do que Sunny jamais poderia ter sonhado e era uma das suas pessoas favoritas, mas também era uma mulher muito, muito rígida. Não era à toa que ela era a Bibliotecária-chefe.

Correndo em direção à porta, ela evocou sua cara espiritual. Saltou sobre as pilhas de livros de Ugonna. Depois, mergulhou através da fechadura bem na hora em que seu irmão acordava e se sentava na cama. Uma vez do outro lado, ela saiu correndo. Tinha apenas segundos antes que alguém a ouvisse. Quando chegou à porta do próprio quarto, esperou em silêncio até que ela se materializasse de novo. Em seguida, rapidamente pegou o pente de Mami Wata que tinha preso aos cabelos e usou um dos dentes dele para destrancar a porta. Abriu-a e entrou.

— Conseguiu pegar? — indagou Chukwu.

Chukwu olhou para as mãos de Sunny. Junto com o pente, ela estava carregando os rolos de dinheiro. Tudo havia dado certo. Ela sorriu e ouviu um tilintar do outro lado da porta quando um *chittim* caiu no corredor. Ela jamais havia carregado alguma coisa consigo enquanto deslizava entre a vastidão e o mundo físico. Semanas antes, estava caminhando com Sasha e mencionara isso. "Apenas esfregue as suas células no que quer que você queira trazer", explicara ele. "Se esfregar o bastante, você deve ser capaz de carregar consigo coisas pequenas", ele riu. "Uma vez eu li sobre uns ladrões que fizeram isso com muito dinheiro. Pegaram eles quando procuraram por homens com a pele em carne viva." Ela agradeceria a Sasha na próxima vez que o visse.

Sunny jogou o dinheiro no colo de Chukwu e ele escancarou um sorriso.

— Obrigado!

Sunny sentou-se em sua cama ao lado dele.

— Você não vai embora antes de me contar tudo.

— Não.

— Por quê?

O irmão olhou para Sunny com olhos tão incandescentes que ela quase pulou para fora da cama e saiu correndo do quarto.

— Por quê? — insistiu, se apoiando na borda da cama para firmar o corpo. — O que aconteceu? Ladrões armados? O que...

— Sunny... se eu contar, vou estar te colocando em perigo. Já é ruim o bastante que você esteja me vendo aqui esta noite — respondeu ele virando o rosto. — Quanto menos você souber, melhor vai ser caso venham até aqui procurando por mim.

Sunny tocou o ombro rígido e musculoso do irmão, e ele se retraiu.

— Não faça isso — sussurrou Chukwu.

— Você quebrou algum osso? — perguntou ela, baixinho.

— Não sei. Talvez uma ou duas costelas.

— Você vai ao médico?

— Sim. Quando puder. Prometo.

— Por favor, Chukwu, o que foi que aconteceu?

Chukwu voltou a estampar um olhar de dor no rosto. Ficou pensativo por um longo tempo. Olhou de soslaio para a porta e, em seguida, começou a falar. E exatamente aquilo de que Sunny suspeitava, e que ela temera desde o momento em que o irmão saíra de casa para ir para a faculdade, acabou se tornando verdade.

10

Amor fraternal

Ok, Sunny. Vou lhe contar... mas só para você. Você... você tem muitos segredos, mas também sabe como guardá-los.

Entendo por que o papai queria que eu morasse no albergue do governo em vez do particular. Não sou idiota. Se você não viver a vida, não será nada. E para viver a vida, você precisa viver com pessoas. Pessoas de verdade. Sim, eu queria conviver com os grandes e poderosos, os ricos, os que usufruem de conforto. Quem não gostaria? Você já viu as filiais desses albergues, Sunny? Elas são autossuficientes. Têm lavanderia, um restaurante em que preparam qualquer coisa que você pedir, mobília nova, você fica num quarto particular... ou algo do gênero. É óbvio que eu queria morar lá. Mas é caro. É um desperdício de dinheiro.

Quando o papai disse que eu teria que morar no albergue do governo, respondi que não tinha problema. Eu não me importava. Estava tudo bem. Sabia que ele estava tentando me ensinar uma lição. Papai achava que eu tinha ficado frouxo depois de todos aqueles primeiros anos nos Estados Unidos. Eu simplesmente estava feliz por sair de casa e ser independente. O meu quarto no albergue é feio e quente. As camas são duras. Você divide o quarto com cinco caras, e alguns já estão no segundo ou terceiro anos. Eles levam garotas para lá à noite. Não vou nem lhe dar os detalhes sobre isso. Você é jovem demais.

De todo modo, você sabe como eu gosto de malhar. Havia um lugar para isso no porão de um dos albergues fora do campus. Eles têm todo o tipo de pesos livres lá, e muitos dos mais pesados, em que são usados blocos de cimento e sacos de areia. A coisa ali era muito séria.

Adebayo e eu começamos a ir pra lá nos fins de tarde depois das aulas, talvez três ou quarto vezes por semana. Nós dois gostamos de puxar os pesos mais pesados, então fazíamos a mesma série. Você conhece o Adebayo, né? Somos colegas de turma desde pequenos e jogamos muito futebol juntos. Lembra quando eu saí daqui para ir para a faculdade? Foi ele quem foi comigo. Sim, ele.

Eu e ele, sempre que havia festa, éramos a força bruta, sabe, os guarda-costas, porque somos grandões e as pessoas têm muito medo da gente. E eu era o capitão do time de futebol, então ninguém queria problemas comigo, de qualquer jeito. Adebayo e eu somos como irmãos de mães diferentes. Nós prosperamos como ervas daninhas naquela academia. Apesar de ser no subsolo, ali era muito quente. Era apenas um grupo de caras puxando ferro como gorilas. Pura força. Não havia mulheres, então às vezes malhávamos de cueca enquanto enormes ventiladores sopravam vento em cima de nós. Ali fedia a suor e as paredes eram realmente imundas. Sunny, você detestaria aquele lugar. Mas eu amava. Minhas aulas eram difíceis, então eu ia pra lá para esfriar a cabeça. A vida era boa... a princípio.

Tudo mudou na semana passada. Adebayo e eu fomos para o porão num fim de tarde. Era sexta-feira, então eu estava de bom humor. Mais tarde, iríamos nos encontrar com umas garotas, e também haveria uma festa. Estávamos malhando. Estávamos fazendo dez séries de dez movimentos. Tínhamos acabado de começar com um peso de cerca de 70 quilos. Depois, aos poucos, íamos adicionando mais pesos. Eu lembro que estávamos na nossa quinta série quando Adebayo pediu licença. Disse que tinha de ir ao banheiro. Eu simplesmente continuei malhando. Estava na sétima repetição, malhando com muita intensidade, me esforçando, gritando. Eu queria sentir aquela queimação nos músculos, sabe? Quando você faz musculação, o lema é "sem dor não há ganho".

Mal o Adebayo tinha saído, e eu vi dois caras entrarem. Eles não eram tão grandes quanto eu, mas eram grandes o bastante e obviamente um pouco mais velhos. Mais altos. Eles começaram a me aplaudir. Eu continuei puxando a barra de ferro, fazendo um show pra eles. Eu era a única pessoa na academia, mas eram apenas dois caras, Sunny. Você não me conhece, posso me defender muito bem. Sei lutar boxe tão bem quanto jogo futebol. Você e Ugonna nunca souberam sobre os lugares ondes as lutas aconteciam, mas eu costumava ganhar muito dinheiro lutando boxe. Como você acha que consegui esse dinheiro que escondi embaixo do piso? Todos vocês achavam que meus hematomas eram por conta do futebol. Quem não sabe não tem de saber, certo? Então eu não estava com medo. Mas aí chegaram mais dois caras. Um deles era Adebayo, e ele parecia conhecer os outros três.

Todos se aproximaram de mim. Os três desconhecidos estavam vestindo roupas de sair, então imaginei que vinham da rua. Eles sorriam, e até que pareciam simpáticos.

— Muito bom — comentou Adebayo. Mas ele não me disse o nome daqueles caras.

— Você é forte — observou o mais alto deles, olhando para mim enquanto eu me esforçava para colocar a barra e os pesos de volta no apoio. Eles não me ajudaram. — Estamos orgulhosos de você.

Sorri e me sentei. Eu estava vestindo apenas minha cueca, e meus músculos estavam tendo espasmos.

— Obrigado — falei.

— Temos uma coisa para lhe dizer, e é muito importante. — Os outros simplesmente ficaram de pé atrás dele. — Você precisa conhecer as regras do campus.

Eu imediatamente relaxei. Aquilo era só sobre coisas do campus. E eu queria ir bem na faculdade. Aqueles caras estavam ali para me ajudar. Ótimo. Bom. Desde que eu tinha chegado, nenhum professor ou aluno mais velho havia se oferecido para me mostrar como as coisas eram feitas ali e como me sair melhor. Então foi um alívio ouvir aquilo.

Logo depois, todos fomos para uma lanchonete local que chamávamos de Espelunca do Cólera. Ficava logo no fim da rua. O lugar não era nada demais. Lá eles servem coisas como arroz, feijão, pão e eba. Comida boa e barata. Você leva o seu prato até o balcão e diz a eles quais comidas quer. Depois, você se senta em uma das mesas e cadeiras de plástico e come. Ele é principalmente frequentado pelos estudantes locais, mas motoristas de kabu kabu e de okada também costumam frequentá-lo.

Então nós éramos um grupo de cinco pessoas. Eu considerava todos meus amigos, porque Adebayo era meu amigo e eles eram amigos dele. Me lembro do que todos pediram. Todos escolheram arroz, banana-da-terra e carne de vaca. Eu pedi o meu prato favorito: arroz com feijão. Eles fazem um bom arroz com feijão na Espelunca do Cólera. Paguei por toda a comida. Era muito dinheiro para mim, mas eu tinha a quantia. Você me conhece: se tenho, então gasto, e quando não tenho, não sinto falta. Além disso, eu estava de bom humor. Aqueles caras queriam me ajudar para que eu me inserisse na vida universitária de modo tranquilo. Não sei por que não percebi o que estava acontecendo na época. Não sei. Talvez eu estivesse cego de esperança.

De qualquer jeito, quando terminamos de comer, já eram quase oito da noite e estava escurecendo. Caminhamos cerca de 800 metros pela rua. Aquela área era ocupada por outras filiais de albergue *de dois andares e tinha algumas poucas árvores. Não era uma rua movimentada. Aliás, a rua estava tão deserta que nós só encontramos poucas pessoas no caminho, e não havia carros. Era uma noite quente, então, como eu havia acabado de malhar e de jantar, estava suando. Por fim, eles pararam sob a sombra de uma mangueira baixa. À essa altura, tudo já estava escuro e, embaixo daquela árvore, ninguém podia nos ver. Ainda assim, não tive medo. O Adebayo estava comigo, e eu sabia que seria capaz de enfrentar os outros três caso fosse preciso... se eles se revelassem não tão amigáveis assim.*

Um deles acendeu uma lanterna e apontou-a para a folhagem acima de nós.

— Olha, estivemos observando você — falou o mais alto. — Temos algo importante a lhe dizer. — Naquele momento, olhei de soslaio para o Adebayo, e, sob a luz fraca que refletia da lanterna, eu o vi virar o rosto. — Você é um cara forte fisicamente. É inteligente, tira notas boas e estava entre os melhores alunos da sua turma do Ensino Médio, as garotas gostam de você... — Ele fez uma pausa. — E nós ficamos sabendo que a sua irmã caçula é albina, e que talvez até seja uma dessas crianças bruxas de que se ouve falar.

— O quê? — exclamei. — Ela não é...

— Não, não, relaxe... está tudo bem. Uma criança bruxa significa poder. Gostamos do que vemos quando olhamos para você — prosseguiu ele, erguendo uma das mãos para que eu parasse de falar. — Queremos apenas o seu sucesso. E você vai ter todas as vantagens na faculdade caso se junte a nós.

— Hein? Como... Onde? Explique melhor, não estou entendendo — gaguejei. Subitamente, fiquei com a boca seca. Sunny, foi somente nesse momento que eu me dei conta do que realmente estava acontecendo, e era uma coisa que eu tinha ouvido falar que era muito comum, mas que jamais imaginei que iria acontecer comigo.

— Somos os Grandes Tubarões Vermelhos — anunciou ele.

Merda, merda, merda, pensei. Até você provavelmente já ouviu falar deles.

— Tudo bem... está certo — falei, ainda incerto sobre o que dizer ou pensar.

— Você está entendendo? Os Tubarões Vermelhos são uma das confrarias mais fortes da Nigéria.

Ele havia confirmado. Agora eu estava com medo. Papai me alertou sobre todo esse disparate das confrarias antes de eu ir embora. Você e Ugonna já ouviram as histórias de estudantes que desapareceram ou foram mortos em brigas. É mais assustador e comum do que todas aquelas coisas sobre o Chapéu Preto no ano passado. Nosso pai me contou que eles me abordariam, e que eu devia sempre dizer não. Mas a coisa é diferente quando você está diante deles, olhando nos seus olhos, e eles olhando nos seus, sabendo quem você é. Meu melhor amigo, Adebayo, fazia parte dos Tubarões Vermelhos. E isso significava que eles já sabiam tudo sobre mim, porque ele sabia. Como Adebayo havia mantido isso em segredo por tantas semanas?! Eu nem sequer cheguei a notar qualquer mudança em seu comportamento. Eu o via com muita frequência e não sabia que ele saía escondido para algum lugar. Mas é um fato conhecido que todas as reuniões de confraria acontecem à noite.

Eu quase saí correndo. Cheguei a considerar essa ideia com cada parte do meu ser. Devo ter ficado tenso, porque Adebayo agarrou e apertou o meu braço.

— Calma — pediu ele. — Não é o que você está pensando. Você vai ter oportunidade de tirar qualquer nota que quiser. Você vai poder se tornar um professor-assistente universitário! Ninguém poderá lhe fazer mal. É dinheiro o que você quer? Muitos dos membros dos

Tubarões Vermelhos vêm de famílias podres de ricas. E eles de bom grado gastariam sua riqueza com você caso se junte a nós.

Admito que fiquei um pouco deslumbrado. Especialmente com a ideia de me tornar professor-assistente. Eu já podia ver o orgulho estampado no rosto do papai quando eu contasse a ele. Você sabe como ele é.

— Vou pensar — falei.

— Você tem três dias para decidir — decretou o mais alto.

Durante três dias, pensei sobre aquilo. Naquela noite, eu saí, me encontrei com as garotas e fui para a farra. Estudei com afinco durante todo o fim de semana. Malhei na academia com o Adebayo, e agimos como se nada estivesse acontecendo. Na manhã de segunda-feira, eles apareceram no meu quarto. O Adebayo não estava lá. Eram o mais alto e um dos outros.

— Qual é a sua resposta? — perguntou o mais alto.

Pedi a eles que explicassem de novo exatamente o que queriam, e ele não hesitou ou ficou irritado. O mais alto me levou para o corredor e me disse que aquele era um convite para eu me juntar aos Tubarões Vermelhos. Depois, ele e o outro cara ficaram esperando.

Eu ri e concordei com a cabeça.

— Ok.

Os dois riram, e todos trocamos apertos de mão, estalando os dedos ao final do cumprimento. E eu tornei a relaxar. Talvez o Adebayo tenha razão, *pensei.* Talvez isso não seja tão ruim assim.

— Voltaremos hoje à noite — avisou o mais alto.

À uma e meia da manhã, o mais alto bateu à minha porta. O barulho fez meus colegas de quarto acordarem e se irritarem; e ficaram ainda mais mal-humorados quando descobriram que a visita era para mim. Eu rapidamente me vesti e saí com o cara alto. Quando chegamos do lado de fora, estava escuro porque a luz havia acabado. Mas havia três pares de olhos na escuridão, e eles pertenciam a três caras grandes.

— Há outros para quem você precisa confirmar sua adesão — informou o mais alto.

Balancei a cabeça, concordando. Eles me vendaram com um lenço vermelho e amarraram as minhas mãos. À essa altura, muitos pensamentos passavam pela minha cabeça. Eu estava pensando que tinha cometido um erro terrível. Sunny, eu ficava vendo sem parar você, a mamãe, o papai, o Ugonna, todos. Fiquei desejando estar com vocês, e não onde eu estava. Comecei a me perguntar se algum dia tornaria a ver qualquer um de vocês!

Devemos ter caminhado por quase cinco quilômetros. Ou foi o que pareceu. Era uma distância grande. Quando tiraram a venda do meu rosto, estávamos na mata. Uma que eu não reconheci. Desamarraram as minhas mãos. Olhei ao redor. Alguém tinha um lampião, e agora eu podia ver rostos. Havia dez caras. Três deles eram meus professores, dois eram colegas de classe, e Adebayo também era um deles.

Todos vestiam camisetas vermelhas, calças pretas, bonés pretos e braçadeiras vermelhas. Um deles estava cantando alguma canção nativa, e alguns dançavam e batiam palmas. Todos eram mais velhos do que eu, exceto por Adebayo, mas ninguém era grande como eu, e estava certo de que nenhum deles sabia lutar boxe. Se eu tivesse que brigar, brigaria.

— Qual é o seu nome? — perguntou um cara atarracado de uns 19 anos. Ele tinha a pele mais clara, provavelmente era igbo, e possuía vários queloides no queixo, aninhados em sua barba rala.

— Chukwu.

O homem se virou para os outros.

— O nome dele é Chukwu.

Todos eles se aproximaram e disseram com grunhidos que o haviam escutado. Tentei fazer contato visual com o Adebayo, mas ele não olhava para o meu rosto. Nem os meus professores e colegas olhavam para mim. Era como se estivessem fingindo que não me conheciam.

— Eu sou o líder, o capo *— apresentou-se o cara com os queloides.*

— Ok — respondi.

— Deite-se — comandou o capo.

— Por quê? — perguntei, surpreso.

Antes que eu me desse conta, Adebayo, meu melhor amigo, se aproximou de mim e me deu um tapa na cara com força. Eu nem pensei: revidei na mesma hora com um poderoso gancho. Ele caiu no chão. Eu sei como nocautear um homem. Adebayo é meu melhor amigo, mas eu estava aterrorizado e irritado pra caramba. Ninguém me estapeia!

Todos pularam para cima de mim. Os dez, chutando, socando, pisoteando. Fiquei em posição fetal, tentando proteger o meu corpo o máximo que podia. Eu me lembro de estar horrorizado, mas também com muita, muita raiva. Fiquei pensando: Vou sair daqui. E quando sair, vou acabar com eles, um por um. Só preciso sair de baixo deles. *Mas eu não conseguia, Sunny! Quando dez pessoas te atacam… você não tem a menor chance. Os golpes, o peso dos corpos, a dor, você* NÃO CONSEGUE *RESPIRAR!*

Eles batem em você desse jeito para que, no futuro, você não demonstre misericórdia. O que fiquei sabendo depois é que, na mata, se um iniciado morria por conta da surra, ele era enterrado ali mesmo. Aquele lugar estava repleto de ossos. É mal-assombrado. Quantos estudantes mortos não estavam me observando, imaginando se eu me juntaria a eles no mundo dos espíritos naquela noite? Quando você ouve falar do desaparecimento de estudantes, é para esse lugar que muitos deles vão.

Aqueles caras me bateram até eu mal conseguir tomar fôlego. Tudo o que eu via era prateado, azul e vermelho, mas, de algum modo, não perdi a consciência. Senti que se me precipitasse na escuridão que me chamava, eu jamais voltaria. Pensei em todos vocês. Se eu morresse, os colocaria em perigo, porque a mamãe e o papai iriam até o campus me procurar, fazer perguntas. Quem sabe o que os Tubarões Vermelhos fariam com eles se chegassem perto demais da verdade? Então eu permaneci consciente. Observei-os quando começaram a se dispersar, um depois do outro. O capo *foi o primeiro a ir.*

— Deixe que o diabo que trouxe você aqui o guie — sussurrou ele em meu ouvido. Ele pegou Adebayo pelo braço com firmeza e o arrastou para fora dali. Depois os demais saíram, um por um. Ninguém fez nada para me ajudar.

Fiquei deitado lá, respirando com dificuldade, sentindo sangue e suor escorrendo de mim, mosquitos vindo em enxames para me picar e beber o sangue que escorria. Eu não conseguia acreditar no que havia me acontecido. Uma coisa é levar alguns golpes numa luta de boxe ou um pontapé forte no campo de futebol, levar uma surra de dez homens grandes é outra coisa. Não havia misericórdia. Nenhum cuidado com relação a órgãos vitais ou sensíveis. Nenhum resgate. Eu não sabia onde estava, e eu estava no escuro. Na mata. Eu estava sozinho, Sunny. Sozinho demais.

Não sei por quanto tempo fiquei deitado ali. Talvez cerca de meia hora. Às vezes as coisas eram muito vagas; outras vezes, eu estava muito desperto, sentindo a dor latejar. Então ouvi um farfalhar e o barulho de passos. Alguém estava ao meu lado. Esse alguém colocou suas mãos sob o meu corpo e me ajudou a ficar de pé. Eu gemi e chorei baixinho. Eu devia estar soando como um velho moribundo. Mas, naquele momento, não me importava. Eu mal estava consciente. O mundo balançava à minha frente, e eu não sabia o que ficava embaixo e o que ficava em cima. Meu peito se contraía de dor. Minhas pernas estavam dormentes. Eu estava todo molhado. Podia sentir o meu próprio cheiro... Eu talvez tenha... Havia mais do que o fedor do suor e do sangue no meu corpo. Lentamente, começamos a caminhar.

— Jamais deixe que alguém saiba que eu te ajudei — avisou ele. Comecei a chorar. Ele me ajudou a chegar ao meu albergue. Eram quase quatro da manhã. — Essa foi a primeira fase da iniciação — afirmou Adebayo, olhando para mim com um ar sério. — A próxima vai ser amanhã à noite. E a iniciação vai durar até sete dias.

— Ai, meu Deus — sussurrei.

— Lembra quando eu disse que tinha sido assaltado por uns caras na primeira semana em que estávamos aqui?

Quando me dei conta, arquejei.

— Você estava todo ensanguentado.

Adebayo assentiu.

— E cheio de cortes. Seus braços estavam... Foram eles que fizeram aquilo?

— Se eu consegui sobreviver — falou ele —, você também consegue.

— Não — repliquei. Ficamos do lado de fora do meu quarto sussurrando feito demônios na noite. Lá dentro, meus colegas de albergue dormiam.

— Agora já não há nada que você possa fazer para impedir isso — avisou ele. — Ou passa por tudo, ou morre. Agora você conhece os rostos de todos eles. Você pode nos trair. — Ele me deu um kit de primeiros socorros e saiu rapidamente. Essa foi a primeira parte da iniciação.

Me limpei o melhor que pude. Eu sentia dores por todo o corpo, estava sangrando e cheio de cortes. Meus colegas de albergue me olharam assustados, mas nenhum deles fez sequer uma pergunta. Fui para a aula no dia seguinte. Eu manteria a cabeça erguida, decidi. Manquei até a sala de aula e encarei meu professor enquanto ele ensinava matemática. Ele agiu como se fosse apenas meu professor, e eu, um mero aluno. Ele fingiu não ser um dos membros dos Tubarões

Vermelhos que tentaram me matar na noite anterior. Adebayo e eu fomos para a Espelunca do Cólera juntos para almoçar. Ele também agiu como se nada tivesse acontecido. Não fez nenhum comentário sobre o fato de eu estar mancando, embora tenha aceitado caminhar mais devagar por minha causa.

Caiu a noite. Havia chovido durante o dia, então o clima estava mais fresco. Minha pele coçava por conta das picadas dos mosquitos e dos ferimentos que cicatrizavam. Tudo parecia inflamado. Mais uma vez, quase fugi. Queria pular no jipe e simplesmente sair dirigindo. Mas... Eu não sei. Fiquei lá. O que poderia ser pior do que a noite passada?, *pensei. Eu não ia fugir de ninguém.*

Eles vieram às três da manhã. Não me vendaram ou amarraram minhas mãos. Afinal, eu agora sabia onde ficava aquela mata. E como não tinha fugido, acreditavam que eu havia aceitado meu destino. Não tive medo. Eles me levaram para a mata mal-assombrada, onde todos me esperavam. Havia mais de dez caras dessa vez. Provavelmente uns trinta. Todos vestindo vermelho e preto.

Eles me apresentaram a toda a "família", desde o capo *até a mim mesmo; meu novo nome era Yung C. Depois, o* capo *pediu que eu desse um passo à frente. Quando fiz isso, ele agarrou os meus ombros. Fiquei imediatamente tenso, e mil diferentes rajadas de dor me percorreram. Mas permaneci calmo. Alguns caras vieram por trás de mim e do meu lado, e seguraram meus braços.*

Um dos integrantes foi para perto do capo*, segurando algo. Outro iluminou a minha outra mão com uma lanterna. Os caras que me prendiam começaram a me puxar para baixo.*

— Não lute contra nós — ordenou um deles, fazendo esforço à medida que eu resistia. Outro cara se juntou a eles, e por fim conseguiram me colocar no chão, e aí... e aí o capo *tirou do bolso um alicate ortodôntico. Eles estavam me segurando contra o solo e dois*

outros caras vieram e imobilizaram a minha cabeça. Um deles apertou forte as minhas bochechas e disse:

— Abra! Abra a boca! — Depois de algum tempo, a dor era tanta que obedeci.

O capo se ajoelhou sobre o meu corpo com aquele alicate, e eu entendi exatamente o que estava prestes a acontecer. Comecei a dar chutes e a tentar me libertar. Mas havia caras demais, e eu estava preso.

— Todo membro dos Tubarões Vermelhos precisa ter um dente arrancado, como símbolo de que é um de nós.

— Se você o morder, te matamos — rugiu o cara que apertava a minha boca para mantê-la aberta. Ele estava falando sério. E parecia ter esperanças de ter de levar isso a cabo.

— Arrancamos um dos molares de trás — continuou o capo.

Ele escancarava um sorriso, sentia prazer com aquilo. Quantas vezes já teria feito o ritual? De todo modo, acho que ele queria que eu lhe desse motivos para esbofetear o meu rosto com aquele alicate antes de me arrancar um dente. Dava pra ver nos olhos dele. Então parei de me debater. Ele arrancou o último molar do lado direito do meu maxilar inferior. Está vendo o buraco? Eu quase desmaiei. Ele puxava e puxava. Depois, ouvi o dente se soltando. Gemi de dor, e sangue e saliva encheram a minha boca.

— Pronto. Arranquei — anunciou. Ele nem sequer limpou o dente antes de sacudi-lo em sua mão, rindo quase que de modo histérico. Depois, tirou alguma coisa do bolso e acrescentou-a ao dente que mantinha entre os dedos. Ele sacudiu os dois juntos, e eles tilintaram. Em seguida, soprou com força em sua mão. Quando voltou a sacudi--la, nada tilintou. No momento em que mostrou a palma aberta, meu dente havia sido substituído por um dente maior, mais pontudo e amarelo: um dente de tubarão.

Vários dos integrantes arquejaram diante do truque barato de mágica que ele havia feito. Todos me soltaram, e simplesmente fiquei deitado ali, sentindo os mosquitos me morderem e minha própria mordida desprovida de um dente. Lancei um olhar de fúria para o capo *enquanto ele me fitava de cima, escancarando um sorriso. Aquele* capo. *Ele é um homem perverso. Ele, em particular.*

Estava exausto, mas ainda havia mais por vir. Eles me colocaram sentado no chão.

— Está vendo isto? — indagou o capo, *ajoelhando-se diante de mim e segurando o dente de tubarão em frente ao meu rosto. — Isso aqui era o seu dente. Agora, você se tornou um Tubarão Vermelho, assim como o resto de nós. — O sorriso se esvaiu de seu rosto. — Estenda a mão.*

O dente de tubarão parecia afiado pra caramba. Eles tiveram de tornar a me agarrar e me forçar a abrir a mão. Fizeram um corte fundo nela. Eu não gritei, mas bati o pé no chão com muita força e lutei para não me debater. Se eu me debatesse, os caras que me seguravam iriam me segurar com mais força, e eu não queria que isso acontecesse. Respirei pelo nariz e lágrimas escorreram dos meus olhos enquanto uma cuia de barro era posta sob a minha mão ensanguentada. Meu sangue se misturou ao sangue dos outros membros da confraria, que haviam feito as mesmas coisas durante sua iniciação.

— Este é um símbolo de nosso amor uns pelos outros — declarou o capo. *— Sangue é sangue.*

O pacto estava selado. Depois disso, não houve mais surras. Eles cantaram músicas tradicionais e fizeram discursos de boas-vindas. Não prestei atenção em nada. Só tinha uma coisa em mente àquela altura.

O capo *era sempre o primeiro a ir embora. Depois, os outros saíam por ordem de hierarquia, com Adebayo e eu saindo por último. Ele me disse que na noite seguinte iam me dar três tarefas para cumprir. Mas, Sunny, de jeito nenhum que eu ia ficar ali para fazer aquelas coisas. Eu tinha certeza de que uma daquelas tarefas envolveria machucar ou matar alguém! Neste momento, eles estão procurando por mim. Provavelmente estão revirando o meu quarto no albergue de cabeça pra baixo. Sinto muito pelos meus colegas de quarto. Mas eu peguei todas as minhas coisas e não falei nada com o Adebayo. Como eu poderia confiar nele? Foi ele quem falou para os outros sobre mim. Está vendo isto? Um amigo meu estudante de medicina me deu esses pontos logo antes de eu sair de lá. Tive sorte de ele ter me ajudado. Senão, minha mão provavelmente estaria infeccionada. Tenho ficado na casa de amigas, uma noite aqui, outra ali, desde quinta-feira.*

Então é isso, Sunny, eu... Eu sou membro de uma sociedade secreta do tipo mais perigoso que há, e acabei de me ausentar sem permissão, de desertar, de fugir. Eles vão *querer me matar. Mas, se eu ficar...*

Sunny simplesmente encarou o irmão enquanto ele virava o rosto, balançando a cabeça.

— Se eu ficar, eles vão me transformar em um monstro.

Ela precisava de um instante para absorver tudo aquilo. Seu irmão mais velho, Chukwu, era parte de uma sociedade secreta... assim como ela. Ele tinha passado por uma iniciação, do mesmo modo que ela. Mas não era a mesma coisa. Sunny amava a sociedade secreta dela; Chukwu fugia da dele. Ele podia falar de sua sociedade, e ela, não. Ela piscou para espantar as lágrimas enquanto sentia algo rígido e quente no peito. Fúria. Seu irmão havia sido um dos tormentos de sua existência durante quase toda a infância dela, mas, desde que se tornara uma pessoa-leopardo, a relação deles melhorara. Ainda assim, ela jamais, jamais, jamais poderia suportar que alguém fizesse mal a ele. Essa constatação a surpreendeu tanto quanto a fúria.

— Preciso ir — anunciou ele de maneira súbita.

— Para onde? — perguntou ela, agarrando o braço do irmão.

Chukwu franziu o cenho enquanto olhava a mão dela agarrando a carne do seu braço.

— Tenho uma amiga em Aba com quem posso ficar por uns dias. Depois... não sei.

A mente de Sunny estava tão cheia de raiva e dor por conta daquele relato que ela estava tendo dificuldade para se concentrar. O rosto de Chukwu estava tão golpeado que ele mal se parecia com o irmão dela. Qualquer movimento que ele tentava fazer era pontuado pela dor. Para piorar, aqueles idiotas estavam roubando o futuro dele ao fazê-lo se afastar da faculdade.

Seu irmão se levantou. Lentamente.

— Espere — pediu ela, correndo até sua gaveta de calcinhas. Tirou dali a caixa de plástico em que guardava os poucos nairas que tinha e vinte dólares americanos de quando se mudaram de Nova York anos antes.

— Aqui — falou ela, enfiando o dinheiro na mão dele. — Tome isso.

— Eu não posso...

— Pode sim — retrucou ela. As engrenagens na mente de Sunny haviam começado a funcionar. Ela não contaria nada aos pais. Ainda não. — Você está com o seu celular?

— Sim.

— Ok... Fique hospedado com sua amiga por enquanto. Mas em breve você vai voltar para a faculdade.

— Você não prestou atenção a nada do que lhe contei, Sunny? Se eu voltar, eles vão me matar. Eles podem até vir aqui procurando por mim! Não posso...

— Tenha fé — disse Sunny. — Tenha fé.

Ela lhe deu um abraço delicado e depois o ajudou a sair em silêncio da casa. Sunny o observou subir lentamente em seu jipe laranja.

— Mantenha seu celular perto de você — recomendou ela. — Descanse, coma, e... Chukwu, tudo vai ficar bem.

Fazendo uma pausa, ele encarou a irmã.

— O que faz você ter tanta certeza?

— Apenas confie em mim.

Ele sorriu pela primeira vez desde que a vira de novo.

— Sunny, o que aconteceu com você?

Ela simplesmente devolveu o sorriso.

— Seja lá o que for, é algo bom. É bom. — Ele deu partida no carro.

— Mantenha seu celular perto de você — ordenou Sunny. Depois, rapidamente acrescentou: — Vou ligar pra você em um ou dois dias.

Chukwu assentiu com a cabeça.

— Não diga uma palavra para a mamãe e o papai, ou para Ugonna.

Ela concordou.

Depois, ele se foi. Sunny voltou para dentro de casa e dormiu por três horas seguidas. Ela precisava descansar. A escola não seria a única coisa com a qual teria de lidar quando a manhã chegasse.

11

Meios

Assim que Orlu subiu no *okada* para ir visitar aquela tia esquisita, Sunny foi em direção à própria casa. Ela saltou por cima do bueiro destampado, saindo do terreno da escola, e correu ao longo da trilha de terra ao lado da estrada. Correu em meio a estudantes voltando para casa, e evitou *okadas* que dirigiam perigosamente perto da trilha à medida que aceleravam e costuravam entre carros e caminhões.

Passou pelas lojas de sempre, e depois, pela casa que fazia cinco anos estava em construção e ainda não havia sido terminada. O edifício de escritórios em ruínas ao lado dela tinha um aspecto pior agora que a obra da casa estava quase terminada. Quando chegou no seu bairro, Sunny distraidamente passou a mão pelo tronco liso da palmeira que crescia na esquina da rua. Diminuiu o passo, pegou seu lenço e secou o suor da testa. Sunny fechou os olhos e respirou fundo. Aguentar aquele dia de aulas havia sido difícil. Não contar nada a Orlu fora mais difícil ainda. Sunny sabia que ele discordaria do que ela planejava fazer. Ele a incitaria a contar tudo aos seus pais.

Agora os olhos dela ardiam, mas depois recobraram a umidade. Durante o dia inteiro, ela evitara pensar sobre a história de seu irmão e no rosto dele... Deus, o rosto dele, o máximo que pôde. Mas agora que já tinha saído da escola e estava longe de Orlu, ela só queria se sentar na beira da estrada e chorar até não poder mais. Sunny apertou o passo. Seus pais ainda não estariam em casa, mas se Ugonna estivesse e ela o visse, desataria a chorar e acabaria dando com a língua nos dentes.

Quando chegou na cabana de Chichi e a viu sentada em uma cadeira do lado de fora, Sunny sabia que tinha feito a coisa certa. Seus olhos marejaram à medida que se aproximava da única pessoa que ela acreditava poder ajudá-la. Chichi estava lendo um livro grosso, e quando olhou para Sunny, escancarou um sorriso.

— Você tem que ver este livro! É um romance que se passa inteiramente na *vastidão*! De todas as pessoas no mundo, você vai... — O sorriso se esvaiu de seu rosto. Chichi fechou o livro e se levantou. Ela o colocou sobre a cadeira. — Sunny! O que aconteceu?

Sunny largou sua bolsa carteiro na trilha de terra e correu até a cabana de Chichi, agora incapaz de conter as lágrimas.

— Eu... eu... eu... — soluçou ela.

— O que aconteceu? — repetiu Chichi, correndo até ela e pegando as duas mãos de Sunny. Chichi já era baixa, e não havia crescido nada no último ano, enquanto Sunny já tinha quase 1,75m e havia ganhado vários quilos de massa muscular. Ainda assim, Chichi foi capaz de carregar Sunny e ajudá-la a entrar na cabana. Sunny se jogou em uma das poltronas do lado de dentro com lágrimas escorrendo dos olhos. Chichi se ajoelhou diante dela e olhou para seu rosto.

— Sunny — chamou ela suavemente. — Alguém...

— É o meu irmão! — Sunny conseguiu dizer em meio aos gemidos. — Ele está correndo um *tremendo* perigo! Eles vão matá-lo!

E então contou tudo para Chichi. Recontou a história de Chukwu em meio a lágrimas, batendo o pé no chão e xingando, coisa que quase nunca fazia. Recontar a história para Chichi pareceu torná-la muito mais viva. Era como se Sunny se colocasse no lugar de Chukwu. Havia três motivos para ela ter ido procurar a amiga. O primeiro era que ela sabia que Chichi sempre gostara de Chukwu. Chichi achava seu irmão bonito, e o fato de gostar dele sempre fora uma fonte de discussões entre ela e Sasha. O segundo motivo que a levou até Chichi, era o fato de a amiga saber guardar segredos, até mesmo de Orlu e de Sasha. E o terceiro era porque Chichi estaria disposta a quebrar as regras e arriscar-se a um castigo para ajudar Chukwu, porque se meter em encrencas e atos ousados eram coisas que estavam no sangue dela.

— Você sabia que essas malditas confrarias foram originalmente formadas para garantir que sempre haveria liberdade acadêmica e para sanar os problemas da sociedade? — gritou Chichi enquanto andava de um lado para o outro pela cabana. — Pessoas como o professor Wole Soyinka e Ikhehare Aig-Imokhuede foram seus fundadores! — Ela estava com tanta raiva quanto Sunny. — Como é que essas pessoas se atrevem a prejudicar a mais alta instância educacional das ovelhas?! A universidade é tudo o que as ovelhas têm! Sem ela, seriam insuportáveis. Elas não teriam mais desejo de aprender. Eu não tinha ideia de que a universidade estava tão repleta de... patologias sociais.

— Mas está — confirmou Sunny. — Você não pode ficar entre os melhores estudantes universitários sem ter de se juntar a essas confrarias ou, pelo menos, ter de lidar com elas.

As duas caíram em silêncio. Chichi estava de pé no meio da cabana, franzindo o cenho, enquanto Sunny estava sentada na poltrona olhando para as sandálias nos pés. A brisa não soprava do lado de fora, e a temperatura ultrapassava facilmente os trinta graus. Ainda assim, dentro da cabana o clima era muito fresco. O chão ali era de terra batida, a cama que Chichi e sua mãe dividiam ficava à direita e, à esquerda, havia muitas pilhas de livros. Elas tinham pouquíssimas posses, mas Chichi e a mãe combinadas eram uma força poderosa o bastante para ser considerada extremamente importante pelos anciãos de Leopardo Bate.

— Então, o que você quer fazer? — perguntou Chichi, baixinho.

Sunny não ergueu os olhos. Uma tempestade rodopiava em sua mente. Ela não conseguia tirar da cabeça a imagem do rosto desfigurado do irmão. A vida e o futuro dele estavam em risco.

— O que acontece se um juju é feito contra uma ovelha?

— Você já sabe a resposta — afirmou Chichi. — Lembra o que aconteceu quando você mostrou sua cara espiritual para Jibaku? Você só recebeu um castigo leve porque era uma agente livre novata.

— Não, não estou falando de coisas pequenas. Falo de um juju sério.

Chichi olhou atentamente para Sunny, que sustentou o seu olhar.

— Não sei — respondeu ela, inclinando a cabeça para o lado. — Por quê?

— Quero fazê-los sofrer — declarou Sunny, cerrando os punhos. A sensação de desabafar para Chichi era boa. — Não apenas o suposto amigo dele, Adebayo, ou o líder deles, o *capo*. Quero fazer *todos* eles sofrerem.

As duas ficaram em silêncio, encarando-se. Chichi foi a primeira a desviar o olhar.

— Mesmo que você sofra por tê-los feito sofrer? — indagou ela, olhando para os pés.

— Sim — afirmou Sunny. — O sacrifício vai valer a pena. Pelo menos meu irmão vai poder voltar para a faculdade. Apenas me ajude com o que tenho de fazer e depois se afaste. Não quero que você...

— Ah, mas eu não vou mesmo deixar você levar toda a culpa sozinha — interrompeu Chichi, erguendo os olhos.

— Não... não, Chichi, se for só eu, talvez...

— Você veio até mim por um motivo, certo? — interpelou Chichi. Agora ela sorria aquele sorriso que só estampava quando estava aprontando alguma coisa. — Você sabe que eu conheço... meios.

Sunny não disse uma palavra. Nunca fora uma boa mentirosa.

— Você esperou até que Orlu fosse visitar a tia dele. Você sabia que Sasha estaria com Kehinde hoje. Você queria falar a sós comigo. Você é esperta, Sunny. E quando usa a sua esperteza, você cria garras. Preste atenção: eu talvez conheça um meio de burlar as regras. Vamos ser pegas, mas não por causa da pior parte, se fizermos tudo certo.

— Se fizermos o quê?

— Bem, eles acham que a irmã de Chukwu é uma bruxa, certo?

— Sim, mas não que ela é uma pessoa-leopardo. Eles acham que ela é só uma daquelas crianças bruxas — afirmou Sunny.

— Ora, então seja quem eles pensam que você é. Os Tubarões Vermelhos sempre se encontram à noite. Então vamos encontrá-los à noite.

* * *

Sunny ligou para avisar à mãe onde estava e que voltaria para casa em meia hora, enquanto Chichi fazia um chá. Assim que Sunny saiu do telefone, a amiga disse:

— Venha, sente-se.

Chichi pegou duas xícaras de porcelana lascadas e desconjuntadas e as encheu de chá, fazendo o de Sunny bem do jeito que ela gostava: chá Lipton com apenas uma pitada de açúcar.

— Vamos relaxar por um instante antes de fazermos isso — sugeriu Chichi, puxando um banco e pegando uma das xícaras.

O chá estava bom, e Sunny se permitiu um momento de tranquilidade pela primeira vez desde que tinha visto o irmão. O chá estava amargo e quente, e aqueceu sua garganta. Ela respirou fundo e se afundou na poltrona, espantando todos os questionamentos que assoberbavam a sua mente. Enquanto isso, Chichi se inclinou para a frente e observou Sunny intensamente, à medida que ela também dava goles em seu chá.

— Está se sentindo melhor agora? — indagou Chichi.

— Na verdade, estou sim

— Ok, vamos ligar pra ele.

— O quê? Agora?

— Sim, agora. Se não agirmos logo, aqueles loucos vão aparecer na sua casa. Precisamos obter informações rápidas e precisas.

— Sobre o quê?

— Os Tubarões Vermelhos — respondeu Chichi. — Os membros. Especialmente esse tal de *capo* e o amigo de Chukwu, Adebayo.

— Por quê? Por que eles?

— Você quer que eles deixem o seu irmão em paz, não é?

— Sim.

— Então precisamos de informações.

Sunny franziu o cenho e apertou sua xícara. Ela pegou o celular, buscou o número de Chukwu e entregou-o para Chichi.

— O que eu faço? — perguntou Chichi, olhando para a tela.

— É só tocar na foto dele — respondeu Sunny.

— Bem na foto?

— Sim.

Chichi brincou com o telefone e franziu o cenho.

— Agora apareceu a foto de um cara com dreadlocks chutando uma bola. O que é Arsenal FC?

— O que você fez? Esse é o meu papel de parede — reclamou Sunny, tomando o telefone dela. Ela tornou a procurar o número de seu irmão. Chichi não só não tinha um celular, como também não sabia como usá-los. Sunny tocou na foto de Chukwu em sua lista de favoritos e repassou o telefone para Chichi. — É só falar quando ele... Espera, me dê isso aqui.

Chichi devolveu o telefone e Sunny ouviu a chamada tocar. Ele atendeu no segundo toque.

— Sunny?

— Alô? Chukwu, como você está?

— Estou... bem.

— Você está na casa da sua amiga?

— Sim, no apartamento da Ejike.

— Ok... hum, espere um segundo que a Chichi quer falar com você — pediu ela rapidamente.

— O quê? — perguntou ele. — Eu não tinha...?

Sunny rapidamente deu o telefone para Chichi.

— Chuks — disse Chichi. — Como você está?

Sunny se levantou e começou a andar de um lado para o outro, se preparando para escutar Chichi dizer "Alô? Alô??" repetidamente porque seu irmão tinha desligado o telefone. Mas, em vez disso, Chichi começou a rir. Em seguida, ela disse:

— Pode ficar tranquilo, *sha*. Ela não contou pra mais ninguém. Mas, sim, eu estou sabendo de tudo. — Ela fez uma pausa. — Sobre o seu *wahala* com a seita. Olha, queremos ajudar você, mas precisamos de mais informações. — Fez um gesto para que Sunny se acalmasse enquanto ela saía sem pressa da cabana. — Nomes, descrições, endereços, coisas desse tipo...

Sunny se sentou e bebeu o chá, mas não conseguiu relaxar.

Quando Chichi voltou, estava sorrindo, com o telefone imprensado contra a orelha.

— Eu não tenho celular, mas você sempre pode vir até onde eu moro e me buscar. Não me leve a nenhum restaurante. Só gosto de comida de beira de estrada. — Ela ouviu e depois riu intensamente. — Isso serve. Mas dê-nos três dias. Você vai ver. Nada é mais poderoso do que a Mami Wata. Está bem. Vou passar o telefone para a sua irmã. — Ela deu o telefone para Sunny. — Conseguimos o que precisávamos.

— Alô? — disse Sunny.

— O que vocês duas vão fazer? — indagou ele.

— Ainda não sei ao certo. Mas... não se preocupe.

— Sunny — chamou ele. — Se eu lhe fizer uma pergunta, você responde?

— Se eu puder. — Ela olhou de soslaio para Chichi, que estava ocupada fazendo anotações em um caderno.

— Então, você se juntou às Owumiri?

— Hein?

— Aquelas mulheres da Mami Wata. Não minta. Chichi me disse que sim. Já ouvi falar muito delas, e agora sei por que você andava se esgueirando por aí e agindo de modo estranho.

Sunny franziu o cenho, pega completamente desprevenida. Ela também já tinha ouvido falar das Owumiri. Elas se reuniam no rio e na beira do mar, onde cantavam e dançavam e assustavam homens.

— Eu...

— Olha, eu entendo, Sunny. Você precisa de proteção por conta do seu... albinismo.

— Como é que é?! — berrou Sunny.

— Eu entendo — repetiu ele, ignorando-a. — Não tenho sido o melhor dos irmãos. Eu devia ter protegido você contra todas essas merdas.

— Chukwu... não é...

— Preste atenção, Sunny, ok? Não se aproxime dos caras dos Tubarões Vermelhos. Faça seja lá o que você quer fazer a distância. Os Tubarões Vermelhos são capazes de matar você. Eles já mataram antes. Você viu o que fizeram comigo, e tudo aquilo foi só para eu fazer parte da confraria! E não espere que eu volte para conferir se o que quer que você tenha feito funcionou. Esqueça isso.

— Apenas... fique onde está e espere — falou Sunny.

— É o que pretendo fazer. E por que você teve de contar pra Chichi?! Quer que ela ache que eu sou uma espécie de fracote? Olha, me liga dentro de alguns dias, está bem? Até lá eu já vou saber mais sobre os meus planos.

Quando ele desligou, Sunny procurou por Chichi e se deu conta de que ela não estava mais na cabana. Saiu pela porta dos fundos e encontrou a amiga sentada do lado de fora lendo em uma esteira.

— Acho que sei o que devemos fazer. — Ela riu. — Se fizermos direito, o pior castigo que vamos receber é uma advertência.

— O que você tem em mente?

— Vamos mandar lôbregos atrás deles — afirmou Chichi. — Sasha e eu temos lido sobre eles, pois estamos no segundo nível. Anatov não se deteve muito no assunto, mas Sasha e eu precisamos de pouco para aprender. — Ela escancarou um sorriso. A memória fotográfica de Chichi e de Sasha era exatamente o que lhes metia em tantos problemas.

— O que é um lôbrego? Eles são perigosos?

— É claro que são. O que você acha que *precisamos* usar contra esses caras? Coelhinhos rosa fofinhos e falantes? Lôbregos se parecem com pequenos morcegos e vivem em bolsões de escuridão: sob uma árvore caída em um lago, embaixo de casas, embaixo de camas e muitos outros lugares. Eles são espíritos que habitam o mundo físico, portanto não podem ser destruídos e sufocados. Normalmente, se você os deixa em paz, eles lhe deixam em paz, mas o que faz as pessoas-leopardo se interessarem pelos lôbregos é o fato de poderem ser usados como arma.

— Como assim? Dá para carregá-los em um revólver ou algo do gênero?

Chichi deu uma risadinha.

— Não, não. Se você conseguir provocá-los até que fiquem num determinado estado de ânimo, eles fazem qualquer maldade que você pedir, especialmente se envolver ferir outras pessoas. Os lôbregos têm "almas lôbregas", e é por isso que receberam esse nome. Me dê um ou dois dias para que eu leia um pouco mais sobre eles. Apenas confie em mim. Sei exatamente o que fazer.

12
Lobregados

Sunny e Chichi ficaram deitadas de bruços espreitando por entre um arbusto ao lado de uma palmeira. Elas vestiam calças e casacos de moletom com capuz pretos que haviam comprado em Leopardo Bate.

Levou um dia para que elas os encontrassem. Chichi simplesmente usou o nome completo de Adebayo em um feitiço de rabdomancia que ela havia lido em um livro alemão de juju. O trem futum demorou quinze minutos para levá-las ao campus na noite seguinte, quando os Tubarões Vermelhos iriam se encontrar para discutir o que fazer com relação a Chukwu. Depois, Sunny e Chichi simplesmente seguiram-nos mata adentro. Uma vez dentro da mata, foi fácil se aproximar furtivamente do grupo, pois eles estavam cantando e batendo palmas. Sunny não conseguia entender a letra da música, mas Chichi, sim.

— Que diabos é isso? — sussurrou ela, enojada.

— O que foi?

— Eles estão invocando um demônio em iorubá — afirmou Chichi.

Sunny estremeceu.

Dois deles começaram a fazer uma fogueira, outros dois colocaram uma caixa térmica no chão, e outro, uma cadeira. Um homem de pele mais clara e com queloides no queixo sentou-se na cadeira. Aquele devia ser o *capo*, o líder. Aquele que, depois de fazer Chukwu levar uma surra de dez caras, arrancara um dente dele, cortara-lhe com uma presa de tubarão, se regozijara com tudo aquilo e depois o abandonara à própria sorte. À luz da fogueira, Sunny memorizou a silhueta do homem. Olhar direto para a luz da fogueira fazia com que fosse difícil para Sunny ver o rosto dele. Ela não estava com os seus óculos e, à noite, eles tampouco teriam utilidade. Mas ela conseguia distingui-lo bem o bastante. Sunny sentiu o seu próprio fogo, que vinha ardendo no peito desde que ela vira o rosto desfigurado do irmão.

Depois de alguns minutos, eles pararam de cantar e todos os integrantes sentaram-se no chão diante do *capo*. Um cara grande e musculoso, cujos músculos pareciam prestes a explodir para fora da camiseta vermelha, estava de pé atrás do *capo* com seus bem-fornidos braços dobrados contra o peito. Em seguida, o *capo* começou a falar, mas em um tom de voz baixo, e nem Sunny, nem Chichi podiam ouvir. Elas não estavam preocupadas com o que estava sendo dito. Elas simplesmente esperavam pelo momento certo. Ele chegou cerca de meia hora depois, quando já devia ter passado bastante das três da manhã. Eles tinham aberto a caixa térmica, e estavam bebendo e bebendo. Depois, o *capo* pegou uma garrafa de cerveja Guinness, bebeu-a toda de uma vez e começou a cantar a canção do demônio. Logo, todos se juntaram a ele. À medida que os minutos passavam, a cantoria ficou mais embriagada e frenética.

— Ok — falou Chichi. — Eu não havia me preparado para isso, mas é *perfeito*. Soltamos os lôbregos em cima deles, e eles vão achar que é o demônio atacando, e não duas garotas-leopardo escondidas na mata. Nenhum membro do conselho vai poder nos prender porque não teremos infringido as regras sobre exposição. Não acho que sequer vão ter motivos para nos dar uma advertência!

Sunny escancarou um sorriso.

— Que ideia genial! — Seu sorriso diminuiu de intensidade. — Mas o que os lôbregos vão fazer? Será que vai ser o suficiente? Se nós não nos revelarmos, como os Tubarões Vermelhos vão saber que têm de nos deixar em paz?

— Apenas observe — declarou Chichi, pegando sua faca juju e uma sacola. — Tem pó de juju aqui. Não importa o que acontecer, *não* espirre.

Agora, os homens estavam cantando intensamente. Sunny não achava que eles reparariam se ela tivesse um ataque de espirros.

— Pegue seu telefone — sussurrou Chichi. — Lembre-se: não o ligue. A tela tem que estar preta.

Sunny pegou o celular e entregou-o para Chichi.

— Diminuí todo o contraste e o brilho.

— Está bem. E você acionou o cronômetro, né?

— Sim. E já está acionado. Devemos ter cerca de meia hora antes que ele pare.

— Ele não vai tocar ou vibrar?

— Não, eu vou pará-lo antes.

— Ok. Aqui, toque a superfície — comandou Chichi. — Corra seus dedos sobre ele.

Depois que Sunny fez isso, Chichi pegou um pouco de pó com as pontas dos dedos. Ele parecia fuligem à luz fraca da fogueira. Ela soprou o pó na direção dos homens, e ele viajou facilmente por vários metros na forma de uma neblina escura, se misturando com a fumaça e diminuindo sob a intensidade da luz da fogueira. Chichi ergueu sua faca juju e falou algumas palavras rápidas em efik e, depois, fincou a faca na terra e a torceu.

— É só isso? — indagou Sunny quando nada aconteceu.

— Fique quieta — respondeu Chichi.

Vapt! Alguma coisa escura esvoaçou diante delas. Depois, desapareceu. Em seguida, voltou e adejou para perto das duas. Mesmo ali, no escuro e a poucos metros dos homens que quase mataram o seu irmão, Sunny se pegou sorrindo. O lôbrego era simplesmente... *muito fofo!* A pequena criatura parecida com um morcego era coberta por um pelo preto aveludado, e suas asas batiam como as de um beija-flor. Ela pairou perfeitamente imóvel, e Sunny pôde ver seus grandes olhos escuros, seu pequeno focinho e as orelhas pontudas como as de uma raposa. A criatura tinha um cheiro forte de óleo perfumado.

— Quem é você? — perguntou Chichi.

A criatura piou três vezes, e depois falou com uma voz grave que soava como a de um homem muito alto e corpulento:

— Od'aro.

Cada pelo do corpo de Sunny se arrepiou à medida que ela passava de encantada a aterrorizada.

— Ele chama a si mesmo de "boa noite" em iorubá — afirmou Chichi. — Típico. — Depois, conversou com o lôbrego em iorubá ou efik. Ele deu uma volta rápida e saiu voando para longe delas. Sunny o ouviu piar, e houve mais respostas das copas das árvores, que haviam começado a perder folhas e a estremecer. Os integrantes dos Tubarões Vermelhos pararam de cantar e ficaram ouvindo. Um deles apontou para o fogo, que bruxuleava aos seus pés. Mas a fogueira estava apagando rapidamente, e logo todos estavam no breu. Silêncio.

— Esses garotos estúpidos acham que estão acima de reprimendas só porque machucam e matam — sussurrou Chichi. — Eles vão ver só.

— O que os lôbregos vão fazer?

— Observe.

O breu se intensificou subitamente. Os pios nas árvores pararam, e o silêncio era puro e sufocante como a escuridão. Sunny agarrou Chichi. Ela abriu bem a boca, para se certificar de que ainda havia ar e que ela podia respirar. Ela podia. Em seguida, começaram os gritos.

— O que está acontecendo? — indagou Sunny.

— Os lôbregos gostam de dar tapas — afirmou Chichi. — A sensação das asas deles é como aço quente.

Sunny e Chichi ficaram atrás dos arbustos, ouvindo os gritos, berros e gemidos. *Que eles sofram e se lembrem do rosto e da dor do meu irmão a cada tapa e arranhão*, pensou ela. O som deles correndo em todas as direções fez Sunny congelar. Pelo período de tempo que Sunny marcara no cronômetro de seu telefone, os lôbregos seguiriam os garotos até as casas deles, trazendo sua escuridão e permanecendo silencioso como o ar. Então, quando os integrantes dos Tubarões Vermelhos estivessem dormindo, os lôbregos chegariam com os pesadelos, pesadelos que evocariam o rosto e o nome do irmão de Sunny, e advertiriam os integrantes da confraria a deixá-lo em paz para sempre ou sofrer mais consequências. O plano de Chichi era infalível. Mas não era o suficiente. Não para Sunny.

A escuridão diminuía à medida que os lôbregos se separavam uns dos outros e escolhiam que integrante da confraria perseguir. A fogueira explodiu com luz, e, por um instante, Sunny teve uma visão nítida do que acontecia. Ela viu as costas das camisetas vermelhas de vários integrantes à medida que eles fugiam mata adentro, alguns pelo mesmo caminho por onde haviam chegado, outros, na direção oposta ou em direções adjacentes. Um deles correu de cara contra uma árvore e caiu de costas na terra, com um lôbrego arranhando e dando tapas em sua cabeça. E lá estava o *capo*, no chão. Ele havia caído da cadeira, e estava bêbado demais para se levantar com rapidez. Ao lado de Sunny, Chichi abafava um acesso de risos.

Sunny ficou de pé com um pulo.

Chichi deu um soluço enquanto se esforçava para falar.

— Que diabos está...

Pare, pensou Sunny. Ao mesmo tempo, ela examinou o seu âmago e tocou, mas não invocou, a sua cara espiritual. Ela não tocou em sua faca juju. Aquela era ela. Na sua forma natural. Suas têmporas doeram e sua pele se resfriou, assim como Sugar Cream havia dito que aconteceria. Sunny não hesitou. Ela estendeu as mãos e fez um movimento como se estivesse nadando. Ela havia parado o tempo. Silêncio. Silêncio completo e total. E quietude. Sunny não olhou para Chichi. Nem para o lôbrego suspenso no ar, que estava voando atrás de um dos integrantes da confraria, também paralisado. Lá estava Adebayo, olhando por sobre o seu ombro, com um lôbrego bem acima da cabeça. Sunny tampouco se importou com ele. Ela caminhou até onde Adebayo estava olhando. Em direção ao *capo*.

Assim que o viu de perto, Sunny não teve dúvidas sobre o que havia feito. O solo sob os pés dele emitia um brilho vermelho fraco, na forma de esqueletos retorcidos e espalhados. Sunny podia vê-los por todos os lados, logo abaixo da terra. E o próprio *capo* brilhava com essa mesma luz fraca, principalmente as suas mãos e boca. Aquele homem era uma versão ovelha de um Chapéu Preto em ascensão. Ele havia matado com suas mãos e boca. Canibal. Assassino ritualista. Sunny sentiu seu estômago se revirar de enjoo. Como o seu irmão tinha conseguido se meter com esses caras? Com esse homem? Chukwu tivera sorte de escapar com vida.

O *capo* era a única coisa que se movia. Ele rolou no chão e ficou de barriga para cima, agarrando a garganta. Respirava alto e com dificuldade, seus olhos marejados se esbugalhando. Sunny sentia--se um pouco tonta, mas, fora isso, estava muito bem. Ela olhou para ele de cima com nojo e retirou o capuz preto. Os olhos do *capo* se arregalaram ainda mais.

— Você sabe quem eu sou? — indagou ela.

Ainda sugando o ar com dificuldade, ele assentiu.

— Você vai morrer em menos de um minuto. Você não é albino, então não pode deslocar-se para fora do tempo.

Sunny fez uma pausa, regozijando-se com o olhar de puro terror e de morte iminente estampado no rosto dele. Além disso, gostava de estar mentindo para ele. Aquilo era muito mais do que uma simples anomalia fisiológica: era Sunny sendo uma pessoa-leopardo nascida com um talento específico que ela vinha treinando todos os dias... e noites. E era ela sendo *ela mesma*.

— Sou a irmã bruxa de Chukwu — declarou. — Você me vê com clareza. Meu nome é Sunny Nwazue. — Os olhos dele começavam a se fechar. — Meu irmão voltará para a faculdade. Se qualquer um da sua laia encostar sequer um dedo nele, vou provocar mortes dolorosas em cada um de seus parentes e depois vou atrás de você — avisou. — De você em especial. Sei bem o que você fez. Está entendendo?

O *capo* assentiu com fraqueza à medida que seus olhos se fechavam. Sunny rapidamente voltou para perto de Chichi. E então ela soltou. Soltar era mais fácil do que agarrar o tempo. Ela caiu de joelhos ao lado da amiga. Antes, estivera do outro lado de Chichi, que ainda olhava para o espaço agora vazio. Ela se virou para Sunny, então novamente para o outro ponto. Olhou para onde Sunny havia estado e depois para onde Sunny estava agora.

— Sunny, o que você fez?

Sunny simplesmente balançou a cabeça, observando o *capo* a metros de distância. Todos os demais já tinha ido embora. O *capo* não se mexia.

— Você... você o matou? — sussurrou Chichi. — Por que você não simplesmente deixou ele pra lá?

— Você não viu o estado do meu irmão — respondeu Sunny friamente.

O *capo* se contorceu e subitamente ficou de pé com um pulo. Olhou ao redor, embriagado, e Sunny e Chichi se agacharam. Quando viu que estava sozinho, ele começou a caminhar de volta para casa. Depois, deu meia-volta, jogou a água da caixa térmica no fogo, e em seguida, voltou trôpego pelo caminho por onde todos tinham vindo.

Chichi e Sunny permaneceram no escuro por mais um tempo. Quando não restava dúvidas de que todos haviam ido embora, elas se levantaram.

— O que você fez? — perguntou Chichi de novo.

— O que precisava ser feito.

Chichi olhou intensamente para Sunny.

— Você estava ao meu lado e, de repente, não estava mais. E eu nem te vi chegar perto do *capo*. Mas... vi ele cair depois que você desapareceu. — Ela franziu o cenho enquanto pensava com afinco. — Você parou? Parou o tempo? É nisso que você e a Sugar Cream vêm trabalhando?

— Em parte, mas essa foi a primeira vez que eu tentei.

— Ele viu o seu rosto?

Ela assentiu.

— Merda — reclamou Chichi.

— Não tem problema.

— Tem problema, sim.

Elas caminharam de volta para a estrada principal. Mesmo com uma tocha, levaram meia hora para atravessar a escuridão. Quando chegaram à estrada principal, em menos de cinco minutos o carro preto do conselho dirigiu até elas e exigiu que Sunny entrasse. Sunny fez isso sem reclamar.

— Diga pra minha mãe que eu estou bem — pediu Sunny para Chichi.

— Ok — respondeu Chichi. Ela fez uma pausa. — Me dê o seu telefone. Se não, eles vão tomá-lo de você.

Sunny entregou o celular para Chichi. Elas se entreolharam por um instante. Em seguida, Sunny falou:

— Eu vou... eu vou ficar bem.

Por enquanto, pensou ela. Ela não sabia o que aconteceria mais tarde. Ainda assim, à medida que o carro descia a estrada vazia sem fazer barulho, passando pelas filiais de albergues onde os universitários que não se envolviam com satanismo dormiam profundamente, Sunny sentiu que aquilo tinha valido a pena.

13

Degradação

As máscaras cerimoniais encararam Sunny. Havia cinquenta e duas delas. Ao longo dos meses em que vinha estudando com Sugar Cream, ela havia tido tempo o bastante para contá-las. Na primeira vez em que esteve ali, tinha pensado que havia apenas vinte, mas isso era porque Sunny ficara distraída pelo receio de levar uma surra de bengala após ter mostrado sua cara espiritual para Jibaku.

As máscaras tampouco ficavam sempre nos mesmos lugares. De vez em quando elas se moviam: às vezes de uma ponta à outra da parede, e às vezes trocando de lugar com a máscara ao lado. E algumas trocavam a expressão de seus rostos. Sunny havia aprendido desde cedo que não devia tocá-las ou murmurar palavras raivosas perto delas. Elas às vezes lambiam, beijavam, tentavam morder ou cuspir na sua mão, e contavam para Sugar Cream qualquer coisa que Sunny dissesse.

Agora, todas as máscaras pareciam ou zangadas, ou profundamente interessadas. Sugar Cream estava franzindo o cenho para Sunny, que a olhava fixamente. Eram cinco da manhã, e ela havia subido sozinha as escadas da Biblioteca de Obi, visto que conhecia o caminho até o escritório de Sugar Cream e que as consequências seriam piores se fugisse. Sunny encontrou a mentora sentada em seu escritório vestindo uma camisola cor de creme, com uma xícara de café com leite quente em uma das mãos.

— O que aconteceu? — perguntou Sugar Cream com frieza.

Sunny contou tudo à mentora. Permaneceu de pé, empertigada e com o queixo erguido. Ela havia se esforçado para não chorar, e conseguira, apesar de sua voz ter ficado embargada duas vezes e de ter sentido uma leve tontura quando descreveu a provação pela qual seu irmão havia passado. Foi só quando ela falou sobre parar o tempo que Sugar Cream ergueu as sobrancelhas. Mas muito de leve. Nos outros momentos, o rosto da mulher permaneceu como se fosse feito de pedra. Tão cedo assim naquela manhã, a mentora de Sunny parecia matusalêmica. Naquela manhã, Sunny sabia que ia levar uma surra de bengala.

— Chichi tinha razão — comentou Sugar Cream quando Sunny terminou de falar. — Você a está vendo aqui? — Fez uma pausa. — Hein? — Ela subitamente berrou, fazendo Sunny pular de susto. — VOCÊ ESTÁ VENDO A CHICHI AQUI ESPERANDO UM CASTIGO?

— Não, senhora — respondeu Sunny rapidamente.

— Não está mesmo. E não é só porque ela se certificou de que vocês permanecessem escondidas e que aqueles jovens repugnantes pensassem que era o diabo, e não vocês duas, quem os atacava. Aqueles homens abalam as bases do aprendizado neste país. Nós, pessoas-leopardo, vínhamos tentando há *anos* arrancar essas confrarias pela raiz. Vocês duas ganharam um passe livre para fazer o que fizeram. Mas, depois, *você* foi longe demais. Você deixou a sua raiva assumir as rédeas.

Sunny olhou para baixo, franzindo o cenho. *Não me importo,* pensou. Ela sabia que, se tivesse que fazer tudo de novo, faria da mesma maneira. Ela tinha de proteger o irmão. Sugar Cream também sabia disso.

— Grandes poderes trazem grandes responsabilidades, Sunny — afirmou Sugar Cream. — Você é jovem. É uma agente livre que sabe muito pouco, mas que está explodindo com potencial e fervor. Você não é a melhor ou a mais esperta entre os seus colegas da mesma idade, mas você é... interessante. Foi por isso que escolhi você como pupila. Mas você precisa aprender a se controlar. — Ela deu um gole em seu café. — E você precisa aprender a sofrer as consequências.

Depois de explicar para Sunny o que aconteceria com ela, Sugar Cream chamou dois estudantes mais velhos no prédio. Eles não deveriam falar com Sunny. Não deveriam sequer olhar para ela. Tudo o que tinham de fazer era caminhar em frente e atrás dela. Eles conduziram Sunny corredor abaixo até uma porta cinza, que um dos estudantes abriu. Dava em uma escadaria. Sunny entrou atrás dele, e o outro estudante seguiu às costas dela. As paredes lá eram feitas de uma pedra cinzenta que parecia ter sido entalhada pedaço por pedaço com um picador de gelo.

Os degraus também eram feitos dessa pedra brutamente entalhada. À medida que desciam, Sunny não conseguiu evitar as lágrimas que escorreram de seus olhos. Ela contou trinta degraus, e eles continuaram descendo. Era como fazer uma expedição a uma caverna subterrânea. O ar foi ficando mais e mais frio, até que Sunny começou a tremer. Ficou feliz por ainda estar vestindo sua calça jeans e o casaco de moletom preto com capuz por cima da camiseta.

Para baixo, para baixo, para baixo foram eles. Para o mal-afamado porão da Biblioteca de Obi. Sugar Cream havia mandado Sunny ficar ali por três dias por ter suspendido uma ovelha no tempo, o que era uma grave violação da doutrina dos leopardos, mesmo que se tratasse de alguém com mais experiência e idade. Como Sunny tinha menos de 25 anos, o castigo foi mais brando do que se ela fosse adulta.

— Se você tivesse 26 — informara Sugar Cream —, teria levado uma surra de bengala e depois seria mandada para lá por três meses.

— Entre — ordenou um dos estudantes. — E não tente subir as escadas de volta.

Eles a deixaram ali. Não trancaram a porta porque não *havia* porta, apenas uma abertura na parede rochosa que dava para a mal-iluminada escadaria de pedra que conduzia de volta para a superfície. Sunny deu meia-volta e observou sua prisão. O porão era grande, cheirava a poeira e mofo, e era cheio de estantes apodrecidas repletas de livros tão apodrecidos quanto. Livros que haviam sido copiados e que foram levados para lá para serem descartados em um momento oportuno. As estantes haviam estragado, cedido e se desfeito. Obviamente, alguns dos livros haviam sido esquecidos. No centro do porão havia uma plataforma de madeira empoeirada com uma antiga estátua de bronze de um sapo agachado e com olhos exageradamente esbugalhados. Sunny apalpou a cabeçorra da estátua e sentou-se nela enquanto observava os estudantes irem embora.

A cada dia, eles trariam para ela uma refeição e um grande jarro de água. Iriam lhe entregar um balde para usar como privada, que também seria levado e esvaziado todos os dias. Fora isso, ela passaria o tempo todo sozinha ali. Sem cobertor, sem banho, sem outra luz que não a da fraca lâmpada que pendia do teto alto

Quando o som dos passos dos estudantes cessou, o medo se instalou. Sunny havia escutado coisas terríveis sobre o porão. Ela se jogou no chão, apoiando a cabeça contra a do sapo.

— Fiz a coisa certa — sussurrou ela. — Não me importo com o que ninguém diga.

Havia aranhas vermelhas por todos os lados, principalmente no teto. Enquanto olhava fixamente para cima, ela reparou em uma grande e agitada massa vermelha no canto esquerdo que ficava mais distante, sobre uma das poucas estantes ainda de pé. Lentamente, Sunny atravessou o piso empoeirado, com as sandálias raspando contra o mármore branco. O chão não estava coberto apenas de poeira, havia areia também. Vinda de onde, quem saberia dizer? Ela parou a metros daquele canto do teto, seus lábios se franzindo de nojo. Centenas, talvez milhares de aranhas vermelhas nojentas e guinchantes se amontoavam ali. Ela semicerrou os olhos e sentiu um calafrio. Todas elas caminhavam em volta de uma enorme aranha vermelha do tamanho de uma travessa.

— Ai... meu Deus — sussurrou, se afastando lentamente. Ela estava certa de que aquela coisa a observava, a observava de perto com seus diversos olhos. Sunny caminhou aos tropeções de volta para o grande sapo de bronze, a única coisa naquele cômodo que parecia... tranquila. Ela se sentou contra a estátua e botou os braços em volta dos joelhos. O metal era reconfortantemente quente, e ela imediatamente se sentiu cansada. A aurora devia estar se aproximando.

Ela havia saído escondido de casa, ido até o campus com Chichi, localizado e aterrorizado uma das mais poderosas confrarias da área, e agora ela estava ali. Aquela era a noite mais longa da vida de Sunny. Seus olhos ficaram pesados. Mas não havia repouso para os cansados. O porão não tinha janelas. Ela estava bem fundo debaixo da terra — aquele lugar era como uma sepultura. E a única lâmpada ali, que obviamente *tinha que estar* perto das aranhas, era fraca e nojenta, e iluminava os livros mais antigos, gastos, descartados. Havia recantos e fendas por entre as estantes caídas, e o cômodo era repleto de sombras e esconderijos. Tudo aquilo tornava o som de algo sendo raspado ainda mais aterrorizante.

O som parecia fazer força contra o chão de mármore. Depois, se arrastou. Lenta e continuamente. Depois, parou. Depois, voltou a se arrastar e a parar. Ele vinha bem de trás de uma das estantes que estavam à esquerda de Sunny. E ela conseguia avistar uma sombra em meio aos móveis caídos. Mas nada além disso. Sunny não carregava nada. Não tinha nada para atirar. Nada a que se agarrar com medo.

— Ah — sussurrou ela, tentando ficar parada. Se esforçando para ficar invisível. Ela podia se tornar invisível. Mas não por muito tempo. E para fazer isso ela precisava viajar, se mover. Será que o que quer que fosse aquilo avançaria nela? O *que* era aquilo?

Raaaaaaasp. Pausa. *Raaaasp*. Pausa. A coisa parou instantes antes de poder ser vista. Sunny esperou pelo que pareceram quinze minutos, mas seja lá o que fosse aquilo não se revelou. Em vez disso, silenciosa como fumaça, uma chama eclodiu por trás dos livros. Uma chama sem fumaça. Sem cheiro. Sem combustão. Apenas a luz e a sombra de uma chama. Sunny, impotente e exausta, se escorou contra o pescoço do sapo de bronze, olhando fixamente na direção daquilo que ela não podia ver. Logo, seus olhos perderam o foco e então se fecharam com lentidão.

Raaaaasp.

Os olhos de Sunny se arregalaram, e ela ficou de pé com um pulo. Suas pernas bambearam e se dobraram, e ela caiu contra o sapo, dando-lhe uma topada com o quadril. Um cheiro sulfúreo de ovo podre fez o nariz dela arder. Ela se retraiu e se virou em direção ao som e ao fedor. O que ela avistou ao lado da estante fez todos os pelos de seu corpo se arrepiarem. Mesmo a metros de distância, ela podia perceber que eram ossos humanos, e não só porque o osso que se projetava no topo da pilha era visivelmente um crânio humano. Mais embaixo do amontoado, havia algo pesado e comprido. Um fêmur. E, no centro, uma mão se projetava. A pilha parecia ser do tamanho de uma pessoa, e os ossos tinham um tom sujo de ferrugem cinza-avermelhado.

Sunny não se mexeu. Ela não conseguia se mexer. Seus olhos observaram e observaram. Em seguida, começaram a lacrimejar.

Tap, tap, tap. Ela arquejou e olhou em direção à escadaria. Alguém estava descendo. Ela tornou a olhar para os ossos. Eles haviam desaparecido.

Era Samya, uma das assistentes mais próximas de Sugar Cream. Ela era uma das raras pessoas em Leopardo Bate que alcançara o terceiro nível antes de completar 30 anos. Para passar para o *Ndibu,* a pessoa tinha de ir a uma reunião de mascarados *e* conseguir a permissão de um mascarado para ir para o terceiro nível. Para comparecer a essa reunião, era preciso entrar na vastidão, o que significava que a pessoa tinha de morrer e voltar à vida. Somente as pessoas que estavam no terceiro nível, ou acima dele, sabiam como isso era feito quando não se nascia com uma habilidade natural para fazê-lo. Alcançar o terceiro nível, o *Ndibu,* era como fazer um doutorado, e era raro que alguém com menos de 35 anos chegasse a esse nível. Samya tinha 24.

Samya era uma mulher estudiosa que usava óculos de armação de plástico vermelho, um vestido longo vermelho e tinha a pele marrom, assim como Chichi e a mãe de Chichi. Ela prendera suas longas tranças em um coque no alto da cabeça enquanto carregava uma pequena travessa.

— Ah, Sunny, está tudo bem? — perguntou ela. A expressão de preocupação no rosto de Samya fez com que as muralhas de coragem de Sunny rachassem como uma fina camada de gelo.

O corpo de Sunny ficou quente e formigando, seus olhos ardendo com as lágrimas.

— Não — sussurrou ela enquanto Samya rapidamente vinha em sua direção. Ela colocou a travessa de comida no chão ao lado de Sunny e abraçou-a com força.

— Por que você fez aquilo?

— Eu precisava! — soluçou Sunny. — Eu *tive* que fazer! Era meu irmão! Você não viu o que eles... — Ela não conseguia respirar.

— Calma, calma — consolou Samya, apertando-a contra o peito. — Relaxe. Controle-se.

Mas o corpo inteiro de Sunny tremia. Vieram-lhe à mente imagens do rosto desfigurado do irmão, os olhos inchados, a boca inchada. A dor que sentia. O rosto aterrorizado do *capo* enquanto lutava para respirar. Ela deitada na mata, esperando. Escuridão. Gritos.

— Sunny — chamou Samya, sacudindo o corpo da menina. — Você precisa *se acalmar.* — Ela fez uma pausa. — Há uma coisa aqui embaixo que não pode saber que você é fraca.

Sunny sentiu os nervos dispararem. De fato *havia* algo ali embaixo. Ela obrigou o corpo a se acalmar, sentindo que estava prestes a perder a consciência.

— O que é essa coisa?

— Não posso dizer, e não posso voltar aqui — respondeu Samya. — Quando alguém é mandado para o porão, a cada dia é um aluno diferente que deve trazer a comida. Acho que Sugar

Cream me mandou primeiro porque ela sabia que você precisaria de mim. Não espere que os outros sejam tão prestativos. Eles vão... seguir as regras.

— Que regras?

— Deixa pra lá — falou ela rapidamente. — Algumas coisas valem a pena. Agora me escute, Sunny, e preste muita atenção se você quiser sair daqui viva e sã. Estes livros são velhos. Estão gastos. Eles foram substituídos e, depois, deixados de lado. Em algum momento vamos dar cabo deles, mas por enquanto eles estão aqui embaixo. Todo livro tem uma alma, todo livro... transporta e atrai. Existem jujus de esterilização e de mitigação por todos os lados deste cômodo, mas esta é a terra. Algo sempre vai aparecer para morar aqui. Neste caso, trata-se de um djim. Ele protege os livros e se esconde neles.

— Ele produz um fogo que não arde?

Samya assentiu e franziu o cenho.

— Então você já o viu.

— Sim... os ossos dele. Caí no sono e, quando acordei, e ele estava bem ali. — Ela apontou para uma direção a poucos metros dali.

— Ai, meu Deus, tão cedo assim? — falou Samya, fazendo círculos com a cabeça e estalando os dedos. Em seguida, olhou para Sunny e mostrou-lhe o sorriso reconfortante mais patético que ela já tinha visto. — Preste atenção, Sunny. Ele vai te testar.

— Testar o quê?

— *Você*. Ele sabe... Sunny, você ainda é pouco treinada. Você é só uma agente livre, mas você foi... você é alguém que fez algo na vastidão. Algo bom, eu acho. De outro modo, por que Ekwensu teria medo de você? Essa coisa aqui embaixo é um djim, e ele vai interpretar a sua vida passada como uma prova de que você é poderosa na sua vida atual, uma espécie de escolhida. Portanto, ele vai te testar. Ele vai querer ver do que você é capaz. — Ela franziu o cenho. — Maldição, Sunny, por que você se permitiu ser atirada aqui embaixo?

— E o que eu faço?

Samya se levantou.

— Na verdade, eu não sei. — Samya olhou para a escadaria como se alguém a chamasse. Em seguida, virou-se para Sunny. — Não deixe que ele a leve. — Ela fez uma pausa. — E... não acredite naqueles estereótipos bobos das ovelhas sobre os djim. Eles não concedem desejos e o que eles lhe mostram pode ser uma ilusão, mas geralmente é real. Eles *podem* te machucar. Está bem... Tenho que ir. Agora coma tudo — disse apontando para a bandeja. — Samya fitou os olhos de Sunny. — *Tudo*. Você precisa de força.

— Espere, espere — exclamou Sunny à medida que Samya seguia rapidamente em direção à escada. — Meus pais! Minha família. Alguém vai...

— Boa sorte, Sunny — despediu-se ela por sobre o ombro. — Mantenha-se forte. Mantenha-se viva. — Depois, ela subiu apressadamente os degraus.

Sunny observou-a ir embora e ouviu o som de seus passos ficar mais e mais fraco, até desaparecer. Ela se sentou contra o sapo de bronze e olhou fixamente para a bandeja de comida. Uma tigela de arroz de *jallof* de aparência ressecada e, no meio dele, um pedaço de carne de bode que parecia bem dura, além de uma laranja e uma garrafa de água. Sunny comeu tudo rápido, com seus olhos indo de um lado para o outro a toda velocidade, como se ela fosse um coelho amedrontado. Nem sequer sentiu o gosto da comida. O barulho de algo raspando voltara a soar.

* * *

Havia água em algum lugar daquele porão, mas Sunny não conseguia vê-la. *Ping, ping, ping.* Então parou. Em seguida, *ping, ping, ping.* Depois parou de novo, como se houvesse alguma máquina abrindo e fechando a torneira. Tentando enlouquecer Sunny. Com isso, havia duas coisas ali com a mesma intenção. Uma máquina e um djim. Sunny deu uma risadinha para si mesma. Baixinho. Precisava ficar quieta. A coisa que se arrastava por ali e fazia aquele barulho de algo raspando não parecia de fato ver Sunny. À medida que as horas se passaram, Sunny começou a achar que era por causa do sapo de bronze. Talvez houvesse algo nele que mantinha o djim afastado, pois, desde aquela primeira vez, ele não tornara a mostrar seus ossos para ela. *Talvez eu na verdade não tenha realmente visto aqueles ossos,* pensou. Ela tornou a dar uma risadinha. *Se eu não me mexer, vou ficar segura.*

O som de algo raspando vinha do outro lado do grande cômodo e ecoava no teto. De onde Sunny estava, ela também podia ver as aranhas nitidamente. A aranha grande ainda estava em seu lugar. Aquilo era bom. Sim, aquilo era bom. A cabeça dela latejava. Quanto tempo fazia que Samya tinha ido embora? Três horas? Nove? Tudo o que ela tinha era a fraca luz que pendia próximo às aranhas.

— Chukwu, acho bom você me agradecer quando eu sair daqui — sussurrou ela para si mesma. Era bom ouvir a própria voz, mesmo que tivesse de falar muito baixo. — *Se* eu sair daqui. — Ela abraçou mais apertado o corpo quente do sapo de bronze, pressionando sua cabeça contra ele. Seu pente tilintou contra o metal. Ela o tirou do cabelo e o examinou, feliz por ter alguma outra coisa em que se concentrar. Então colocou o pente diante do nariz e o cheirou. Tinha o odor salobre do mar, mas também havia uma nota floral. Era agradável. Cheirava como o mundo lá fora. Sunny sorriu e sussurrou "Obrigada" para a dama do mar que a salvara e depois lhe dera um presente que ela podia admirar em momentos difíceis.

— Queeeemmm, oh, queeeemmm é Sunny Nwazuuuue? — Ela ouviu uma voz masculina e longeva ecoar subitamente. *Raaaaasp*.

— Queeeemmm, oh, queeemmm é Sunny Nwazuuuue? — repetiu a voz. Depois, mais um *raaaaasp*.

A criatura a havia visto. Soubera o tempo todo que Sunny estava lá. O sapo de bronze era apenas um sapo de bronze. Uma peça de decoração. Um ornamento em um cômodo que era mais como uma lata de lixo gigante do que qualquer outra coisa. Sunny sabia disso. Apenas precisara de alguma coisa a que se agarrar porque ninguém lhe oferecera mais nada. Eles a haviam atirado ali embaixo, e não lhe deram sequer uma arma, uma pedra protetora, um pedaço de pau, nada. Sunny tinha a faca juju, mas não sabia nenhum feitiço de proteção contra djins ou fantasmas.

Ela olhou de relance para o teto. A aranha vermelha gigante ainda estava lá, e mesmo do ponto onde Sunny estava, ela tinha mais certeza do que nunca que a aranha gigante a observava. Mas as menores haviam se dissipado. Talvez agora elas estivessem espalhadas por todo o porão... incluindo o chão. Sunny olhou para baixo e não ficou surpresa ao ver uma aranha correndo apressada pelo piso de mármore arenoso.

Subitamente, todo o cômodo ficou empesteado com um cheiro de enxofre tão forte que respirar doía. Sunny ficou de pé com um pulo e saiu correndo em direção à escadaria que conduzia para fora do porão da biblioteca, tossindo. Não havia se mexido muito por horas e seus músculos estavam rígidos, mas ela correu escada acima como uma atleta campeã. Suas sandálias golpearam o concreto. Ela não se atreveu a olhar de soslaio para trás. Portanto, não poderia ter ficado mais chocada quando se viu de volta ao porão da Biblioteca de Obi. Seu senso de direção e de gravidade ficou abalado por vários instantes à medida que ela compreendia o que havia acontecido.

— O quê?! — berrou ela.

— Queeem, oh, queeem é Sunny Nwazuuuue? — entoou a voz, que vinha de todas as direções, inclusive de dentro da cabeça de Sunny. Ela pressionou as mãos contra as orelhas à medida que procurava freneticamente um lugar para se esconder. Ali! Um pequeno vão entre duas estantes caídas. Talvez ela pudesse se emburacar naquele espaço por dois dias, dois dias e meio, ou por qualquer que fosse o tempo em que ainda teria de ficar ali. Prestes a disparar naquela direção, sentiu um calafrio e olhou para a esquerda. Dessa vez ela de fato gritou. Como estava se preparando para correr, os músculos de suas pernas acumulavam energia como molas bem apertadas. Ela tentou mudar o ângulo da corrida, e suas pernas se embaralharam. Conforme caía, Sunny não tirou os olhos da pilha de ossos. O crânio tinha a mandíbula quebrada. Havia um pé no topo do montinho. Uma mão caiu com a palma virada para o chão, como se fosse uma aranha branca morta.

Uush! A pilha de ossos ressecados de repente começou a queimar com chamas silenciosas que não emitiam fumaça.

Sunny atingiu o chão e sentiu uma explosão de dor no quadril Ainda assim, conseguiu rolar, ficar de lado e retirar a faca juju do bolso. Ela fez um rápido floreio e pegou o frio saquinho invisível com a mão enquanto deitava de lado. Em seguida, desenhou no ar um quadrado enquanto murmurava as palavras que Chichi lhe ensinara. A única diferença é que ela dizia as palavras em sua língua materna, inglês, em vez da primeira língua de Chichi, o efik.

— Arme uma barreira espessa. Aguente firme também. Do próprio ar que respiro. Que seja para o bem.

Quando a mão que havia caído da pilha rolou em sua direção e ficou na vertical para que pudesse bater as pontas dos dedos contra a barreira, Sunny tremeu.

— Magia fraca e amedrontada de uma agente livre — sibilou a voz — estilhaça como vidro. — Com essas palavras, ouviu-se um som de vidro se quebrando e caindo no piso de mármore. — O que mais você tem?

Sunny vinha treinando sozinha e aprimorando as lições que Sugar Cream lhe ensinara ao longo dos meses. Ela se acalmou, se obrigando a olhar para a pilha de ossos ancestral que era encoberta pelas chamas mas não queimava.

— Você tem de relaxar todo o seu corpo, senti-lo cair. Em seguida, imagine seu espírito despencando — dissera Sugar Cream. — Pense em Anyanwu. Você é ela, e ela é você. Se lembra de sua iniciação? Quando você foi puxada para dentro da terra? Sinta isso. Mas sinta isso como se Anyanwu estivesse puxando a partir do seu corpo. — Antes que Sunny pudesse tentar, Sugar Cream a lembrara de que ela devia se certificar que estava deitada.

Agora Sunny já estava no chão. Ela recostou a cabeça, mantendo os olhos nos ossos. *Relaxe, relaxe, relaxe,* pensou. *Respire.* Ela abriu bem as narinas, inspirando fundo pelo nariz. Foi preciso reunir cada grama de esforço, mas finalmente conseguiu se acalmar. Ela ia ficar bem. Ao longo dos seus 13 anos de vida, Sunny talvez não tivesse passado por muitos momentos de verdadeiro terror, mas, em sua vida passada, tinha. Ela não se lembrava deles muito bem, mas podia sentir aquelas memórias. Ali na beiradinha de sua mente. E, ainda assim, ela seguira em frente. Mesmo que ela morresse naquele porão, ela seguiria vivendo em espírito. Sunny relaxou mais com o alívio trazido por esse conhecimento remoto. Ela relaxou. Ela caiu. Ela sentiu aquilo fisicamente, mas era muito mais do que isso.

— Ah, agora está ficando interessante — anunciou a voz. — Seja bem-vinda.

O piso de mármore era frio. Era feito de pedra pura. Uma pedra muito, muito velha. Talvez ela estivesse no solo bem antes de a Biblioteca de Obi sequer existir. Talvez o porão tenha sido escavado a partir daquilo que já estava na terra. Era muito sólido. Sunny se levantou. Ela voou, passando pelas estantes como se fossem nuvens. Ela não era nada além de uma névoa amarela. Sabia que ali haveria outras coisas, e tinha esperanças de não esbarrar com elas. Mas Sunny não podia se dar ao luxo de olhar ao redor. Ela tinha de fugir. E não podia permanecer parcialmente na vastidão por muito tempo. Ainda não. Antes que percebesse o que estava fazendo ou quão rápido estava se movendo pelo grande cômodo, Sunny deu de encontro com uma parede.

As paredes eram feitas do mesmo mármore. Sunny não podia atravessá-las, mesmo estando na vastidão. Como isso era possível? *Que tipo de pedra é essa?*, ela se perguntou enquanto caía no chão. *Raaaasp*. Um por um, os ossos se arrastaram e rolaram em direção a ela.

— Você acha que este lugar é apenas o *seu* mundo? — falou a voz. — É o mundo físico e a vastidão. É um lugar *pleno*. Você não pode escapar.

— O que você quer? — murmurou ela. Havia cinco aranhas vermelhas não muito longe dela, no chão. Duas delas pareciam simplesmente estar ali observando Sunny. As outras três estavam correndo em busca de abrigo.

— Quero o que você tem — declarou a voz.

— Por quê?

— As pessoas-leopardo que são jogadas aqui geralmente são burras. Homens e mulheres tímidos, raivosos, descuidados e de mente fraca que não têm nada para eu tomar além de um pouco de sua sanidade, ou um pouco do futuro de um parente, presentes exíguos. Mas você... Você tem uma alma que seria capaz de me libertar deste lugar.

— Sunny? — chamou alguém. — Sunny Nwazue?

Sunny ficou de pé, com as pernas bambas por um instante. Depois, se firmou. Ela havia ido de encontro à parede como algo que não era o seu corpo físico. Estava abalada, mas bem.

— Sunny? — Ela ouviu o homem tornar a chamar. Um homem humano. De perto da escada. Já era hora de sua segunda refeição. Ela havia suportado o segundo dia ali embaixo. Mas a refeição seria café da manhã, almoço ou jantar?

— Estou aqui — respondeu ela, espiando em volta de uma das estantes.

Tratava-se de um homem alto, mais ou menos da idade da mãe de Sunny. Ele vestia jeans, uma camiseta preta e tênis. Não eram roupas que ela tinha visto nenhum dos estudantes da Biblioteca de Obi usar durante o dia.

— Aqui está o seu jantar — indicou ele, estendendo a refeição para ela. Se Sunny tivesse de adivinhar, a julgar pelo sotaque, diria que ele era de Lagos. O homem entregou a bandeja para ela. Era a mesma refeição de arroz de *jallof*, carne de bode e água.

— Obrigada. Quer dizer que já é noite? Sabe que horas são?

O homem não respondeu. Ele sequer olhava Sunny nos olhos. Ele se virou e começou a ir embora.

— Senhor? ...*Oga*? Pode me ouvir? — perguntou Sunny, seguindo-o à medida que ele ia para a escada.

Ele passou a andar mais rápido. Sunny colocou a bandeja no chão, subitamente se sentindo em pânico e invisível.

— Ei! — gritou ela.

— Não posso falar ou olhar pra você — afirmou ele friamente, ainda de costas para ela. — O castigo é uma surra de bengala.

Sunny congelou. Samya. Ela pressionou a mão contra o peito, chocada.

— Ah. — Respirou fundo. — Ah, não. — Ela se afastou da escada, e ouviu os passos do homem ficaram cada vez mais distantes. *Mantenha-se forte,* pensou Sunny, com lágrimas nos olhos. *Tenho de sobreviver a isso.* De outro modo, Samya vai levar uma surra de bengala à toa.

Sunny deu meia-volta quando ouviu o barulho de algo sendo esmagado. Parecia que uma pedra pesada como um carro havia caído sobre o seu prato de arroz. Uma aranha vermelha que estava ao lado do prato também tinha sido esmagada. A garrafa de água rolou no chão e parou ao lado de uma estante. Ela ouviu o djim rir entre dentes do outro lado do cômodo.

— Muito engraçado — provocou ela, tentando manter a voz firme. A mãe de Sunny certa vez lhe dissera que, se algum dia estivesse cara a cara com um animal selvagem, jamais demonstrasse medo. O djim não era um animal. Bem, pelo menos não um animal do mundo físico, mas certamente era selvagem. Até aquele momento, Sunny estava com o medo à flor da pele. Ela não podia evitar, pois *estava* tomada pelo terror. No entanto, a mãe dela também gostava de dizer que nunca era tarde demais para começar.

As pernas dela formigaram e tremeram à medida que ela se aproximava lentamente de sua garrafa de água. Ela se inclinou e pegou a garrafa, tirou a tampa e bebeu com vontade. A água irrigou seu corpo desidratado como chuva caindo sobre terra rachada pela seca. Em suas aulas de deslizamento com Sugar Cream, ela e Sunny jamais entravam por completo na vastidão. Sunny estava longe de estar pronta para isso, e entrar completamente sem preparo significava uma morte rápida e tranquila para o seu corpo físico. No entanto, Sugar conduzira Sunny até lá num "vaivém", no qual ela ficava ao mesmo tempo no mundo físico e na vastidão, e, em vez de ver só um dos lugares, ela via os dois sobrepostos. Sugar Cream dizia que era como observar o mundo através de um aquário.

Aprender a fazer esse "vaivém", ou ficar entre os dois mundos, não era tão difícil assim. Sunny, de forma natural, fizera isso sem a ajuda de ninguém na primeira vez em que saíra furtivamente de casa pela fechadura, pensando que havia feito o seu primeiro juju. Ir completamente para a vastidão é que era extremamente difícil. Sempre que Sugar Cream a mandava fazer exercícios de preparação para entrar na vastidão, Sunny ficava desesperada por água depois.

— Isso é porque água é vida — dissera Sugar Cream. — O corpo não gosta que sua alma sequer *cogite* entrar na vastidão.

Sunny tomou outro gole e se sentiu um pouco melhor.

— Você se esqueceu de como é ser humano — bradou ela. — Você deveria ter esmagado a garrafa de água. Os humanos precisam mais de água do que de comida. — Apesar do medo, Sunny sorriu com suas próprias palavras.

— Jamais fui humano — afirmou o djim.

À medida que bebia, Sunny olhou ao redor. Havia mais aranhas vermelhas sobre os livros a poucos metros dela. A voz do djim ainda vinha do outro lado do cômodo, mas isso não significava nada. O olhar dela foi em direção a um livro na estante caída em frente a ela. Ela pegou o livro, que estava entre dois outros volumes empoeirados de capa dura. *Autobiografia de Malcom* X, escrita em parceria com Alex Haley. Um livro das ovelhas.

— O que isso está fazendo aqui? — murmurou ela. Ao lado do livro havia vários volumes sobre medicina dos leopardos, e ainda mais sobre as leis da aliança mundial dos leopardos.

— Sunny! — Ela pulou de susto. A voz estava bem atrás dela.

— Aah!

Então ela foi puxada para trás. Ela sentiu um clarão em sua mente e uma ardência metálica tão intensa que não saberia dizer em que parte do corpo sentia aquilo. Depois, estava mergulhando em água fria. Fez-se o barulho de algo entrando na água. Era como a sua iniciação, quando ela surgiu no rio e foi puxada pela correnteza, só que agora parecia que ela estava sendo puxada muito, muito, muito para baixo, e não horizontalmente. Ela sentiu seu corpo se esforçando para recobrar o fôlego. Ela não conseguia respirar! A água fria a imprensava conforme ela descia em direção ao azul profundo. Sunny podia ver a luz fraca do porão acima dela, se afastando à medida que ela afundava.

Sunny se debateu e envolveu o pescoço com as mãos. Seus pulmões ardiam. Água entrou rapidamente na boca, na garganta, no peito dela. Ainda assim, a menina lutou contra aquilo, mas estava ficando fraca. Estava morrendo. O djim a estava afogando.

A água era fria. O corpo de Sunny estava esfriando.

Sunny soltou o pescoço. Deixou-se levar.

Em seguida, veio a sensação de cair sem estar caindo. Ela atingiu algo duro. Cores passaram rápido ao seu redor. Verde, principalmente. Mas ela estava vagamente ciente da biblioteca — ela estava na biblioteca. Sentiu seu peito pesado, cheio. Tossiu intensamente e tentou agarrar a estante. Havia uma aranha vermelha bem ao lado da mão dela, mas Sunny não se importou.

— Não — sussurrou o djim ao pé do ouvido dela. — Não há escapatória. Venha. Venha integralmente.

Sunny podia sentir a estante derreter em suas mãos, dissolver--se, à medida que alguma coisa agarrava o seu ombro, puxando-a de volta. Ela sentiu aquilo no peito, uma sensação quente e aguda de algo se rasgando. Em seguida, sentiu sua cara espiritual se assomar.

— Ah... — Ela ouviu o djim dizer. Depois, ele riu com escárnio e falou arrastado: — Quem é você, Sunny Nwazue?

Ela sentiu a dor, mas agora espalhada por todo o corpo, e se sentiu... atenuada, de algum modo, apagada. Segurou-se à estante, tentando se forçar a sair da vastidão. Mas, de repente, não estava se segurando a nada. Em seguida, a estante se transformou em um monte de arbustos. Mas a aranha que estava lá não desapareceu. Ela ficou ali, nos arbustos. Sunny arquejou. A aranha era uma daquelas criaturas que existia nos dois mundos. Ainda era vermelha, mas agora era do tamanho de uma bola de basquete e tinha anéis azuis fosforescentes nas patas. A criatura acenou com uma das pernas para ela e saiu correndo.

Sunny se agarrou ao arbustos, e se deu conta de que não respirava. Ela estava com sua cara espiritual. Ela era Anyanwu.

Seu corpo. Ela era incorpórea. Era amarela. Da cor do sol. Luz. Em meio a um mar quase todo verde.

Massas amorfas esverdeadas ondularam diante dela. Insetos rosa e verdes, com asas que eram linhas da cor de folhas. A vastidão parecia uma floresta. Nela havia sons, e ela era densa, úmida e fértil. Viva. Sunny teve medo de falar.

— Estou vendo você — informou o djim. A voz rouca dele era potente ali. *Ele* era potente ali.

Sunny só conseguia pensar na morte. Quantos segundos haviam se passado? Será que encontrariam o seu corpo? Então, o djim avançou em sua direção como um vampiro. Eles rolaram por alguns arbustos enquanto ela lutava para que ele não arrancasse a máscara dela. Na vastidão, aquilo seria mesmo uma máscara? Poderia ser *retirada*? Sunny se lembrou vagamente do que o seu pai dissera sobre os mascarados: "Nunca tire a máscara de um mascarado. Isso é uma abominação!" O que aconteceria se a máscara espiritual de alguém fosse arrancada? Poderia o djim então devorar a sua alma como se fosse a carne de uma ostra aberta?

O djim a imprensou contra o chão naqueles arbustos. Ele era mais forte. Não era humano. Não estava morrendo. E conhecia aquele lugar. Sunny estava perdida.

Havia uma aranha grande no ombro dele. Era vermelha. Com anéis azuis. Anéis azuis. Anéis azuis. Anéis azuis. Aquele súbito lampejo era como um ponto focal ardente em seu cérebro, brilhante e abrasador. Ela conhecia os anéis azuis. Ela... *lembrava*.

— Eu conheço você — disparou, se esforçando para se soltar do aperto do djim.

— Sim, já passamos algum tempo juntos — replicou ele, emitindo uma luz de um vermelho mais profundo. — Mas não se preocupe. Em breve não sobrará muito para saber.

Sunny não estava falando com o djim. Enquanto encarava desesperadamente a aranha, ela disse, ofegante:

— Conheço *todas* vocês.

A força do djim diminuiu à medida que ele tentava entender de que sua presa falava e com quem ela estava conversando. Em seguida, percebeu a aranha em seu ombro. Ele soltou Anyanwu e retrocedeu, trôpego.

A aranha saltou do djim e correu em direção a Sunny, e antes que a menina pudesse dizer mais alguma coisa, a criatura virou suas costas brilhantes para ela e enfiou o seu ferrão na névoa amarela que era o corpo imaterial de Sunny.

Lá estava ela voando de novo. Dessa vez, para trás, ao longo do piso de mármore. Sentiu a areia sob as pernas. Sua pele estava fria porque estava encharcada. Sunny parou bem diante do sapo de bronze. Abriu a boca e inspirou por um tempo que pareceu uma eternidade. *Tim, tim, tim, tim!* Vários pequenos *chittim* de cobre caíram ao seu lado.

Por vários instantes, sua visão ficou distorcida. Sunny esfregou os olhos e tentou ver. Estava enxergando coisas *demais*! O verde da vastidão e o porão, através de dois pares de olhos, duas mentes, de Sunny e de Anyanwu. Era como se tivesse sido partida e seus eu estivessem sentados um ao lado do outro em vez de unificados dentro dela. A sensação era horripilante. Ela ouviu ambos os seus eu gritarem. E justo quando tinha certeza de que ia enlouquecer, ela se recompôs e seu mundo entrou em foco.

Sunny estremeceu e sentiu calafrios, então saltou para os pés, pronta para encontrá-la. Ela correu até a estante, olhando para o chão. Cadê? Cadê? Ali. Ela agarrou a garrafa e bebeu o resto de sua água. Sunny estava encharcada, mas se sentia terrivelmente desidratada. Ela agarrou a camiseta e começou a sugar a água nela também.

— Ah! — grunhiu Sunny, tropeçando para trás. Ela havia conseguido sugar bastante água. Estava encharcada a esse ponto. Seu corpo começou a se acalmar, mas sua mente crepitava e fervilhava com lembranças estourando como pipoca. — Eu... O que é isso? Eu... me lembro delas — murmurou Sunny, confusa, à medida que sua mente se acelerava. Ela deu um giro. — Me lembro de todas vocês! — Ali, perto do sapo. Centenas delas. Ela teve sorte de não as esmagar. No entanto, elas provavelmente podiam se mover muito mais rápido do que Sunny pensava. Elas não eram apenas aranhas. Onde estava a maior delas?

Sunny sentiu uma coceira na nuca. Olhou para cima. A aranha de pernas grossas do tamanho de uma travessa estava empoleirada na parede bem acima da cabeça dela. Sunny se dirigiu a ela em igbo porque sabia que era a língua em que a aranha preferia falar. Ela sabia de *muitas* coisas.

— Ogwu, descendente de Udide, a Grande Aranha entre as Grandes Aranhas, lembro-me de você. Lembro-me de você e de todas as suas filhas.

O corpo inteiro da aranha se retraiu com perplexidade. *Que bom,* pensou Sunny. Depois, começou a descer por um fio de teia grossa. Sunny sabia que não tinha muito tempo, então falou rápido.

— Lembra-se de mim? Meu nome é Anyanwu, mas, neste mundo, meu nome é Sunny Nwazue. Sou neta de Ozoemena Nimm. Então… — Ela se esforçou para se lembrar do que sua avó havia escrito na carta que deixara para ela. Sunny havia lido aquela carta muitas vezes, mas acabara de morrer e voltar à vida. — Então isso me torna integrante do povo guerreiro do clã de Nimm, uma descendente... de Mgbafo dos guerreiros Efuru Nimm e Odili do povo fantasma. Tenho 13 anos, sou de ascendência igbo e nascida nos Estados Unidos, em Nova York. Sou uma agente livre, e só fiquei sabendo disso há um ano e meio. Logo, você tem de saber que eu não posso lutar contra esse djim.

A voz da aranha fez Sunny se sentir como se alguém mantivesse um diapasão perto da sua pele, uma vibração tremenda que lhe dava vontade de tapar os ouvidos com os dedos mindinhos. Era uma voz vagamente feminina.

— Conheço você, Anyanwu — respondeu ela, pendendo diante dos olhos de Sunny. Mesmo com a sua vida em risco, o medo de aranhas deixou Sunny tensa.

— Sei o que vocês, há muito tempo, tentaram fazer e fracassaram — acusou Sunny.

A aranha dobrou as pernas, aproximando-as de seu corpo. Sunny reprimiu um calafrio de nojo.

— Você estava no avião — prosseguiu Sunny. — O *Enola Gay.** Eu sei. Você estava na bomba, e tentou tecer o juju de contação de histórias pelo qual o seu povo é famoso. Você teceu um fio grosso que supostamente faria com que a bomba não detonasse quando a lançassem sobre Hiroshima. Mas quando você prendeu o fio, pronunciou de forma errada uma das palavras de ligação e o fio se rompeu quando a bomba foi lançada. Você fracassou, e ninguém mais a viu desde esse dia. Então foi para este porão que você veio com todos os seus descendentes para se esconder do mundo.

— Não, Udide lançou uma maldição para que ficássemos neste porão até que eu cumprisse a minha tarefa — explicou a aranha. — E isso é impossível, pois eu já fracassei.

As luzes piscaram. Sunny ouviu um barulho de algo raspando do outro lado do cômodo. O djim havia reencontrado sua coragem. *Essas coisas nunca desistem tão rápido assim,* Sunny sabia.

— Espere, por favor — pediu Sunny. — Me ajude.

— Não ajudaremos — disse Ogwu. — Não podemos ajudar ninguém. Sou inútil, e minhas filhas são inúteis. O djim toma coisas daqueles que são mandados aqui para serem castigados, mas somente o vimos matar uma pessoa até hoje. E isso foi há quarenta anos. Um jovem cujos ossos eram tão resistentes que não quebravam. Deixe que ele lhe tome algo, um pouco de sangue, alguns anos de sua vida, um pouco da sua boa sorte. Depois saia

---

* Nome dado a um bombardeiro B-29 que, em 6 de agosto de 1945, durante os estágios finais da Segunda Guerra Mundial, tornou-se o primeiro avião a lançar uma bomba atômica, que teve como alvo a cidade de Hiroshima, no Japão. *(N. do T.)*

deste lugar e jamais torne a fazer qualquer estupidez que possa provocar o seu retorno. Ou... talvez sim, talvez ele mate você, Anyanwu. Eu a verei na vastidão. — Ogwu voltou a subir por sua teia, e Sunny começou a entrar em pânico. O djim tinha medo da aranha. Assim que ela se afastasse o bastante, ele não teria mais nada a temer.

— Sunny Nwazuuuuue — cantarolou o djim. — Estou indo atrás de você!

— Sei como você pode quebrar a maldição — disparou Sunny rapidamente.

Ogwu parou. E esperou.

— Preciso fazer o que vocês todas tentaram, mas em uma escala maior. — Sunny estava inventando tudo aquilo enquanto falava. Não fazia ideia de por que a visão na chama da vela lhe tinha sido mostrada ou por que estava tendo aqueles sonhos estranhos. Mas aquele não era o momento de se preocupar por mentir descaradamente. — Eu vi o fim. E, dessa vez, não se trata apenas de cidades em chamas, trata-se do mundo todo. Vi isso em uma vela. E foi o que me fez descobrir que eu era uma pessoa-leopardo agente livre. E tenho visto e revisto isso em meu sonhos nos últimos meses! Então talvez esteja próximo de acontecer! Ah, para salvar o mundo, serão necessárias mais pessoas além de mim, mas eu sou *indispensável.* Por favor. Me ajude. Se me ajudar, vai fazer o que deveria ter feito em 1945! E, dessa vez, será em uma escala bem mais grandiosa! Você não salvará apenas uma cidade, salvará a Terra! O medo de fracassar só acarreta mais fracassos! E você não vai fracassar desta vez! Você vai poder sair deste lugar, confie em mim. Lembra-se da luz do sol? Vai tornar a vê-la se me ajudar! Eu sou... sou ignorante. Não posso derrotar um djim!

— Você é Anyanwu, nós nos conhecíamos bem. Você é capaz de pulverizar esse djim como um grão de pimenta-do-reino.

— Eu não lembro como!

— Então você não faz ideia de quem é!

Sunny retraiu os lábios, mas não discutiu.

Ogwu fez uma pausa e depois subiu rapidamente em sua teia. Sunny sentiu um frio na barriga. Quando olhou para o sapo de bronze, todas as filhas de Ogwu também haviam desaparecido. Estavam escondidas onde quer que gostavam de se esconder. Provavelmente estavam posicionadas para observar o djim matá-la. Sunny se tornaria igual ao jovem de quarenta anos atrás. Como Sugar Cream pôde atirá-la ali embaixo sabendo que *aquilo* havia ocorrido? Como podiam mandar *qualquer pessoa* pra lá sabendo disso?! As pessoas-leopardo podiam ser impiedosas, especialmente em se tratando de seguir certas regras. As malditas regras.

Sunny sacou sua faca juju. Lá estavam os ossos. Bem ao lado dela. E o cheiro de enxofre. Ela recapitulou os poucos jujus que já tinha aprendido até então: como evocar música, como espantar mosquitos, como curar pequenos ferimentos, como ficar seca na chuva, como fazer um copo de água doce poluída ficar potável, como testar para ver se algo é amaldiçoado ou envenenado, como fazer afastar um agressor mais pesado, como criar uma barreira. Ela fez uma pausa. A barreira. Ela era boa naquilo.

Ela ergueu e espalmou a sua mão. Depois, sacou sua faca juju e fez um floreio circular. Então pegou o saquinho com a mesma mão enquanto mantinha a outra erguida. O saquinho invisível era frio e úmido em seus dedos.

— Mantenha-se afastado — avisou ela.

Antes que pudesse dizer as palavras de ativação, a vastidão recaiu sobre ela, conferindo camadas ao seu mundo. Um vulto preto voou da pilha de ossos. Com os olhos arregalados, Sunny manteve-se firme. Ela abriu a boca para falar, mas aquela coisa avançou rápido demais. Algo se afundou em seu braço, espetando como cinquenta agulhas. Sunny gritou, e todo seu mundo, tanto o físico quanto a vastidão, faiscaram. Ela sentiu o djim sugar o seu braço mesmo enquanto tentava se desvencilhar dele. Mas não havia nada de que se desvencilhar. O djim não tinha corpo. Nem sequer ossos. Ali não havia nada além de um vulto marrom viscoso.

Subitamente, ele parou. Depois se soltou. Sunny rolou para longe, evitando o próprio braço. Ficou de pé e correu até a estante mais próxima. Só depois de ter dado a volta por trás da estante foi que ela se arriscou a olhar para trás. Era nojento. Centenas de aranhas vermelhas haviam imobilizado o djim no chão, como uma fina camada de fumaça sólida marrom-avermelhada. Sunny teve de piscar para entender de verdade o que estava vendo. Em um plano, o djim era uma pilha de ossos secos, e as aranhas eram do tamanho de moedas, ao passo que Ogwu tinhas as dimensões de uma travessa. No outro plano, o djim era uma enorme massa amorfa de fumaça amarronzada, e as aranhas, grandes como bolas de basquete, enquanto que Ogwu tinha o tamanho de uma criança pequena. Em ambos os planos elas destroçavam o djim.

Sunny podia ouvir os ossos secos se partindo, se quebrando, virando pó. E ela podia ouvir o som úmido de golpes à medida que as criaturas parecidas com aranhas arrancavam pequenos pedaços do djim com suas patas afiadas e os devoravam. Todas aquelas perninhas e corpos se retorcendo embrulharam o estômago de Sunny. O djim não emitiu som algum. Aceitou sua súbita derrota como um velho que desiste da vida.

Enquanto elas comiam, a lâmpada que pendia do teto brilhou mais forte, enchendo o porão de luz. Era como a luz do sol em sua pureza e calidez. Sunny cobriu os olhos.

— Udide nos viu! — Sunny ouviu Ogwu gritar. — Udide nos viu!!

As aranhas deixaram de lado a sujeira que se tornara o djim e foram correndo para a parede, com Ogwu guiando-as. Elas se arrastaram parede acima. Depois, seguiram rapidamente para o teto, em direção à lâmpada que pendia dele. Ogwu parou sobre a lâmpada e apontou uma pata para a luz.

— Vão, minhas filhas, vão! Nós estamos livres! Vou mostrar o mundo a vocês!

Em grupos, elas desceram em suas teias e seguiram para a luz, que brilhava azul sempre que uma aranha entrava em contato com ela.

— Anyanwu — disse Ogwu. — Sunny Nwazue, boa sorte! Nós a salvamos aqui, mas as vidas de todos nós dependem do que você e os demais farão. Detenha Ekwensu.

— Como você sabe que é ela? — indagou Sunny. Ela não havia mencionado Ekwensu. — Você ficou aqui embaixo todo...

— De fato estive aqui embaixo, mas você sabe que as minhas filhas e eu não pertencemos apenas a este lugar. Também habitamos a vastidão. E sabemos das notícias de lá.

O porão emitiu clarões e clarões, como se contivesse seu próprio relâmpago. Sunny olhou para trás, para os restos mortais do djim. Agora ela já havia se restabelecido no mundo físico e não sobrara nada do djim além de poeira.

— Ele morreu? — perguntou Sunny para Ogwu.

— Ele jamais esteve vivo.

— Ele ressurgirá?

— Não por um bom tempo. Algum dia. Mas não estaremos mais aqui quando isso acontecer.

Sunny sorriu. Ela ainda teria de passar mais uma noite ali, e ficaria sozinha. Felizmente.

— Sunny Anyanwu, Anyanwu Sunny — disse Ogwu. Todas as filhas dela já tinham ido embora, e Ogwu finalmente estava descendo de sua teia em direção à luz. — Obrigada por me dar a oportunidade de finalmente agir, de desempenhar um papel. A Grande Aranha Udide lhe bendiz. Se algum dia você encontrá-la, diga a ela que mando meus cumprimentos e meu amor. — Em seguida, ela desapareceu com um clarão de luz azul.

Silêncio. Um tipo bom de silêncio. Sunny estava segura. Ergueu o braço para ver onde o djim a havia mordido, e viu que seu bíceps estava vermelho e inchado. O que uma mordida de djim provocava? Ela ainda teria de ficar ali embaixo por pelo menos mais meio dia.

— Os livros de medicina! — exclamou, lembrando. Havia volumes e mais volumes deles na estante perto do sapo de bronze. Os músculos dela estavam doloridos, e ela sentia dor de cabeça. Mas estava bem. Se sentia forte. A memória do fracasso e da maldição lançada sobre Ogwu era vívida em sua mente. Como Anyanwu, ela fizera parte do grupo que havia mandado Ogwu para impedir que a bomba atômica fosse lançada. Anyanwu fizera parte de um grupo que tentara deter um dos piores desastres de todos os tempos provocado por seres humanos. Em 1945. *Uau.*

Sunny levou pouco tempo para encontrar informações nos livros de medicina sobre mordidas de djim. Pelo visto, eles eram muito comuns no deserto do Saara e por todo o Oriente Médio. E, felizmente, não eram tão perigosos assim. Na verdade, a maioria dos djins não podia ferir ovelhas ou leopardos humanos. Era somente na vastidão que eles podiam fazer mal, e as únicas pessoas que conseguiam arrastar para lá eram aquelas que tinham a habilidade natural de se deslocar pelos dois mundos. Djins eram capazes de matar e roubar a alma de alguém se conseguissem manter a pessoa por tempo o bastante na vastidão, o que provavelmente foi o que ele havia feito com o homem de ossos resistentes quarenta anos atrás e o que planejava fazer com Sunny. No entanto, as mordidas dos djins provocavam somente uma febre baixa e boca seca. Sunny teria de sofrer aquilo até que chegasse a hora de sua última refeição e de ser libertada.

Felizmente o sofrimento foi breve. Minutos depois de ler as informações sobre os djins, ela se sentou ao lado do sapo de bronze e caiu num sono exausto e sereno.

14

Libertação

Sopa de pimenta. Forte. Com peixe. Sunny abriu os olhos. Seu estômago se contraía de fome. A lâmpada ainda brilhava forte, e Sugar Cream reluzia como Jesus Cristo. O fato de ela estar usando um vestido longo cor de creme e um véu da mesma cor contribuía para o efeito. A boca e a garganta de Sunny estavam tão ressecadas que ela não conseguia falar. Estava deitada em posição fetal no piso de mármore cheio de areia, com o capuz sobre a cabeça e as mangas puxadas até cobrirem as mãos.

— Você consegue ficar sentada? — perguntou Sugar Cream suavemente. Ela havia colocado a bandeja com sopa de pimenta e uma garrafa grande de água ao lado de Sunny.

Sunny assentiu, permitindo que Sugar Cream a ajudasse a se sentar. Ela se arrastou até o sapo de bronze, se escorou nele e lançou um olhar severo para sua mentora. Seu braço doía e coçava, e ela estava viva. Mas *quase* tinha sido morta.

— Ah, não me olhe desse jeito — disparou Sugar Cream. — Você tem de lidar com as consequências dos *seus* atos. Que essa seja a sua maior lição. Você colhe aquilo que planta.

— Ele tentou me matar — sussurrou Sunny.

Sugar Cream ficou rígida por um instante, sustentando o olhar de Sunny. Em seguida, pegou a garrafa de água e entregou a ela.

— Beba.

Que sensação boa, refrescante, relaxante. *Água é vida, água é vida, água é vida,* pensou ela. Sunny bebeu e bebeu, consumindo tanto quanto podia. Ela bebeu mais da metade da garrafa antes de colocá-la no chão e suspirar.

— Ele me mordeu.

— E o que você fez com relação a isso? — perguntou Sugar Cream, dando para Sunny a tigela de sopa. O recipiente aqueceu suas mãos. Uma pimenta contaminada boiava no meio da sopa marrom translúcida, que tinha pedaços grandes de peixe temperado, tripa e camarão. A pimenta fazia a sopa borbulhar de leve. Sugar Cream entregou uma colher para Sunny, e ela aceitou.

— Eu contei com a ajuda de amigos — respondeu Sunny friamente.

A mentora grunhiu e sorriu.

— Ogwu e as filhas dela — concluiu ela. — É por isso que a lâmpada está brilhando como um portal?

Sunny deu de ombros enquanto comia colheradas da sopa. Sua barriga se aqueceu e, depois, o resto do seu corpo fez o mesmo. Para variar, foi ótimo comer sopa de pimenta contaminada muito, muito, muito picante. Quando terminou, Sugar Cream ajudou-a a se levantar, examinou a mordida no braço de Sunny e, depois de declarar que não era grave, ajudou a pupila a subir os muitos lances de escada. O castigo de Sunny havia terminado.

A caminhada escada acima e pela biblioteca foi como um sonho. Sunny tivera a oportunidade de conhecer bem os três primeiros andares daquele lugar ao longo do último ano. Passava mais tempo ali do que na cabana de Anatov com Sasha, Chichi e Orlu. Ela se encontrava com Sugar Cream duas vezes por semana, e ia lá para estudar e ler livros nos fins de semana. Mas, agora, apesar de se lembrar de tudo ali, as coisas pareciam ligeiramente desconhecidas. Havia um estranho efeito de distanciamento, como se fizesse cinco anos que ela não passava por ali, e não três dias. Sunny havia mudado lá embaixo. E estava exausta.

Quando elas chegaram ao térreo e entraram no saguão, Sunny se sentiu mais forte. Ela já não precisava se escorar em Sugar Cream, e sua dor de cabeça desaparecera. A mordida coçava, mas pelo menos ela conseguia mexer o braço. Sugar Cream informou que já passava da meia-noite. Ainda assim, havia vários estudantes mais velhos ali procurando livros nas estantes, como se tudo corresse normalmente. Eles olharam de relance para Sunny e alguns sorriram para ela, deram tapinhas em seu ombro e disseram coisas como: "Você parece bem" e "Lidou com a situação como um soldado".

Samya se aproximou lentamente dela, e Sunny lhe deu um abraço apertado. Ela sentiu Samya se retrair e rapidamente parou de abraçá-la.

— Sinto muito — disse Sunny, olhando nos olhos castanhos de Samya.

Cansada, a mulher sorriu.

— Não precisa se desculpar. — Ela tornou a abraçar Sunny e deu-lhe um beijo na bochecha. — Fico feliz que você esteja bem.

— Eles realmente lhe deram uma surra de bengala? — indagou Sunny, com os olhos se enchendo de lágrimas.

— Não chore. Você tem de sair daqui com os olhos secos, ok? Eu estou bem. Como você sabe, alguns castigos valem a pena. —

Sunny assentiu, lutando contra as lágrimas com afinco. Samya apertou a mão dela. — Vá — disse, dando-lhe um empurrãozinho.

— Você meio que se tornou uma heroína — comentou Sugar Cream secamente, quando começaram a seguir direção à porta.

Se Sunny não estivesse tão cansada, estaria profundamente confusa. Como é que alguém deixava um castigo de três dias como heroína? Quando ela saiu da Biblioteca de Obi, sentiu o ar muito doce.

— Sunny! — berrou Chichi, correndo e abraçando-a, quase derrubando a amiga no chão. Orlu e Sasha estavam logo atrás dela. — Eles nos mandaram esperar aqui. Que você tinha de cumprir o seu castigo saindo sem auxílio da Biblioteca de Obi. Sem auxílio! — Ela agarrou Sunny e examinou-a. — Você está com uma aparência horrível!

— E me sinto pior ainda — confessou ela, apertando o próprio braço.

— Chichi... — Sasha fez uma pausa e estampou uma expressão de raiva no rosto, mas depois olhou para Sunny e sorriu. — Ela nos contou tudo. Eu teria feito a mesma coisa, sem me importar com as consequências. É da família que a gente está falando aqui, cara. Temos sempre que proteger os nossos.

Sunny apenas assentiu. Nem Sasha entenderia as consequências. Quando ele usara juju para trocar a mente de dois policiais nos Estados Unidos, seu castigo fora levar uma surra de bengala. Ela, por outro lado, quase perdera a alma. Mas tanto Sasha quanto Samya tinham razão: valera a pena.

O olhar de Sunny tornou a ir de encontro ao de Orlu, e ela quase desabou de tanto chorar. Era como se ele conseguisse ver o que acontecera a ela, como se pudesse testemunhar tudo pelo que havia passado. Ele mantinha as mãos nos flancos, abrindo e cerrando os punhos. Sunny se aproximou dele, e Orlu a abraçou em silêncio.

— Está tudo bem — consolou-a. — Você está com a gente agora.

Sugar Cream voltou para a biblioteca assim que Sunny foi deixada aos cuidados dos amigos. Ela informou que a pupila deveria retornar para as aulas dentro de uma semana. Os quatro pararam na barraca da Mama Put na volta quando Sunny disse que estava com fome.

— Não se preocupe — afirmou Orlu, puxando uma cadeira de plástico branco para Sunny. — Eu pago. Peça o que você quiser.

Os bolsos de Sunny estavam cheios de *chittim* de cobre que haviam caído no porão, mas ela não discutiu com Orlu. Estivera sumida por três dias, durante os quais tudo o que seus amigos puderam fazer foi se preocupar. Eles precisavam se sentir úteis agora. Especialmente Orlu.

— Está tarde — comentou Sunny. — Meus pais, meu irmão... Talvez seja melhor eu...

— Não se preocupe com eles — falou Chichi. — Eu tenho ido à sua casa. Eles pelo menos sabem que você está bem.

— O quê?! O que você tem dito a eles?

— Nada — respondeu ela. — Eu não posso. Eles já sabem que você faz parte de... alguma coisa. Estão começando a entender. Então tudo o que eu disse foi que você estava bem e que voltaria esta noite. No primeiro dia, seu pai pareceu que querer me matar. — Ela riu. — Sinceramente, Sunny, seu pai está completamente perdido em relação a você.

— Sua mãe veio visitar a minha ontem também — disse Orlu. — Minha mãe disse que ela parecia bem... Só estava preocupada com o motivo do seu sumiço.

Sunny pediu um prato de frango ensopado. Mama Put disse que ele acompanhava arroz de *jallof*, mas Sunny pediu para trocar por uma porção extra de banana-da-terra frita. Não achava que voltaria a comer arroz de *jallof* por um bom tempo, nem carne de bode. Pediu também três garrafas de água. Quando a comida chegou, todo o seu corpo reagiu. À medida que Sunny comia e bebia sem parar, Chichi lhe contou algumas coisas surpreendentes.

— Liguei para o seu irmão no dia seguinte — contou a amiga. — Lembra? Você deixou seu telefone comigo. — Ela colocou a mão no bolso e entregou o aparelho para Sunny.

— Obrigada. O que ele disse?

— Nada demais.

Sasha soltou um muxoxo alto.

— Ai, para — disparou Chichi.

Sasha resmungou algo entre dentes, e Orlu ergueu as sobrancelhas.

— O que você disse? — indagou Chichi, franzindo o cenho.

— Meu irmão — interrompeu Sunny. — Meu irmão... ele está bem?

— Ele voltou para a faculdade. — Chichi escancarou um sorriso.

— O quê? É sério?!

— Ele, a princípio, não acreditou quando falei que ele podia voltar. Mas então, mais tarde naquele mesmo dia, ele recebeu uma ligação. O tal do Adebayo não conseguia parar de se desculpar e de dizer pra ele que era seguro voltar. Que a confraria tinha se desfeito. Chukwu não acreditou até que um outro amigo dele, que não sabia nada sobre o problema do seu irmão, ligou pra ele rindo e dizendo que dois dos seus professores haviam pedido demissão para se juntar a um grupo de cristãos renascidos. Quando Chukwu voltou pra faculdade, descobriu que o *capo* do grupo também havia se tornado um cristão renascido, embora ele não tenha largado os estudos.

O irmão dela perdera apenas alguns dias de aula. Seus pais sequer ficaram sabendo que tinha fugido. A próxima vez em que ele iria para casa seria no Natal, e ainda faltavam semanas para isso. Até lá, ele estaria curado. Sunny encarou o celular. O que diria ao irmão quando finalmente se falassem? Decidiu que se preocuparia com isso apenas quando fosse necessário.

Quando voltou para casa, Sunny foi até a cozinha antes que qualquer um percebesse que ela tinha chegado. Encontrou o pai de pijama, parado à porta.

— Sunny — disse ele baixinho. — Onde você estava?

O coração de Sunny disparou dentro do peito, e ela sentiu um aperto na garganta. Ela não podia contar pra ele nem se quisesse.

— Pai, eu...

Ele ergueu uma das mãos.

— Sempre houve algo de errado com você — murmurou ele. — Que tipo de filha Deus foi me dar?

— Eu juro, pai, eu não... — Ela congelou quando aquilo começou a acontecer, seu corpo se enchendo de terror. Mas não conseguia evitar, não importa o quanto ela se esforçasse. Sua cara espiritual estava emergindo! E, à medida que isso acontecia, Sunny também pôde sentir a surpresa de Anyanwu. Ela deu as costas para o pai.

— Não jure — disparou ele. — Não jure *nada* para mim. O que você está... O que há de errado com você?

Sunny teve medo de falar. Mas, quando sua cara espiritual retrocedeu, ela relaxou. Voltou a olhar para o rosto zangado do pai. Há dois anos, ele certamente teria batido em Sunny quando estava bravo assim... e essa certeza o assustava. Ela podia ver isso nos olhos dele. Sunny agora era crescida o bastante e havia enfrentado coisas aterrorizantes o suficiente para reconhecer aquilo.

— Você está bem? — perguntou ele, baixinho.

Ela assentiu.

— Alguém machucou você?

— Eu estou bem, pai. — A mordida do djim no braço dela doía e coçava. Será que perder o controle de sua cara espiritual era um efeito colateral?

Ele tocou na própria testa e fechou os olhos, soltando um suspiro. Voltou a abrir os olhos.

— Isso vai acontecer de novo, Sunny?

Ela apertou os lábios, firmando o corpo. Se sua cara espiritual emergisse, eles a teriam levado imediatamente de volta para o porão? Ou será que fariam algo pior? Por que aquilo sequer acontecera? E seu pai a deixava com raiva. Sunny sempre soubera que ele se ressentia dela por não ser o que ele queria. Ele era igual a muitos outros pais igbo. Só queriam filhos homens, filhos homens, filhos homens, mesmo que já tivessem dois. E, se não um filho, uma filha linda, educada e dócil.

— Não — respondeu ela, querendo apenas fugir para o quarto.

— Vou dizer à sua mãe que você está em casa — falou ele, fazendo menção de ir. Então se virou de volta para Sunny. — Nós te amamos mais do que a própria vida. — Ele fez uma pausa, pois suas próprias palavras pareciam lhe tirar o fôlego. Em seguida, o rosto dele ficou tão rígido e raivoso quanto estava acostumada a ver quando ele olhava para ela, e prosseguiu: — Mas se você tornar a deixar a sua mãe preocupada desse jeito, eu vou te deserdar desta família e expulsar você desta casa.

Mais tarde, a mãe de Sunny não veio correndo até a cozinha ou até o quarto dela, mas Sunny podia ouvi-la soluçar no cômodo dos pais. Ela escutou Ugonna caminhar até lá e depois ir até o quarto de Sunny, dar uma espiada pela fechadura e, sem dizer uma palavra, voltar para o próprio quarto. Sunny ficou deitada acordada ouvindo os soluços da mãe e os suaves murmúrios consoladores do pai. Ela queria poder ir para o quarto deles como fazia quando era mais nova, antes que se tornasse parte de uma coisa que era completamente separada de sua família.

Sunny fechou os olhos e lágrimas escorreram de suas bochechas para o travesseiro. Aqueles dias haviam acabado.

15

Wahala Dey

Algumas noites depois, Sunny entrou na cabana de Anatov com Chichi, Orlu e Sasha. Já passava da meia-noite. Quando eles entraram pela porta em que estava escrito SAÍDA e cumprimentaram o professor, Anatov disse-lhes que naquela noite ele tinha uma lição especial. Depois, puxou Sunny de lado.

— Venha comigo por um minuto para podermos conversar. Nos deem licença — disse ele para os demais. Naquela noite ele prendera seus fartos dreadlocks no topo da cabeça, Sunny reparou. Quando Anatov prendia seus dreadlocks, isso sempre significava que as lições daquela noite seriam difíceis.

Eles atravessaram a portinhola da frente, que ia até a altura da cintura e em que estava escrito ENTRADA. Era pintada com quadrados brancos e pretos que Sunny aprendera que eram parte de um juju de proteção que envolvia a cabana num raio que também incluía cerca de um quilômetro e meio de floresta.

Assim que estavam do lado de fora, Anatov colocou a mão no bolso. Quando a retirou, soprou um pó de juju verde no rosto de Sunny. Ela imediatamente começou a espirrar sem parar. Sunny tropeçou para trás.

— O que… — Em seguida, teve outro ataque de espirros.

Sem dizer uma palavra, Anatov sacou sua faca juju e fez vários floreios rápidos. Ele fincou a faca no chão e depois estalou os dedos de ambas as mãos na direção de Sunny. Assim que ele fez isso, Sunny sentiu uma força empurrá-la para trás. Ela olhou fixamente para o que permanecia no lugar de onde ela acabara de sair.

Sunny espirrou cinco vezes mais enquanto observava a névoa verde que tinha a forma dela própria flutuar por ali, lentamente se dissipando no ar como fumaça espessa. A coisa olhou ao redor, como se estivesse chocada com a própria existência.

— O que é isso? — indagou Sunny. O nariz entupido fez a voz dela soar anasalada.

— Você viajou inteiramente para a vastidão. Quando pessoas com a sua habilidade fazem isso e retornam, sempre trazem algo de volta consigo — afirmou ele, fitando a névoa verde em forma de Sunny. Ela quase havia se dissipado por completo agora, mas ainda olhava ao redor, chocada. A névoa não emitia som, mas Sunny podia sentir o cheiro de alguma coisa. Ela não conseguia encontrar as palavras para descrevê-lo.

— É como nadar no mar — explicou Anatov. — Você sai da água molhado e, quando se seca, está coberto de sal. Você precisa tomar banho.

— Então agora eu estou limpa?

— E estar coberta de sal marinho é estar suja? — Ele riu entre dentes.

— Bem…

— Se eu não fizesse isso com você, você ficaria... estranha — afirmou ele. — Já vi isso acontecer. Não pensei que teria de ensiná-la como praticar medicina tradicional da mata em si mesma. Não tão cedo assim. Mas acho que com você tudo acontece mais cedo do que mais tarde. Como se sente?

— Preciso de um lenço de papel.

— Sem contar a sua alergia a pó de juju. — Ele riu entre dentes.

— Me sinto... mais leve. Como se um casaco pesado tivesse sido retirado de mim.

Anatov pareceu satisfeito.

— E eu... eu consigo sentir o cheiro de alguma coisa. Mesmo com o nariz entupido. O que é isso? Por que é tão forte?

Anatov assentiu com a cabeça.

— Você não consegue descrever o odor, não é?

Sunny balançou a cabeça.

— Essa é a vastidão — declarou ele.

Eles fizeram uma pausa, com Anatov olhando pensativo para Sunny. Ela fungou alto. Depois, Anatov riu e balançou a cabeça.

— Em nome de Alá, em que você estava pensando quando fez aquilo com o *capo* daquela sociedade, Sunny? Espero que você tenha aprendido a lição. Você poderia ter *morrido* naquele porão. Nós teríamos ficado arrasados, mas o mundo seguiria em frente, no fim das contas, e você não estaria mais aqui. Você ainda não entendeu?

— Meu irm...

— Eu sei que foi por causa do seu irmão — interrompeu ele, se aproximando. — Eu sei que você o ama, e que aquele cara tinha feito mal a ele... muito mal. Que quase o matou. Mas *você* faz parte de uma sociedade secreta. Uma *de verdade*, que é mais antiga do que o tempo. E nós temos *regras*, regras severas, reais, profundamente respeitadas. Enquanto você estava no porão, Sugar Cream veio até mim, furiosa. Ela não conseguia acreditar que você tinha feito algo tão estúpido. Você sabia disso? Nunca *na vida* eu a vi demonstrar qualquer inquietação. Mas naquela noite, ela tremia de medo e raiva.

— Me desculpe — sussurrou Sunny.

— Diga isso para a sua mentora, e nunca mais quebre essa regra. Se fizer isso, não poderemos protegê-la.

O nariz de Sunny escorreu, e agora seus olhos também lacrimejavam.

— Para todos os efeitos, você morreu. Essa é a condição para viajar completamente para a vastidão — explicou Anatov, sem rodeios. — Quando a vastidão te puxou para dentro dela, se você não fosse Sunny Nwazue, se fosse Sasha ou Orlu ou Chichi ou qualquer outra criança sem a sua habilidade específica, você teria *permanecido* morta. Está entendendo isso?

Sunny respirou fundo à medida que absorvia as palavras dele.

— Entendi — suspirou ela.

— Que bom. — Ele olhou para baixo, na direção de Sunny. — Você libertou Ogwu e as filhas.

— Elas nunca estiveram presas de fato — murmurou. — Ela estava apenas envergonhada.

— Hum — murmurou o professor, passando o braço acima do ombro dela. Quando ela ergueu o olhar na direção dele, a argola que ele tinha no nariz brilhou à luz da lua. Anatov, Defensor dos Sapos e de Todas as Coisas Naturais, não podia defendê-la de todas as coisas. — Venha. Presumo que você tenha trazido sua costumeira caixa de lenços de papel, não é?

Sunny riu e deixou escapar uma gargalhada, enxugando as lágrimas com uma das mãos.

— Sim.

Ele agarrou o ombro dela com carinho, puxando-a para um abraço. Anatov cheirava ao óleo perfumado favorito dele — almíscar egípcio —, e seu cafetã era áspero.

— Que bom — falou. — Que bom, Sunny.

Os quatro se sentaram no chão da cabana de Anatov. Sunny havia assoado o nariz até quase explodir, mas ele ainda escorria livre e feliz. Ela pegou outro lenço, levantou os óculos um pouco e assoou de novo. Àquela altura, o nariz dela provavelmente estava vermelho como uma cereja.

— Você está bem? — perguntou Orlu.

— Pegue um pouco de água pra ela, cara — disse Sasha, rindo entre dentes. — Com esse catarro todo, ela vai ficar desidratada.

— Hoje à noite... — anunciou Anatov, erguendo a voz. Ele falou em igbo, como fazia com frequência, para ajudar Sasha a praticar. — ...em comemoração ao retorno de Sunny, decidi descartar a aula que tinha planejado e substituí-la por algo que acho que todos vocês precisam aprender: jujus de mascaramento. Jujus para serem usados quando quiserem fazer algo contra ou na presença de ovelhas, mas que não desejam que elas saibam ou vejam.

Sentada, Sunny se empertigou, profundamente interessada. Havia jujus para fazer aquilo? Leopardos podiam fazer jujus contra ovelhas? Ela olhou para Chichi, que parecia igualmente surpresa.

— Nós podemos fazer jujus contra ou na presença de ovelhas — confirmou ele. — Sabemos que essas coisas acontecem. Não podemos conviver com tais pessoas e sermos completamente proibidos. No entanto, vocês precisam se precaver. E essas precauções não são fáceis. E as pessoas são preguiçosas. — Ele passou a falar em inglês, com seu forte sotaque afro-americano. — As pessoas não gostam de se resguardar. E se vocês se atrapalharem com isso... bem, já sabem das consequências.

Ele se sentou em sua cadeira de mogno que mais parecia um trono, com seu assento de *plush* vermelho.

— Deus sabe que as ovelhas podem ser extremamente irritantes, com seu materialismo tolo, seu ódio pela educação e seu amor por permanecer ignorantes. Elas são obcecadas em conseguir tudo rápido, rápido, rápido, fazendo o menor esforço possível, sem pesquisar em livros, sem instrução. Isso é universal. — Ele riu com escárnio. — Ninguém pode culpar os leopardos por querer lançar um juju contra elas de vez em quando.

Anatov prosseguiu, mostrando ao grupo vários jujus que eles podiam fazer. Mãos Vazias era um feitiço que requeria apenas um pouco de pó de juju multiuso comum, e permitia que você desse um soco em alguém sem parecer que tinha feito coisa alguma. Graça era um que você podia realizar usando apenas a sua faca juju, e permitia que você escapulisse de uma situação sem que ninguém percebesse. *Ujo* também era um feitiço feito só com a faca juju. Ele incutia um medo irracional e paralisante nas ovelhas. Podia ser lançado a uma distância de vários metros, permitindo que quem o lançasse permanecesse imperceptível.

Tanto Sasha quanto Chichi eram especialmente bons nesse último tipo de juju.

— Fico feliz que não haja ovelhas por aqui — comentou Anatov, depois de observá-los. — É melhor que aprendam a maneirar no *Ujo* de vocês... a menos que queiram que as ovelhas em que lançarem esse juju sempre saiam correndo, vomitando e histéricas de medo.

Ele fez uma pausa e se voltou para a turma.

— Usem o *Ujo* com parcimônia — ressaltou. — Mesmo uma versão fraca dele pode acabar provocando uma lesão cerebral quando usado contra a mesma pessoa mais de uma vez.

De todas as coisas que Anatov mostrou para eles naquele dia, a favorita de Sunny era o *Wahala Dey*. Tratava-se de outro feitiço que requeria apenas a faca juju, e fazia com que pequenas coisas dessem aleatoriamente errado. A calça de uma pessoa podia cair, ou ela podia escorregar ou tropeçar, ou fazer uma curva errada, ou derrubar seu prato de comida, ou seu computador podia quebrar de repente. Ele só funcionava contra ovelhas, e era uma ótima maneira de sair de uma situação ruim ou de simplesmente estragar o dia de alguém.

Todos os quatro aprenderam os jujus com pouca dificuldade, e Anatov ficou satisfeito.

— Espero que isso mantenha vocês longe de novas viagens ao porão da Biblioteca de Obi ou, em seu caso, Sunny, algo pior. — Sunny sentiu as bochechas corarem. — E, Sasha, se você conhecesse alguns desses jujus, duvido que os seus pais o teriam mandado para cá por ser um idiota.

— Que nada, eu ainda teria trocado a mente daqueles dois policiais. Com a polícia é preciso uma coisa séria, *Oga*.

Chichi sorriu para Sasha, e ele pareceu prestes a explodir de orgulho. Orlu simplesmente revirou os olhos.

Anatov soltou um muxoxo de reprovação, mas, de certo modo, carinhoso. O grupo deles não era o único grupo de alunos de Anatov, mas até Sunny sabia que eles eram os seus favoritos. Chichi era a única pupila dele, e nenhum ancião tomava alguém como pupilo a não ser que sentisse um amor profundamente verdadeiro e tivesse muita, muita confiança naquele aluno.

— Sasha, assim como eu, você definitivamente tem sangue afro-americano correndo pelas veias, a rebeldia irracional saída diretamente de Chicago. Que os deuses te acudam.

Sasha ficou de pé com um pulo e fez o *Crip Walk*.

— Eu disse *Chicago*, e não as gangues do Compton! — falou Anatov.

— Lado Suuuul — bradou Sasha, rindo.

Anatov dilatou as narinas, visivelmente abafando uma risada.

— De todo modo, antes de vocês voltarem para a segurança das suas casas, eu gostaria que fossem até Leopardo Bate comprar para mim um pouco do pó multiuso que utilizamos nos jujus de hoje.

— Mas ainda temos pó o suficiente — reclamou Chichi.

— Vocês têm o pó amarelo. Comprem o branco. É o mais puro, melhor e mais seguro para usar contra ovelhas. Só um pouco, uma quantidade que vocês possam guardar no bolso ou levar na bolsa, mas *somente* para os momentos em que quiserem lidar com ovelhas.

Já era quase uma da manhã quando eles pisaram na ponte de Leopardo Bate. Encontrar o pó de juju branco não seria fácil. Anatov disse que ele não vendia muito, pois era um pó de juju para ser usado exclusivamente "contra as ovelhas". Sunny esperava que o encontrassem logo — assim ela poderia dormir algumas horas antes de ir para a escola no dia seguinte.

Estava exausta e mal conseguia ouvir os próprios pensamentos quando olhou para a ponte na árvore. O barulho do rio correndo sempre parecia mais alto à noite. Sunny pisou na grande pedra preta e lisa e colocou a mão nela. A rocha estava morna quando a tocou. Os amigos estavam esperando atrás dela.

Sunny estava muito, muito cansada, mais do que qualquer um podia compreender. Bocejou enquanto avançava, encarando a ponte estreita e escorregadia. Sunny relaxou o corpo e invocou sua cara espiritual. Queria se transformar em névoa e atravessar a ponte voando, mas estava cansada demais. Então, em vez disso, sentiu seu corpo flexível se esticar e começou a atravessar a ponte regiamente.

Sentindo-se alta e majestosa, esticou os dedos dos pés nas sandálias enquanto avançava. Ela era como uma bailarina dando o ar de sua graça no palco. A coluna reta, o pescoço retesado, um pé na frente do outro. Sorriu de leve enquanto olhava para a água que corria abaixo. O rio jorrava, fazia espirais e açoitava as margens que desciam a correnteza. O que havia naquele trecho que o tornava tão turbulento? Em cada margem, pendia uma confusão de árvores, trepadeiras e arbustos, tanto na direção da corrente quanto contra ela. Sunny não fazia ideia de como aquelas árvores conseguiam crescer nas margens do rio. A correnteza deveria tê-las arrastado para longe dali.

— Oi — sussurrou ela quando viu a cara grande e redonda da criatura logo abaixo das águas turbulentas. O monstro do rio. Ele era do tamanho de uma casa, e só Deus sabe como era a sua forma completa. Sunny jamais perguntara isso aos seus amigos, ao seu professor ou à sua mentora. Jamais quis demonstrar quão curiosa estava com relação ao monstro. Este era um joguinho só dos dois, do monstro e dela, Anyanwu.

Toda a vez que ela atravessava a ponte para Leopardo Bate, mesmo quando atravessava como névoa, o monstro se aproximava da superfície para observá-la. De perto. Não por acaso. Não de um modo simpático. A princípio, Sunny tivera medo. Na primeira vez em que cruzara a ponte, o monstro quase a enganara para que caísse no rio, e Sasha a salvara agarrando-a pelo colar. Ultimamente, ela estava mais rebelde, e frequentemente parava para devolver o olhar de fúria que lhe lançava aquele monstro que nunca emergia para mostrar a cara certamente horrorosa. Desde o encontro de Sunny com o primo dele, o monstro do lago, ela se sentia extremamente audaciosa quando atravessava a ponte.

— Por que você fica esperando? — perguntou Sunny como Anyanwu. A voz dela era grave e melíflua, a voz de uma DJ de rádio sensual que tocava jazz suave e canções de amor da madrugada. — Estou bem aqui. O que você quer de mim?

Ele estava avultando bem abaixo dela. Sunny agora podia ver a largura dele. Ela riu entre dentes.

— Sunny? — chamou Chichi logo atrás. A voz da amiga viajou pela névoa como se viesse de outro lugar. E, tecnicamente, vinha mesmo, pois a ponte conectava o mundo corriqueiro com o oásis mágico sobre o qual ficava Leopardo Bate e que não constava em nenhum mapa das ovelhas.

— O que você quer? — indagou ela, se ajoelhando para observar a cara submersa.

O primo do monstro havia arrastado Sunny para as suas águas. O djim a havia arrastado para uma espécie de água que conduzia à vastidão. E agora havia essa coisa maldita, constantemente ameaçando Sunny de sofrer a mesma sina.

— Você sabe quem eu sou? — perguntou ela. Sunny bateu os nós dos dedos contra a sua cara espiritual de madeira. — Eu sou Anyanwu.

Sunny conseguia apenas observar, impotente, enquanto esse seu outro lado provocava e importunava o monstro do rio. Por dentro, ela tremia e se acovardava. Normalmente, sentia-se perfeitamente alinhada com seu eu espiritual. Anyanwu era forte e velha, e Sunny *amava* o modo como ela implicava com o monstro do rio. Anyanwu era Sunny. Mas, naquele momento, Sunny estava exausta. Ela já não tinha disposição de lutar. Não naquele exato momento. E Anyanwu estava arrumando uma nova briga.

Ela ficou na ponta dos pés e depois apontou sua faca juju para a criatura. A ponte balançou, e Sunny achou que seu coração fosse explodir, porque a ponte não estava apenas se sacudindo: alguma coisa se partia. Anyanwu se agachou graciosamente, segurando firme a faca juju em sua mão. Havia algo espesso, verde e úmido enroscado em volta da ponte estreita à direita dela. Parecia uma corda coberta de limo, uma trepadeira mais grossa do que três mangueiras de apagar incêndios... Não, era um tentáculo!

Ai, fala sério, de novo não, pensou Sunny. Mas Anyanwu riu à medida que o monstro do rio finalmente emergiu. Ele de fato era do tamanho de uma casa, como seus contornos indicavam. De pele áspera e com buracos cheios de depósitos de cálcio e de crustáceos parecidos com cracas, seu crânio horrível também era coberto por algo que lembrava algas verde-arroxeadas. Aquela coisa era como um jardim marinho horrendo. Sua bocarra cheia de dentes estava fechada e exibindo um esgar mal-humorado enquanto ele lançava a Sunny um olhar de fúria com seus olhos prateados do tamanho de pratos. Ela também podia sentir o cheiro dele, que era como o das flores-das-pedras, se flores-das-pedras tivessem cheiro. Era um odor doce, salobre e oleoso.

O monstro grunhiu e esguichou água na direção de Sunny, quase a derrubando da ponte com seu sopro. O cheiro de flor salobre invadiu as narinas dela.

— Sunny! — Ela ouviu Orlu chamar. — Você está bem?

— Aham — respondeu ela, ainda encarando o monstro.

Nenhum deles poderia ir até lá resgatá-la. Somente uma pessoa podia atravessar a ponte por vez. Sunny estava sozinha nessa. Mas ela tinha pedido aquilo. Anyanwu tinha pedido aquilo. Um tentáculo verde coberto de algas tentou alcançá-la, e ela deu um passo elegante para trás.

— Você errou o alvo — provocou. Depois, sem pensar, ela deu um salto. Essa era a impulsividade de Anyanwu, mas para Sunny, a sensação era ótima. Ela não tinha a mente ágil de Sasha e de Chichi, mas sentia uma certa alegria quando agia impulsivamente, e estava sentindo isso naquele momento. Em meio ao salto sobre o tentáculo, ela olhou de soslaio para o rio turbulento abaixo. Lembrou-se do quão fria a água estivera quando teve de chapinhar por ela durante a sua iniciação. Com sua correnteza violenta e de tom cinzento, ninguém conseguiria ouvir caso ela caísse, e a correnteza certamente a arrastaria para longe dali em questão de segundos.

Sunny pousou graciosamente na lateral da ponte estreita pela qual havia entrado, com o tentáculo do monstro do rio na madeira atrás dela. Ela estava a poucos passos de distância de onde Orlu, Chichi e Sasha esperavam para atravessar. Olhou para trás e riu, com o timbre barítono de Anyanwu fazendo-a soar como uma arrogante fumante inveterada de meia-idade. O monstro do rio grunhiu na água. Depois, ele tremeu de surpresa e as pupilas em fenda de seus olhos prateados se dilataram. Sunny parou, e quase caiu de joelhos. As imagens que explodiram em sua cabeça arderam intensamente, como se houvesse abelhas raivosas atacando a parte de trás dos seus olhos. Em seguida, ela podia ter jurado que ouviu o monstro do rio rindo, ou talvez ele estivesse berrando por causa da visão que o atravessava para alcançar Sunny.

A visão inundou sua mente como a água do rio. Uma música assombrada soava. O som da flauta e do tambor falante preencheram a mente de Sunny. Até mesmo a água abaixo dela vibrou com a batida da música dos mascarados. Em seguida, ela estava olhando para Ekwensu, o espírito aterrorizante que enfrentara ali no ano anterior. Sunny pôs as mãos nas têmporas e balançou a cabeça. Então fechou os olhos.

— Não, não, não, não. — Ela já estava fraca demais. Apesar disso, a visão continuou a invadir sua mente. Ekwensu tinha a mesma aparência: uma montanha de frondes compactadas até ficarem do tamanho de uma casa, erguidas sobre um trecho de grama verde. A única diferença é que ela parecia estar constantemente fazendo jorrar contas vermelhas por entre suas frondes secas, algumas minúsculas como formigas, e outras, grandes como mutucas. E agora ela emergia da grama. Duas das contas vermelhas voaram na direção de Sunny, e ela se retraiu, se desprendendo da visão.

Uma das contas maiores atingiu Sunny exatamente entre os olhos e, por um momento, ela teve uma estranha sensação de que vagava, sem de fato vagar. A conta quicou na madeira da ponte e rolou para o rio. A segunda conta voou direto para a água, submergindo a apenas centímetros de distância do monstro. Isso pareceu despertá-lo e, quando aconteceu, ele rapidamente fugiu para as profundezas. Sunny olhou fixamente para o ponto em que o monstro do rio havia estado, para onde a conta tinha voado, porque a pequena esfera era real, uma coisa física. Em seguida, ela se virou e correu para longe da ponte. Chichi gritou de alívio quando Sunny apareceu.

— O que aconteceu? — berrou ela. — Achamos que o monstro do rio tinha levado você!

— Ele tentou — falou Sunny, exausta.

Sasha e depois Orlu vieram correndo. Sasha simplesmente tocou no cabelo molhado de Sunny, que estava ajoelhada, e abraçou a cabeça dela. Sunny se escorou no amigo à medida que Orlu se ajoelhava diante dela e pegava as suas mãos.

— O que aconteceu? — perguntou. Os olhos dele estavam injetados e tinham espasmos.

— Ekwensu — sussurrou Sunny. — Ela voltou. Ela jogou uma conta, e era real, e...

Chichi lançou em Sunny um juju secador. Ela teve de fazer o feitiço duas vezes, porque, depois da primeira vez, Sunny ainda estava úmida e fedendo a mofo. O segundo feitiço deixou-a seca, perfumada e aquecida.

— Obrigada, Chichi — agradeceu Sunny. Chichi apenas olhou para Sunny com os olhos inchados e um expressão perplexa. Elas se abraçaram, e não se separaram por vários minutos. — Espere — disse Sunny finalmente, se separando da amiga. — Tenho que fazer uma coisa.

Ela se levantou, sacou sua faca juju e fez os floreios. Quando Anatov mostrara isso a ela, Sunny havia reparado que a forma que ele desenhara no ar lembrava a ela do nsibidi. Era um esqueleto de linhas que depois era coberto com círculos e espirais. Quando terminou, uma força intensa percorreu o seu corpo, deixando no lugar uma névoa verde na forma dela, que a encarava. Sunny se afastou da névoa, e sentiu seu nariz formigar.

— O que é isso? — indagou Chichi.

— Resquícios da vastidão — explicou Sunny. Ela soprou, e a névoa verde ficou disforme e começou a se dissipar e a se misturar ao ar.

— Você esteve na vastidão? — perguntou Orlu.

— Parcialmente, acho. Talvez tenha sido por isso que eu vi Ekwensu. Era como se ela me puxasse pra lá.

— Como virar a cabeça de alguém pra ver — sugeriu Chichi.

Sasha assentiu.

— Ekwensu esperou para pegar Sunny quando ela estivesse fraca. Não era você que ela queria ver: era Anyanwu.

— E também acho que o monstro do rio era uma distração — acrescentou Chichi. — Para que Sunny estivesse muito fraca e distraída demais para impedir que Ekwensu irrompesse no mundo físico.

Os quatro ficaram calados por um instante.

Chichi se virou para Orlu.

— Então, o que acontece se você não se livrar dos resquícios?

— Ela fica doente — afirmou Orlu. — Fisicamente.

Sunny espirrou e esfregou a pele entre os olhos.

— Saúde — disse Orlu.

— Vamos atravessar e comprar algo pra você comer — sugeriu Chichi, ajudando Sunny a se levantar. — Depois, quero ouvir todos os detalhes. — Ela olhou de soslaio para o rio, então se inclinou para perto da amiga e sussurrou: — É hora de lidarmos com o monstro do rio.

Sunny assentiu.

— Ele é um covarde por ter ficado do lado de Ekwensu desse jeito.

— Você acha que consegue atravessar a ponte? — perguntou Chichi. — Quero dizer, você não é obrigada...

— Eu consigo — respondeu Sunny. — Desta vez vou deslizar. É mais rápido desse jeito. — O campo de futebol e Leopardo Bate eram os dois lugares em que Sunny sentia uma sensação de pertencimento. Ela não estava disposta a deixar o monstro do rio roubar dela um desses lugares. Sunny esfregou a pedra preta e subiu na ponte. Mas soube, assim que levantou a cabeça e olhou para a ponte estreita, que seus pés não se moveriam. Ela sentiu uma dor nas pontas dos pés calçados nas sandálias, como se tivesse topado contra uma parede. Ela tropeçou para trás, com os olhos arregalados.

— O qu... — Ela olhou para os amigos e seus olhos se encheram de lágrimas.

— Sunny, o que foi? — berrou Chichi, agarrando suas mãos. — Você está bem?

— Ela... ela não está lá — respondeu Sunny. — Não consigo invocá-la. Minha cara espiritual... Não consigo... O que está acontecendo? Anyanwu, cadê você? — Os dedos dos pés dela formigavam, e ela sentiu como se o mundo nadasse em volta dela. O ponto entre seus olhos que fora atingido pela conta estava quente e coçando.

— Aqui — falou Orlu, passando um braço em volta da cintura dela. — Se apoie em mim.

— Você não consegue invocar sua cara espiritual? — indagou Sasha. — Como é possível? — Ele olhou para Chichi e piscou. — Ai, não consigo nem imaginar isso.

Chichi assentiu, mas olhou feio para Sasha como se o mandasse calar a boca, e isso fez o pânico de Sunny se intensificar. Ela não podia atravessar a ponte sem Anyanwu. Sem Anyanwu, quem era ela? Para onde havia ido sua cara espiritual?

— Ela tem de estar com você, de algum modo — afirmou Chichi. — Sua cara espiritual não é apenas uma cara. É *você,* sua memória espiritual, seu futuro espiritual, seu *chi.* Você estaria morta se ela não estivesse com você. Provavelmente isso é só o choque. O que você precisa agora é de um pouco de arroz de *jallof,* ensopado e uma Fanta. Venha, não precisamos ir a Leopardo Bate hoje. Conheço um bom restaurante das ovelhas onde podemos comer bem.

O restaurante chinês de Uzoma era pequeno e estava quase lotado. Eles conseguiram pegar uma mesa perto dos fundos.

— Sasha e eu vimos aqui sempre — comentou Chichi, tentando parecer alegre. — Mas a comida é horrível.

— Uma vez eu pedi uma porção de rolinhos primavera e o que veio foi um rolinho duro recheado com um ovo cozido — contou Sasha, passando um braço em volta de Chichi.

Sunny tentou, mas não conseguiu sorrir.

— Você está bem? — perguntou Orlu.

— Não — murmurou ela. Sunny se sentia desidratada e pronta para dormir ali mesmo na mesa.

Os quatro se entreolharam com olhos arregalados e rostos solenes. Nenhuma das pessoas no movimentado restaurante ao ar livre poderia imaginar as coisas pelas quais eles haviam acabado de passar.

— Me sinto uma alienígena — declarou Sunny. — Não pertenço a lugar nenhum. — Ela estava seca, aquecida e cheirava bem, graças a Chichi. Sunny vestia sua calça jeans e camiseta branca favoritas, e elas estavam secas. Diferente de todos os outros africanos no restaurante, o black power espesso e farto dela era loiro, e tinha preso a ele um pente que lhe fora entregue pela própria Mami Wata. Sua pele era de um tom pálido, misto de amarelo e rosa, e os olhos eram cor de mel. Ela acabara de ver Ekwensu entrar no mundo físico, e não conseguia encontrar Anyanwu.

— Seu lugar é com a gente — afirmou Orlu. — Você é uma pessoa-leopardo.

— Ekwensu voltou — sussurrou ela. — Ela vai matar tudo. Mas, primeiro, vai me matar. Têm certeza que querem que eu fique com vocês?

— Você não tem certeza absoluta do que viu — disse Orlu. — Às vezes você mexe com o tempo. Você não sabe se aquilo era o futuro ou... sei lá o quê.

Todos ficaram em silêncio por um instante, com o alarido alegre das outras pessoas envolvendo-os. Eles pediram *puff puffs*, um dos únicos pratos nigerianos do cardápio. Nos Estados Unidos, os nigerianos costumavam explicar aos não nigerianos que eles eram os "donuts da Nigéria" uma descrição que Sunny sempre achou irritante. Era por conta do nome que os *puff puffs* acabavam não recebendo o seu devido valor. Tratavam-se de bolinhos doces, macios, perfeitamente redondos, que simplesmente eram o que eram. Sunny também pediu uma garrafa de água grande. Quando o garçom trouxe os *puff puffs* e a água, ela bebeu tudo e comeu cinco bolinhos grandes, sentindo-se mais recomposta a cada bocado saboroso. Seus amigos a observaram em silêncio enquanto ela bebia e comia.

Por fim, Sunny respirou fundo e se inclinou para a frente. Os demais fizeram o mesmo.

— Suas caras espirituais alguma vez já falaram com vocês? — indagou ela. Quando todos olharam para ela perplexos, Sunny se recostou na cadeira e os encarou por um bom tempo. Mordeu o lábio, franziu o cenho e depois desabafou: contou aos amigos sobre como Anyanwu era ela, e ela, Anyanwu, mas que sua cara espiritual falava com ela, e ela respondia. Por que não? A quem mais poderia contar isso? Quem mais a amparava? E, agora, Anyanwu tinha sumido. Sunny ficou feliz com o ambiente barulhento, pois ele abafava o tom embargado e vacilante da sua voz conforme falava. Depois, Sunny contou a eles sobre seus sonhos com o fim do mundo. Quando terminou, enxugou as lágrimas cansadas e confusas de seus olhos, e comeu o último *puff puff*.

— Quem é você, Sunny Nwazue? — indagou Chichi, imitando o djim do porão enquanto pegava a mão da amiga.

Orlu olhava fixamente para Sunny.

— Sou duas pessoas, e uma delas está desaparecida — respondeu ela.

— Talvez você só precise descansar.

— Sim. E você é uma agente livre, então sua cara espiritual é algo novo pra você — comentou Sasha. — Talvez seja por isso que você sinta como se ela fosse uma pessoa completamente distinta E sua cara espiritual é velha, ou seja, tem muitas memórias.

— Ela não é apenas velha, é *ocupada* — acrescentou Chichi. — Todos somos velhos. Orlu e eu fomos nos consultar com a vidente Bola, e descobrimos coisas sobre nossas vidas passadas. Nós simplesmente não falamos muito sobre isso. O Sasha também.

— Pois é, eu me consultei com uma vidente *gullah* na Carolina do Norte — explicou ele. — Ela me disse que eu tinha feito todo o tipo de loucura ao longo dos séculos. Rebeliões de escravos de todos os tipos, além de outros *wahala* na vastidão. Até certo ponto, tenho alguma consciência disso. Está tudo bem.

Sunny sorriu, sentindo-se um pouco melhor.

— Eu costumava falar com minha cara espiritual quando era pequeno — confessou Orlu.

— Eu também! — concordou Chichi.

— Mas sobre Ekwensu... — falou Orlu. — O que há entre você e um dos seres mais poderosos e assustadores que existem?

— Anyanwu é poderosa, portanto, vai ter inimigos poderosos... e amigos também — afirmou Chichi com orgulho, apertando a mão de Sunny.

— Pode crer — concordou Sasha. — Aquilo que você fez com os caras da confraria, Sunny, foi você mesma quem fez, e não Anyanwu.

— Eu estava apenas protegendo o meu irmão — murmurou Sunny.

— Não, o tal do *capo* ficou tão assustado que, além de ter virado um cristão renascido, ficou com os cabelos grisalhos! Eu estive no dormitório do Chukwu ontem — revelou Chichi. — E ele disse que... — Ela congelou, e depois seus olhos dispararam na direção de Sasha.

Orlu enfiou o rosto nas palmas abertas e balançou a cabeça.

— Meu Deus.

— Como é que é?! — berrou Sasha, com a voz falhando.

— Ai, fala sério — retrucou Chichi, com a voz hesitante. — Foi só...

— Só *o quê*? Vai, garota, conta outra mentira! Tudo o que você *faz* é mentir! Você não passa de um bando de mentiras, e acha que ninguém percebe. — Sasha lançou um olhar de fúria para Chichi, com absoluto nojo e raiva. — *Anuofia!*

— *Kai!* — berrou Orlu. — Sasha!

— Estamos sentados aqui perguntando pra Sunny quem ela é. Na verdade, deveríamos perguntar isso pra *você*, Chichi! — disparou Sasha, ignorando Orlu. Ele se levantou. E Chichi também.

— Quem você pensa que é? — questionou ela, apontando para o rosto dele. — Você não é meu dono! — Ela se virou e, com as costas, deu um empurrão mal-educado em Sasha.

Os olhos dele se arregalaram e suas narinas se dilataram. Ele parecia prestes a explodir.

— Venha — interveio Orlu, tirando um Sasha furioso dali. — Vamos dar uma volta. — Sunny ficou mais do que aliviada quando Sasha se permitiu ser arrastado para longe. — Vou colocá-lo num *okada* pra que ele volte pra casa. Chichi, você pode acompanhar a Sunny?

— Sim, sim — disparou Chichi.

— Sunny, vamos fazer uma consulta com a Bola no sábado, ok? — acrescentou Orlu. — Acho que já é hora.

— Mas eu me encontro com a Sugar Cream aos sábados, e você, com Taiwo.

— Sim. Mas vamos pela manhã. Vai simplesmente ser um longo dia.

Sunny lentamente assentiu. Chichi permaneceu virada de costas enquanto murmurava:

— Que absurdo.

— Você ainda não viu o que é absurdo — gritou Sasha por sobre os ombros.

— *Biko*, por favor, parem com isso, oras! — vociferou Orlu, empurrando Sasha para fora dali.

— Que diabos eu fiz? — perguntou Sasha para Orlu.

— Apenas fique quieto até que...

As vozes deles diminuíram e se esvaíram à medida que eles saíam do restaurante. E foi somente nesse momento que Sunny relaxou. Ela detestava ver Sasha e Chichi brigando, por mais que aquilo fosse mais do que inevitável. Ela vira Chichi entrar no jipe de Chukwu pelo menos duas vezes nos últimos dois dias. Se o pai de Sunny soubesse que seu filho estava de visita e que não passara em casa nem para cumprimentar a família, ficaria ofendido. Chukwu deveria estar afundado em seus estudos. E estava, mas também estava se apaixonando por Chichi.

Ao mesmo tempo, Chichi continuava a tratar Sasha com o mesmo carinho. E apesar de praticamente todas as adolescentes leopardo daquela área, tanto as mais velhas quanto as mais novas, sentirem uma atração por Sasha e por seu comportamento de *bad boy* americano, ele devotava o seu tempo apenas para Chichi.

— Então, Chichi, o que *você* vai fazer?

— Com relação a quê? — perguntou a amiga enquanto retocava seu brilho labial. Mesmo de onde estava, Sunny podia sentir o cheiro adocicado do cosmético.

— Você sabe do que estou falando. — Ela revirou os olhos, e Chichi deu um sorriso de escárnio.

— Talvez eu os deixe brigarem, ao estilo da luta livre de Zuma? — sugeriu ela. — Até a morte. Assim, vou ser igual a você, pois também terei um anjo da guarda.

— Você parece se esquecer que está falando do meu irmão e do meu amigo — disparou Sunny. — Não são só dois garotos aleatórios.

— Eu sei, eu sei. — Chichi fez uma pausa, e depois falou: — Eu não sei.

— Você não sabe o que vai fazer?

— Não — confessou Chichi, ficando mais séria. — Gosto dos *dois*. Queria que as coisas fossem tão fáceis pra mim quanto são pra você. Você e Orlu foram feitos um para o outro.

— Não sei se isso é verdade — admitiu Sunny baixinho.

Chichi sorriu e balançou a cabeça.

— Então, você foi se consultar com a esposa do Sr. Mohammed — comentou Sunny.

— Chame-o de Alhaji Mohammed. Ele saiu para fazer sua peregrinação faz algumas semanas — informou Chichi.

— Ah — exclamou Sunny. — Então é *por isso* que aquele cara ficou gerenciando a livraria por tanto tempo.

— Calhou de eu estar lá no domingo em que ele voltou — revelou Chichi. — Foi uma loucura. Ele realmente estava dando descontos em livros... Bem, pelo menos por algumas horas.

As duas riram. Alhaji Mohammed era um homem de negócios até a alma, fosse ele um hadji ou não.

— Mas, sim, eu fui me consultar com a Bola — confessou Chichi. — Acompanhada da minha mãe, faz alguns anos.

— Para quê?

— Podemos falar disso em outra hora. — Ela olhou para Sunny, séria. Depois, voltou a sorrir. — Bola Yusuf. O apelido dela é "a mulher com os peitos que vão até aqui embaixo". Chichi apontou para o meio da cintura. — Ela é uma iniciada das Owumiri.

Sunny arquejou e parou.

— Uma discípula de Mami Wata! Ela também é uma pessoa--leopardo?

— Sim.

Esse era o grupo que venerava a água do qual Chichi fizera Chukwu acreditar que Sunny fazia parte. Sunny tocou o pente que levava preso aos cabelos.

— Devo tirar isso do cabelo quando for me consultar com ela?

— Ah, não! — exclamou Chichi. — Isso vai lhe garantir muito, muito respeito. Vai fazê-la adorar você. E vai adorar também saber que os monstros do lago e do rio vivem atrás de você, mesmo que seja pelo fato de serem capangas de Ekwensu.

Sunny esperou até o momento antes de ir dormir para tentar aquilo. Trancou a porta do quarto e, com as pernas bambas, foi até a janela. Normalmente deixava a tela mosquiteira só um pouquinho aberta, para que sua vespa artista pudesse entrar e sair à vontade. Dessa vez ela abriu toda a tela e esperou. Não demorou muito. Ela observou os mosquitos entrarem voando pouco a pouco, impelidos por suas próprias ambições e pela brisa da noite. Quando contou até cinco, fechou a tela, sacou sua faca juju e fez um Carrega e Vai, um juju que espantava mosquitos que tinham a intenção de picar.

Sunny sentiu o frio e invisível saquinho de juju cair em sua mão erguida depois que fez o floreio com a faca, e suspirou aliviada. Recitou as palavras enquanto observava dois dos mosquitos pousarem perto do topo da parede branca do quarto. Ela franziu o cenho enquanto observava um dos mosquitos voar até ela e pousar em seu braço. Sunny o esmagou com um tapa forte.

Depois, foi até o espelho do quarto e olhou para o rosto. Ignorou as bochechas coradas e as lágrimas que escorriam por elas. Olhou bem no fundo de seus olhos lacrimejantes e, usando a mente, chamou Anyanwu. Vasculhou bem fundo em seu âmago, e então tentou evocá-la. Nada. Sunny sentou-se na cama à medida que os soluços faziam seu corpo tremer. Imagens do rio e da ameaçadora Ekwensu passaram por sua cabeça.

Ela se esgueirou para baixo das cobertas e se encolheu o máximo que pôde. Ainda estava com as sandálias nos pés, mas não se importou. Quando acordou na manhã seguinte e viu uma mordida de mosquito em seu braço e duas na perna esquerda, teve certeza de que Anyanwu tinha ido embora. Quem era ela agora?

16

Chefe de família

Quando viu o pai naquele fim de tarde, Sunny foi até ele.

Fazia tempo que eles não assistiam ao noticiário local juntos, mas hoje Sunny precisava da companhia dele. Anyanwu ainda estava desaparecida, e ela se sentia perdida. Vira o pai se acomodando em sua poltrona favorita para assistir ao telejornal, com uma garrafa de cerveja Guinness na mesinha ao lado e uma tigela de amendoins no colo. Ela se sentou no chão ao lado da poltrona, e seu pai lhe deu um tapinha no ombro, apontou para a televisão e disse:

— Você ouviu falar desse derramamento de petróleo no delta do rio Níger?

— Não. Eu estava estudando.

— Esses idiotas são... Dá só uma olhada. Aumenta o volume — pediu seu pai. Sunny pegou o controle remoto e apontou para a enorme televisão de tela plana.

Um velho magro olhava intensamente para a câmera, com um microfone bem próximo ao rosto. Sua voz era esganiçada, e sua expressão, perplexa.

— Eu cheguei aqui quando não havia petróleo bruto, nenhum vazamento, tudo estava bem. As pessoas estavam felizes naquela época — afirmou ele. — É uma coisa estranha para nós. Como isso pode ter acontecido? Essas petroleiras por acaso são burras? *Não são mesmo,* mas será que elas não sabem o que é a verdadeira riqueza? Como podem fazer um negócio desses? Essas pessoas não são daqui.

Enquanto ele falava, eram exibidas imagens de rios, riachos, mangues e vegetação rasteira cobertos de petróleo. Depois, fez--se um corte para um jornalista caminhando em meio à floresta imunda, com botas amarelas que iam até as coxas, entrevistando um homem baixo de expressão intensa, que também calçava botas como as dele. O homem chamava-se Murphy Bassey e era chefe da Organização dos Amigos do Delta, um grupo de vigilância contra bolsões de petróleo. À medida que caminhavam, ambos tapavam o nariz.

— Que cheiro é esse? — perguntou o jornalista, com a voz anasalada.

Murphy subiu em uma árvore caída e parou em frente a uma enorme poça escura em meio à vegetação encharcada.

— Está vendo isto aqui? Isto não é água. — Ele tirou um pedaço de papel amarelo do bolso, enrolou-o e enfiou uma das pontas no líquido escuro. Depois, tirou do bolso uma caixa de fósforos. Quando usou um deles para acender a parte molhada, o papel começou a queimar violentamente. — Uau! — exclamou ele, jogando o papel em um trecho seco da vegetação e pisoteando-o rapidamente. — Está vendo isso? — questionou enquanto pisoteava o papel. — O que é isso? Este lugar já é mutilado por oleodutos, agora a floresta e as águas estão contaminadas.

— Ou seja, basta apenas que alguém acenda e deixe cair um fósforo no lugar errado para que toda esta floresta e as cidades próximas peguem fogo — conjecturou o jornalista, com um ar muito preocupado.

— Correto — confirmou Murphy, rindo amargamente entre dentes. — Mas nós não vamos fazer isso.

— Eu espero que não. Acho que você nem deveria ter queimado aquele papel, como fez agora mesmo.

Murphy assentiu, um pouco sem fôlego.

— Mas eu precisava que vocês vissem. Daqui a alguns dias, até mesmo o *ar* vai ser inflamável. Aqui, todos os dias acontece mais de um derramamento de petróleo. E isso em uma área que já é poluída — afirmou Murphy. — Essas petroleiras são descuidadas demais em sua exploração de petróleo bruto. Elas não se importam. Este não é o lar *delas*. Esse novo derramamento aconteceu ontem à noite! Não é tão grande quanto o derramamento do *Exxon Valdez* nos Estados Unidos em 1989, mas é muito, muito grave. Você está vendo com os seus próprios olhos: tem alguém aqui? Ninguém está fazendo nada com relação a isso.

Sunny suspirou enquanto assistia à televisão, tentando não pensar em seus próprios problemas. Como disse Anatov, o mundo era maior do que ela. Em alguns lugares, o mundo estava morrendo, literalmente. Seu pai estendeu a tigela de amendoins para ela, que pegou alguns. Enquanto descascava um amendoim, ele lhe ofereceu a garrafa de cerveja.

— Precisa de um gole? — indagou ele.

Quando Sunny olhou para cima e seu olhar foi de encontro ao do pai, os dois caíram na gargalhada. Ele tomou um gole e recolocou a garrafa na mesinha ao seu lado, e Sunny colocou um amendoim na boca.

A única mulher entrevistada falava em pidgin e tinha uma expressão aturdida. Mas as palavras dela deixaram a pele de Sunny eriçada, e sua cabeça, um pouco zonza.

— Vim ver a água ontem à noite. O que os meus olhos viram então foi uma coisa grande parecida com um animal, que descia do ar para a água. Como se fosse coisa dos mascarados. *Nã-não*, façam com que essas pessoas parem de fazer o que estão fazendo... Porque isso já está atraindo o mal!

As palavras da mulher atingiram Sunny com tanta força que ela achou que ia desmaiar. Ela abriu a boca e respirou fundo. Uma "coisa dos mascarados", descendo até a água repleta de petróleo? Seria Ekwensu? Teria aquela mulher ovelha acabado de dizer para toda a Nigéria que ela vira Ekwensu? Sunny se lembrou de seu encontro com Ekwensu no ano anterior no santuário ao lado do posto de gasolina, e do cheiro oleoso, gorduroso, como fumaça de cano de escapamento. Sunny podia imaginar Ekwensu dilacerando um petroleiro e depois se banhando no petróleo bruto recém-derramado, uma substância tóxica para a terra. Se Ekwensu havia acabado de entrar à força no mundo físico, um "banho" como aquele provavelmente a fortaleceria.

Sunny chegou mais para perto do pai. Ele tomou outro gole grande de cerveja e arrotou alto.

— Isso não é normal — comentou ele. — Até amanhã tudo naquele riacho vai estar morto, as pessoas estão sendo envenenadas e todo aquele lugar pode arder em chamas. E isso nem está sendo comentado no noticiário internacional.

Sunny se levantou lentamente, com as pernas dormentes.

— Tenho que terminar de estudar — falou ela. Seu pai grunhiu, com os olhos ainda grudados no noticiário, em que agora discutiam um assassinato em Lagos.

Na manhã seguinte, quando recebeu seu exemplar do jornal diário dos leopardos, não encontrou nenhuma menção sobre o derramamento de petróleo. O pai dela tinha razão: aquilo não era nada normal.

17

Bola Yusuf

— Graças a Deus que é nesta direção — exclamou Sunny, passando a mão em seu black power, que estava ficando ressecado. Ela distraidamente pegou o pente de Mami Wata e usou-o para ajeitar um pouco o cabelo. Orlu e ela estavam descendo uma trilha de terra que atravessava a floresta em que costumavam entrar para chegar à casa de Anatov.

Orlu resmungou.

— Se fosse em Leopardo Bate, daríamos um jeito de chegar lá.

— Estou cansada de ter de "dar um jeito" — murmurou ela. — Eu só quero ser normal, como todas as outras pessoas.

— Estamos quase chegando.

Eles caminhavam lado a lado sob a sombra das árvores na mata fechada. Sunny subitamente ficou feliz por ainda ser o meio do dia. Quem sabia o que espreitava na floresta? Ela riu, nervosa.

— O que foi? — perguntou Orlu.

— Eu... Eu estava apenas pensando: o que pode ser pior do que o monstro do rio?

— Sunny, há monstros perigosos de doer nestas florestas também.

Sunny rapidamente colocou a mão no bolso, procurando sua faca juju. Ansiosa, a menina gaguejou:

— Que... que tipo de monstros? Eles são grandes? E ficam escondidos, como o monstro do lago? Você acha que o monstro do lago iria...

— Desencana — falou Orlu, rindo entre dentes. — As piores coisas aqui e na Floresta do Corredor Noturno são notívagas e saem de suas tocas só após o crepúsculo. Relaxa.

Como Sunny se recusava a guardar a faca, ele pegou sua mão. Cada pelo nos braços e no pescoço de Sunny se eriçou. Eles caminharam em um silêncio tímido pelos cinco minutos seguintes, olhando para as árvores ou para os próprios pés. Então chegaram a uma clareira. Lá, havia um portão preto de aço maciço, com uma imagem pintada em cada uma das duas portas. Na esquerda, havia uma pintura da própria Mami Wata. Era mais a versão Uhamiri, que Sunny não via com muita frequência. Em vez dos longos cabelos lisos e traços indianos da imagem mais popular de Mami Wata, a versão tradicional de Uhamiri tinha a pele negra e longos e fartos dreadlocks que flutuavam por trás dela como se fossem trepadeiras marrons de aparência poderosa. Ela escancarava um sorriso com dentes brancos e segurava sua longa nadadeira contra o torso humano.

Na segunda porta havia a imagem contrastante de um homem de pele negra com cabelos grossos muito embaraçados e correntes em volta dos tornozelos e pulsos. Sunny franziu o cenho. Aquele homem devia ser um *onye ara*, ou seja, uma pessoa sofrendo de loucura.

— Bola é uma sacerdotisa de Mami Wata — explicou Orlu, parecendo pressentir a pergunta na mente de Sunny. — Então ela é uma curandeira.

— De quê? Tipo malária ou...

— Não, de coisas que os médicos das ovelhas não conseguem tratar. Sabe, ela cuida de pessoas que sofrem por serem *ogbanjes* e mulheres que não conseguem ter filhos, não importa o que os médicos façam, e... — Ele apontou para o portão. — ...loucura. Muitas pessoas-leopardo acabam acometidas por loucura. Talvez por causa de um juju que tenha dado errado ou porque foi mordido por alguma coisa em nossas florestas, coisas do tipo. Mas Bola é também um oráculo muito poderoso. As previsões e visões dela nunca falham quando ela as têm.

Ela é capaz de fazer tudo isso e se casou com um dono de livraria?, perguntou-se Sunny. Mas, no fim das contas, aquelas eram pessoas-leopardo. Casar-se com um dono de livraria leopardo provavelmente era como se casar com um neurocirurgião.

Orlu bateu no portão e um minuto depois uma mulher alta vestindo uma longa saia azul e uma blusa branca espreitou pelo vão entre as portas.

— Boa tarde — cumprimentou ela. A mulher olhou direto para Sunny, com olhos tão intensos que a menina deu um passo para trás. Orlu cutucou-a com o cotovelo.

— Boa tarde — respondeu Sunny. — Estamos... Eu estou aqui para...

— Eu sei. Ela está te esperando — interrompeu a mulher. — Tirem os sapatos e entrem.

Sunny tirou as sandálias e, ao atravessar o portão, ela sentiu. Primeiro, no chão sob seus pés, que de quente passou a ficar frio e quase úmido. Depois, houve o afluxo de umidade: era quase como se os poros dela se abrissem e começassem a beber. Ela havia pisado em terreno sagrado ou algo do gênero. Abriu a boca e respirou. Quando olhou para Orlu, ele estava franzindo o cenho e descolando a camiseta da pele.

No meio do condomínio havia uma casa branca de tamanho razoável. O terreno em volta da casa era de terra vermelha batida, com arbustos altos crescendo soltos contra as paredes do condomínio. Os dois foram conduzidos para a parte de trás da casa, onde entraram em uma sala com bancos de madeira. Devia ser uma espécie de sala de espera, pois vários homens e mulheres, alguns jovens, outros velhos, estavam sentados nos bancos frágeis, em diferentes estados de ansiedade e infelicidade. Uma mulher usava um *wrapper* laranja-amarelado sujo, uma blusa amarela e calça jeans. Um homem em um terno suado se levantou com um pulo e depois voltou a se sentar quando eles entraram. Outro homem, vestido como um cantor de rap, falava sozinho, puxando a calça jeans justa e roendo as unhas.

Um dos sujeitos na sala era, inclusive, muito parecido com o louco na pintura do portão de entrada. Estava sentado no chão no meio do cômodo, com os cabelos longos, rebeldes e embaraçados caídos sobre seus ombros. Não vestia nada além de calças marrons esfarrapadas e uma camiseta preta suja e rasgada. Ele até tinha algemas prendendo-lhe os pulsos e os pés descalços.

— Ela vai chamar você — anunciou a mulher que os havia conduzido até ali. — Sente-se. — Em seguida, ela foi embora.

Orlu e Sunny se sentaram em um dos bancos, se espremendo entre a mulher que chorava e o lamentoso homem vestido como cantor de rap. Passados alguns instantes, Sunny se deu conta de que ele de fato falava sozinho em árabe.

— Estou feliz por ter ligado pra minha mãe e avisado que vou chegar em casa tarde — comentou Sunny.

— Sim, mas é possível que fiquemos aqui a noite toda — avisou Orlu. — Já ouvi falar que...

A porta se abriu.

— Anyanwu! — chamou a garotinha que estava de pé na soleira da porta. — Quem é Anyanwu?

Sunny congelou. Ela se levantou, e a garotinha a encarou. A menina tinha uns 6 anos, mas se portava como se pertencesse àquele lugar e fosse normal para ela ficar dando ordens para os adultos ao redor. Ela inclusive carregava uma prancheta.

— Você é ela?

— Bem, eu sou Sunny, mas minha...

— Sim ou não? — indagou a menina, segurando uma caneta.

— S-sim.

— Então venha por aqui.

Sunny olhou para atrás na direção de Orlu, que não se levantara.

— Venha logo — sussurrou ela. — Eu *não* vou entrar sozinha.

Orlu se levantou, e a garotinha não impediu que ele as seguisse. Ela os guiou por um corredor estreito com paredes em tom azul-marinho, e Sunny sentiu os olhos começarem a lacrimejar. Conseguiu tirar seu lenço do bolso instantes antes de começar a espirrar.

— Desculpe — falou a garotinha. — Tcm Pega Eles nas paredes. Eze Bola teve alguns problemas com impostores. E as pessoas que são alérgicas sempre têm crises de espirro aqui.

Sunny queria perguntar para a menina o que constituía um "impostor", porque talvez ela agora fosse uma, mas, em vez disso, perguntou:

— O que o Pega Eles faz com os impostores? — Ela assoou o nariz.

A garotinha riu de modo travesso.

— Você não vai querer saber.

A menina os conduziu até um salão com pé-direito graciosamente alto, paredes brancas, pisos de madeira e nenhuma mobília além de cinco cadeiras brancas de madeira. Elas estavam dispostas em círculo e tinham almofadas azuis nos encostos e nos assentos. Bola Yusuf estava sentada em uma delas, com as pernas cruzadas.

Ao vê-la, Orlu parou.

De modo profissional, a garotinha segurou firme sua prancheta.

— Entrem — indicou ela, atravessando a soleira para o cômodo. Ela apontou para as cadeiras. — Sentem-se, por favor.

Sunny seguiu-a até a metade do salão, e depois se virou para Orlu.

— *Venha* — sussurrou ela.

Orlu balançou a cabeça. Ele parecia assustado, e pequenas gotas de suor se formavam em sua testa.

Sunny mordeu o lábio e franziu o cenho.

— Credo, quantos anos você tem?! São apenas peitos!

Orlu parecia precisar reunir todos os seus esforços para colocar um pé na frente do outro. Quando alcançou Sunny, ela agarrou a mão dele e arrastou-o com ela até Bola.

Bola era uma mulher magra, de meia-idade, com longas tranças marrons, três rugas escuras talhadas em cada bochecha e um enorme desenho oval branco pintado na testa. Ela estava sentada calmamente na cadeira, vestindo nada além de uma saia branca esvoaçante que ia até o tornozelo. Seus seios longos e flácidos de fato pendiam até abaixo da cintura dela e tocavam o seu colo. Ela usava vários colares de contas azuis e brancas, que repousavam sobre o peito.

— Vocês parecem estudantes, e estudantes podem ser burros — afirmou ela com uma voz severa. — Então nada de tirar fotos enquanto vocês estiverem no meu complexo. Na última vez em que alguém fez isso, Mami Wata ficou com raiva, e a pessoa morreu num acidente depois que saiu daqui.

— Nós… nós somos estudantes, mas não estamos aqui para estudá-la — disse Sunny.

— Que bom. Temitope, agora deixe-nos a sós.

— Sim, mamãe — falou a garotinha, saindo do recinto.

— O que há de errado com você? — Bola subitamente perguntou para Orlu. Ele estava sentado, com o corpo duro como pedra, olhando para qualquer coisa, menos para a mulher. — Você nunca viu seios antes? Será que nunca foi um bebê? — Ela levantou os peitos e balançou-os de um lado para o outro. Orlu parecia que estava prestes a desmaiar, e Bola soltou uma gargalhada alta e rouca. Antes que Sunny pudesse se controlar, ela também deixou escapar uma risada. Tapou a boca com as mãos e olhou para Orlu como se pedisse desculpa. Depois, outra risada sacudiu o seu corpo, e os olhos de Sunny começaram a lacrimejar por conta do esforço para segurar o riso.

— Olha, garoto, sou a serva de Mami Wata, deusa da água, e como gostam de dizer os negros americanos, a parada é essa — informou ela. Ela olhou para Sunny. — Eu falei certo? Você saberia melhor do que eu. — Ela deu uma piscadela.

— Sim — confirmou Sunny.

— Relaxa, Orlu. Ok?

Orlu simplesmente assentiu com a cabeça, olhando para o chão.

— Fico feliz que você tenha trazido ele. — Bola fez uma pausa, semicerrando os olhos na direção de Sunny. — Meu marido me falou de você. Você já é capaz de ler o livro de nsibidi que ele lhe vendeu?

Sunny assentiu.

— Gosto do seu pente — elogiou ela, escancarando um sorriso.

— Obrigada.

— Você sabe que eu não posso fazer uma sessão de adivinhação sem que você tenha algo para dar em troca, certo?

— Ah — suspirou Sunny. Ela colocou a mão no bolso. — É claro. Não tenho muito, mas...

— Não, não, não, *chittim* não, nem sequer dinheiro das ovelhas — interrompeu ela. — Eu quero uma história... uma história de Anyanwu.

— Hein?

— Já ouvi falar de Anyanwu, que ela pode até não ser uma boa contadora de histórias, mas que tem boas histórias para contar.

— Eu... — Sunny olhou para Orlu e depois de volta para Bola.

A mulher arquejou e disse:

— Ah. Entendo agora.

Sunny assentiu.

— Alguma coisa aconteceu comigo. — Ela sentiu seu rosto ficar corado e quente, e seus olhos se encherem de lágrimas. — Me sinto perdida.

— E você está — concordou Bola, muito séria. — Há quanto tempo você está... assim?

— Dois dias — revelou Sunny, ficando com a visão embaçada por causa das lágrimas. Quando piscou, viu que Bola a encarava intensamente.

— Mas... isso deveria ter te matado — afirmou Bola, com os olhos arregalados.

— Do que vocês estão falando? — indagou Orlu.

— Da minha cara espiritual — confessou Sunny. — Ela desapareceu. Não consigo invocá-la! Foi por isso que não consegui atravessar a ponte para Leopardo Bate na quinta-feira. Naquela noite, eu até tentei fazer um juju inferior e não fui capaz! E Anyanwu sumiu, e...

O choque no rosto de Orlu era tamanho que Sunny parou de falar.

— Me diga o que causou isso — pediu Bola.

Quando Sunny contou a ela tudo sobre o monstro do rio, o que ela tinha visto e a conta que atingiu o seu rosto, Bola disse:

— Isso explica os derramamentos de petróleo no delta.

Sunny assentiu.

— Ekwensu — falou.

— Todos pressentimos a fúria de Mami Wata ontem de manhã — informou Bola. — Siiiiim, temos trabalho pela frente. — Ela suspirou pesadamente e balançou a cabeça, parecendo perturbada, e depois ergueu o olhar na direção de Sunny. — Continue a falar. Desembucha logo.

Sunny contou a ela os detalhes de sua batalha contra o djim no porão e seu encontro anterior com o monstro do lago.

— *Kai!* — exclamou Bola, batendo palmas para expressar sua indignação quando Sunny terminou de falar. — Isso é algo novo. Isso é algo novo. — Ela começou a murmurar rapidamente em iorubá.

Sunny sentiu como se o olhar de Orlu queimasse um buraco na bochecha dela, mas recusou-se a olhar de volta para ele. Agora queria tê-lo deixado na sala de espera.

— Ok, ok — falou Bola, se recostando na cadeira diante de Sunny. — Mantenha o foco — sussurrou consigo mesma. — Há coisas demais. — Ela respirou fundo e olhou fixamente para Sunny. Depois, exalou, apontou para a menina e disse: — Ok. Você. Sunny Nwazue. Conheço este problema que você tem. Jamais testemunhei uma vítima dele que ainda vivesse, mas o conheço. Se chama duplicação. Não parece um nome apropriado, porque você perdeu uma parte de si mesma, mas a sua cara espiritual simplesmente não está aqui. Então, em certo sentido, você foi duplicada. Foi Ekwensu quem fez isso. Ela jogou uma de suas contas em você. No momento em que ela te atingiu... — Bola estalou os dedos alto o bastante para fazer Sunny pular de susto. — Anyanwu foi separada de você. — Bola semicerrou os olhos e deu tapinhas na cabeça. — Ekwensu é esperta. Era o único modo de distrair sua cara espiritual o bastante para que pudesse sair da vastidão sem ter de lidar com Anyanwu enquanto ainda estava fraca. Mas Ekwensu se arriscou bastante também. Se tivessem agarrado aquela conta, você e Anyanwu poderiam tê-la destruído ali mesmo. Aquela conta era um dos *iyi-uwa* dela, ou seja, o poder dela.

Bola fez uma pausa antes de prosseguir:

— De todo modo, já está feito. Ela está no mundo, você foi duplicada, a conexão entre você e Anyanwu foi cortada... mas, de algum modo, vocês duas estão vivas. Sua Anyanwu está por aí em algum lugar. Não sei onde...

Sunny ficou enjoada.

— Ela vai voltar pra mim? — indagou. Depois, fez a pergunta que a vinha incomodando desde que se deu conta de que Anyanwu tinha desaparecido. — Mesmo que o laço tenha se partido, por que ela me abandonaria? — Lágrimas encheram seus olhos de novo, e Orlu pegou a mão dela. — Ela sumiu. Nem sequer sinto que ela está próxima. Se isso pode me matar, por que ela me abandonaria? Por que...

— Anyanwu é velha — afirmou Bola. — Já ouvi falar dela. Todos os anciãos, sacerdotisas e sacerdotes conhecem Anyanwu, Sunny. Os antigos farão suas viagens: não cabe a nós questioná--los. Especialmente agora que Ekwensu provavelmente é capaz de ocupar o mundo físico *e* a vastidão também.

— Mas...

— Normalmente, eu peço um pagamento pelos meus serviços — declarou ela. — Meu pagamento hoje foi você ter me mostrado algo que eu nunca vi antes: uma pessoa-leopardo viva sem cara espiritual. Uma hora atrás, eu teria dito que isso era uma abominação, mas você me ensinou o contrário. Dívida paga. Além do mais, quero ver o que os búzios vão me dizer sobre você.

Bola se levantou e se empertigou. Depois, tirou alguns búzios do bolso de sua saia e foi para um espaço aberto no salão.

— Então, o que você gostaria de saber particularmente, Sunny? Além de como encontrar a sua cara espiritual?

Sunny fez uma pausa por um instante, pensando. Desde que Anyanwu tinha desaparecido, ela não pensara em muitas outras coisas. E por acaso havia algo mais que realmente importasse? Depois ela se lembrou.

— Eu tenho sonhado com o… fim — revelou ela. — Ano passado, antes de eu descobrir que era uma agente livre, o fim do mundo foi mostrado pra mim na chama de uma vela. Sugar Cream diz que alguns espíritos da vastidão, amigos ou inimigos meus, me mostraram tudo aquilo. Não sei por quê. Mas, de muitos modos, isso me conduziu até a sociedade dos leopardos. Mas esses sonhos novos são… diferentes. — *Eles fazem com que eu me pergunte quem sou eu,* queria dizer. Mas ela jamais admitiria uma coisa tão patética assim na frente de Orlu. — Só queria saber... o que significam esses sonhos. Significam que em breve...

— Sim, sim, sim — disparou Bola, gesticulando para que Sunny se calasse. — Cale a boca agora. Já entendi.

Sunny ficou feliz por se calar. Uma vez que começou a falar, era como se tivesse sido acometida por uma verborragia. *Palavras jorrando como… água,* pensou ela, se levantando. Orlu já estava de pé do lado esquerdo de Bola, com as mãos bem enfiadas nos bolsos, algo que ele só fazia quando se sentia completamente seguro, o que nem de longe era uma coisa frequente. A casa de Bola devia ser realmente muito bem protegida.

— Isso não pode ser nada *além* de interessante — comentou Bola enquanto se ajoelhava no chão. — Vamos ver o que o apanhador de búzios vai nos mostrar hoje. Esteja com a boca fechada ou aberta, só o apanhador de búzios sabe. — Ela soprou sua mão cheia de búzios. — Já sei um pouco, mas saberei mais.

— Tomara que sejam boas notícias — murmurou Orlu.

— O que quer que seja, pelo menos vou saber o que está acontecendo — replicou Sunny.

Bola levou a mão cheia de conchas aos lábios e sussurrou alguma coisa. Depois, apontou e olhou para cima, então disse:

— *Inshallah*. Chukwu não tem nada a ver com isso, e somente Alá pode tornar isso realidade. — Depois jogou os búzios. À medida que eles caíam e rolavam pelo piso de madeira, o ouvido direito de Sunny começou a zumbir. Ela pressionou a mão contra ele, e Bola olhou para a menina e assentiu. — Esse é o som que você ouve quando alguém está falando de você. Eles estão discutindo o seu passado, presente e futuro. Eu diria a você que assobiasse em seu punho e dissesse "Que seja bom", mas você não pode controlar aqueles que habitam a vastidão. Não quando você mesma já está a meio caminho de lá.

Sunny pressionou com mais força a mão contra o ouvido enquanto observava os búzios pararem de rolar. Eles demoraram mais do que o normal. Alguns ficaram rolando em círculos sem parar. Outros saltaram e quicaram como pipoca numa frigideira. Alguns pararam e depois emborcaram. E vários outros emitiram três cliques ao mesmo tempo antes de dançarem de lado freneticamente. Mas, finalmente, depois de quase um minuto, todos pararam.

O cômodo ficou em silêncio à medida que os três olhavam intensamente para as conchas: Bola, com o olhar fixo de uma especialista intrigada e entusiasmada, e Sunny e Orlu, confusos. Dez minutos se passaram e Bola ainda não tinha se mexido. Era quase como se estivesse em animação suspensa.

— Ela está respirando? — sussurrou Sunny.

Mas Orlu estava olhando ao redor, com as mãos fora dos bolsos.

— Você escutou alguma coisa?

Sunny franziu o cenho, ficando subitamente tensa.

— Não.

— Silêncio — pediu Orlu. — Tem alguém aqui.

Sunny vasculhou todo o cômodo com os olhos. Não havia ninguém ali. O sol brilhava através da grande parede cheia de janelas, e o salão estava agradavelmente quente. Mas... ela sentia o cheiro de algo. Sunny dilatou suas narinas.

— O que é isso? — sussurrou ela. Não era um cheiro azedo, pungente, doce, oleoso ou ruim. Não era fedorento, delicioso, ardente, perfumado ou sujo. Ela não conseguia descrever aquilo. Mas era forte, e se espalhava por todo o salão. Ela e Orlu se aproximaram um do outro.

Subitamente, Bola se virou para Sunny. Os olhos dela espasmavam e seu rosto estava desprovido de emoções. Com o corpo rígido, ela se levantou e se aproximou. Sunny agarrou o braço de Orlu, mas manteve-se firme, encarando Bola... ou quem quer que a estivesse possuindo.

— Sunny Nwazuuuue, quem é vocêêêêê? — cantou Bola. Ela soltou uma risada seca de escárnio.

Sunny teve um calafrio e imprensou seu corpo contra o de Orlu

— Eu vejo você.

Bola parou, semicerrando os olhos na direção de Sunny.

— Sim, a agente livre sortuda o bastante para unir-se com Anyanwu, e azarada o bastante para se perder dela. — Bola encarou Sunny de cima a baixo. — Tão jovem e já perdeu alguém tão velho. — Ela se aproximou. — Mas você ainda vive. Consigo falar com você. É você quem está tendo os sonhos e que perguntou sobre o que eles são.

— Sim — confirmou Sunny com um gemido. — Eu quero saber...

— Se o fim do mundo vai acontecer amanhã. Você acorda quieta todos os dias com medo de que a cada manhã o sol vá nascer apenas para transformar tudo em cinzas, e que você não terá lugar para se esconder além do outro lado, onde você era uma guia muito poderosa. Guerreira Sunny Nwazue de Nimm, por meio de Ozoemena de Nimm. Mas quem é você agora, realmente?

Sunny sentiu o rosto ficar quente e os olhos começarem a lacrimejar. As palavras de quem possuía o corpo de Bola eram como cortes de facas.

— Sim, as palavras podem provocar feridas profundas — falou aquela que não era Bola. — Elas são mais diretas do que imagens, mais precisas. Especialmente aquelas que são mágicas, como o nsibidi. Continue aprendendo nsibidi, pois vai precisar. As respostas, e muito mais, estão no interior dele. Você interpretou errado os seus sonhos. Pense, pense bem. O que você viu não foi como aquilo que a vastidão lhe impôs. Isso é algo diferente e você sabe disso. Isso foi você usando o seu potencial. Metamorfa, que pode entrar em nossa vastidão depois que aprende que é capaz. Dobradora do tempo, que pode pará-lo quando odeia alguém o bastante. — Ela se esgueirou mais para perto e virou a cabeça para um lado. — Cidade fumegante ou cidade de fumaça?

Orlu arquejou.

— Ai, meu Deus!

— O quê? — perguntou Sunny.

— Ah, finalmente está se dando conta. Está vendo o que acontece quando você somente presume o lado negativo das coisas? — observou Bola, se concentrando pela primeira vez em Orlu. — Nem sempre o que vai acontecer é o pior.

— O quê? O QUÊ?! — perguntou Sunny para ele.

— O seu homem entende, é isso — respondeu ela. — A visão só estava te direcionando para o lugar aonde você deve ir para fazer aquilo de que o mundo precisa.

— Mas Osisi não é... Nós não podemos *chegar* lá — afirmou Orlu.

— Sim, vocês podem — afirmou Bola. — Encontrem Udide debaixo da cidade de Lagos e façam com que ela teça para vocês uma ratazana-do-capim voadora. Elas podem voar facilmente até Osisi. Ela os levará, se conseguirem convencê-la.

— Lagos? — perguntou Sunny. — Como é que a gente vai chegar em Lagos?! Fica a horas daqui! E o que é Osisi?

— Udide vai estar lá? Em Lagos? — indagou Orlu.

— Sim.

— Através do mercado, como está escrito nos livros de monstros? — perguntou ele.

— Sim, por enquanto.

— Ratazanas-do-capim voadoras são desagradáveis — ponderou ele, beliscando o queixo enquanto pensava. — Vamos acabar levando uma surra de bengala, ou algo pior.

— Ekwensu conseguiu chegar a este mundo. O tempo acabou e agora tudo vai ser mais difícil. Uma ratazana-do-capim voadora é a maneira mais rápida de chegar a Osisi — enfatizou Bola. — Se Ekwensu ressurgir, uma surra de bengala vai ser a menor das suas preocupações.

O rosto de Bola ficou todo enrugado de dor, e ela cambaleou para trás. Depois esfregou os olhos, abriu a boca e tossiu alto.

— Sunny — arquejou ela. — Tanto os leopardos quanto as ovelhas deste mundo têm tarefas a cumprir. Não é só você, mas você possui uma tarefa. Vocês quatro, na verdade. Ekwensu está descansando. Em breve, ela vai atacar. Se preparem. Sunny, você precisa de Anyanwu. Aquela velha é como uma *ogbanje*. Atraia ela de volta com amor. — A mulher tornou a tossir, e se sentou com um baque. Foi então que Sunny viu aquilo, uma névoa violeta sair delicadamente da boca de Bola e depois se dissipar no ar.

Lentamente, Bola se levantou, ajeitando sua saia. Pigarreou.

— Temitope! — arquejou ela. Bola tossiu e, dessa vez, gritou: — Temitope!

A garotinha entrou com seu andar profissional.

— Sim, mamãe — respondeu ela com sua vozinha.

— Terminamos aqui — avisou Bola. — Mande entrar o próximo cliente.

Quando Sunny e Orlu saíram pelo portão, foi como se tivessem entrado em outro mundo. Um mundo que não era tão cheio de água.

Eles caminharam em silêncio por vários minutos. Depois, Orlu finalmente perguntou:

— Ela simplesmente... desapareceu?

Sunny assentiu com a cabeça.

Fez-se silêncio por mais vários minutos.

— Sinto muito — disse Orlu finalmente. — Nem posso...

— Vou trazê-la de volta — afirmou Sunny, apesar de não ter a menor ideia de como faria isso. Enquanto andava, ela abria e fechava as mãos. Isso fazia com que se sentisse mais forte. Sunny chutou uma pedra grande na estrada de terra e a observou disparar na frente deles. — Conheço ela melhor do que ninguém.

— Sim — concordou Orlu. Mas ele parecia hesitante e... perturbado. Como se Sunny tivesse um corte horrível no rosto.

— O que é Osisi? — disparou Sunny.

— Sabe como o mundo físico e a vastidão são dois lugares distintos que coexistem?

Sunny assentiu.

— Espere — exclamou ela, se lembrando. — Já li sobre lugares plenos. No livro de nsibidi, Sugar Cream fala sobre como ela e os babuínos que a criaram moravam em um trecho de floresta que era pleno. As ovelhas tinham pavor daquele lugar, porque o viam como um trecho de floresta do qual jamais se podia sair.

Orlu assentiu.

— Isso pode acontecer, é verdade. Osisi não é só um trecho de terra. É grande. É uma cidade que tem quilômetros de largura e de comprimento. Fica em algum ponto entre Igbolândia, Iorubalândia e Hauçalândia... Ninguém sabe exatamente onde, mas... onde quer que seja, você precisa ir até lá.

— Por quê?

— Aparentemente, seus sonhos estão dizendo pra você fazer isso... provavelmente você mesma, de algum modo. Sunny, Osisi parece uma cidade feita de fumaça. — Ele balançou a cabeça. — Não sei como Sasha, Chichi e eu não ligamos os pontos. Acho que todos nós presumimos...

— O pior — concluiu Sunny. Então desta vez ela não estava sonhando com o fim do mundo. Ela estava vendo um mundo que era pleno.

— Sim — admitiu Orlu. — O único jeito de chegar lá, de *nós* chegarmos lá, porque você não vai sozinha, é se conseguirmos que um monstro chamado ratazana-do-capim voadora nos leve até lá. Já estudei sobre elas antes, pois são criaturas fascinantes. Havia uma que vivia na Floresta do Corredor Noturno algumas décadas atrás, e há informações sobre isso no livro que eu tenho. — Ele balançou a cabeça. — Você simplesmente vai ter de ver para entender. Mas o fato é que temos de chegar em Lagos de algum modo.

Sunny simplesmente ergueu uma das mãos. Basta. Basta. Basta.

— Vou encontrar com Sugar Cream. Vejo você mais tarde.

18

Céus Nublados

O dia seguinte era domingo, e Sunny estava contente por isso. Ela sequer havia dormido. Cada vez que começava a cochilar se lembrava de que sua cara espiritual estava desaparecida e acordava. "O sono é primo da morte", ouvira ela certa vez, e esse ditado invadia sua mente agora. Não queria morrer sem Anyanwu.

Então, durante toda a noite, Sunny ficou encarando o teto. Pensando e pensando. Onde Anyanwu poderia estar? E se ela encontrasse Ekwensu? Para onde ia a cara espiritual de uma pessoa? Será que realmente "ia" a lugares, como algo com um corpo físico? Teria ela voltado para a vastidão, onde poderia se misturar ao fluxo e refluxo do espírito? Ou ela simplesmente deixou de existir num piscar de olhos, como uma nuvem de fumaça? Todas essas possibilidades deixavam Sunny enjoada de preocupação e autocomiseração.

Fazia pouco menos de dois anos que se tornara uma pessoa-leopardo. Antes disso, ela não tinha essa relação com a existência que era a sua cara espiritual. Não deveria ser tão doloroso voltar para aquele mundo sem graça das ovelhas. No entanto, se havia alguma evidência de que ela se tornaria uma pessoa-leopardo por completo, era o fato de que este não era o caso. Ela sentia a ausência de Anyanwu tão profundamente que vivia momentos de total e completo desespero.

Sunny ficou deitada na cama olhando para a janela, vendo o sol nascer. Ela viu a sua vespa artista sair voando de seu ninho e escapulir pelo trecho da tela mosquiteira que tinha deixado aberto. Ela ouviu os vizinhos em suas atividades matinais. E ouviu tudo isso sozinha, reduzida a algo que era menos do que ela mesma. Enquanto olhava fixamente para a janela, teve uma ideia. Fazia total sentido.

Rolou para fora da cama, olhando de soslaio para o exemplar do *Diário de Leopardo Bate* sobre ela. Pensou em folhear o jornal para o caso de haver alguma notícia sobre Ekwensu ou sobre mais algum derramamento de petróleo no delta do Níger. Em vez disso, deixou o jornal cair no chão e foi para o computador. Colocou os fones, acessou um de seus links favoritados, intitulado "Seis Horas de Mozart" e aumentou o volume. A música atravessou seu corpo e ela fechou os olhos, vendo em sua mente a imagem de uma bailarina de quem particularmente gostava chamada Michaela DePrince.

Imaginou a bailarina em um campo gramado usando short jeans, uma camiseta branca e sapatilhas de ponta pretas. À medida que a música dançava, assim também o fazia Michaela, saltando, estendendo o corpo, rodopiando. Sunny sorriu enquanto se recostava na cadeira, sentindo-se mais relaxada do que antes do incidente com o monstro do lago. Convidou Anyanwu para desfrutar da música. Sunny chamou e chamou. Então abriu os olhos, sua alegria se esvaindo. Ela se afundou na cadeira. Tirou os fones. Se arrastou de volta para a cama e foi para debaixo do lençol. Não dormiu.

Passou o dia perto da mãe, que estava cozinhando seu ensopado vermelho favorito. Ela ajudou a cortar cebola, gengibre e alho, e bateu no liquidificador tomates e pimentões enquanto sua mãe cortava e assava frango e peru defumado. Enquanto o ensopado cozinhava, ela se sentou à mesa e ficou olhando para o nada enquanto sua mãe assistia a um filme de Nollywood.

Sunny ficou aliviada pela mãe não lhe perguntar por que ela não estava lá fora com Chichi, Orlu e Sasha. Estava aliviada por sua mãe não fazer pergunta alguma. Aquilo era bom. Apenas ficar perto dela, trabalhando com as mãos, cozinhando. Depois, mais tarde, era bom simplesmente sentar à mesa de jantar com seu pai e comer arroz e ensopado. Ele lia o jornal, e ela lia o seu livro atual, o terceiro volume de uma história em quadrinhos chamada *Aya de Yopougon.*

Tudo isso a reconfortou, mas quando caiu a noite, voltou a sentir todo aquele peso nos ombros como se fossem sacos de areia. Era uma noite nublada, e as nuvens no céu trovejavam. Ela tinha dormido mal, assim como nas duas noites anteriores. Não falara com Chichi, Orlu ou Sasha e não tinha feito nem um juju pequeno, nem ido a Leopardo Bate, o que significava que não tinha se encontrado com Sugar Cream. Ela teria dito que aquela era a vida dela antes de se dar conta da sua condição de leopardo, mas não era. Antes, ela tinha um outro grupo de amigos e ainda não sabia daquela sua metade, que agora havia desaparecido. Sunny sabia que jamais poderia voltar atrás. Era como ser abandonada em uma ilha. Seus encontros de sábado com Sugar Cream, e os de quarta-feira com Anatov e os amigos... Até a escola das ovelhas seria um problema. Como ela encararia Orlu?

Sunny não podia avançar nem retroceder.

— É como estar morta — sussurrou.

Lá fora trovejava um pouco mais, e ela subitamente ficou de pé com um pulo e caminhou a passos largos até seu closet. Vestiu um short e uma camiseta, calçou sandálias, pegou sua bola de futebol e saiu pela porta dos fundos. Talvez seus pais e Ugonna se perguntassem para onde ela tinha ido. *Deixe que se perguntem*, pensou, com lágrimas escorrendo pelo rosto.

O campo em que jogava futebol não ficava longe. Principalmente quando ela caminhava com um propósito. Suas pernas compridas e fortes levaram-na até lá em dois tempos e, quando entrou no campo vazio, com a grama um tanto quanto alta, jogou a bola no chão e chutou-a com força. Correu atrás da bola até o meio do campo e aparou-a com o pé. Olhou para o agitado céu cinzento. Um raio caiu e, vários segundos depois, trovejou.

Ela sabia fazer o juju para impedir que fosse atingida por um raio, uma variação do juju para que a chuva não tocasse o seu corpo, usado quando se era pego de surpresa em uma tempestade. Sunny riu sozinha, com amargura, e chutou a bola de futebol.

— Que o raio caia — murmurou enquanto brincava com a bola com pés rápidos. Para trás, para o lado, lançando-a no ar e pegando--a com o pé, com as costas, chutando de leve para a frente, para trás, girando. Sunny sorriu enquanto se movia e driblava a bola. Deu meia-volta e chutou-a na direção do outro gol.

Correu pelo campo e chutou direto para a rede, e o suave sussurro da bola batendo contra o material fez seu coração saltar com uma alegria familiar. Pegou a bola com os pés, atravessou o campo com ela e arremessou de novo para o gol. Depois, fez tudo de novo. Completamente sozinha sob o céu agitado e sem sol, ela se deleitou com a destreza de seus pés, imaginando estar jogando mano a mano contra si mesma. O ar entrava e saía rápido de seus pulmões. Ela jogou a sandália para longe para poder sentir o chão duro e desnivelado com seus pés de pele grossa.

Sunny imaginou que estava tentando mover a bola em volta de si mesma. Isso fez com que seus pés se mexessem mais rápido. Deu uma ombrada e correu, tirando a si mesma do caminho e depois disparando com a bola pelo campo. Ela riu, porque de fato quase sentira que tinha empurrado alguém. Quando percebeu isso, chutou a bola direto para o gol. E sua percepção foi imediatamente confirmada quando a bola não entrou. Em vez disso, ela foi desviada por uma força aparentemente invisível.

Depois, a força tornou-se visível, e Sunny pensou por um instante que um raio havia atingido o campo. Ela ficou de pé diante do gol à medida que a bola rolava em direção aos seus pés. Pousou seu pé descalço na bola e secou o suor da testa. Toda aquela movimentação desanuviou sua mente, relaxou seus músculos e a encheu de alegria. Ainda assim, era quase como se a quietude em sua mente fizesse com que a raiva fluísse por seu sangue com mais facilidade. A fúria preencheu seu corpo, deixando-o tão quente e repleto que o mundo em volta dela pareceu inchar.

— Por que você foi embora? — gritou.

Em seguida, bicou a bola bem na direção da figura borrada, mas de um amarelo intenso, que estava no gol. A bola atravessou o gol voando, e depois se esvaiu até virar nada. Sunny ficou ali de pé, olhando para aquilo com olhos arregalados. Gotas de chuva começaram a cair.

— Eu tive que ir a uma reunião — respondeu ela.

Sunny sentiu fúria e surpresa revirarem seu estômago à medida que a chuva apertava.

— Uma reunião? — berrou ela. — Você... você me abandonou para ir a uma *reunião*? — Lágrimas quentes saíram dos olhos de Sunny e se misturaram com a chuva fresca.

— Faça uma Capa de Chuva para si — recomendou Anyanwu.

— Não posso! — disparou. Mas talvez pudesse, agora que Anyanwu estava perto. Decidindo tentar, Sunny pegou sua faca juju. Ela piscou para espantar as lágrimas enquanto fazia o juju simples da Capa de Chuva, e imediatamente a tempestade parou de cair nela, como se segurasse um guarda-chuva.

— Você é tola — afirmou Anyanwu. — E carente. E insegura.

Agora as lágrimas vieram com toda a força e Sunny se deixou tombar na grama. A umidade lamacenta era tão horrível quanto ela se sentia. Quando olhou para cima, Sunny se viu cara a cara com uma imagem tênue de uma luz amarela que brilhava. Elas se entreolharam pelo que pareceram minutos. Ao redor, a chuva caía forte, raios emitiam clarões e os trovões respondiam. Elas ficaram sentadas no meio do campo de futebol e, naquele momento, para Sunny não havia ninguém mais no mundo.

— Cale a boca — murmurou Sunny. O clarão de um raio próximo a fez pular de susto. Ela olhou para Anyanwu. — Foi você quem fez isso!

— Eu não fiz nada — defendeu-se Anyanwu.

Sunny não acreditou nela.

— Você... você sempre soube quem é. Você é velha, e sabe de tudo. — Sunny teve de parar para tomar fôlego, novamente com os olhos marejados. — Como se espera que eu acredite em mim mesma quando ninguém nem sabia que isso podia acontecer? Até Orlu olhou pra mim como se eu fosse uma alienígena!

— Sim. Você é insegura.

Sunny pegou um punhado de grama molhada e jogou-o em Anyanwu. Ela piscou quando o montinho atingiu o brilho tênue e caiu no chão. Jogou mais. Em seguida, Anyanwu pegou uma punhado ainda maior e jogou-o na direção de Sunny, acertando-a bem na cara. Um pouco da grama entrou na boca de Sunny e ela cuspiu.

— Você acha que sou eu que faço de você uma pessoa-leopardo? — indagou Anyanwu.

— Sim!

Anyanwu riu.

— Eu sou sua memória espiritual, sou você deslocada do tempo, sua cara espiritual, eu sou *você*. Você é eu. Nossa condição de leopardos está em meio a tudo o que nos torna o que somos.

— Então por que eu não consegui ir para Leopardo Bate naquele dia?

— Porque, como eu disse, você é insegura.

Sunny imprensou os lábios e franziu o cenho.

— Nosso laço se partiu — prosseguiu Anyanwu. — Aquele trauma... poucas pessoas vão chegar a passar por aquilo. Nós já passamos duas vezes. Foram necessários dois traumas para partir o laço completamente. Quando aquele djim nos puxou para a vastidão e quando Ekwensu aproveitou a oportunidade para terminar o serviço.

Sunny assentiu enquanto ambas sentiam os resquícios das intensas dores que repercutiram por todo o ser delas. Duas vezes.

— Da segunda vez, você sentiu quando nos afastamos? — indagou Anyanwu.

— Sim.

— Aquele foi o momento em que nós deveríamos ter morrido. Nós teríamos perdido essa dualidade conectada e voltado para a vastidão outra vez como um único ser. Mas nós sobrevivemos, porque somos Sunny e Anyanwu. — Sunny sentiu o prazer confiante de Anyanwu diante deste fato. — Sunny, você pode fazer qualquer juju que quiser, estando eu aqui ou não. É por isso que digo que você é insegura. Você não conseguiu entrar em Leopardo Bate porque, sem mim, você não acreditava que era uma pessoa-leopardo.

— Mas…

— Tente com um pouco mais de vontade e seja mais confiante. Nosso laço está rompido e é necessária alguma compensação. É como amar e zelar por alguém sem precisar dos laços do casamento para reforçar isso — explicou Anyanwu. — Por meios sinistros, eu e você estamos livres.

Sunny avaliou as palavras de Anyanwu, olhando fixamente para a tempestade. Os raios e trovões estavam diminuindo. Mas, mesmo que não estivessem, Sunny já não tinha medo de ser atingida. Ela respirou fundo e perguntou:

— Sobre o que foi a reunião?

Ela pôde sentir Anyanwu sorrir.

— Não é da sua conta.

Sunny encarou Anyanwu por um instante e depois começou a rir. Se levantou e pegou sua bola de futebol. A bola escapuliu da mão de Sunny à medida que Anyanwu saía correndo com ela pelo campo. Sunny teve de disparar atrás dela para alcançá-la. E assim as duas jogaram até a chuva parar.

No caminho de volta, Sunny esbarrou com Sasha subindo a estrada, as mãos dele enfiadas nos bolsos da calça jeans. Àquela altura, o ar estava tão úmido que respirar era quase como beber água.

— O que você está fazendo na chuva? — perguntou Sunny, cumprimentando-o com um "toca aqui" e alguns movimentos de mão.

— Procurando por você.

— Eu estava jogando futebol — falou ela, jogando sua bola molhada para cima e agarrando-a.

— Com todos esses raios e trovões?

— Pois é.

— Você nos evitou o fim de semana inteiro.

Sunny deu de ombros. Eles começaram a caminhar.

— E por que Orlu não veio? — perguntou ela.

Sasha também deu de ombros.

— Ele disse que você provavelmente precisava ficar sozinha por um tempo. Já eu não brinco em serviço. Vim ver o que está havendo. Então, está tudo bem?

— Sim, estou bem.

— Mesmo depois... do que aconteceu com...

— Sim. Nós podemos ir para Leopardo Bate hoje, se vocês toparem. — Ela hesitou, então acrescentou: — O monstro do rio não vai me impedir. — Ela pôde sentir Anyanwu dentro de si à medida que dizia aquilo. E conseguia sentir que a presença dela era diferente. Não era tão firme. Isso foi confirmado quando ela subitamente se deu conta de que não a percebia mais. Anyanwu havia partido outra vez, sabe-se lá para onde.

Sasha a encarou, semicerrando os olhos.

— Você está diferente de algum modo.

— Estou — confirmou Sunny. Em seguida, ela riu, jogando a bola de futebol para o alto e aparando-a com os pés. Passou-a para Sasha, que a pegou e tocou de volta para Sunny. Ela agarrou a bola, sacou sua faca juju e fez um rápido juju que removeu a lama. Não foi difícil, mas ela percebeu que de fato teve de se concentrar um pouco mais em alinhar mentalmente as palavras com o floreio da faca.

— Arroz de *jallof* e carne de bode na barraca da Mama Put? — sugeriu Sasha.

Sunny sorriu.

— Com certeza. Por minha conta.

19

Confiança, sha

— Minhas roupas ficaram imundas, mas eu sabia que isso ia acontecer — revelou Orlu, dando o sorriso mais escancarado que Sunny já vira em seu rosto. — Nancy voou comigo sobre o mar! — A calça jeans dele estava imunda, com lama e manchas de dendê de um vermelho vivo, assim como sua camiseta e seu All Star vermelho.

Orlu vinha trabalhando com o pássaro miri de seu mentor Taiwo nas duas últimas semanas e tinha tido um fim de semana particularmente interessante. O pássaro, cujo nome era Nancy, sempre o levava voando até a palmeira de Taiwo, e os dois haviam se tornado amigos. Desde então, Orlu decidiu estudar a espécie de Nancy e sua linhagem. Lisonjeado pelo interesse, o pássaro concordara em levá-lo para uma visita à mãe dele, a mais de 60 quilômetros a leste, na Floresta da Travessia do Rio.

— Você deve ter perdido a cabeça para deixar aquela galinha gigante voar com você pra tão longe assim, cara — implicou Sasha.

Orlu simplesmente revirou os olhos. Com relação aos comentários sarcásticos de Sasha, o lema de Orlu era: não dê corda. Sunny achava muito eficaz.

Chichi, que estava sentada na soleira da porta, soltou um muxoxo alto e desviou o olhar. Sasha lançou um olhar de fúria para ela, e Sunny praticamente pôde sentir a temperatura aumentar alguns graus.

Era raro um domingo em que todos eles já haviam terminado suas tarefas, seus deveres de casa e incumbências, e em que nenhum deles tinha nenhum parente ou amigo da família para visitar com os pais. Foi ideia de Chichi que eles se encontrassem na cabana dela. A mãe de Chichi estava em Leopardo Bate dando uma palestra para alguns outros alunos do terceiro nível. Portanto, Chichi estava sentada na soleira, com a cortina de pano amontoada em suas costas, e um cigarro de ervas da marca Banga em sua mão esquerda. Ela deu um trago, e Sunny fez cara feia e virou o rosto. Os cigarros Banga eram mais saudáveis e tinham um cheiro melhor do que o tabaco comum, mas Sunny concordava com Orlu: cigarro era cigarro. E cigarros eram nojentos.

— Se você tem algo a dizer, não precisa se dar o trabalho — disparou Sasha. — Da sua boca só saem mentiras.

— Ai, gente — reclamou Sunny. — Será que vocês podem...

— "Vocês podem" o quê?! — berrou Sasha. — Ela está me traindo com o seu irmão! E nem nega! — Ele olhou para Chichi. — Diga que estou errado.

Chichi soltou a fumaça lentamente.

— Quantos anos nós temos? A gente não nasceu grudado.

— Por que eu sequer estou aqui?! — gritou Sasha. Ele começou a ir embora, mas Orlu pegou-o pelo ombro.

— Porque eu pedi pra você vir — intrometeu-se Orlu. — Por favor. Somos um clã *Oha*, lembra? Não podemos...

— Chapéu Preto está morto — disparou Sasha. — O maluco se matou. Todos presenciamos isso. Nosso clã se *dissolveu*.

— Não é verdade — discordou Sunny. — Ekwensu está aqui agora! Nós...

— Se somos um clã, deve haver confiança entre nós — insistiu Sasha, olhando para Chichi.

— Você acha que eu não sei da Ronke? *Meses,* você e ela — cuspiu Chichi. Sunny e Orlu olharam para o amigo, com as sobrancelhas erguidas. Chocado, Sasha ficou boquiaberto.

— Confiança, *sha.* É uma via de mão dupla — declarou Chichi com calma.

— Quem é Ronke? — indagou Sunny.

Mas Sasha e Chichi não paravam de se encarar. Eles ficaram assim por muito tempo. Chichi foi a primeira a desviar o olhar. Virou-se para Orlu.

— Há um motivo para eu ter pedido para que nos encontrássemos aqui — revelou ela. Por um instante, olhou para Sasha. — *Todos* nós. Tenho pensado sobre tudo o que vem acontecendo. Chapéu Preto, Ekwensu, Sunny, seus sonhos, aquela primeira visão que você teve na chama da vela. Tenho pensado muito em sua... condição.

— Você está falando sobre eu ter sido duplicada? — perguntou Sunny. — Credo, não é como o nome do Voldemort, pode falar em voz alta.

— Me desculpe — resmungou Chichi, torcendo o nariz como se sentisse um cheiro ruim. — É que é muito... eca.

— Pois é, né? — concordou Sasha. — Eu nem sequer sei como você consegue lidar com isso. É como se um cara acordasse um dia, olhasse para baixo, e encontrasse o seu...

— Cala a boca, Sasha — censurou Orlu. — Chichi, o que você estava dizendo?

— A culpa não é sua, Sunny — afirmou Chichi. — Além disso, acho que você vai mudar. Em breve.

— Do que você está falando? — Sunny quis saber, franzindo o cenho. Ela contara aos amigos que havia sido separada de Anyanwu, mas só até certo ponto. A relação dela com Anyanwu que ia e vinha ao seu bel-prazer era da conta dela e de mais ninguém, assim como a visão de sua cara espiritual. Mas havia algo mais que ela precisava saber sobre tudo isso?

Sasha se aproximou.

— É óbvio. Chichi tem uma ideia — provocou ele com indiferença. — Qual é?

De novo, Chichi e Sasha se encararam por um bom tempo. Os olhos de Sunny saltaram de um amigo para o outro. Ela detestava quando eles faziam isso. Mesmo quando estavam brigando, os dois compartilhavam de uma estranha telepatia. Tinha algo a ver com a habilidade natural deles, aquele pensamento ágil como um raio que ambos tinham. Orlu colocou as mãos no bolso e aguardou. Ele também estava acostumado com aquilo.

— Muito bem. Então, Sunny, você... *nós* temos de ir para Lagos encontrar Udide, segundo a Bola, certo? — observou Chichi. — Você não pode ir sozinha, e só faz sentido se todos formos juntos.

— Bem, sim — falou Sunny, mordendo o lábio. — Mas como é que nós...

— Seu irmão pode nos levar — interrompeu Chichi de repente.

Sasha gritou alguns xingamentos e saiu do cômodo.

— O quê? — exclamou Sunny. — Mas Orlu e eu temos aula. Não é...

Sasha havia voltado e estava encarando Chichi de novo, ainda parecendo irritado. Mas não *tanto* assim. Chichi assentiu para ele.

— Isso não está certo — comentou Sasha.

Chichi deu de ombros.

— Mas você sabe que é uma boa ideia.

— Será que vocês dois podem nos contar logo o plano? — reclamou Orlu, irritado. — Não percebem que Sunny e eu somos lentos demais para acompanhar o pensamento telepático de vocês?

— Eu já pedi ao Chukwu — confessou Chichi. — Sunny, ele sabe que lhe deve uma. Depois de ter cometido o erro mais grave e mais perigoso da vida dele, ele está de volta na faculdade e vivo graças a *você*. Chukwu sabe que aquilo foi coisa sua, mesmo que não saiba exatamente *o que* você fez. Ele tem amigos em Lagos, e tem o jipe. Nós podemos ir depois do Natal, quando vocês estiverem de férias da escola.

— Uma viagem de carro? — espantou-se Sunny. — Nós *dirigindo*?!

— Sim — retrucou Sasha.

— Mas a Estrada Aba não é nada boa — protestou Sunny de modo sinistro. — Ela é...

— Eu não tenho dinheiro para comprar uma passagem de avião — declarou Chichi. — E, de todo modo, eu jamais vou botar os pés naquelas coisas asquerosas. Quando eu chegar ao terceiro nível, vou ensinar a mim mesma a deslizar para que eu possa percorrer grandes distâncias de um modo mais sofisticado e *higiênico*.

— Bem, talvez meus pais possam...

— Sunny, você sabe que eles fariam perguntas demais — salientou Chichi.

— Então, que tal o trem futum? — indagou ela. — Deve ter algum que vai para Lagos.

— Dessa vez, como você vai explicar sua ausência por tantos dias? — indagou Chichi. — Vai ser mais fácil convencer os seus pais se você for com Chukwu.

— E Anatov e nossos mentores? — retrucou Sunny. Ela não havia contado a Sugar Cream ou a Anatov sobre Bola ter revelado que ela havia sido duplicada. Até queria, mas não sabia *como*. Ou talvez não estivesse pronta.

— É uma viagem de carro — ressaltou Sasha. — Todos eles adorariam que nós fizéssemos algo assim.

— Bem, a viagem vai ser bem longa, isso se sobrevivermos a ela — avisou Sunny. — Eu a fiz com meus pais e meus irmãos há alguns anos. Foi perigoso.

— Podemos fazer alguns jujus de proteção — sugeriu Orlu. — É possível.

— Somos pessoas-leopardo, e já enfrentamos coisas piores — declarou Chichi.

Sunny não podia contra-argumentar.

Orlu se virou para Sasha.

— Se nós formos, você vem também?

Sasha fez uma pausa. Depois disse:

— Sim, pela Sunny. Se a Sunny for.

Orlu sorriu, e Sunny também.

— Mas meus pais jamais vão permitir — comentou Sunny. — É uma viagem de, tipo, umas dez horas! É perigoso e...

— Deixe isso por conta do seu irmão — interrompeu Chichi. — Ele vai convencê-los.

Chichi tinha razão. Chukwu, o Presente de Deus para as Mulheres, a Menina dos Olhos do Pai, Ele, cujo Nome Era em Homenagem à Divindade Máxima da Cosmologia Igbo, nunca fazia nada de errado. Desde que eles eram bem pequenos, o pai dera a Chukwu a liberdade de fazer basicamente qualquer coisa que desejasse. Quando Chukwu insistia em algo, não havia problema.

— E lembre-se de que ele também tem amigos em Lagos — acrescentou Chichi. — Ele pode dizer que vai visitá-los e que nós vamos juntos por diversão.

— Chichi — alertou Sasha.

— Está bem — Chichi cedeu, se levantando.

Nem Sunny, nem Orlu disseram uma palavra sequer à medida que Chichi e Sasha subiram a estrada, a vários metros de distância deles, com as posturas rijas e falando baixinho.

Orlu deu a mão para Sunny, que sorriu. Ele apertou a mão dela.

— Você realmente quer fazer isso?

— E eu lá tenho escolha? — reclamou Sunny. Aquele tampouco era um bom momento para fazer aquilo. A duplicação tornava mais difícil fazer jujus, e os efeitos dela ainda deixavam Sunny se sentindo... diferente de si mesma. E mesmo que conseguissem chegar naquele lugar pleno, qual o efeito que estar lá teria sobre alguém que foi duplicado?

— Verdade — concordou Orlu.

Sunny riu entre dentes.

— Se meus pais deixarem, eu vou. Você vem?

— Você tem dúvidas?

— Com relação a isso, acho que sim.

Orlu assentiu.

— Eu vou.

— Não sei se gosto da ideia de estar com Sasha e Chichi num jipe dirigido pelo Chukwu.

— O Sasha vai no banco do carona — informou Orlu. — Isso vai acalmar o ego dele. Chichi vai sentada atrás dele. Você vai no meio, e eu vou atrás do Chukwu. Desse jeito, haverá menos problemas e você vai estar na posição mais protegida.

— Você acha que eu preciso ser...

— Sim — afirmou ele. — Sunny, não acho que você tenha entendido completamente a sua posição nessa história toda.

— Entendi, sim.

— Não entendeu, não.

Eles ficaram em silêncio. Sunny pensou na última coisa que Bola, possuída, lhe dissera logo antes de o espírito amistoso da vastidão sair do corpo dela:

— Ekwensu está descansando. Em breve, ela vai atacar. Se preparem.

Ekwensu iria atacá-la, Sunny, primeiro.

— Talvez — admitiu Sunny. — Mas Ekwensu me odeia *e* eu vi o que havia na chama da vela, Orlu. Sei melhor do que ninguém o que está por vir. — Ela fez uma pausa. — Se eu conseguir ajudar a deter isso, vou estar pronta para fazer o que tenho de fazer. — Ela suspirou. — Às vezes, a ignorância é uma benção.

— Não posso discordar disso.

20

Viagem de carro

Faltavam poucos dias para o Natal, e Chukwu tinha vindo passar o feriado em casa. Sunny estava preparando arroz e ensopado quando o ouviu entrar na cozinha, com o rapper Nas tocando a todo volume. Sasha teria ficado impressionado: Nas era o seu rapper favorito.

Chukwu estava com Adebayo, o melhor amigo que quase havia provocado sua morte. Sunny olhou de soslaio para ele enquanto colocava as últimas asas de frango no ensopado e abaixava o fogo. Ela conhecia Adebayo, mas não muito bem. Quando vinha visitar, sempre desaparecia no quarto do irmão para jogar videogame. À medida que foram ficando mais velhos, os dois passaram a sair imediatamente para jogar futebol ou para aquelas lutas de boxe que Chukwu jamais contara para ela, e sabe-se lá para mais onde.

O Adebayo que Sunny conhecia era aquele da fatídica noite com os Tubarões Vermelhos. Ele não a havia visto, mas ela o vira. Enquanto se aproximava dele e do irmão, que balançavam as cabeças ao som da música, Sunny só conseguia pensar que aquele era o imbecil que dera um tapa na cara de Chukwu. Como eles podiam ainda ser amigos? E a julgar pela aparência dos músculos inchados sob as camisetas chiques dos dois, eles continuavam a malhar naquela academia úmida e fedorenta no porão.

— Seja bem-vindo — cumprimentou Sunny, sorrindo para Chukwu enquanto seguia para o carro dele. — Como *na dey*, Chukwu?

— Eu *dey kanpe* — respondeu ele, abraçando-a. — Estou bem.

Sunny olhou para Adebayo e sentiu uma pontada de satisfação quando, mesmo com todos aqueles músculos, ele pareceu encolher na presença dela.

— Boa tarde — disse a ele.

— Oi — resmungou ele.

Sunny esperou Chukwu cumprimentar os pais deles com Adebayo, deixar o amigo em casa e voltar. Encurralou-o na cozinha em um momento em que sabia que Ugonna estava no quarto, entretido com uma chamada de vídeo em seu computador, e os seus pais, assistindo a um filme de Nollywood na sala. Chukwu esquentava um pouco de arroz de *jallof* e dois pedaços grandes de carne de bode no micro-ondas.

— Isso é para ser um lanchinho? — perguntou ela.

— Sim — respondeu ele, passando pela irmã e indo se sentar para comer. Ele flexionou os braços à medida que colocava o prato na mesa. — Tenho que alimentar esses dois.

Sunny revirou os olhos e pegou duas bananas-da-terra.

— Quer um pouco? — ofereceu Chukwu.

— Claro.

Sunny pegou uma faca e fez um corte na superfície da primeira banana. Removeu a casca grossa, colocou a banana-da-terra em um prato e repetiu a operação com a outra.

— Então, como estão as coisas? — Ela se arriscou a perguntar. — Na faculdade. — Ela estava de costas para ele, mas não precisou olhar para ver que o irmão tinha ficado tenso.

— Muito bem — afirmou ele.

— Que bom.

— No semestre que vem, meu professor de biologia quer que eu seja assistente dele nas aulas.

Dessa vez, foi Sunny quem ficou com o corpo tenso. Ser assistente de um professor era uma posição muito respeitada, pela qual os alunos lutavam com unhas e dentes. Isso lhe dava uma experiência de ensino inestimável e passava para os outros a mensagem de que você era um dos melhores alunos. Além disso, demonstrava que você era influente. Esse era um dos motivos principais para as pessoas virarem membros das confrarias.

— É mesmo? — perguntou ela.

Sunny se virou e se deparou com o irmão a encarando. O rosto dele estava sério.

— Sim — confirmou ele. — Todos têm medo de mim. — Chukwu deu um sorriso. — Acham que eu tenho um juju forte, então não querem mexer comigo.

Sunny se sentou de frente para o irmão.

— O que você e Chichi fizeram? — quis saber.

— Não posso lhe dizer.

— Então vocês fizeram alguma coisa?

— Não posso dizer.

Chukwu riu.

— É isso que a Chichi diz. Ela fica cheia de dedos, de mistério, e de boca fechada. Você quer saber o que Adebayo pensa?

— O que ele pensa?

— Ele teve pesadelos terríveis quando eu estava sumido — falou Chukwu. — Sobre eu ser esquartejado e as partes do meu corpo serem dadas para um assassino ritualista. Disse que acordou com o coração batendo forte contra o peito. Pensou que estava tendo um infarto. Ele acha que Deus mandou bruxas para tirarem a vida dele. O *capo* eu já encontrei, mas ele nem sequer olha na minha cara. Ele fica todo trêmulo, começa a murmurar coisas sobre Jesus e praticamente sai correndo na direção contrária. Quanto aos professores, não sei o que as pessoas estão dizendo a eles. Eles sorriem muito pra mim e perguntam se eu preciso de alguma ajuda com os estudos. Meu professor de matemática se ofereceu para me dar as respostas da prova. Eu recusei.

— Não aceite ajuda de ninguém — disparou Sunny, com nojo. — Qual seria o sentido, se tudo fosse apenas...

— Eu sei — interrompeu ele. — Nós dois amamos futebol. Qual seria o sentido de não precisarmos jogar bem para ganhar? O mesmo vale para a faculdade. Eu acredito no *aprendizado*... assim como você.

Sunny assentiu.

Ele sorriu de modo afetado.

— É disso que gosto na Chichi. Bem, disso e o fato de que ela *na dey* linda, né?

Sunny revirou os olhos. *Será que ele sequer sabe sobre Sasha?!*, perguntou-se ela. Chegou a considerar perguntar, mas depois decidiu que não era da conta dela.

— Chukwu, tenho um favor para lhe pedir — anunciou ela, se levantando para terminar de cortar a banana-da-terra.

— O que é?

Sunny cortou um pouco da banana antes de falar. Se ele negasse, ela não fazia ideia de como eles chegariam a Lagos. Talvez encontrassem um trem futum que os levasse até lá. Mas como ela ia conseguir viajar sem seu pai... deserdá-la? Não, ela precisava fazer isso com muito, muito cuidado.

— Precisamos ir a Lagos fazer uma coisa — prosseguiu de repente, virando-se para ele. — Você pode nos levar? É importante.

Ela rapidamente se voltou para a banana-da-terra, horrorizada consigo mesma. Jamais havia sido boa em sutilezas. Esse era o forte do Orlu. Aquele era o irmão dela, que costumava socá-la forte no braço e chamá-la de alvejante, como demonstração de carinho fraternal. Como ela podia ser sutil e cautelosa com *ele*?

— O que há de tão importante lá? — indagou ele.

— Não conte para a mamãe ou para o papai — disparou ela. — Eu...

— Você não está metida com alguma seita perigosa, está?

— Não — retrucou ela. — Não é nada disso. Eu só preciso... encontrar alguém. Por favor, eu não posso dizer mais nada. Você simplesmente tem de confiar em mim. Mesmo que você não leve...

— Eu levo vocês.

— Hein? — surpreendeu-se Sunny.

— Eu levo vocês — repetiu Chukwu.

— Sério? — repetiu.

— Sim, eu lhe devo uma.

Sunny balançou a cabeça.

— Não deve nada.

— Você fez algo que me tirou de uma situação ruim.

— Você faria o mesmo por mim. Você é meu irmão.

Eles ficaram de pé se entreolhando por um bom tempo. O coração de Sunny bateu rápido de emoção à medida que ela se lembrava da aparência dele naquela noite. Ela não pôde evitar que seus olhos lacrimejassem.

— Ok — cedeu ele, baixinho. — Não lhe devo nada.

— Então por que vai me ajudar?

Chukwu deu de ombros.

— Quero me certificar de que você vai ficar a salvo.

— Ok — respondeu Sunny com um aperto na garganta. Ela voltou sua atenção para a banana-da-terra, pegando uma panela e despejando nela um pouco de óleo vegetal. Acrescentou um pouco de azeite de dendê para dar sabor, como sua mãe lhe ensinara, e depois acendeu o fogo.

— Além do mais, Adebayo vai estar lá. Ele vai passar as férias de Natal na casa dos tios ricos. Eles vão viajar para Londres e precisavam que alguém tomasse conta da casa deles. — Ele riu. — Vai ter uma mansão todinha pra ele na Ilha Victoria. Vai viver como um rei lá. Vou ligar pra ele. Quando você quer ir?

— Logo depois do Natal. Talvez pudéssemos passar o Ano Novo lá.

— Então, são você e Chichi? E aqueles outros dois também?

— Sim, eu, Chichi, Orlu, e S-Sasha. — O rosto de Sunny ficou quente.

— Quem é Sasha? É o americano, né?

Sunny mordeu o lábio.

— Sim, ele...

— Ah, eu já ouvi falar dele — disse Chukwu. Ele não falou mais nada, e Sunny ficou aliviada.

— Você acha que Ugonna vai querer ir? — perguntou Sunny rapidamente.

— E não estar aqui para comemorar o Ano Novo com a namorada? Duvido.

Sunny torceu o nariz.

— Você está falando da Dolapo? — Ela havia encontrado a garota uma vez, e ficara extremamente irritada com o modo como ela olhou Sunny de cima a baixo e deu uma risadinha. Desde então, Sunny não dirigira a palavra a ela quando Ugonna a levava pra casa.

— A própria.

— De todo modo, vou perguntar pra ele — avisou Sunny.

Mas Chukwu tinha razão. Ugonna não estava interessado em ir para Lagos, a não ser que pudesse levar Dolapo. Além disso, não havia espaço o bastante no jipe.

Com Chukwu pedindo, convencer os pais foi mais fácil ainda.

— Acho que um descanso vai ser mesmo bom pra você — observou o pai. Ele não fez menção ao fato de Chukwu estar levando Sunny e seus amigos junto. Nem sequer olhou para ela. Pelo modo orgulhoso com que seu pai deu um tapinha nas costas de Chukwu, Sunny sabia que eles haviam garantido dinheiro o bastante para a gasolina, e que seu pai também confiaria a Chukwu uma boa quantia de dinheiro para gastar. Que bom. Ela estava indo para Lagos para se encontrar com uma aranha gigante.

21
O livro das sombras

Hoje está chovendo na floresta. Mas a essa altura você sabe que a chuva não vai te encharcar. Não muito. No entanto, os idiok buscaram abrigo. Eles não gostam de lama, e o som das gotas de chuva atingindo as folhas das árvores é bom para dormir. Aqueles que têm bebês serão abençoados com um descanso muito necessário.

Estamos andando pela minha parte favorita da floresta. Fui atraída para este lugar, e foi assim que os idiok souberam que deviam me ensinar o nsibidi. Olhe ao redor. Está vendo aquela árvore à esquerda, com o tronco estreito e liso e as folhas em formato oval? Sim, olhe bem para cima, e veja que ela cresce tão alto que desaparece em meio às nuvens de chuva. Ela cresce mais alto do que qualquer árvore comum. Imagine as coisas que se rastejam para cima e para baixo desta árvore, para dentro e para fora da floresta.

Está vendo as trepadeiras que se enroscam em volta dela? Sim, você está vendo certo. Elas têm folhas verde-claras e delicadas que parecem deliciosas o bastante para comer. Já as comi — elas têm gosto de alface fresco. E está vendo as flores branco-rosadas? Está vendo como elas se abrem e se fecham, não devagar, e tampouco rápido, como se fossem um enorme monstro rastejante que respira? E está vendo o gafantasma empoleirado no tronco da árvore ao lado delas? Esta parte da minha floresta era plena, um lugar que era tanto a vastidão quanto o mundo físico.

As ovelhas da área evitavam este lugar, considerando-o faz muito tempo uma floresta proibida. O trecho era pequeno: não tinha mais do que 20 metros quadrados, e era fácil de evitar, então, por séculos, talvez até por milênios, aquele pedaço de floresta simplesmente foi deixado imperturbado. Para mim, na condição de pessoa-leopardo, era como ver duas camadas da realidade de uma vez: a mágica e a física. Eu amava este lugar como os idiok o amaram.

A essa altura, talvez você já tenha compreendido. Este livro não é sobre aprender nsibidi, ou sobre a minha vida, ou sobre como se metamorfosear. Eu usei todas essas coisas para te tirar do chão. Se chegou até aqui, agora você tem a mente e o corpo fortes. Sabe como comer para viver, sabe planejar, sabe quando precisa descansar e ama o nsibidi. Você não está em pé de igualdade comigo, mas tem o meu respeito, pois você é uma das minhas. Que bom.

Agora, este livro é sobre a cidade de fumaça, uma enorme faixa de terra neste país que é plena. Osisi. Rezo para que você não tenha de vê-lo, pois não é um lugar para qualquer pessoa que valorize a própria vida, mas se você o viu, se sonhou com ele, então agora você é o propósito deste livro. Haverá mais pessoas como você, mas apenas um punhado. Você...

Sunny teve que lutar para se livrar do controle do nsibidi. Essa era uma coisa que não havia sido afetada pela duplicação: sua habilidade de ler nsibidi. Ela balançou a cabeça, dilatando as narinas e franzindo o cenho, apertando o livro de Sugar Cream contra o peito. Assim que conseguiu ver a sua luz de leitura e conseguiu mexer as mãos, Sunny jogou o livro do outro lado do quarto. O dia seguinte seria difícil o bastante. E agora isso. Todos os fios de sua vida pareciam se entrelaçar para formar uma corda apertada e bizarra, na qual o universo esperava que ela andasse. Seu irmão, as perguntas dela, o livro de Sugar Cream... Sim, *Trapaceira* de fato era um ótimo título para ele. Um título perfeito. *Nsibidi: A língua mágica dos espíritos* literalmente se metamorfoseava, e não apenas na aparência (os símbolos na capa se moviam como insetos), mas nas razões para existir, na voz, na narrativa. Seria ele sequer o mesmo livro para cada leitor?

E por que ela tivera de chegar a este trecho na manhã da partida deles?

— Isso é *wahala* — sussurrou Sunny, voltando a se recostar na cama. Ela sentiu a fadiga costumeira que vinha com a leitura do livro e sua cabeça ainda doía por conta das tranças recém-feitas. Na noite anterior, sua mãe fizera tranças afro em seu farto cabelo amarelo, longas o bastante para alcançar os ombros. Seu cabelo realmente estava crescendo. Tinha quase o mesmo comprimento de quando ela o queimara enquanto olhava fixamente para a chama da vela dois anos atrás. Ela prendeu o pente de Mami Wata em uma das tranças laterais. Parecia um tanto assimetricamente estranho, mas ela passara a achar que o pente lhe trazia sorte. Não deixaria de usá-lo justo quando estavam indo para onde iam, para fazer o que fariam.

Bzzz!

Sunny sorriu e se levantou para acender a lâmpada. Eram cerca de cinco da manhã e ainda estava escuro lá fora, e ela estivera usando sua luz de leitura. Quando acendeu a luz do quarto, Della zumbiu mais alto ainda com suas asas. As sobrancelhas de Sunny se ergueram, e ela lentamente foi até a sua cômoda para ver melhor. Depois, simplesmente ficou ali de pé, boquiaberta. Olhando fixamente.

Era uma cabeça. Ela não sabia dizer o que Della havia usado para criá-la. Talvez tenham sido as pétalas de algum tipo de flor amarela, ou quem sabe um papel amarelo ou algum tipo de pasta amarela que ela encontrou no mercado. Havia ouro também. O rosto era circundado por raios dourados pontudos, como um sol. O nariz tinha narinas largas e era achatado como o do pai de Sunny. Os lábios amarelos sorriam. Os olhos eram cor de mel, como se "Deus não tivesse mais a cor certa". Eram os olhos de Sunny. Aquela era Sunny. Della havia esculpido uma mistura perfeita das caras espiritual e humana dela, Sunny e Anyanwu. *Como se abraça um inseto?*, perguntou-se.

— Della — sussurrou ela. — Eu...

O inseto rapidamente voou em círculos em volta da cabeça de Sunny, e depois voou diante dos olhos dela. Sunny sorriu. Aquela era a maneira de Della dizer: *Não são necessárias palavras.*

— Você entende que eu vou ficar fora por alguns dias?

O inseto zumbiu.

— Você estava por aqui enquanto eu e Chichi conversávamos. Então sabe o que está acontecendo.

A vespa tornou a zumbir.

— Eu devo ter medo?

A vespa voou em direção à própria arte, ficou no topo dela e zumbiu com as asas.

Sunny riu entre dentes. Sua vespa artista parecia saber mais quem Sunny era do que ela própria. E a estimava muito. Della voou em sua direção e tocou a testa de Sunny com suas patas longas e frouxas, e depois disparou para o seu ninho no teto.

Alguém bateu na porta. Era Chukwu.

— Bom dia — cumprimentou ela. — Daqui a pouquinho vou me vestir. Eu...

— Preciso saber de uma coisa — informou ele, baixinho, entrando.

Sunny fechou a porta depois que ele entrou no quarto.

— Ok — assentiu ela.

— Você ainda não pode falar sobre isso, não é?

Ela concordou com a cabeça. Se falasse, suas palavras seriam pesadas e vagarosas, como sempre eram quando se aproximava demais de falar abertamente sobre sua condição de leopardo.

— Isso… seja lá o que for que vocês vão fazer em Lagos é perigoso? — indagou ele.

Sunny pensou.

— Nós damos conta — assegurou ela.

— Não tem a ver com nenhuma dessas pessoas ritualistas? Porque elas são assassinas, e...

— Eu nunca estive envolvida com essas pessoas.

— Lagos é um lugar grande e perigoso pra alguém como você — acrescentou ele.

— Não mais do que é pra você. Além do mais, Orlu e Chichi conhecem Lagos bem — acrescentou ela. — E Sasha tem... malandragem em nível internacional.

Chukwu riu de escárnio.

— Sasha? Sem comentários.

— Nós vamos ficar bem — afirmou ela. — E eu vou levar meu celular. — Mas, se tudo saísse como planejado, haveria alguns dias em que ele não conseguiria falar com ela. Ela lidaria com isso quando chegasse o momento.

O que mais preocupava Sunny era o fato de Sasha e Chukwu ficarem no mesmo carro por muitas horas seguidas. Pelo que Sunny sabia, Chichi se recusara a escolher um dos dois, e ambos se recusavam a romper com Chichi, então o triângulo amoroso ainda estava intacto. Como isso se desenrolaria?

Outra pessoa bateu à porta.

— Sobre o que vocês estão conversando? — perguntou Ugonna, entrando.

— Sobre a viagem — respondeu Chukwu. — Por que está acordado?

— Vocês estão tramando alguma coisa? — indagou, ignorando a pergunta de Chukwu. Ele encarava Sunny.

— Não...

— Porque eu não consigo entender por que você e seus amigos também estão indo — prosseguiu ele.

— Se você quiser ir também, a gente se aperta no carro — disse Sunny. — Já falamos sobre isso.

— Eu não vou. Só quero saber por que você vai. — Ele cruzou os braços contra o peito. — Tive um pressentimento estranho sobre isso.

Sunny estava prestes a dizer que ele estava imaginando coisas. Queria rir e dizer que ele estava parecendo a tia deles, a supersticiosa Udobi. Mas Sunny não podia fazer isso. Havia meses que seu irmão estava tendo pressentimentos relacionados a ela, desenhando e desenhando figuras que ela agora se dava conta de que eram imagens de Osisi. Ele estava preocupado com ela do modo como só um irmão pode se preocupar com outro.

— É uma coisa que eu tenho de fazer — falou Sunny, pegando as mãos dele e olhando bem nos seus olhos.

Ele devolveu o olhar. Ugonna soltou as mãos dela e disse:

— Tudo bem.

Sunny respirou aliviada. Ela não poderia dizer mais nada, nem se quisesse.

— Me mandem mensagens — exigiu Ugonna. — Não para a mamãe ou para o papai: para *mim*. Vocês dois.

— Pode deixar — concordou Sunny.

Fez-se uma pausa incômoda entre os três. O ar estava tão carregado de segredos que Sunny praticamente podia senti-los pressionando os seus ombros. Mas, ao mesmo tempo, jamais em toda a sua vida ela se sentira tão próxima de seus irmãos. E foi por isso que fez uma coisa que ela jamais teria feito: ela estendeu os braços para os dois e puxou-os para um abraço apertado. Por um instante, eles resistiram, mas depois cederam.

— Sunny, eu mesmo vou lhe dar uma surra caso algo lhe aconteça — avisou Chukwu ao pé do ouvido dela.

— Ok — sussurrou Sunny.

Quando terminaram o abraço, os irmãos rapidamente deixaram o quarto.

— Saímos em uma hora e meia — informou Chukwu à medida que fechava a porta.

Sunny voltou para a cama. Estava cansada depois de ler seu livro de nsibidi. Cerca de meia hora de descanso bastaria. Ela tinha tempo o bastante.

Orlu chegou menos de uma hora depois, adiantado como de costume. Chichi e Sasha chegaram juntos alguns minutos mais tarde. Sunny ficou de pé na cozinha observando enquanto Sasha e Chukwu eram apresentados um ao outro por Chichi. Ela rapidamente tirou os óculos, limpou as lentes e voltou a colocá-los. Queria ter uma boa visão daquilo. Sasha e seu irmão tinham quase a mesma altura, com Sasha sendo alto para a idade e quase alcançando os 1,82 metro de Chukwu. Mas o corpo de Chukwu era cheio de músculos volumosos, ao passo que Sasha era esguio, com músculos elásticos. Chukwu pareceu flexionar seus bíceps ainda mais enquanto estendia a mão para cumprimentar Sasha. Sunny queria estar do lado de fora para ouvi-los se cumprimentarem.

Sasha rapidamente usou a desculpa de ter de colocar sua mala no jipe para se afastar de Chukwu. Chichi era só sorrisos quando entrou na cozinha.

— Isso está muito errado — comentou Sunny.

— O quê?

Sunny simplesmente balançou a cabeça.

— Você trouxe O *livro das sombras de Udide*, certo?

— Está bem aqui — respondeu Chichi, tirando a mochila. Ela pegou a bolsa que estava em seu ombro direito e tirou dela um enorme livro preto e marrom. As páginas eram grossas e amareladas por conta da idade e da sujeira. Cheirava a papel queimado, e Sunny podia sentir isso de onde ela estava. A capa era gravada com centenas de linhas levemente suspensas, como se estivesse embrulhado nas finas e longas patas de aranhas. Sunny ficou inquieta só de olhar para o tomo. Imaginou as linhas se erguendo da capa, se desdobrando e o livro ficando de pé. Ela teve um calafrio.

— Quer vê-lo? — perguntou Chichi. — A escrita é muito caprichosa, mas bem pequena. É como se um computador o tivesse escrito!

Sunny segurou o livro e balançou a cabeça.

— Não, pode deixar.

Chichi riu e guardou-o na bolsa.

— O fato de Sasha ter encontrado o livro... Ele realmente tem um olho bom, *sha*. Ouvi dizer que o tomo só pode ser visto quando quer ser visto. Ele tem uma mente própria, como aquele anel de O *senhor dos anéis*. O livro não é totalmente mau, mas tampouco é totalmente bom. Sasha e eu o estudamos ontem à noite. Udide gosta de falar por meio de histórias. O feitiço para encontrá-la está contido no livro, mas ela o descreve em terceira pessoa, como uma aventura sobre um cara imbecil que não sabe que deveria cuidar mais da própria vida. Ele era um adolescente iorubá descendente de uma longa linhagem de reis abastados próximo a Lagos, que pensou que tinha o direito de saber tudo.

Sunny riu entre dentes.

— Conheço um cara assim.

— Todos conhecemos — replicou Chichi. — E ele nem sempre é iorubá.

— É verdade, mas é sempre um homem — implicou Sunny, rindo.

As duas se permitiram uma boa gargalhada.

— Enfim — prosseguiu Chichi —, Udide ouve quase todas as coisas, principalmente aquelas relacionadas a ela.

Sunny franziu o cenho.

— Então é muito provável que saiba que estamos indo até ela.

Chichi assentiu.

— Não gosto disso — confessou Sunny.

— Não importa do que você gosta. As coisas são como são. O que aconteceu foi que a arrogância desse cara de tentar encontrar Udide a irritou demais. Ela sempre afirmou que tem de permitir que as pessoas a encontrem. Você não pode simplesmente decidir encontrá-la e ponto final.

— Então temos de pedir permissão a ela? — interrompeu Sunny. — Temos de fazer uma oferenda ou...

— Apenas preste atenção — disparou Chichi. — Por causa da arrogância desse cara, Udide decidiu dar-lhe o que ele queria. Ela mostrou a ele o caminho em um sonho. Obviamente, como ele era um *mumu* insolente, achou que o sonho tinha sido obra dele mesmo. Ele imediatamente pulou da cama e correu para o quarto do irmão caçula. Precisava de três bolas de gude azuis, e calhou de seu irmão ter o suficiente. Imagine só. Ele seguiu as instruções do sonho, e, com toda a certeza, encontrou Udide em uma caverna sob Lagos. Mas quando a encontrou, a mera *visão* dela...

— Ele virou pedra? — berrou Sunny. — Ai, meu Deus, ela por acaso é como a Medusa da mitologia grega?! Estamos ferrados! Como vamos... Precisamos de um espelho então. Ou...

— Sunny, cale a BOCA!! — gritou Chichi. — Credo, você por acaso bebeu café hoje de manhã, *sha*? Ou talvez um pouco do *ogogoro* do seu pai?

— Meu pai não bebe isso. Ele gosta de cerveja Guinness.

— Apenas preste atenção! Quando ele viu Udide, a imagem dela era tão aterrorizante que uma parte do cabelo dele ficou branca. Lembre-se de que ele tinha apenas uns 16 anos. Então ele ficou com uma aparência bem estranha. O garoto fugiu dali e nunca mais tornou a procurar Udide. Ela terminou a história com a seguinte frase: "Sem conhecer o caminho de dia, jamais tente passar por ele à noite." Udide tem um senso de humor sombrio.

— É o que parece — respondeu Sunny. — Mas, se ela tem um senso de humor sombrio, será que é inteligente de nossa parte tentar usar essa mesma maneira para encontrá-la? E se tudo isso não passar de uma história?

Chichi balançou a cabeça em negativa.

— As histórias de Udide *nunca* são simplesmente histórias. E eu acho que o que deixou aquele cara enrascado foram as intenções dele. Estamos procurando por Udide por um *bom* motivo, Sunny. Esses sonhos que você está tendo sobre Osisi são sérios. Algo de ruim vai acontecer, Ekwensu está à solta e você está metida nisso. Há algo de que você precisa em Osisi, e o único modo de chegar lá é por meio de algo que somente *ela* pode criar. Não a estamos procurando para provar quão poderosos nós somos.

Sunny esperava que Chichi tivesse razão. Seu cabelo já era amarelo. Ela não precisava de mechas brancas de terror para clareá-los ainda mais.

Os cinco ficaram de pé diante do jipe enquanto Sunny desamassava o mapa dentro do carro. Chukwu colocou o dedo sobre a cidade de Aba.

— Ok, então, estamos perto daqui. Devíamos pegar a autoestrada Port Harcourt-Aba até...

— Eu conheço o caminho — afirmou Chichi. — Estudei um mapa de lá que comprei no mercado. — Ela deu tapinhas na própria testa. — Tenho tudo gravado aqui.

— Eu também — afirmou Sasha. — Além do mais, chequei o Google Earth e o Mapquest. Não tem muitas coisas lá, a não ser que você esteja procurando por Lagos. Mas esse mapa é mais preciso do que um GPS ou qualquer coisa on-line. De todo modo, não é o caminho que vai ser difícil. A verdadeira prova vai ser não ser assaltado ou não passar pelos buracos da estrada. Eu não sou daqui, mas já conheço um pouco das coisas.

— Podemos parar na Cidade de Benin e ficar na casa do meu tio — acrescentou Chichi.

— Ah, não, querida — recusou Chukwu rindo entre dentes. — Se sairmos logo, vamos chegar lá quando o sol estiver se pondo, pode confiar em mim. Chegaremos à casa dos tios do meu amigo bem rápido.

Chichi fez uma pausa. Depois riu docemente e disse:

— Tudo bem.

Orlu riu consigo mesmo.

Em cinco minutos, estavam todos amontoados no jipe. Chukwu pegou no volante, tentando não olhar para Sasha, que conectava o telefone ao som do jipe e procurava a música certa para ouvir e não ter de conversar com Chukwu. Chichi estava atrás de Sasha, com um cigarro Banga na mão, que ela planejava acender assim que saíssem da vista dos pais de Sunny. Orlu estava atrás de Chukwu, com cara de preocupado. E Sunny estava no meio, acenando para Ugonna.

— Liguem daqui a algumas horas — pediu o pai deles a Chukwu.

— E não dirija rápido demais — alertou a mãe.

Sasha deu play e, assim que começou a tocar a música escolhida, os olhos de Chukwu brilharam e ele escancarou um sorriso.

— Nas!

Sasha pareceu surpreso, e depois balançou a cabeça, satisfeito. E, juntos, eles disseram:

— *Illmatic.*

Eles pegaram a estrada, com o jipe quicando em uma nuvem de batidas de hip hop.

Depois de meia hora, Sunny começou a sentir uma forte dor de cabeça. Chukwu dirigia rápido por um bom trecho da autoestrada. Sasha mantinha o som quase a todo volume. Em outra ocasião, Chukwu instalara um equipamento de som novo e mais potente, que era como aqueles que Sunny se lembrava das ruas de Nova York. Ela inclusive suspeitava que aquele rádio podia acionar os alarmes de carros próximos se o volume estivesse no máximo.

À medida que aceleravam, eles tocaram o álbum *Illmatic* de Nas tão alto que Sunny achou que sua cabeça ia explodir. Ela conseguia sentir o baixo vibrar por todo o seu corpo. A única vez que sentira algo remotamente parecido com isso foi no ano passado, quando os tambores de Ekwensu retumbavam enquanto ela tentava invadir o mundo físico. Mas, desta vez, com cada corpo balançando com a batida, Sunny riu, e Sasha e Chukwu cantaram o rap "It Ain't Hard to Tell" junto com Nas.

Ela olhou para Chichi, que parecia irritada. Sunny deu risadinhas. A amiga com certeza não esperava que os dois fossem criar um senso de camaradagem por causa de Nas. Orlu dormira com a cabeça escorada na janela. Quando ele aparecera na casa dela, Sunny percebeu que parecia cansado.

— Vou ficar bem — garantiu quando ela perguntou se ele dormira na noite anterior. — Fiquei acordado até tarde adornando o jipe do Chukwu com contas de jujus protetores.

— Merda — xingou subitamente Chukwu. Então pisou fundo nos freios.

— Opa, opa, opa! — exclamou Sasha.

Sunny, a única que insistia em usar o cinto de segurança, foi detida por ele, e seus óculos voaram para fora do rosto. Sasha se segurou ao banco. Orlu rapidamente acordou e estendeu uma das mãos bem a tempo de evitar dar com a cabeça de encontro com o banco da frente. Chukwu conseguiu diminuir a velocidade e desviar, evitando por pouco um enorme buraco.

— Vocês não viram o buraco?! — reclamou Orlu.

— Não! — respondeu Sasha, balançando a cabeça. Ele se virou para trás. — Estão todos bem?

— Por pouco — retrucou Chichi, pegando o livro que tinha deixado cair no chão.

— Três palavras — anunciou Sunny, recolocando os óculos. — Cinto de segurança.

Chukwu soltou um muxoxo e acenou desdenhosamente para a irmã.

— Americana fracote — comentou Sasha, escancarando um sorriso. — Você não sabe que estamos na Nigéria?

Sunny balançou a cabeça, enojada. Desde que havia chegado na Nigéria, Sasha havia se gabado de seu ódio por cintos de segurança "confinantes", e sobre como ele jamais os usara, e nem o pai dele, inclusive nos Estados Unidos.

— As estradas vão ficar muito ruins — avisou Orlu. — A partir de agora, deveríamos diminuir a velocidade.

— Eu sei dirigir — disparou Chukwu.

— Então foi por isso que nós quase morremos agora? — indagou Orlu. — Não estou dizendo que você dirige mal. Estou apenas lhe dando um bom conselho.

Sunny sorriu. Orlu era quatro anos mais jovem do que Chukwu, e muito menos musculoso, mas sempre tivera uma maneira de falar com seu irmão que Chukwu não conseguia rebater. Até mesmo naquele momento, seu irmão simplesmente olhou para Orlu pelo retrovisor e não disse nada. Mas ainda assim diminuiu a velocidade.

Orlu olhou de soslaio para Sunny e passou um braço em volta da cintura dela. Sunny sentiu seu corpo formigar dos ombros até a bochecha. Por um instante, ela inclusive conseguiu parar de pensar em Lagos e no que eles tinham de fazer lá. Ela não chamava Orlu de namorado, e ele não a chamava de namorada. Os únicos beijos que eles haviam trocado foram aquele que ele dera na bochecha dela ano passado e o que ela havia dado na orelha dele quando ele quase morrera tentando resgatar as duas crianças de onde fosse que o juju cruel de Chapéu Preto as houvesse levado. Ainda assim, Chichi gostava de brincar dizendo que eles eram "prometidos", e Sasha estava sempre falando para eles pararem de rodeios. Chichi e Sasha eram sempre muito seguros e atrevidos com relação a tudo. O que Sunny sabia era que ela gostava de estar perto de Orlu, e eles frequentemente se davam as mãos. Além disso, às vezes, ele colocava o braço em volta dela. Ele era o amigo que estava sempre em sua mente.

Chukwu diminuiu a velocidade até quase parar quando eles se depararam com uma cratera que engolia quase metade da estrada. A camada de asfalto afundado cedera, revelando a grossa camada de terra vermelha. Havia um carro preso na cratera. Dois rapazes estavam de pé sobre o asfalto erguido olhando fixamente para seu carro. Eles estavam com as mãos nos bolsos e pareciam sem esperanças. Um SUV se esgueirou em volta do carro preso, dirigindo principalmente sobre a terra e as plantas do acostamento. Quando chegou a vez de Chukwu, ele passou lentamente pelo carro. Sasha abriu a janela.

— Vocês... precisam de ajuda? — Ele acrescentou um sotaque igbo à sua fala para ocultar o fato de que era americano. O sotaque era impecável. Depois, começou a falar em pidgin. — *Wetin na want maka do fo' na?** Precisam de alguma ajuda?

Um dos rapazes parecia irritado.

— Qualquer coisa que vocês acharem que vai ajudar, *sha*. Venham tirar o carro daqui com as próprias mãos. — Ele soltou um muxoxo de irritação, virou o rosto e murmurou: — Que absurdo.

Sasha olhou para trás, para Orlu. Sunny olhou de Orlu para Sasha e, depois, de volta para Orlu. Orlu olhou para Chichi. Chichi estava olhando para Chukwu, e depois olhou para Sasha. Chukwu olhava para Orlu, Sunny e Chichi pelo espelho retrovisor, e ignorava Sasha, ao lado dele.

— Chukwu, espere — pediu Sasha.

Quando Chukwu diminuiu a velocidade, Sasha saiu do carro. Chichi também abriu a porta.

---

* O que vocês querem que a gente faça? *(N. do T.)*

— Não, Chichi — censurou Sasha com firmeza. — Só Orlu. — Ele fez uma pausa. — Nós não conhecemos esses caras, *sha*. Ele ainda falava com sotaque.

Sunny queria perguntar o que estava acontecendo, mas Chukwu estava ali, então não disse nada. Orlu saiu do jipe pela porta do outro lado, e pisou na grama alta. Ele foi até a janela de Chukwu.

— Pode dirigir até lá em cima — indicou ele. — Encontramos vocês lá.

— Não — recusou-se Chukwu, colocando o jipe em ponto morto. — Eu vou ajudar. Sou mais forte do que vocês dois. E você também não sabe quem são esses caras. Eles não vão se meter comigo.

— Vai ficar tudo bem — garantiu Orlu. — Você precisa ficar com Sunny e Chichi. — Ele fez uma pausa. — Não se preocupe.

Chukwu começou a abrir a porta.

— Deixe-me só...

— Não, nenhum de nós sabe dirigir — insistiu Orlu. — E se vier outro carro querendo passar? — Ele fechou a porta de Chukwu. — Voltamos em um segundo.

Sunny se virou e olhou para trás à medida que Chukwu relutantemente continuava a dirigir pela estada. Ela podia ver Sasha falando com os homens, mas Orlu ainda observava eles se afastarem.

— Pode seguir — falou Chichi quando Chukwu parou o carro a cerca de 200 metros de onde os outros estavam. Eles seguiram por mais alguns metros, até onde a estrada fazia uma curva, e eles já não podiam ver Sasha, Orlu e os homens.

— Ok — concordou Chichi. — Aqui está bom.

Chukwu franziu o cenho intensamente enquanto deixava o jipe em ponto morto. Ele não desligou o carro.

— O que eles estão fazendo?

— Ajudando os caras, acho — respondeu Chichi vagamente.

— Como diabos eles podem ajudar aqueles caras? Aquele carro precisaria de um guincho para sair da cratera. Um guincho poderoso.

Chichi deu de ombros.

— Eu deveria ir ajudar — sugeriu ele, desligando o motor e fazendo menção de sair do carro. — Fiquem aqui vocês duas.

— Não! — exclamaram Chichi e Sunny ao mesmo tempo.

— Por quê? Sou o mais forte e o mais velho. Isso não faz sentido!

Chichi rapidamente saiu do carro e passou para o banco do carona.

— Eles vão voltar. Não vai ter problema. — Ela riu com falsa modéstia, e se inclinou para mais perto dele. O cenho franzido de Chukwu imediatamente começou a relaxar.

Chichi vestia uma de suas saias longas de aparência velha e uma camiseta. Ela havia tirado as sandálias e deixado no chão do assento de trás. Era tão pequena que, de modo fácil e fofo, podia se encolher toda no banco do carona, recatadamente colocando sua saia sobre as pernas curtas.

— Então, como você está? — perguntou ela, pestanejando para Chukwu.

— Ai, meu Deus — murmurou Sunny, olhando para as árvores do lado de fora da janela.

Dez minutos depois, Sunny ouviu um carro se aproximando estrada acima. Chichi estava sentada no colo de Chukwu, dizendo para ele pela milionésima vez o quão incríveis eram os músculos dele, e Sunny estava fora do carro, encostada contra a porta. De fato, era o carro que estava preso no buraco. Mas Sunny só o reconheceu pela cor e pela forma. O carro passou por eles provavelmente a mais de 140 quilômetros por hora. Ela mal conseguiu ver os caras dentro do carro, mas os viu, principalmente o motorista. Ele parecia apavorado.

Quando olhou para a estrada, Sunny viu Orlu e Sasha vindo, mantendo-se no acostamento. Ela correu até eles. Alguns carros passaram, mas, fora isso, a estrada parecia calma. Sunny estava suando quando alcançou os amigos. O dia começava a ficar úmido.

— O que vocês fizeram? — indagou Sunny enquanto seguiam para o jipe.

— Um pouco disso, um pouco daquilo — respondeu Sasha.

— A parte mais difícil foi convencê-los a ficar de costas pra gente — afirmou Orlu. — Eles começaram a pensar que éramos ladrões armados. Mas se não conseguíssemos que eles virassem as costas e eles tivessem visto o que estávamos fazendo, estaríamos em um carro do Conselho da Biblioteca indo em direção ao porão da Biblioteca de Obi, assim como você.

— Tivemos de lançar o *Ujo* neles — murmurou Orlu. — Assim, eles ficaram com medo demais para ver o que estávamos fazendo.

Sunny ergueu as sobrancelhas. Aquele era o juju que Anatov ensinara a eles e que fazia com que as ovelhas sentissem um medo profundo, irracional e incapacitante. Então foi *por isso* que os caras passaram a toda velocidade.

Sasha subitamente apertou o passo, deixando que Sunny e Orlu caminhassem juntos.

— Então vocês não vão ser levados para o conselho? Sei que vocês lançaram algum juju naquele carro.

Ele balançou a cabeça.

— Lembre-se de que ser uma boa pessoa-leopardo inclui cumprir o seu dever com relação aos outros seres humanos. Quando vimos aqueles caras, se pudéssemos ajudar, ajudaríamos.

— Você só pode estar brincando — gritou Sasha. Ele estava de pé em frente à janela do carona, olhando para dentro do jipe. — Ah, então é assim que são as coisas? É isso o que você é?

— Ai, não — comentou Orlu. Os dois correram até o jipe.

Chichi saiu do carro pelo lado do motorista. Depois, Chukwu também saiu, pelo mesmo lado.

— Que diabos há de errado com você?! — gritou Sasha para Chichi.

— Diminua seu tom de voz — disse Chukwu, com a voz retumbante.

— Não *fale* comigo — replicou Sasha, apontando para Chukwu.

Chukwu riu alto.

— Ou você vai fazer o quê?

Os olhos de Sasha se arregalaram, e ele deu a impressão de que ia dizer alguma coisa. Depois, olhou de soslaio para Sunny e pareceu mudar de ideia.

— Estou cagando para o seu tamanho — disparou Sasha, indo na direção de Chukwu.

— Pode vir — rugiu Chukwu.

— Chega — falou Orlu, imediatamente se colocando entre Sasha e Chukwu. — Chega, gente. Chega.

— Tire suas mãos dela — ordenou Sasha, apontando para Chukwu por sobre o ombro de Orlu.

— Com certeza, mas não posso fazer nada se ela não consegue tirar as mãos de *mim* — retrucou Chukwu, rindo.

Sasha virou o rosto e cuspiu.

— É o que veremos.

Sunny foi para o lado de Chichi.

— Em que você estava pensando? — disparou Sunny.

— Eu não estava exatamente pensando — sussurrou Chichi, mas Sunny percebeu o sorriso que se formava nos lábios dela.

— Vamos todos voltar para o jipe — sugeriu Orlu. — Temos um longo caminho pela frente.

Sasha estava encarando Chichi, que, por sua vez, olhava de volta para ele. Com raiva, Chukwu sentou no banco do motorista, batendo a porta com força. Sunny e Orlu entraram. Depois, Chichi. Sasha foi o último a entrar, e sentou no banco do carona. Ele lançou um olhar de fúria para Chukwu, mas Chukwu simplesmente ligou o jipe, ignorando-o. Minutos depois, Sasha voltou a colocar Nas para tocar, passando para o álbum seguinte, *It Was Written*. Mas a vibração das batidas não era nem de longe tão deliciosa como antes.

22

Ewuju bom e muito, muito fresco!

Era como se as estradas estivessem tentando matá-los.

Havia buracos e crateras por todos os lados. Em um trecho, a estrada parecia ter cedido completamente e eles tiveram que dirigir cambaleando pelos destroços pontiagudos. De algum modo, os pneus não furaram, mas as vias ruins tornavam a viagem lenta e perigosa. Algumas vezes, percorreram trechos tão desnivelados que eles quase capotaram. Por sorte, aquela era a estação das secas. Do contrário, as estradas se tornariam sumidouros lamacentos e intransponíveis.

E ainda havia os engarrafamentos, um trânsito que fazia eles perderem um tempo precioso. Duas horas depois de sofrer com a estrada cheia de buracos e crateras, eles ficaram parados na autoestrada por uma hora e meia. Nos dois lados do acostamento havia ocasionais barracos e trechos arborizados, de onde partia uma série de pedintes e vendedores ambulantes. Um dos pedintes era um rapaz com roupas esfarrapadas, um cabelo todo emaranhado e um olhar maníaco nos olhos. Ele fez Sunny se lembrar do homem que vira na sala de espera de Bola. Ele se inclinou contra a janela de Chichi, e olhou fixamente para ela. Não importava quantas vezes Sasha dissesse para ele ir embora, ele se recusou a sair dali até que o garoto de fato teve de sair do carro e espantá-lo.

Os ambulantes vendiam todo o tipo de coisas, de milho cru, água fresca e pão até espetinhos de carne típicos, chamados *suya*, fatias de banana-da-terra frita e carne de caça na brasa. Um homem inclusive ergueu uma ratazana-do-capim inteira na frente da janela de Orlu.

— *Ewuju* bom e muito, muito fresco! — exclamou ele. O sujeito estava cobrando 600 nairas pela refeição e até tinha se oferecido para esfolar o bicho enquanto eles esperavam. A ratazana-do-capim, ou *Ewuju*, parecia ter acabado de ser morta, pois sangue ainda escorria dela.

Orlu simplesmente dispensara o homem com um aceno.

Quando o engarrafamento finalmente terminou, eles começaram a se deparar com as blitz, em que Chukwu foi obrigado a "pagar o café" dos policiais para poder passar sem se atrasar mais. A exigência descarada de propinas irritava particularmente Sasha, que nutria um ódio especial por policiais. Chichi teve que pegar a mão dele, à medida que Chukwu lidava com os agentes rodoviários, para que Sasha ficasse calado. Quando foram parados por uma terceira blitz em menos de duas horas, Sasha estava prestes a pular de seu assento e "dar um tapa na cara desse sujeito". Foi nesse momento que Orlu disse que eles deviam parar e procurar um hotel.

Estavam na Cidade de Benin, na metade do caminho, e o sol já se punha. Felizmente, Chichi havia se preparado com antecedência.

— Chukwu, encoste o carro. Sunny, me dê seu telefone. Deixe-me ligar para o meu tio.

Chukwu entrou no estacionamento de um mercado de beira de estrada. Chichi discou número.

— Eu disse a ele que viríamos — explicou ela enquanto esperava o tio atender.

— Tem certeza de que não vai ter problema? — indagou Sunny.

— Tenho. Eles têm uma casa enorme e me amam — falou Chichi. — É a minha tia, irmã da minha mãe... — Ela ergueu a mão. — Alô? Alô? Tio Uyobong? Boa noite. — Ela escancarou um sorriso, riu, e depois começou a falar rapidamente em efik.

— Não tenho certeza se gosto da ideia de passar o Ano Novo na estrada — comentou Orlu enquanto Chichi falava com seu tio.

— Eu sei — respondeu Sunny. — Mas pode confiar em mim: se continuarmos dirigindo, vamos ser assaltados ou vamos ter de lutar contra os assaltantes.

Chichi estava rindo alto e pressionava o telefone contra a orelha.

— Você conhece o tio da Chichi? — indagou Sunny.

— Já ouvi falar dele, mas nunca o encontrei.

— Ouviu coisas boas?

— Sim — respondeu Orlu, sorrindo. — Ele gosta de flores. — Ele diminuiu o tom de voz para que Chukwu não escutasse. — Os dois são leopardos, e a tia dela está no terceiro nível, assim como a mãe de Chichi.

— Ok, gente — anunciou Chichi, devolvendo o telefone para Sunny. — Eles já estão com o jantar pronto para nós. Vamos lá.

— Para que direção? — indagou Chukwu.

Dez minutos depois, eles atravessavam os portões de um condomínio pequeno, mas lindamente projetado. A casa era pintada de azul, e o condomínio era embelezado por palmeiras altas e flores coloridas que pareciam brilhar, mesmo sendo quase noite. O pequeno estacionamento em frente à casa era preto e liso, como se tivesse sido recém-asfaltado.

— Legal — comentou Sasha.

— Vou avisar a todos mais uma vez: tratem as flores do meu tio como pequenos seres humanos. E que Deus os ajude se vocês pisarem em alguma delas.

— Que espécie de homem ama flores tanto assim? — perguntou Chukwu com uma risada enquanto saía do carro. — Por acaso ele é algum tipo de mago?

Todos congelaram, evitando fazer contato visual uns com os outros.

— Ele é botânico, e estudou na Universidade da Califórnia, nos Estados Unidos.

— Ah... Tudo bem — falou Chukwu.

Sunny suspirou.

Uma trilha levava à porta da frente, e nas laterais dela havia todo o tipo de plantas: lírios tigrados, girassóis, um arbusto com flores vermelhas, e havia inclusive um cacto alto na lateral direita do começo da trilha.

— Não toquem em nenhuma destas flores — repetiu Chichi.

— Ah! — chiou Chukwu. — Porcaria! — Ele estava na frente de Sunny, e ela tinha visto exatamente o que aconteceu. O cacto havia se inclinado para a frente e roçado o braço dele com um espinho! Felizmente, Chukwu não tinha visto a planta fazer isso. Ele havia apenas sentido o arranhão. — Eu não toquei no cacto — afirmou, e depois olhou para o seu braço, irritado. — Ele tocou em mim ou algo assim. Eu nem estava...

— Quem está aí? — falou uma voz grave vinda de dentro da casa.

A porta foi destrancada, e um homem colocou a cabeça para fora, franzindo o cenho. Ele tinha uma careca lisa, bigodes elegantes e uma barba farta que fazia Sunny se lembrar de um homem na internet, que, anos atrás, estava sempre reclamando que o aluguel era "alto pra caramba".

— Quem está mexendo em minhas plantas?

— Tio Uyobong — cantou Chichi. — Somos nós!

Ele franziu o cenho, e depois seu rosto estampou um sorriso quando ele viu Chichi.

— *Ah-ah!* Chichi — saudou, dando um abraço apertado na sobrinha. Uma mulher com um basto black power grisalho e enormes brincos de ouro foi até a soleira da porta, e Chichi também a abraçou com força.

— Tia! — cumprimentou Chichi.

— E esta deve ser Sunny — arriscou o tio de Chichi.

Sunny deu um passo à frente.

— Boa noite.

Ela rapidamente recebeu abraços dos dois.

— Nós ouvimos falar de você — comentou a tia de Chichi. Sunny olhou de soslaio para a amiga, que rapidamente balançou a cabeça. *Espero que ela não tenha contado a eles,* pensou Sunny. Ninguém além deles quatro precisava saber da sua duplicação.

Sasha, Orlu e Chukwu também receberam abraços calorosos.

— Chukwu — disse o tio de Chichi, inclinando a cabeça para o lado. — Você estuda na Universidade de Port Harcourt?

— Sim.

A tia segurou a cabeça dele com ambas as mãos e olhou de um lado para o outro.

— Você está se recuperando bem — falou ela, abraçando-o.

Chukwu franziu o cenho para Chichi, que apenas deu de ombros.

— Obrigado, senhora — respondeu Chukwu, educadamente.

— Entrem — convidou ela. — Todos vocês. Estávamos esperando.

Assim que eles entraram, o tio de Chichi passou o braço em volta dos ombros de Sasha e disse:

— Venha comigo, você e eu precisamos conversar. — Em seguida, eles entraram em outro cômodo.

Sunny estava ocupada demais admirando o espetáculo que era o interior da casa deles para perguntar aonde Sasha e o tio de Chichi estavam indo. A casa... poderia ela chamar aquilo de casa? Talvez fosse melhor chamar de estufa. Do lado de dentro, a temperatura era fresca e agradável, sim, mas havia plantas... por todos os lados. Elas pendiam do lustre gigante no teto. Trepadeiras se entrelaçavam em volta do corrimão das escadas. Havia árvores que floresciam em vasos contra as paredes.

— Uau — comentou Chukwu. — A casa parece muito maior do lado de dentro.

— É por causa do telhado de vidro — comentou a tia de Chichi. Todos olharam para cima e, de fato, no enorme cômodo da frente, o teto era todo feito de vidro. — Esta casa é do meu companheiro. Eu não possuo nada.

— Ela e o meu tio não são casados — explicou Chichi, se aproximando de Sunny para que Chukwu não escutasse. — Lembre-se de que nós somos Nimm, e mulheres de Nimm não podem se casar.

— Ah — respondeu Sunny. — Certo. — Ela estava mesmo se perguntando sobre isso. A casa era adorável, mas parecia extravagante. A mãe de Chichi morava em uma cabana e se orgulhava disso. No entanto, mesmo que ela não fosse dona da casa, parecia estranho que uma sacerdotisa de Nimm vivesse tão suntuosamente.

— Meu tio construiu a casa pra ela, mas, na verdade, foi mais pra ele mesmo — observou Chichi. — Já mencionei que ele adora flores?

— Acho que jamais vi um lugar como este — disse Chukwu à tia de Chichi.

— Bem, fico feliz de expandir os seus horizontes — falou ela. — Venham, vou mostrar onde vocês vão dormir e depois vocês podem jantar.

Sasha, Orlu e Chukwu iriam dormir em um quarto grande no andar de baixo, no qual todas as paredes eram tomadas por estantes de livros. Havia um enorme sofá de *plush* em formato de ferradura, espaçoso o bastante para que duas pessoas deitassem. Um catre também havia sido armado atrás do sofá, e Chukwu rapidamente declarou que era ali que ele dormiria.

— Vocês, meninos, podem se acomodar — avisou a tia de Chichi. — Nós voltamos já. — Ela levou Chichi e Sunny para um quarto menor no andar de cima. — Vocês não têm problema em dividir uma cama, não é?

— De jeito nenhum, tia.

Sunny concordou.

— É um quarto lindo — elogiou.

E era mesmo, com enormes plantas cheias de folhas se enroscando em uma pilastra ao lado das cortinas, e que saíam por uma rachadura na porta que dava para a varanda.

— Você tem tratado bem o seu irmão, Sunny? — indagou a tia de Chichi.

— Como assim?

— Você sabe o que quero dizer, querida. As coisas andam bem na faculdade dele? Não queremos que você seja arrastada novamente para o porão da biblioteca.

Chichi guinchou de tanto rir.

— Eu ainda estou aqui — replicou Sunny, constrangida.

— Que bom — falou a tia de Chichi, dando um tapinha nas costas dela. — Sei que as coisas são difíceis para os agentes livres. Você conhece o mundo das ovelhas melhor do que todos nós, e as pessoas-leopardo podem ser babacas. O seu tipo tende a ter o pavio curto, e com razão. Não é fácil viver no limiar de dois mundos tão diferentes assim.

Uma gata preta se esgueirou de debaixo da cama e ficou parada diante de Sunny, fitando-a. Como se esperasse. Sunny a ignorou enquanto a tia de Chichi falava.

— Mas você vai se acostumar com isso — prosseguiu ela. — E é melhor fazer isso logo, porque acho que alguma coisa importante lhe aguarda.

— Suponho que sim — retrucou Sunny, olhando de soslaio para a gata. Ela ainda estava sentada ali.

— Pegue-a — recomendou a tia de Chichi. — Você acha que ela está esperando pelo quê?

Sunny se encurvou e lentamente pegou a gata. Não estava muito acostumada com gatos, então segurou o bicho como se fosse um bebê. A gata se virou e se contorceu até ficar em uma posição confortável nos braços de Sunny. Ela fez carinho, e a gata começou a ronronar.

— Esta é a Paja — declarou Chichi, pegando uma das patas dianteiras dela. — Está vendo as patinhas? Legal, né?

A gata tinha seis dedos.

— Ela é... e se o Chukwu a vir?

— E daí? — replicou Chichi. — Essas patas não são mágicas. Bem, todos os gatos são do grupo das pessoas-leopardo, mas as ovelhas também os têm. Eles são chamados gatos polidáctilos. É uma mutação natural. Eles também são muito espertos.

A gata ronronou e recostou a cabeça contra o peito de Sunny, que quase derreteu de deleite. Ela se sentou na cama com a gata nos braços e fez carinho no pelo macio e preto.

— Eu liguei pra sua mãe — informou a tia de Chichi para Sunny. — Ela ficou feliz por você ter chegado bem.

— Obrigada — respondeu Sunny. Ela também havia mandado mensagem para Ugonna. Ele provavelmente tinha escutado pelos pais que eles estavam bem, mas ela prometera ao irmão que se comunicaria pessoalmente com ele.

— Vocês estão seguras com relação a esta viagem? — indagou a tia de Chichi.

Sunny assentiu com a cabeça.

— Tudo bem — respondeu ela. — Não vou mais falar disso. Vamos jantar.

Sunny levou a gata consigo.

A sala de jantar ficava nos fundos da casa e também era toda feita de vidro, com vários tipos de plantas e árvores em vasos dispostos nas quinas. A mesa que ficava no centro era grande e feita de madeira espessa, assim como as cadeiras, que tinham desenhos intricados gravados nelas, com as bordas lisas de tão gastas. Sunny achou as cadeiras extremamente confortáveis. A madeira passava uma sensação calorosa.

O jantar já estava posto na mesa, na qual havia uma tigela grande e várias outras menores. A tigela grande de porcelana branca estava cheia de sopa *edikaikong*, e em cada uma das menores havia banana-da-terra frita, *puff puffs* e fatias de manga. Em uma travessa, havia bolas de *garri* cinza do tamanho de um punho. A sopa tinha muitos caramujos, carne de vaca e peixe seco, e pouco azeite de dendê. O equilíbrio perfeito. A mãe de Sunny não cozinhava essa sopa. Sopa *edikaikong* era um prato típico dos ibibio, e não dos igbo. No entanto, como a mãe de Chichi era efik, um subgrupo dos ibibio, Sunny já havia comido essa sopa muitas vezes na casa de Chichi, tantas que aprendera a apreciá-la. Quando terminou de comer, se recostou na cadeira, satisfeita e exausta. Os olhos dela estavam se fechando quando um trecho da conversa que acontecia chegou aos seus ouvidos.

— Certamente, eu vou com você.

— Ótimo — exclamou Sasha, se empertigando. Ele tinha comido mais do que Sunny, mas a comida parecia ter um efeito diferente nele.

— Também vou! — acrescentou Chichi. — Você nunca sai comigo quando *eu* venho visitar.

— Ah, mas eles três são homens — falou o tio de Chichi. — É diferente.

— Ir aonde? — indagou Sunny.

— Ter um gostinho da vida noturna daqui — respondeu Sasha. — É quase Ano Novo. Todo mundo já está de folga do trabalho e festejando. Estamos em um lugar novo: vamos sair para ver como é!

Sunny olhou para Chukwu, que não disse nada. Ele evidentemente queria sair, só que não com Sasha. Até Orlu parecia interessado.

— Hum, ok — concordou Sunny, relutante. — Eu vou se todos forem.

E todos iam. Ela resmungou, mas baixo demais para algum deles ouvir. Ela preferiria ir para a cama, ler um pouco e depois dormir. O dia tinha sido longo demais, e o seguinte provavelmente seria ainda pior.

Foi assim que Sunny se viu em uma boate pela primeira vez. Orlu a segurava firme pela cintura, e ela ficou feliz, pois o lugar era escuro e lotado de corpos de pessoas que balançavam e se contorciam, dançando, falando e gritando. Não muito longe, Sunny podia ver Sasha requebrando na pista de dança, rodeado por cinco mulheres que quase tinham o dobro da idade dele. Chukwu estava dançando com Chichi a vários metros de distância, mas Chichi não parava de olhar para Sasha. E quem poderia ignorar o tio e a tia de Chichi, que também estavam na pista dançando animadamente? O tio de Chichi tinha na mão uma garrafa de Guinness e, de algum modo, conseguia não derramar a cerveja.

Sunny bocejou e se recostou em Orlu. Subitamente, ele a soltou e começou a abrir caminho mais para o meio da multidão.

— O que você está fazendo? — perguntou Sunny.

Em seguida, a multidão se moveu para a frente, à medida que as pessoas tentavam ver mais de perto. Sunny foi arrastada junto com a muvuca, e então viu aonde Orlu estava indo. Dois caras que pareciam ter vinte e poucos anos estavam tentando bater em Sasha. Ele desviou do ataque de um dos caras, que errou o alvo, mas o outro conseguir acertar um soco na barriga dele. Em seguida, Chukwu pulou para cima do cara que acertara o soco, virando-o e dando-lhe um murro na cara. O homem cambaleou para trás à medida que outros dois amigos se juntavam a ele. Eles fizeram uma pausa e olharam para Chukwu, que gritou por cima da música:

— Podem vir! — Ele ergueu os punhos. Os caras não eram tão idiotas quanto pareciam, pois nenhum deles aceitou o convite de Chukwu para brigar. Orlu agarrou Sasha e Chukwu tirou os dois dali.

O tio de Chichi se juntou a eles, gritando para os caras se manterem afastados. A tia de Chichi estava atrás dele, com cara de raiva e pronta para brigar também. Sunny foi atrás dele à medida que todos saíam da boate. Do lado de fora, Sunny ficou chocada ao ver que Sasha, Chukwu e o tio de Chichi estavam todos rindo. Até Orlu parecia um pouco entretido.

— Que droga — reclamou Sasha com a mão na barriga. — Chukwu, acho que *nunca* vi quatro marmanjos com medo de um cara mais jovem. Não me importo com nada, você merece cumprimentos por isso. Sem dúvida. Respeito, respeito. — Ele agarrou a mão de Chukwu, e espalmou a outra contra a dele.

— Eu vi os caras indo na sua direção — falou Chukwu. — Você não parece ter nem 20 anos e conquistou a mulherada deles toda.

— É o meu charme americano — brincou ele com um sorriso torto. Sasha tossiu e colocou a mão em um dos flancos.

— Está tudo bem? — perguntou o tio de Chichi.

— Sim — respondeu Sasha. — Eu consegui retesar os músculos no último minuto. Não é nada que uma noite de sono não cure.

Eles rapidamente entraram no carro, caso os homens que Sasha havia irritado saíssem querendo mais briga. Sunny simplesmente ficou feliz por eles estarem indo embora mais cedo. Ela olhou as horas. Exatamente uma hora mais tarde, depois de percorrer o curto caminho de volta, tomar um banho de água morna, escovar os dentes e ir para a cama, Sunny fechou os olhos. Chichi já dormia pesado depois de ter tomado um banho ainda mais curto do que o de Sunny. Dez minutos depois, Sunny ouviu alguém remexendo nas malas dela e de Chichi não muito longe da sua cabeça.

Por um instante, Sunny simplesmente ficou deitada no escuro, relutando para se levantar e acender a luz. Ela estava exausta e confortável. *Talvez eu esteja apenas ouvindo coisas*, pensou. Havia um ar-condicionado no quarto que fazia um barulho alto e pingava. Mas quanto mais ela ficava deitada ali, mais nítido era o som. *Amassa, amassa, remexe, remexe.*

Sua faca juju estava no bolso da roupa que usara para sair, e ela lentamente estendeu o braço para alcançá-la. A luz subitamente se acendeu. E o que Sunny viu em sua mochila a chocou, mas só por um instante. Era um grande morcego preto. E ele estava segurando firme sua carteira e seus óculos na caixinha verde e rígida e *O livro das sombras de Udide* em suas garras afiadas e fortes.

Sem pensar, Sunny fez o juju rápido que Sugar Cream havia lhe ensinado para se livrar daquelas enormes aranhas na parede que Sunny tanto odiava. Ela errou o alvo, e o morcego voou em disparada na direção do parapeito da janela.

— Ah não! — lamentou ela com um suspiro. Sunny quase derrubou a faca, mas conseguiu agarrá-la e fazer o juju de novo. Pegou o saquinho na mão e jogou no morcego enquanto dizia: — Fique parado! — O morcego soltou o livro no parapeito, e os óculos e a carteira de Sunny caíram no chão. O morcego foi esmagado ali mesmo no parapeito.

— Bem pensado, Sunny! — disse Chichi, com cara de impressionada. Ela estava de pé ao lado do interruptor.

— Você o ouviu? — indagou Sunny, apertando a testa. Por causa da duplicação, ela teve de se concentrar para conseguir refazer o juju corretamente, e aquele esforço lhe recompensou com uma dor de cabeça latejante.

— Sim, depois que você me acordou ao se remexer na cama. Eu ia dilacerar o que quer que fosse. Sua atitude foi mais humana.

Elas foram até o morcego esmagado. Ele era macio, com pelos pretos no corpo e pelos avermelhados na cabeça, e tinha o rosto elegante de uma raposa. Ele olhou para ela com olhos vazios.

— Você acha que ele foi enviado por alguém? — perguntou Sunny. *Foi sim,* ela escutou Anyanwu sussurrar. Imediatamente, a dor de cabeça de Sunny sumiu.

— Com certeza — assegurou ela.

— Por quem? — perguntou Chichi.

— Você *sabe* por quem.

— Udide?

— Não. *Ekwensu* — respondeu Chichi.

Sunny arquejou.

— Foi estupidez da parte dela — afirmou Chichi, se ajoelhando para observar o morcego. — Ela está provocando você. Ekwensu só quer te assustar deixando você saber que ela sabe. Se realmente quisesse o livro ou o seu dinheiro, ela simplesmente teria feito eles desaparecerem.

Então Ekwensu sabia que ela estava indo até Lagos para chegar a Osisi. Sunny fechou os olhos. A ideia de que uma coisa poderosa, terrível e violenta estava interessada nela deixou-a enjoada. Subitamente, ela queria ir para casa.

— O que vamos fazer com o morcego?

Ouviu-se um miado baixo na porta, e elas se entreolharam.

— Não — falou Sunny quando Chichi foi abrir a porta.

— Por que não? — indagou Chichi.

— E se ele...

Chichi abriu a porta, e Paja se esgueirou para dentro. Ela deu pulinhos em direção ao morcego imóvel, e olhou para ele. Paja miou de novo. Depois, arqueou as costas e chiou, colocando o rosto bem perto do morcego, e o morcego começou a se debater contra o feitiço que Sunny lançara sobre ele. Em seguida, Paja pareceu mastigar o ar em volta do morcego, e logo o morcego voou para fora da janela. Sunny fechou a janela e sorriu.

— Paja — disse ela, pegando a gata preta. — Fico feliz de você também ser contra a pena de morte. — A gata ronronou, esfregando seu rosto macio contra o de Sunny.

Chichi revirou os olhos.

— Que espécie de gata é você? Vocês *duas* são casos perdidos.

23

Ibafo

Na manhã seguinte, depois de dirigirem por três horas, eles chagaram à cidade de Ibafo, a cerca de 24 quilômetros de Lagos. Estavam quase lá. O problema foi que mais uma vez eles ficaram presos no trânsito, e não um trânsito qualquer, mas um engarrafamento colossal. Era o momento errado de estar ali. Sunny mal podia ver a fonte do infortúnio deles a cerca de 1,5 quilômetro de distância na autoestrada Lagos-Ibadan. Havia um conjunto de prédios cor de creme, e o estacionamento em volta do maior deles estava lotado. Era o Acampamento da Igreja da Redenção.

Era o começo da tarde da véspera de Ano Novo, e as pessoas estavam acabando de chegar lá. Aqueles que não conseguiam vagas no estacionamento estavam estacionando direto na estrada. O engarrafamento era tamanho que o trânsito estava completamente parado. Algumas pessoas simplesmente estacionaram seus carros no ponto em que ficaram presas, deixaram eles para trás e foram para a igreja.

— Vocês estão de brincadeira? — gritou Sasha da janela para algumas pessoas à frente que tinham acabado de sair de seu carro.

Elas o ignoraram à medida que pisavam na grama e continuavam a caminhar, vestindo os seus melhores trajes dominicais, apesar de ser quarta-feira.

— Você consegue contornar o carro deles? — indagou Orlu.

— Vou tentar — respondeu Chukwu, dirigindo para o caminho de terra vermelha que havia perto do centro da estrada. Já havia uma fileira de carros engarrafada ali, e Chukwu abriu a janela. — Com licença, senhor. Será que pode...

O homem no banco do carona beliscou sua bochecha e disse:

— Não, de jeito nenhum. Quer que nós fiquemos presos aqui como animais em uma gaiola?

O motorista abaixou a cabeça para ver Chukwu.

— Você acha que eu sou idiota? — disparou ele. O homem era velho o bastante para ser pai dele. — Se eu deixar você passar na minha frente, o mundo todo vai querer passar também.

— As pessoas no carro em frente ao meu foram embora e largaram o carro — explicou Chukwu. — Somente deixe...

O motorista fechou a janela.

— O que há de errado com as pessoas aqui? — perguntou Orlu, enojado.

— Não é culpa delas — afirmou Sunny. — Chukwu, lembra quando a gente passou por aqui?

Chukwu assentiu.

— O trânsito não estava péssimo desse jeito, mas ainda estava ruim — falou Sunny para Orlu. — As pessoas sabem disso, então elas ficam intransigentes. O trânsito anda mais rápido quando você não deixa ninguém passar na sua frente.

Na frente deles, um enorme caminhão que levava cerca de cinquenta pessoas e um monte de laranjas soltou muita fumaça do cano de escapamento, e as pessoas nos fundos do caminhão tossiram e abanaram as mãos para espantar o ar poluído. A fumaça logo chegou até eles, que tossiram enquanto Chukwu virava o jipe e fechava as janelas. Quando a fumaça se esvaiu, ele tornou a abri-las. Era melhor não usar o ar-condicionado, para economizar gasolina.

— Se este carro fosse um trem futum, nós não estaríamos aqui — sussurrou Chichi.

— É, nós não estaríamos aqui — concordou Sunny baixinho para que Chukwu não a ouvisse. — Nós ainda estaríamos em casa, porque meus pais não me deixariam viajar por tantos dias sem Chukwu.

Chichi soltou um muxoxo e abriu a porta para esticar as pernas. Sasha saiu e se recostou no carro, ao lado dela.

O clima era quente e úmido, e os barracos que abrigavam um pequeno mercado estavam lotados de gente. Vendiam água fresca, fatias de banana-da-terra frita e carregadores de celular para carros. Sunny estava olhando para o céu nublado, feliz porque algumas das nuvens maiores estavam tapando o sol, quando a ideia surgiu em sua mente. Ela havia consultado Sugar Cream exatamente sobre essa possibilidade, então Sunny sabia um pouco daquilo.

— As pessoas-leopardo podem controlar o clima? — perguntara ela a Sugar Cream em um dia terrivelmente quente. Toda a biblioteca parecia prestes a derreter e voltar para a terra de onde tinha vindo. — Ou pelo menos só a temperatura? Pensei que poderia haver um juju para pelo menos refrescar o clima aqui embaixo.

Sugar Cream rira e dissera:

— Você consegue imaginar em que mundo viveríamos se nós *pudéssemos* fazer isso? A Terra inteira viraria um caos.

— Ah — murmurara Sunny, se apoiando nos cotovelos. Como de costume, ela estivera sentada no chão do escritório de Sugar

Cream. Havia tentado ao máximo ignorar a aranha vermelha que corria pelo chão a alguns centímetros de distância.

— Quem cuida do tempo é Chukwu — afirmara Sugar Cream.

Pelo menos desta vez, Sunny não precisara de uma explicação. Chukwu era o nome de seu irmão, que fora assim chamado em homenagem a alguém muito maior. Primeiramente, Chukwu era o nome que o povo igbo usava para designar o Ser Supremo. A grande divindade conhecida como Chukwu era tão inacessível para os seres humanos que as pessoas sequer rezavam para ele. Se Chukwu lhe concedesse uma audiência, você provavelmente não teria ideia dos motivos por trás disso, e estaria tão assombrado que os motivos na verdade não importariam.

— Mas — prosseguira Sugar Cream, erguendo um dos dedos indicadores. — Se o clima já está começando a mudar, nós meio que podemos dar uma força. Por exemplo, se uma brisa está soprando, com algum esforço e consequência, uma pessoa-leopardo habilidosa poderia transformar a brisa em vento.

— Que tipo de consequência?

Sugar Cream rira alto.

— Nada que valha a pena discutir. Há um motivo por trás do fato de que poucas pessoas-leopardo brincam com alterações climáticas.

Agora, enquanto olhava para o céu nublado, ela queria saber. Sunny saiu do jipe e deu a volta até o outro lado, onde Sasha e Chichi estavam de pé fumando cigarros.

— Nem quero ouvir — reclamou Chichi, revirando os olhos. — Estamos fora do carro, e tem uma brisa soprando.

Sasha soltou a fumaça enquanto examinava Sunny minuciosamente. Depois, ele disse:

— Ela não está aqui para reclamar dos cigarros. Ela teve uma ideia.

Sunny assentiu.

— Tive mesmo. Bem, mas só vai funcionar se algum de vocês conseguir fazer. Sei que eu não consigo. — Ela olhou de soslaio para Chukwu, que estava mexendo no som do carro. Orlu estava atrás dele lendo O *livro das sombras*, com o cenho franzido de concentração.

Sunny balançou a cabeça em direção ao céu.

— Deve chover hoje mais tarde. Vocês podem fazer com que chova agora? Algum de vocês dois?

Eles ficaram em silêncio enquanto ponderavam sobre a ideia. Não demorou muito.

— Se chover, as pessoas vão voltar para buscar seus carros — comentou Sasha.

Sunny assentiu com a cabeça.

— Mas só se chover forte. Um dilúvio que inunde as estradas — declarou Chichi.

— Exatamente — concordou Sunny. — Você pode...

— Com certeza podemos — garantiu Sasha. — Mas são as consequências que me incomodam.

— O que vai acontecer? — indagou Sunny. — A gente não pode morrer por isso, pode?

— Não, não — falou Chichi. — A água não tem inimigos.

— Água é vida — acrescentou Sasha. — *Aman iman*.

Chichi estava citando o músico Fela Kuti, ao passo que Sasha mencionava ditados antigos e falava algum tipo de língua árabe. Sunny, por sua vez, ficou completamente perdida.

— Sunny, entre no carro — ordenou Sasha, sacando sua faca juju. Ele diminuiu o tom de voz. — Converse um pouco com seu irmão e Orlu. Não vamos demorar.

Chichi botou a cabeça para dentro da janela do jipe.

— Chukwu, nós estamos indo ao mercado procurar alguma comida de verdade pra comer. Você quer alguma coisa?

Chukwu balançou a cabeça em negativa.

— Só quero sair daqui, droga.

— Orlu?

— Nada — murmurou ele, com os olhos ainda grudados no livro.

Sasha e Chichi se afastaram rapidamente, sem olhar para trás. Sunny entrou no carro e se sentou ao lado de Orlu. Ela queria explicar a ele o que estava acontecendo, mas Chukwu estava bem ali. De qualquer forma, Orlu parecia muito absorto no livro.

— O papai bem que me avisou para não vir por esse caminho hoje — resmungou Chukwu. — Esqueci completamente. Com toda a agitação da noite passada, eu me distraí. Já devíamos ter chegado em Lagos a essa hora.

— Não se preocupe — garantiu Sunny. — Nós vamos chegar lá.

— Tão perto, mas tão longe.

Meia hora depois, eles tinham andado apenas cerca de 6 metros, graças a dois carros que tiveram de ser empurrados para fora da estrada após ficarem sem gasolina. Gotas de chuva começaram a cair justo quando Sasha e Chichi voltaram carregando sacos de biscoitos *chin chin*.

— Vocês só compraram isso? — perguntou Chukwu enquanto Chichi entrava no carro. — Por que demoraram tanto?

— Não havia muitas opções — respondeu ela rapidamente.

Sasha lentamente se sentou no banco do carona. Ele parecia estar doente, e seu rosto estava suado. Sunny franziu o cenho quando o amigo se sentou com as pernas imprensadas uma contra a outra. Ele deu um sorriso fraco para ela. Chukwu olhou para ele, franziu o cenho e perguntou:

— O que há de errado com você?

— Só tenho que fazer xixi — retrucou ele.

— Então vá fazer...

A chuva começou a atingir os carros com gotas grandes. Depois, começou a cair como uma cachoeira.

Orlu tirou os olhos do livro pela primeira vez. Olhou para Sasha e depois para Sunny, que assentiu.

— Ligue o carro — gritou Chichi.

Assim que Chukwu fez isso, ela fechou a janela. Todos fizeram o mesmo enquanto o carro era açoitado pela chuva. Sasha resmungou e pulou para fora do veículo.

— Não consigo segurar! — berrou. Sunny virou o rosto enquanto ele ficava de pé na chuva bem ao lado do jipe e se aliviava.

Quando ele terminou, voltou para o carro, ainda parecendo exaurido. Ele imprensou as pernas uma contra a outra. O que quer que tenha sido feito, Sasha o fizera sozinho. Sunny não conseguia imaginar Chichi sofrendo do mesmo problema. Isso teria sido mais complicado.

— Que espécie de chuva é essa? — indagou Chukwu, se inclinando para a frente.

Do lado de fora, eles podiam ver pessoas procurando abrigo e correndo para seus carros. Por todos os lados, carros estavam sendo ligados, e a estrada asfaltada de duas pistas estava coberta de lama vermelha e viscosa. Por vários minutos, foi um caos completo. Mulheres em seus melhores trajes dominicais tiravam seus sapatos de salto para entrar em carros ou se abrigar debaixo de toldos. Homens vestindo ternos apropriados para a igreja e cafetãs ocuparam os bancos do motorista. O aguaceiro acima deles era diferente de tudo que Sunny já tinha visto na vida. E o coitado do Sasha não parava de fazer xixi. Ele estava encharcado por precisar sair do jipe toda hora para urinar. Desnecessário dizer que Chukwu ficou perplexo e profundamente incomodado com o problema de Sasha.

— Você por acaso comeu alguma manga estragada? — perguntou ele, remexendo embaixo do assento e tirando dali uma toalha azul surrada. Ele a jogou no banco de Sasha.

Felizmente, em questão de minutos o trânsito começou a andar. Em meia hora, eles tinham escapado daquele clima estranho e estavam mantendo uma velocidade constante na estrada. O ataque de xixi de Sasha persistiu, mas diminuiu à medida que se afastavam do Acampamento da Igreja da Redenção e, em pouco tempo, exausto por conta da agonia de sua bexiga, ele dormiu profundamente.

Meia hora mais tarde, eles entraram na maior metrópole da África: Lagos.

24

Isto é Lagos

Pessoas demais. Todas com pressa.

Em Lagos, as pessoas estavam em constante estado de alerta, porque qualquer coisa podia acontecer a qualquer momento. As estradas eram estreitas, abarrotadas, e coalhadas de vendedores ambulantes e pedintes de todos os tipos. Havia muitos *danfos* amarelos e dourados, caindo aos pedaços e lotados de gente. Até a qualidade do ar era diferente. À vezes tinha cheiro de cedro queimando, remédio estragado, lixo, fumaça de cano de escapamento. Era nocivo. Será que aquilo sequer era ar? Sunny teve a sensação de estar respirando gases tóxicos, ou melhor, pó de juju.

Quando eles chegaram à Ilha Vitória, o nariz de Sunny escorria sem parar, e ela já tinha usado metade da sua caixa de lenços de papel. Talvez Lagos de fato *fosse* salpicada com pó de juju. Era uma ideia improvável, mas ela tinha que conjecturar. Sunny já tinha ido a Lagos com a família muitas vezes antes de sua iniciação como pessoa-leopardo e jamais tivera esse problema. Nunca tivera nenhum tipo de alergia além da sua reação alérgica ao sol.

Quando eles entraram no condomínio fechado em que moravam os tios de Adebayo, foi como viajar para um novo mundo. Um mundo de pessoas extremamente ricas. Sunny estivera nessa parte da Ilha Vitória antes, quando sua família visitara um dos amigos de seu pai. Na época, ela se sentira deslocada do mesmo jeito, apesar de não ser pobre. Ir para lá depois de uma viagem como aquela pelos muitos mundos da Nigéria, com pobreza e riqueza, rurais e urbanos, passar de uma selva real para uma de pedra era ainda mais desconcertante. Era como se eles tivessem saído da Nigéria e entrado na parte mais confortável dos Estados Unidos. As casas ali eram enormes e extravagantes do mesmo modo como eram as que haviam nos subúrbios mais ricos de Nova York.

As ruas eram asfaltadas e sem buracos, eram limpas e ladeadas por canteiros de flores. Uma mulher branca passeava com um cachorrinho branco. Um homem com roupa de ginástica caminhava rápido e suava intensamente à medida que gritava em iorubá no seu celular.

— Ok, vamos para a esquerda — disse Chukwu ao telefone. Adebayo o estava guiando. — Ah... certo, estou vendo. Branca com o Hummer amarelo na frente. — Ele soltou uma gargalhada. — Você consegue dirigir isso? *Ha-ha.*

— Eca — reclamou Chichi, com nojo. — Aposto que metade dessa gente trabalha para o governo ou para companhias petrolíferas.

— E o que há de mal nisso? — indagou Chukwu, tirando o telefone do ouvido.

Sasha riu alto e balançou a cabeça.

Chichi simplesmente fez cara de incomodada.

— Ok — falou Chukwu ao telefone. Ele gargalhou e, de brincadeira, começou a falar em pidgin. — Estou na estrada agora, e estou indo para a sua grande, grande casa. Estou avisando para que você esteja pronto para me receber! — Ele escutou por um momento e depois riu muito. — Ok! — Ainda rindo entre dentes, ele terminou a ligação. — Adebayo está pronto para nos receber.

Sunny não se sentiu entusiasmada ao chegar. Quanto mais eles se aproximavam da casa, mais se aproximavam de seu destino. Amanhã era Ano Novo. O que ele reservaria para ela?

Adebayo estava esperando por eles em frente à casa enquanto dirigiam pela trilha em curva que levava até lá. Ele vestia jeans caros e camiseta de marca. Sunny revirou os olhos — ele normalmente não se vestia de modo tão chamativo assim. E a vizinhança devia ser incrivelmente segura. Sunny não conseguia se lembrar de jamais ter visto casas desse tipo que *não* fossem cercadas por um muro de concreto.

Adebayo e Chukwu se abraçaram e trocaram um "toca aqui". Em seguida, Chukwu apresentou seu amigo a Sasha e Orlu. Quando chegou a vez de Chichi e Sunny, o sorriso no rosto de Adebayo se esvaiu. Todo o comportamento dele era falso. O quanto Adebayo compreendia sobre o envolvimento de Sunny e Chichi na destruição da confraria? Seria aquela compreensão consciente ou subconsciente? A julgar pela maneira rápida com que ele virou as costas para as duas, ele se lembrava de *alguma coisa.* Sunny ficou contente. Ela ainda levaria muito tempo para perdoá-lo por ter apresentado o irmão dela para os Tubarões Vermelhos e por ter dado um tapa em Chukwu naquela noite, se é que algum dia o perdoaria.

— Sejam bem-vindos. Entrem — convidou Adebayo, passando um braço pelos ombros de Chukwu. — Deixem-me mostrar tudo a vocês.

A casa era enorme. Havia duas cozinhas, uma para os donos da residência e outra para as empregadas. Ambas eram equipadas com geladeiras abarrotadas e funcionais, armários e estantes, e eram usadas principalmente pelos empregados da casa, os quais estavam de folga para visitar parentes até o dia 2 de janeiro.

— E mesmo assim — falou Adebayo enquanto fazia um tour completo pela residência com eles —, meus tios não vão voltar de Londres antes do dia 6.

A mansão tinha quinze quartos, então tudo o que cada um precisava fazer era escolher o seu. Sunny optou por um que tinha uma pequena varanda e que ficava no terceiro andar. Tinha uma espessa porta de correr feita de vidro e um cadeado reforçado que ela testou antes de escolher o quarto. O lugar estava empoeirado e parecia que fazia um tempo que não era ocupado, apesar dos lindos lençóis de cetim, uma cama de sonhos com dossel e um tapete azul-escuro macio e luxuoso . Aquilo não era surpreendente, visto que ali só moravam o tio e a tia de Adebayo. Os filhos deles estavam estudando em universidades estrangeiras, e os empregados ficavam na casa menor que havia atrás da mansão.

— Quanto desperdício, né? — perguntou Chichi, entrando.

Sunny havia colocado suas coisas no pequeno sofá de *plush* lilás ao lado da cama, e se jogou nos lençóis frios. Ela suspirou e escancarou um sorriso para Chichi, que revirou os olhos e se sentou no chão.

— Estou com muita fome — disse.

— Eu também — concordou Chichi. — Aposto que tem um mercado inteiro em todas as cinco geladeiras dessa casa.

— Só tem duas geladeiras.

— Dá no mesmo.

Alguém bateu na porta.

— Entre — falou Sunny.

Orlu havia tirado os sapatos e trocado de camiseta.

— Estou no quarto do outro lado do corredor — avisou ele. — Depois do seu incidente com o morcego, provavelmente é melhor que eu fique por perto.

— Sunny é capaz de cuidar de si mesma — afirmou Chichi. — E ela tem a mim. Estou no quarto ao lado.

Orlu grunhiu, e se sentou no sofá.

Chichi riu de escárnio e apontou para a porta.

— Dez, nove, oito, sete, seis, cinco, quarto, três, dois...

A porta se abriu.

— Sunny, você está aí? — indagou Sasha.

— Você não devia bater antes? — perguntou Chichi.

Sasha lançou um olhar penetrante para ela enquanto se recostava contra a parede, fechando a porta atrás de si. Ele carregava *O livro das sombras de Udide.*

— Estou no quarto do andar de baixo que fica perto da porta da frente — informou Sasha. — Alguém tem que ficar de guarda, não é mesmo? Especialmente por conta da sua condição...

Sunny revirou os olhos.

— Eu também fiz um juju pelo perímetro — acrescentou Sasha.

— Boa ideia — elogiou Orlu. — Tomara que ninguém repare em todos os lagartos que vão ficar nas paredes do lado de fora.

— Pois é, esse não é o juju mais discreto que existe, mas é poderoso. Nada vai entrar aqui sem que eu saiba. Como na noite anterior. — Sasha olhou para a porta, trancou-a e foi para dentro. Ele se sentou ao lado de Chichi, e Orlu se levantou e se sentou na cama ao lado de Sunny. Sunny chegou para o lado para abrir espaço. Estavam todos cara a cara e, por vários instantes, ninguém falou nada.

— Vamos amanhã — anunciou Sunny.

— Sim — falou Orlu.

— O mercado na Cidade J. — afirmou Chichi. — É o maior de Lagos. Podemos pegar um *kabu kabu*.

Sunny franziu o cenho.

— Mas Ajegunle é…

— Relaxa, eu sei como lidar com assaltantes de "oportunidade única", e com qualquer outra imbecilidade — interrompeu Chichi, erguendo uma das mãos.

O distrito de Ajegunle, apelidado de "A Selva" ou "Cidade J.", era a pior parte de Lagos. O pai de Sunny o descrevia como um bairro pobre, dizendo que era cheio de lixo, água contaminada, favelas imundas construídas sobre um lamaçal e, em alguns lugares, ilhas de lixo. Era um lugar de comércio muito, muito hostil.

Havia assaltantes de "oportunidade única" por toda parte em Lagos, mas eles prosperavam em Ajegunle e com veículos que se dirigiam para lá. Assaltantes de "oportunidade única" eram caras que dirigiam *kabu kabu* ou *danfo*. Quando os veículos deles estavam quase lotados, os motoristas anunciavam para as pessoas que estavam dando a elas a "oportunidade única" de entrar pagando um preço reduzido pela passagem. Quando a vítima entrava, ele ou ela eram atacados por um grupo de ladrões. Sunny já ouvira todo tipo de histórias horríveis que haviam ocorrido em Lagos. E, obviamente, ainda havia o risco adicional pelo fato de ela ser albina e, portanto, alvo de assassinos ritualistas.

— Adebayo não pode simplesmente nos levar? — indagou Sunny. À medida que falava, ela mesma soube que aquele era um pedido idiota.

— E atrair a atenção de todos para nós com aquele Hummer horroroso? — perguntou Chichi.

— E, assim como o seu irmão, Adebayo não pode saber aonde estamos indo — acrescentou Orlu.

— Não podem mesmo — concordou Sasha, balançando a cabeça. — Nem um pouco.

Eles tornaram a ficar em silêncio.

— É Ano Novo, os mercados estarão vazios — afirmou Sunny, com um aperto na garganta. — E também vai ser mais fácil para desconhecidos notarem a nossa presença.

— E alguns vão mesmo — falou Chichi. — Mas eles não são Chukwu ou Adebayo.

— Está bem — concordou Sunny. — Vamos pegar um *kabu kabu* ou um *danfo*. — Ela se empertigou. — Eu estou com as bolas de gude.

— Azuis? — perguntou Sasha, com cara de satisfeito.

Sunny assentiu. Bolas de gude azuis eram necessárias para que o juju funcionasse.

— Você leu bem o livro — afirmou Sasha. — Estou impressionado.

— Saímos de manhã? — indagou Orlu.

— As pessoas vão estar cansadas demais da festa para reparar na gente — explicou Sunny. — Saímos às sete da manhã. — Ela fez uma pausa e olhou para todos. — Parece bom?

Seus amigos concordaram.

— Alguém ainda precisa ler um pouco mais disso? — perguntou Sasha, erguendo o livro.

Orlu franziu o cenho.

— Esse livro é perigoso.

Sasha riu.

— Eu sei. É incrível.

Orlu soltou um muxoxo e balançou a cabeça, indignado.

— E se eu não tivesse comprado o livro? Onde estaríamos agora em meio a tudo isso? — ponderou Sasha.

— Você devia dar o livro pra Sunny — sugeriu Orlu.

Sasha deu de ombros e entregou o livro.

— De qualquer jeito, já o li três vezes. Além do mais, segurá-lo é como segurar um milhão de aranhas que arranham. — Ele deu um tapinha em uma das têmporas. — Tenho tudo gravado aqui.

— Eu também — acrescentou Chichi. Eles espalmaram e apertaram as mãos, estalando os dedos um do outro.

— Eu não deixaria o livro muito próximo quando fosse dormir — aconselhou Sasha.

Sunny pegou o tomo e perguntou:

— Por quê? — Ela sentiu um calafrio com a aspereza do livro e imediatamente olhou de soslaio em volta do quarto, procurando por aranhas escondidas nos cantos. Ela vira uma enorme aranha na parede de um cômodo no andar de baixo. Aquilo a fez lembrar de uma das primeiras frases de *O livro das sombras de Udide*: "Até em palácios há aranhas."

— Apenas confie em mim — pediu Sasha.

— Oook — retrucou Sunny, colocando o livro em um dos armários do quarto. — Então, o que vamos dizer para o meu irmão?

— Eu cuido disso — garantiu Chichi.

Sasha grunhiu e se levantou.

— Depois dessa, eu vou embora. Vou explorar os arredores desta construção de extravagância excessiva. Se meus amigos dos Estados Unidos vissem este lugar, os olhos deles saltariam do rosto. Um dos meus amigos chegou a me perguntar, logo antes de eu vir pra cá, se os africanos tinham escolas! Ele era uma ovelha, obviamente, mas era um cara negro como eu. Os negros, às vezes, podem ser muito *ignorantes*.

— Consumo em excesso é uma característica universal da humanidade — apontou Orlu. — A ignorância também.

— Sim, mas você tem de admitir que os negros americanos, não, *os negros do mundo,* se menosprezam mais do que qualquer outro grupo de pessoas. Sei o que eu tive de enfrentar quando morava em Chicago. Se eu não fosse um leopardo, teria crescido tão ignorante quanto qualquer um. As pessoas-leopardo leem livros de todos os autores, e sobre todos os assuntos. Nós olhamos para fora *e para dentro.* Mas você tem de estar seguro de si para fazer qualquer uma das duas coisas... — Ele balançou a cabeça. — É difícil explicar. Sunny, você entende um pouco do que estou dizendo.

Sunny assentiu. Mas a mente dela não estava concentrada nos problemas da diáspora da África negra. Ela estava pensando em como seria encontrar uma aranha gigante e senciente que tinha milhares, talvez milhões, de anos de idade enquanto estava debilitada pela duplicação.

Chukwu e Adebayo foram a boates para comemorar o Ano Novo. Os quatro resolveram ficar em casa. Sunny e Chichi cozinharam uma refeição elaborada, composta de bananas-da-terra fritas, arroz de *jallof,* sopa de *egusi* com *garri,* frango frito e sopa de pimenta carregada de peixe (eles não tinham pimentas contaminadas, o que era uma pena). Havia tanta comida naquela casa que provavelmente ninguém daria falta dos alimentos que eles usaram. Cozinhar fez Sunny se esquecer temporariamente do que estava por vir, e ela se viu rindo e fazendo piadas com Chichi. Quando terminaram, exaustas de cozinhar e querendo privacidade, Chichi e Sunny se sentaram para comer antes de servir a refeição aos outros.

— Caramba, como isso está bom — elogiou Chichi, saboreando uma colherada de sopa de pimenta.

Sunny mordeu um pedaço comprido de banana-da-terra frita.

— É o melhor jantar da minha vida.

Elas passaram um tempo comendo, com as palavras de Sunny pairando entre as duas. Sunny sabia que ambas estavam pensando a mesma coisa, e nenhuma delas se atrevia a externar esses pensamentos: *A última ceia*.

— Não consigo nem imaginar essa coisa que aconteceu com você — falou Chichi subitamente.

Sunny parou de comer.

— Você não precisa.

Chichi deu um gole em seu copo de Fanta laranja.

— Não, tipo, não quis dizer isso de uma maneira ruim. — Ela balançou a cabeça. — Você simplesmente é uma caixinha de surpresas, Sunny.

— Até parece que não sei disso.

— Você sabe que deveria estar morta, né?

Sunny bateu com o garfo na mesa e olhou para a amiga.

— O que você...

Chichi ergueu as mãos, com um sorriso malicioso estampado no rosto.

— *Ah-ah, biko-nu,* não me mate. O que estou dizendo é que você é tão *forte* e incrível, Sunny. E você nem sequer tem noção disso. — Ela riu, dando tapinhas nas costas da amiga. — Coma suas bananas-da-terra e continue surpreendendo a todos.

Sunny mordeu a banana-da-terra e, enquanto fazia isso, sentiu a presença de Anyanwu. Não como uma agitação de si mesma, como Chichi teria sentido sua cara espiritual, mas como o movimento de alguém externo a ela, mas que ao mesmo tempo era ela mesma. Por um instante, ela viu através de dois pares de olhos. Isso já tinha acontecido uma vez antes, cerca de uma semana atrás, quando Sunny acordara depois de uma boa noite de sono. Ela estivera deitada na cama olhando fixamente para o seu quarto. E isso fez com que ela pensasse em suas metades culturais, americana e nigeriana, e como sempre se sentira como se fosse duas pessoas dentro de uma. Depois, ficou se perguntando o que Anyanwu achava da metade americana dela. E então, por um instante, ela soube a resposta: afinal, ela era Anyanwu. No entanto, com o vínculo rompido, Sunny tinha a sensação de estar separada de sua cara espiritual.

Agora aquilo não a consumia tanto, porque tanto ela quanto Anyanwu estavam com raiva de Chichi pelo mesmo motivo.

Chichi a observava de perto, e agora ria.

— Eu estou te vendo! Isso é por causa da duplicação. Uau. Eu olho nos seus olhos e vejo vocês *duas*. — Ela riu entre dentes um pouco mais, pegou um pedaço de peixe da sopa e comeu. — Uma caixinha de surpresas.

Quando começou a contagem regressiva para o Ano Novo, Sunny estava tão entupida de comida que tudo o que queria fazer era dormir.

Mas Chichi havia encontrado uma garrafa de vinho e taças, e antes que Sunny pudesse se dar conta, ela tinha em mãos sua primeira taça de vinho. Todos eles gritaram "Feliz Ano Novo" e brindaram quando chegou o momento. Chichi e Sasha deram um beijo longo, quase obsceno.

— Feliz Ano Novo — desejou Orlu para Sunny, dando-lhe um abraço apertado e um terceiro beijo bem nos lábios dela. O beijo tinha gosto de vinho tinto.

— Feliz Ano Novo, Orlu — respondeu Sunny, olhando nos olhos dele. Havia uma ponta de medo ali, e Sunny se perguntou se, assim como Chichi, ele enxergava Anyanwu em seus olhos. No entanto, Sunny ignorou isso enquanto tomava mais um gole de vinho. O gosto era ao mesmo tempo horrível e maravilhoso.

— Um brinde à salvação do mundo — propôs Sasha. Eles tornaram a bater as taças umas contra as outras e beberam.

E à nossa sobrevivência amanhã, pensou Sunny. Ela tomou outro gole.

Sasha colocou para tocar um rap que Sunny não conhecia direito. Era na língua ganense chamada twi. Tanto Sasha quanto Chichi começaram a dançar, e até Orlu riu e pareceu alegre, arriscando alguns passos de dança.

— *Ah-ha,* olhem para o Orlu — gritou Chichi. — Que legal! — Ela imitou os passos dele e logo os três estavam fazendo a dança de Orlu. Sunny se sentiu um pouco tonta por causa do vinho, então se sentou, desfrutando daquele momento com seus três melhores amigos.

Com a visão periférica, Sunny vislumbrou um vulto amarelo sentado bem perto dela, ao seu lado.

— Feliz Ano Novo, Anyanwu — sussurrou ela. O amarelo se intensificou por um instante e depois desapareceu. *Mas está sempre lá,* pensou Sunny, tomando outro gole de vinho.

Mais tarde, depois de uma breve ligação para seus pais aliviados e de uma troca de mensagens de dez minutos com Ugonna, ela saiu para a varanda de seu quarto.

— Uau — sussurrou, agarrando o umbral. A balaustrada estava ocupada por cerca de trinta lagartos verdes e alaranjados. Eles olharam para Sunny, mas nenhum saiu correndo. Ela se sentou no chão da varanda e folheou O *livro das sombras* por alguns instantes, mas estava cansada demais para ler.

Quando foi para a cama, colocou o livro do outro lado do quarto, perto da mochila. Provavelmente não deixou o livro longe o bastante, pois seus sonhos foram repletos de aranhas que rastejavam rápido e davam piruetas. Ela era um vulto amarelo brilhante em uma floresta que ondulava e arquejava com as aranhas: vermelhas, pretas, verdes, pequenas e, uma delas, enorme. Todas aguardando por Sunny na escuridão mais profunda da mata fechada.

25

A floresta

Quando o *kabu kabu* vermelho, amassado e caindo aos pedaços parou, os quatro se amontoaram dentro dele. Em questão de segundos, cinco outros homens também tentaram entrar.

— Ei, não tem mais espaço! — avisou Sasha, chutando um sujeito que tentara se espremer ali dentro. Sasha o empurrou para fora e bateu a porta bem a tempo. O carro saiu emitindo barulhos de descarga. — Maldição, aonde será que aqueles caras estavam indo a esta hora?

— Para casa — respondeu o motorista, rindo.

— Ah — murmurou Sasha. — Certo.

— Para onde vocês querem ir? — indagou o motorista.

— Para o Mercado de Ajegunle, por favor — respondeu Sunny.

— Vocês sabem que ele está fechado agora.

— Não tem problema — retrucou ela. — Nós só vamos encontrar alguém ali por perto.

A viagem demorou meia hora por causa do trânsito. E quando eles chegaram lá, Sunny se sentiu um pouco tonta por causa da fumaça do escapamento que entrava no carro. O veículo era tão velho e enferrujado que inclusive dava para ver a estrada através de enormes buracos no chão.

— Eu pago — disparou Orlu quando chegaram ao mercado. A julgar pelo sorriso escancarado e pela quantidade de agradecimentos que o motorista falou, Orlu lhe havia dado uma boa gorjeta.

— Você não precisava ter feito isso — comentou Sasha. — Eu tenho dinheiro o suficiente.

— É Ano Novo — replicou Orlu. — Além do mais, hoje é um dia importante. Não se preocupe com isso.

O grande mercado era composto de uma série de divisórias de madeira, barracões, bancos e barracas. Todos estavam vazios. Parecia uma cidade fantasma.

— Vamos andar um pouco por aqui — sugeriu Orlu.

— *Na wao* — exclamou Chichi, correndo a mão por um dos bancos a medida que passavam por ele. — Nunca vi este lugar tão vazio assim.

— Aposto que agora é a hora que os fantasmas vêm fazer negócios — comentou Sasha.

— Acho que os fantasmas fazem negócios o tempo todo — observou Chichi. —Eles não têm medo dos vivos. Nosso mundo não é nada além de uma versão inferior desse lugar Osisi no qual estamos tentando chegar.

— Isso é verdade — concordou Sasha. — Nos Estados Unidos, eu tenho um tio em Atlanta que diz que existe um lugar perto de uma feira de produtores rurais locais em que uma vez por ano há um mercado dos espíritos, e as únicas pessoas que podem ir são idosos. Se você não for idoso e decidir ir pra lá, você volta com a mente toda embaralhada, ou mudo, ou algo assim.

— Aqui também tem isso — falou Orlu. — Há um em Ikare que o meu bisavô já foi duas vezes.

— E o que ele compra lá? — indagou Sasha.

Sunny desviou sua atenção da conversa deles. Estava enjoada. As bolas de gude estavam frias em sua mão suada, mas isso não ajudava. Para começo de conversa, ela não gostava de aranhas. Mas essa não era a pior parte. E se eles conseguissem convencer Udide a tecer para eles essa ratazana-do-capim voadora? E se a ratazana-do-capim os levasse para Osisi? O que esperava por ela lá?

Todos concordavam que havia sido a vastidão quem mostrara para Sunny a visão na vela. Mas todos também concordavam que não havia modo de saber se ele era amigo ou inimigo. Não se sabia ao certo quais eram suas intenções ao mostrar o futuro para ela. Será que a mesma coisa valeria para os sonhos? E se tudo aquilo não passasse de uma armadilha?!

Sunny brincou com as bolas de gude nas mãos escorregadias.

— O que estou fazendo aqui? — sussurrou. — Por que estou fazendo isso? Eu podia simplesmente ir pra casa.

Mas ela continuou na vanguarda do grupo, olhando de um lado para o outro enquanto eles atravessavam o mercado vazio. Ela sentiu Anyanwu próxima e, em seu íntimo, isso foi reconfortante. Chegaram a um conjunto grande de barracas cobertas por chapas de estanho corrugado, formando um grande telhado. A temperatura era fresca sob a sombra. Eles pararam, quietos. A brisa soprou, e um passarinho voou, piando. Ele voou por um raio de luz, deixando para trás um rastro de poeira. Sunny espirrou com força.

— Tem... — Orlu deu um passo à frente e ergueu as mãos.

— Tem algo a desfazer? — indagou Chichi.

— Não — retrucou ele. — Mas... esta parte do mercado... pessoas-leopardo vendem coisas aqui.

Sunny assentiu, esfregando o nariz.

— Pó de juju, aposto.

Eles continuaram caminhando por mais alguns minutos sob o telhado de zinco.

— Este lugar nunca termina — comentou Sunny com a voz anasalada por causa do nariz entupido. — Não parecia tão grande assim do lado de fora.

Sasha riu entre dentes e balançou a cabeça.

— É óbvio que não. Este é um mercado sombrio. Eles não podem ser vistos do lado de fora.

— Mercado sombrio?

— Um mercado dos leopardos — explicou ele. — Eles são comuns. Os que existem nos Estados Unidos na verdade são prédios que mudam de lugar a cada mês. Não são nada como os mercados daqui. Lá os preços são tabelados, e as coisas são... assépticas.

— Os mercados sombrios são como o mercado de Leopardo Bate, mas eles ficam no território das ovelhas — acrescentou Chichi. — Este aqui não muda de lugar, mas alguns outros na Nigéria mudam. Este se mistura ao mercado normal, mas você só pode entrar nele se for leopardo.

— Bem, às vezes uma ovelha entra — observou Orlu. — Geralmente, ovelhas sensíveis. Essas pessoas nunca mais são as mesmas depois. — Ele simplesmente balançou a cabeça. — Nada é perfeito ou absoluto.

— Sim, exceto as regras do Conselho da Biblioteca — falou Sunny.

Enquanto caminhavam, ela podia sentir os pelos de seu braço se eriçarem. Somente os raios de luz que penetravam por entre as chapas de metal iluminavam o caminho deles. Nada parecia diferente, não aos olhos de Sunny. No entanto, ela tinha certeza de que havia.... coisas em volta deles. Pequenos vultos nos cantos ficavam se movendo nos limites de sua visão periférica.

— Será que podemos pelo menos *chegar* em algum lugar? — questionou Chichi, impacientemente, depois de outros cinco minutos de caminhada.

Sunny olhou para trás e, de fato, ela mal podia ver o caminho pelo qual haviam entrado.

— Vocês viram o tamanho daquele gafantasma? — perguntou Sasha.

— O que está parado naquele raio de sol? — indagou Orlu.

— Acho que tinha uns 30 centímetros — respondeu Sasha.

— Fico imaginando como deve ser o som do canto dele — comentou Orlu.

— Provavelmente deve soar como o barulho de uma fábrica — arriscou Sasha. — Quanto maiores eles são, pior...

— Ah, que se dane. — Sunny caiu de joelhos. — Não aguento mais. Vamos tentar aqui. — Ela rolou as bolinhas de gude como se fossem pequenas bolas de boliche, e elas deslizaram suavemente pelo chão de terra. — Vamos lá — disse Sunny, correndo atrás delas. Eles seguiram as esferas, que começaram a brilhar com uma tênue, e depois forte, luz azul-clara.

Eles correram e correram. Passaram por barracas de madeira, mesas, canteiros e estandes. Todos vazios. As bolas de gude rolaram para a frente, mantendo a velocidade. Pouco tempo depois, o telhado corrugado acabou, e eles ficaram sob a forte luz do sol. Passaram por mais mesas vazias, mas já não havia tantas delas. Havia muito mais espaço, com árvores uniformes crescendo por entre elas. Depois acabaram as mesas e havia apenas uma trilha de terra que levava a um beco nos fundos. Sunny conseguia ouvir o alarido das ruas de Lagos não muito longe dali.

Quando a trilha de terra começou a se inclinar para baixo, as bolas de gude passaram a rolar mais devagar. Elas diminuíram a velocidade para a de uma caminhada rápida. Depois, para uma caminhada lenta. Em seguida, pararam totalmente. Sunny se curvou e pegou-as, e elas continuaram a brilhar intensamente em sua mão.

Eles estavam a cerca de 2,5 metros abaixo do nível do solo, com terra vermelha coberta por trepadeiras verdes de cada lado. Para cima e à esquerda, havia a lateral de um alto edifício comercial e, à direita, uma movimentada via expressa com pessoas caminhando nas laterais. Sunny pôde distinguir pessoas dentro do edifício comercial. Um homem olhava pela janela, mas não os viu. E, na via expressa, pessoas caminhavam na calçada estreita sem sequer olhar para baixo de soslaio.

Este era mais um espaço dos leopardos oculto bem à vista de todos. Sunny assoou o nariz e depois respirou por narinas que já não estavam tão entupidas. Se havia mesmo juju envolvido naquilo, não era em forma de pó, pelo menos de acordo com o nariz dela.

— Ai, meu Deus — sussurrou ela.

A trilha fazia uma inclinação maior e continuava alguns metros à frente. E o caminho levava ao que só podia ser o covil de Udide. A caverna era feita de pedra preta pontiaguda e parecia a enorme boca bocejante de uma grande fera. Ela se encaixava tão perfeitamente no chão que Sunny só podia aceitar o fato de que aquela caverna provavelmente havia estado ali antes que Udide a transformasse em uma de suas muitas moradas. Talvez a caverna tenha estado ali desde sempre. *Ainda assim, apenas uma pequena parcela da população da cidade consegue vê-la,* pensou Sunny. De acordo com Sugar Cream, somente 0,05% da humanidade era formada por pessoas-leopardo.

— Agora é melhor nós seguirmos em frente — falou Chichi. — Ela com certeza sabe que estamos vindo.

Faz muito tempo que ela sabe, Sunny ouviu Anyanwu dizer em sua mente. Sunny sentiu um calafrio subir pela coluna enquanto se lembrava de seu sonho. Dentre todas as possibilidades, por que Udide tinha que ser justo uma aranha? Por que, por que, por quê? Ela imaginou Udide saindo da caverna rápida como um raio, indo bem em direção a eles, seus movimentos como um trovão. Udide não era apenas uma aranha, ela era uma das Grandiosas. Era a contadora de histórias suprema. Era uma tecelã. E era de fato uma excelente escritora. Sunny havia lido mais do *Livro das sombras* do que os seus inúmeros feitiços com que Sasha e Chichi eram obcecados. Udide também escrevia contos. E era dessa parte que Sunny gostava mais. Havia um conto em particular de que Sunny gostava, sobre uma invasão alienígena em Lagos. Ele se passava no passado, há alguns anos, e era engraçado como uma comédia de Nollywood... com alienígenas.

Sim, Udide não era simplesmente um aracnídeo irracional que comia moscas e tinha uma aparência aterrorizante. A ideia de que ela era uma criatura com a qual se podia falar e possivelmente barganhar deixou Sunny um pouco mais tranquila. Ela pelo menos poderia implorar por sua vida, caso fosse necessário. Ela sentiu Anyanwu, que estava ali por perto, se eriçar com esse pensamento.

Quanto mais eles se aproximavam da caverna, mais Sunny sentia aquele cheiro. Um cheiro acre, de fumaça, de produtos químicos. Ela franziu o cenho.

— Como casas em chamas — sussurrou. Certa vez, em Nova York, ela vira uma casa pegar fogo não muito longe do sobrado de sua família. Sunny tinha apenas 5 anos quando ficou em meio à multidão a um quarteirão de distância, segurando a mão de sua mãe. No entanto, ela jamais se esqueceria do cheiro. Sentiu um calafrio com a lembrança. — Por que aqui tem cheiro de casas pegando fogo?

— E que outro cheiro teria uma aranha gigante? — indagou Sasha. Ele tentou sorrir, mas era evidente que até ele estava com medo.

Quando chegaram na entrada da caverna, o odor era tão forte que era como se estivessem inalando fumaça. As bolas de gude na mão de Sunny iluminaram tudo. As paredes da caverna eram cobertas com teias grossas, e quando Sunny olhou de perto, pôde ver que eram habitadas por pequenas aranhas pretas e insetos mortos envoltos em mais teias brancas. Aquilo seria muito pior do que se sentar no chão do escritório de Sugar Cream.

— Acham que essas são as filhas dela? — perguntou Chichi, olhando de perto para a parede da caverna.

— Ou isso, ou então são suas capangas — afirmou Sasha.

— Se eu fosse vocês, não me aproximaria muito das paredes — avisou Orlu enquanto entravam no covil.

O chão estava livre de teias, mas não de aracnídeos. Havia aranhas pequenas, e outras nem tão pequenas assim, por todos os lados. Por um instante, Sunny olhou para baixo enquanto segurava as bolas de gude e tentava não pisar nas criaturas. Mas por fim ela se deu conta de que aquelas aranhas não eram burras e que não se deixariam ser esmagadas. Aliviada, parou de olhar para o chão.

A caverna era fresca e úmida, e o cheiro de casa em chamas foi ficando cada vez mais forte. A trilha larga continuou os conduzindo para o subterrâneo da cidade. Próxima do fim, alargou-se e subiu um pouco. Quando Sunny botou os olhos em Udide, a Artista Suprema, a Grande Aranha Peluda, ela gritou.

Udide não tinha apenas cheiro de casa em chamas, ela era do tamanho de uma casa. Era preta com um brilho cinza que reluzia na luminosidade das bolas de gude, e seus muitos olhos faiscavam com um tom profundo de marrom, como joias do tamanho de pneus de caminhão. Seu corpo era coberto de pelos eriçados. Seu abdome era protuberante, o que tornava mais fácil tecer as teias, e dispunha de um enorme ferrão preto na ponta. Udide estava de costas, com as extremidades espinhentas de suas oito pernas poderosas pressionadas contra o teto da caverna. E Sunny a viu tanto de seu ponto de vista quanto do de Anyanwu, o que significava que enxergava Udide tanto no plano físico quanto no espiritual. Orlu cobriu a boca com a mão. Sasha começou a hiperventilar de ansiedade. Chichi simplesmente ficou de pé olhando fixamente, boquiaberta.

Os olhos de Sunny lacrimejaram à medida que a grande aranha se contorcia lentamente, se retorcendo e virando o corpo para que suas pernas alcançassem o chão. Uma vez no solo, ela olhou para o grupo de cima. Sunny tinha assistido a tudo aquilo com a vista turva e espasmos nas pálpebras. Seu coração parecia querer bater contra sua caixa torácica até não poder mais. De todas as coisas que ela tinha visto depois de entrar para a sociedade dos leopardos — gafantasmas, almas da mata, o monstro do rio, o monstro do lago, a infame Ekwensu —, esta criatura era a que ameaçava romper a compreensão da realidade de Sunny.

Udide se agachou, dobrando as patas para vê-los mais de perto. Observar a grande aranha se mexer de novo encheu Sunny de um calor estranho. O mundo em volta dela começou a flutuar.

— *Não* desmaie. — Ela ouviu Orlu dizer ao pé de seu ouvido enquanto segurava o corpo dela. Ele falou devagar e com firmeza. — Recomponha-se ou vamos todos morrer.

As palavras dele a tocaram, e Sunny lutou contra o medo dando tudo de si. Seu corpo queria se encolher e entrar em um sono defensivo. *Não, não, não, não, não,* pensou ela. Tentou alcançar

Anyanwu, mas não conseguia agarrá-la. Para onde ela havia ido? Sunny queria poder voltar no tempo, para um ponto antes de tudo aquilo. Para quando ela era uma pessoa diferente em um mundo diferente. Para quando o cabelo dela era mais comprido porque assim ficava bonito, e não porque Mami Wata o preferia comprido. Para quando ela não tinha sido duplicada, e não fazia ideia de que *podia* ser duplicada.

Sunny sentiu uma picada na perna e gritou de novo. Havia uma enorme aranha na sua calça, cravando as presas no tecido e atingindo sua carne. Ela sentiu um calafrio e espantou a aranha com a mão, deixando as bolas de gude caírem. Percebeu Anyanwu levar um susto, e quando olhou para a parede da caverna à sua direita, viu um tênue brilho dourado espalhado pela superfície. Sunny tornou a berrar, e tropeçou em Orlu. A perna dela parecia um bastão de calor. Orlu olhava para o chão freneticamente enquanto a segurava.

— Tem mais aranhas? — balbuciou ele. — Sunny, você está bem?

— Não! — berrou Sunny.

Udide usou uma de suas patas para se agarrar à sua teia, que, em seguida, Sunny a viu jogar em Chichi. A teia acertou sua amiga no peito, e ela também gritou, puxando a corda grossa, grudenta e cinza em meio à luz fraca das bolas de gude. Sasha agarrou Chichi por trás, mas Udide a arrancou das mãos dele e depois começou a enrolá-la violentamente em sua teia.

— Princesa de Nimm — disse Udide. Sua voz feminina, grave e retumbante fez a caverna tremer com tanta força que poeira e pequenas pedras caíram do teto e das paredes. Cada pelo da aranha vibrou com o som, e todos os aracnídeos correram em círculos com o som da voz de Udide. — Problema. *Wahala. Kata kata.** Mulheres fortes e traiçoeiras, e homens fortes e ardilosos. Vocês levaram algo que era meu.

— Levamos o quê? — bradou Sunny, enquanto sofria com a dor. — Nós acabamos de chegar aqui! Nós...

— O começo jamais é o começo — falou Udide. Chichi agora estava envolta em teia dos pés até o pescoço, e se debatia em vão.

Sasha sacou sua faca juju e lançou um feitiço na direção de Udide. O que quer que tenha feito, aquilo não foi capaz de sequer sacudir um dos muitos pelos de Udide. Ele tentou lançar outro juju, e obteve o mesmo resultado. Sasha pegou uma pedra e jogou. A pedra quicou do corpo de Udide como se fosse um seixo.

— Não há juju capaz de matar uma aranha — declarou Udide. — Somos sagradas.

— Sasha, pare com isso! — pediu Orlu com a voz calma. Mas seus olhos estavam marejados.

— Ela vai matar Chichi! — berrou Sasha, com a voz falhando. Ele olhou ao redor e avistou uma aranha. Esmagou-a com o pé.

Udide bufou de raiva, lançando no ar um forte fedor de casas em chamas.

— Quer dizer que você não gosta disso?! — bradou Sasha. Ele pegou sua mochila e tirou dela uma lata de Raid. — Você se acha esperta? Pois eu sou mais esperto! — Antes que ele pudesse remover a tampa, Orlu soltou Sunny e o agarrou. A lata de Raid caiu no chão. Os dois começaram a brigar, mas Orlu era mais forte. Ele agarrou Sasha pelos pulsos.

— Pare! — mandou Orlu, se esforçando para segurá-lo, enquanto Sasha olhava freneticamente ao redor.

---

* "Kata kata", assim como "wahala", significa problema. A repetição dos três termos é proposital para reforçar a preocupação: Problema, encrenca, roubada. *(N. do E.)*

— Por favor! — pediu Chichi. — Não sei do que você está falando!

— Mas o seu nome sabe, o seu DNA sabe, as suas moléculas sabem — afirmou Udide. — Eu deveria matá-la pessoalmente em vez de deixar o meu povo se banquetear com você.

Sunny caíra no chão, com o coração batendo perigosamente mais forte do que nunca. Olhou fixamente para o brilho imprensado contra a parede da caverna a poucos metros de distância. Podia ouvir Anyanwu em sua mente, mas a voz soava tão distante que não conseguia entender o que ela estava dizendo. Quando Sunny falou com a grande aranha, ela mal conseguia tomar fôlego, e sentia sua boca pesada e grudenta.

— Udide... Senh... *Oga* Udide, nós viemos de muito longe... Precisamos... — Ela sentiu outra picada, desta vez em seu pescoço. Sunny podia sentir a aranha de pele áspera correr apressada para a sua bochecha. Ela gemeu.

— Guerreira de Nimm — falou Udide. — Há algo de errado com você, e isto é interessante para mim. Vocês são duas, mas ambas são uma. Você vai ser a próxima a ser pega por eles. Ladrões. Todos vocês. Eu deixo que vivam lá fora porque vocês rendem boas histórias, e vocês tem a ousadia de vir até aqui embaixo me enfrentar.

Ela continuou envolvendo Chichi na teia, em camadas cada vez mais grossas. Chichi se debateu e se debateu em vão.

— *Oga* Udide — chamou Orlu, dando um passo à frente e segurando Sasha. Ele pressionou a mão contra a boca do amigo, e Sunny ouviu-o sussurrar: — Nem uma palavra. — Ele se empertigou e falou alto: — Meu amigo Sasha aqui é de Chicago, nos Estados Unidos. Ele foi criado no Lado Sul da cidade, em um lugar chamado Hyde Park. Seus avós são do Mississippi e participaram ativamente do movimento em prol dos direitos civis dos negros, apesar de eles estarem mais do lado de Malcolm X do que de Martin Luther King Jr.* Eles transmitiram isso ao Sasha. Ele é um lutador, nascido e forjado no fogo do racismo que ainda arde nos Estados Unidos da América. — Orlu fez uma pausa. — Ele... ele foi mandado aqui para a Nigéria para ficar comigo e com a minha família porque seus pais queriam mantê-lo longe de encrenca. Ele é esperto e rebelde demais.

Orlu fez uma pausa, depois prosseguiu:

— Foi ele quem encontrou o seu *Livro das sombras.* E Chichi, ali, Chichi é a princesa de Nimm que você está envolvendo na teia e se preparando para matar. Mas ela é a namorada de Sasha, e ela também é obcecada por suas palavras e ideias. Os dois usaram um dos seus jujus para invocar um mascarado Aku em uma festa faz quase um ano. Seus ensinamentos são bons e eficazes, apesar de perigosos para os imprudentes — destacou ele. — E eu já li partes do seu *Livro das sombras,* mas não são os seus feitiços e histórias que me interessam. É *você,* Udide. Já li um livro chamado O *livro dos grão-monstros.* Nele, você é mencionada como a verdadeira criadora do destino. Você é uma das poucas criaturas que respondem diretamente a Chukwu, o Ser Supremo. Há um Grão-Caranguejo que vive bem fundo no Oceano Atlântico, que você ama e que visita uma vez a cada milênio. Os pelos em seu corpo podem mudar o curso do tempo. Você e Mami Wata inspiraram rebeliões humanas em todos os continentes.

— Você sabe de muitas coisas — observou Udide.

---

* Lideranças dentro do movimento em prol dos direitos civis das pessoas negras na década de 1960 nos Estados Unidos, Martin Luther King defendia a não violência, e lutava por meio de ações pacifistas; já Malcolm X, mais extremista e radical, defendia a mesma causa, mas acreditava que ela deveria ser conquistada por qualquer meio necessário, violento ou não. *(N. do T.)*

Orlu assentiu veementemente com a cabeça.

— E... esta garota aqui é Sunny Nwazue. Esse é o nome dela. Eu a amo demais. — Ele olhou de soslaio para Sunny. Ela podia sentir saliva escorrer de um dos cantos de sua boca. — Sunny recentemente encontrou e libertou a aranha chamada Ogwu e as filhas dela.

— Ela *não* libertou Ogwu — corrigiu Udide. — Ogwu libertou a si mesma. Ogwu salvou a sua Sunny de um djim.

— Perdão, Mãe Udide — retrucou Orlu respeitosamente. — Você tem razão. Mas Sunny ajudou Ogwu a se libertar, e Ogwu manda cumprimentos para você de um lugar de liberdade. — Ele fez uma pausa, tomando fôlego. — Por favor, Chichi é como se fosse minha irmã. Por favor. Nós viemos até aqui por um bom motivo. Eu sei que os que são como você podem injetar veneno *e* antídoto para o veneno em uma pessoa. Por favor, faça isso pela garota que eu amo, e por minha... minha irmã. Não deixe que elas morram. Por favor. — Ele calmamente balançou a cabeça e repetiu: — Por favor.

Fez-se uma longa, longa pausa. Depois Udide soltou um zumbido grave, emitindo uma vibração.

Sunny as ouviu antes dos demais. Mais aranhas. Em seguida, ela as viu. Essas eram parecidas com tarântulas, com abdomens peludos que possuíam rabos balançantes. Elas correram depressa em direção a Sunny. Depois, ela também ouviu o som das presas das aranhas perfurando a pele de suas mãos. Trincou os dentes de dor. Imediatamente, até aquela dor foi desaparecendo, e Sunny começou a se sentir melhor. Seus músculos relaxaram, e Orlu rapidamente ajudou-a a ficar de pé.

— Você está bem? — perguntou ele.

— Fraca...

— Finja que não se sente assim — sussurrou ele. — Udide não respeita a fraqueza.

Quando ela se empertigou nos braços de Orlu e olhou para cima, teve certeza de que a grande aranha estava olhando diretamente para ela. Para dentro dela. Com seus muitos, muitos olhos. *Ffffff!* O cheiro saiu da aranha com uma lufada suave, poderosa e quente. Parecia que a caverna estava preenchida com mil casas em chamas. Sunny se esforçou para não tossir, e ainda mais para não espirrar. Udide jogou Chichi no chão, e Sasha correu para arrastá-la, ainda enrolada na teia, para longe da aranha gigante. Quando chegou aonde estavam Orlu e Sunny, ele cortou o invólucro. Chichi se espremeu rapidamente para fora, como uma lagarta.

— Maldito inseto — murmurou Chichi, esfregando o braço. — Acho que ela deixou uma presa no meu corpo.

— Cale a boca — chiou Orlu.

— Sunny Nwazue — chamou Udide.

Sunny teve a sensação de que sua cabeça iria explodir simplesmente com a força da vibração da voz de Udide. Ela ergueu o rosto e, à medida que fazia isso, sentiu Anyanwu aproximar-se. Depois, fez a única coisa que podia fazer, mesmo com seus amigos ali. Sunny invocou sua cara espiritual.

— Saudações, *Oga* Udide — cumprimentou ela, com uma voz grave e sedutora. Ela se empertigou ainda mais. Podia ficar na ponta dos pés. Udide a veria como um ser gracioso e equilibrado.

A grande aranha tornou a expelir o seu fedor, e Sunny cambaleou para trás.

— Anyanwu — disse Udide.

— Sim.

Udide a encarou.

— Eu conheço você.

— Eu também conheço você — afirmou Anyanwu.

— Nesta vida, você foi duplicada e ainda vive. Você é forte de muitas maneiras.

— Esta é uma vida estranha.

— Quero falar com Sunny Nwazue. Porque ela quer falar comigo — declarou Udide.

Os outros ficaram de pé atrás de Sunny enquanto ela deixava Anyanwu voltar para dentro.

— Estamos aqui, Sunny — sussurrou Orlu.

— Sim — confirmou Udide. — Mas que diferença isso faz?

— Nós somos amigos — declarou Chichi, ficando ao lado de Sunny. Ela estava se escorando muito em Orlu, tentando parecer durona. — Sofreremos o que quer que ela sofra. Ela não está sozinha.

— E nós não sofremos sem fazer os outros sofrerem — acrescentou Sasha.

— Sasha, dos Estados Unidos — começou Udide. — Meu *Livro das sombras* encontrou você, e ele vai te matar. Isso vai render uma ótima história.

— Não se preocupe. Eu sei como usá-lo — replicou Sasha, obviamente com uma falsa bravata.

— Não é assim que se desenrola a sua história — afirmou Udide. — Você vai morrer por ação daquele livro.

— Não, ele não vai — berrou Chichi. — Nós dois usamos o livro! Nós somos...

— Eu só tenho assuntos a tratar com esta pessoa incompleta e ferida — interrompeu Udide. — Sunny Nwazue, por que você veio?

— Eu... eu preciso de algo de você. Uma ratazana-do-capim voadora.

— E o que vai me dar em troca?

Sunny pensou naquilo por um instante. Depois, disse o que planejara dizer, principalmente depois que Orlu acabara de salvar todos eles ao fazer a mesma coisa.

— Uma história — falou. Os pelos de Udide ondularam com o que Sunny só pôde presumir que era prazer.

— Você me conhece bem — notou Udide. — Mas deve se lembrar de que sou uma contadora de histórias. Sou velha. Por décadas, passei temporadas morando sob esta cidade. Desde a sua fundação. Deito de costas e coloco minhas patas no teto desta caverna e escuto a vibração de Lagos. Escuto as suas milhões de histórias. E teço a mesma quantidade delas. Lagos respira histórias. A cidade é vida e morte, muitos universos em um só. E já fiz a mesma coisa em muitas cidades do mundo. Nova York, Cairo, Tóquio, Hong Kong, Dubai, Rio. Conte-me uma história que eu ainda não ouvi.

A aranha se abaixou e ficou de frente para Sunny. Ela se aproximou até estar a centímetros de distância. Sunny sentiu sua bexiga tentar relaxar. Ela segurou a vontade de fazer xixi e manteve-se firme onde estava. Seus amigos estavam atrás dela, mas à medida que Udide encarava Sunny intensamente com seus olhos do tamanho de portas, Sunny se sentiu sozinha. Sozinha com uma aranha gigante, contadora de histórias, provavelmente imortal, hiperinteligente e impiedosa.

— Não — recusou Sunny. Ela sentiu Anyanwu dentro dela, como parte dela. — Não posso lhe contar uma história que você ainda não ouviu. Mas posso lhe contar minha história particular. Ela é minha. Só minha. Só há uma de mim no mundo. Então, de certo modo, talvez, sim, esta seja uma história singular.

Ela respirou fundo, e depois começou a falar:

— Vivi os primeiros nove anos da minha vida em Nova York. — As pernas de Sunny tremiam, e algo dentro dela disse que deveria se sentar. Sua experiência com o escritório de Sugar Cream lhe informou que haveria aranhas pelo chão, mas elas eram espertas, e Sunny duvidava que fossem subir em seu corpo. Até mesmo as aranhas do escritório de Sugar Cream sabiam que não deviam fazer isso... a não ser que fosse de propósito. Então Sunny se sentou diante de Udide no chão de terra da caverna. Ela se virou para os amigos e acenou com a cabeça. Eles também se sentaram. Depois, milagrosamente, Udide também se acomodou. Ela não se sentou, pois aranhas não se sentam. No entanto, descansou as patas um pouco, exalando sua fumaça, e emitiu um zumbido de contentamento que parecia vir bem do fundo de seu abdômen.

Sunny fechou os olhos por um instante e se acalmou. *Anyanwu*, disse ela mentalmente. *Me dê forças. Me ajude a contar bem essa história*. Uma vez que Sunny começou a falar, ela descobriu que contar para uma aranha gigante e para seus amigos sobre o dia mais doloroso de sua infância não era tão difícil quanto imaginara.

Eu frequentava um colégio católico em Manhattan. Meus colegas de turma eram de todos os tipos. Havia africanos; afro-americanos; americanos brancos; pessoas de todo o Caribe; alguns asiáticos, principalmente da Índia e do Paquistão; e muçulmanos, judeus, cristãos e hindus de todas as raças. Eu deveria me encaixar perfeitamente ali. Na maior parte do tempo, eu até me encaixava. Tinha muitos amigos. Mas apesar de estarmos todos misturados ali, as outras crianças na verdade não se misturavam de verdade, sabe? As crianças costumavam ficar com outras iguais a elas, principalmente os negros e os brancos. Os africanos não socializavam com outros grupos em minha escola. Os afro-americanos agiam como se fossem reis e rainhas.

Eu meio que pulava de um grupo para o outro. Não me encaixava em lugar nenhum. Eu era africana, mas não realmente africana. Eu tinha nascido nos Estados Unidos, mas não era realmente afro--americana. Na metade das vezes, eu não entendia as gírias dos afro-americanos. Eu tinha um pouco de sotaque nigeriano por causa dos meus pais, o que era estranho, pois eu nasci nos Estados Unidos. Eu adorava os caribenhos, mas todos nós sabíamos que eu tampouco era uma deles. Eu tinha a pele clara como a dos brancos, mas com meu cabelo volumoso e minha aparência, eu jamais conseguiria enganar ninguém.

A história que vou contar aconteceu num dia muito ruim do meu terceiro ano. Havia umas garotas afro-americanas mais velhas que, não sei por que, me odiavam demais. Elas realmente, realmente me odiavam. Acho que, se eu fosse atropelada e estivesse morrendo na rua, elas apontariam, dariam gargalhadas e ficariam assistindo à minha morte lenta. De todo modo, nesse dia, eu fui ao banheiro na hora do recreio, e elas me seguiram até lá. É o que acredito, pelo menos. Você tinha de pedir permissão para ir ao banheiro, e havia quatro delas. Nenhum professor deixaria todas irem ao mesmo tempo daquele jeito. Elas saíram escondido. Para me seguir. Não foi uma coincidência.

Dentro da cabine, eu já sabia que elas estavam ali no banheiro comigo. Então esperei e esperei. Mas eu podia ver os pés delas. Elas não iriam a lugar nenhum. Elas também estavam esperando. Que eu saísse da cabine. Sempre que alguma outra garota entrava no recinto, elas gritavam para que ela fosse usar outro banheiro. No fim das contas, eu sabia que tinha de sair. Não podia ficar o dia todo ali e faltar às aulas. Então dei descarga e abri a porta.

Elas eram do sexto ano. E eram grandes. A líder delas era uma garota acima do peso e muito raivosa chamada Faye Jackson. Estava sempre se metendo em brigas com outras garotas da mesma série. Ela só me chamava de nomes cruéis. Nós nunca tínhamos brigado. Não sei por que elas foram atrás de mim naquele dia.

Fui rapidamente até a pia para lavar as mãos. Elas ficaram ao lado daquela que ficava perto da porta, impedindo que eu pudesse fazer uma saída rápida. Então fui forçada a ir para a pia que ficava mais distante delas, perto da janela embaçada na outra ponta do banheiro, a mais longe da porta. Foi uma decisão ruim. Assim que fiz isso, elas me cercaram.

— Por que você é tão feia assim? — perguntou Faye enquanto elas me rodeavam.

— Ela é muito nojenta — disse uma das outras garotas. O nome dela era Shanika, e ela só me tratava mal quando estava junto com Faye. — Você não deveria estar em uma escola para retardados?

— Ou pelo menos longe de nós — falou Yinka. Yinka era nigeriana, mas você não notaria pelo modo como tentava esconder isso. Ela também tinha a pele muito escura, exceto pelo rosto, que ela estava sempre besuntando com creme clareador. E quando não passava o creme, era a mãe dela quem o fazia. Dava pra ver a mãe de Yinka aplicando o creme nela toda a manhã quando a deixava no colégio. — Eu não queria pegar nenhuma doença que me tirasse toda a cor desse jeito.

Eu podia sentir que estava ficando irritada. Tinha de voltar para a sala, e não sabia por que estavam tentando me assustar. Elas estavam muito perto de mim, e pareciam ainda mais altas do que eu. Eu tinha apenas 8 anos, e não era muito alta para a minha idade. Cresci bastante nos últimos três anos. E, ano passado, me tornei muito forte e musculosa, mas, naquela época, eu era pequena, e elas eram grandes e altas.

— O que eu tenho não é contagioso — murmurei, com as mãos molhadas depois de fechar a pia. E foi aí que Faye me deu um tapa no rosto. Cambaleei quando meu mundo ficou muito brilhante e vi estrelas. Ela tinha me batido com força. E sem motivo. Sem que eu sequer tivesse falado diretamente com ela.

Fiquei irritada. Furiosa. Eu já tinha sido perseguida antes, e ficara chateada, mas eu nunca havia sentido uma raiva como aquela. Eu estava sozinha ali. E não tinha feito nada a elas. Elas me pressionaram para que eu fosse até a extremidade mais distante do banheiro, enquanto uma delas ficava de guarda na porta. Eu era como uma presa pra elas. Por quê? Eu não sei.

— Africana suja coçadora de bunda — cuspiu Faye. — Piranha Shaka Zulu imunda, doente. Sua mãe provavelmente tem* HIV, *e seu pai, sífilis, por isso você nasceu desse jeito.*

Yinka gargalhou alto. Eu não conseguia acreditar naquilo. O que havia de errado com aquela garota? Quem era doente?! Mesmo com apenas 8 anos, eu sabia quando uma coisa estava completamente errada. Shanika pareceu um pouco preocupada, mas não fez nada para que sua amiga se calasse. A que ficou de guarda, cujo nome eu não sabia, estava espiando no corredor. O sinal tocou. O recreio tinha acabado. Senti mais raiva fervendo dentro de mim.

Faye estava prestes a me bater de novo quando olhei bem na cara dela. Eu suava e tremia, e foi aí que vi aquilo. Bem na calça branca de Faye. Um grande círculo vermelho. Sangue. Minha mãe tinha me explicado sobre a menstruação mais cedo naquele ano. Então eu sabia exatamente o que estava vendo, e o motivo provável para Faye estar com tanta raiva. Eu sabia de muitas coisas naquele momento. Então dei o bote.

---

* Shaka Zulu foi um chefe tribal e estrategista militar, um dos mais influentes monarcas do reino Zulu. Aqui, o termo é usado como xingamento, em referência ao fato de Sunny ser africana. *(N. do T.)*

— Eu sou imunda? — rugi. — Você, VOCÊ É que é imunda! Olhe para a sua calça. Você está sangrando nela toda. Eca! E fede! Akata imunda! Quem é você?

A palavra era algo que minha mãe usava às vezes para se referir aos afro-americanos quando ela conversava com as amigas. Alguns me disseram que a palavra significava "crioulo", outros diziam que significava "animal selvagem". Não importa o que as pessoas pensem que significa, é uma palavra horrível. Naquele momento, pelo modo como aquelas garotas se comportavam, fiquei feliz de chamá-las de "akata". Eu teria adorado ver a dor no rosto delas se naquele momento elas aprendessem o que significava a palavra. Mas não é necessário realmente saber o que significa uma palavra como essa. O sentido é transmitido pela entonação, pelo som da palavra. É um termo feio. Um insulto. É como uma adaga em forma de palavra. Ela estava sangrando, e eu acabara de tirar mais sangue dela.

Faye olhou para baixo e viu o vermelho em sua calça, e uma expressão de horror se estampou em seu rosto. Ela ficou muito constrangida. As outras garotas também pareciam constrangidas, e Yinka fez cara de nojo. Yinka simplesmente era uma pessoa má e desprezível, que se virava contra os outros em dois tempos. Ao longo dos anos em que eu a conhecera, ela sempre foi desse jeito. Má e leal apenas a si mesma. A cara envergonhada de Faye então mudou para aquela expressão que as garotas estampam quando vão destruir alguma coisa.

Tentei correr, mas não havia para onde ir. Elas partiram para cima de mim. Me deram tapas na cara, puxaram meu cabelo, me empurraram contra a parede. Depois, Faye me arrastou para onde ficavam os ganchos de pendurar casacos. Era tão grande que foi fácil para ela me levantar do chão. Me debati, mas as outras garotas a ajudaram. Elas me penduraram ali pelo suéter. Eu não conseguia descer, não importava o quanto tentasse. Elas riram de mim, e depois me deixaram ali.

Estava dolorida e cheia de hematomas. Meu rosto parecia estar pegando fogo e meu nariz sangrava no suéter branco. Minhas bochechas estavam molhadas e coçando por causa das lágrimas. Eu estava muito irritada, mas também envergonhada e com medo... medo de mim mesma. Mesmo naquela época eu já sabia que o que eu tinha dito era maldade. Eu também era americana. E a história delas também estava conectada à minha, por mais que não fosse exatamente a mesma. Os ancestrais de Faye fizeram dos Estados Unidos o que ele é, construíram o país à força, com sangue, suor e lágrimas. Eles haviam sofrido e perseverado. Ela era produto da sobrevivência. Sabia disso melhor do que a minha mãe, que não nasceu nos Estados Unidos. E eu tampouco deveria ter zombado do constrangimento daquela garota. Eu sabia o que era ser zombada e odiada por causa da minha aparência.

Mas elas me machucaram. Só porque eu era africana e tinha uma anomalia. Elas também me chamaram de suja. Por que nós, africanos, sempre chamamos uns aos outros de sujos? Até eu fiz isso. E por que elas me odiavam tanto? Por quê? Eu entendo por que deixo as pessoas confusas. Quando as pessoas estão confusas, às vezes elas se tornam más e violentas. Me pergunto se isso tem alguma coisa a ver com o que vi na vela. Confusão.

— Esta é a minha história — concluiu Sunny. Ela deu um suspiro longo, sem querer olhar para a aranha ou para os amigos, que agora sabiam de uma coisa sobre ela que nem sua mãe sabia. — Você talvez tenha ouvido esta história antes ou não. Mas esta é a minha versão.

Quando não escutou nada por vários instantes, Sunny *olhou* para cima. Udide parecia observá-la fixamente, com suas mandíbulas pretas e peludas se abrindo e fechando, e seus muitos pelos ondulando. Sunny sentiu uma mão tocar seu ombro e apertá-lo, mas não olhou para trás para ver quem era.

Quando Udide finalmente falou, a voz dela era grave e retumbante, mas menos severa.

— Sua história é parte de uma longa história da humanidade — afirmou ela. — É sempre uma iguaria para meus pelos sensíveis. — Ela soltou o cheiro de casa queimada, se levantou e deu meia-volta. — O lar, a casa, moradas arrasadas. Em chamas, tristes tramas, vocês vão ficar na lama. Será a melhor história já contada, e só aqueles como eu a verão desdobrada.

Sunny se arriscou a olhar para Orlu, Chichi e Sasha. Era a mão de Sasha que estava em seu ombro.

— Me desculpe — falou ela para ele.

— Por quê?

— Aquela palavra.

Ele deu de ombros.

— Se eu estivesse no seu lugar, teria dito coisas muito piores.

— Cheguem para trás — ordenou Udide. Ela foi para os fundos da caverna. — Para tecer uma, vou precisar de espaço.

— Uma ratazana-do-capim voadora? — indagou Sunny.

— Cheguem para trás — repetiu Udide.

Ela levantou uma pata e puxou um fio de teia até ela com outra. Depois, afastou as duas patas, e o fio de teia pairou suavemente no ar. Ela uniu outro fio de teia ao primeiro, e então uma coisa ainda mais estranha começou a acontecer. Todos os pelos no corpo de Udide ondularam com um movimento tão fluido que pareciam estar submersos. Sunny sentiu um calafrio, e tornou a sentir sua bexiga se contrair. Ela inclusive conseguia sentir um leve cheiro de água salgada por sobre o odor de casas em chamas. Outro aroma acompanhou estes dois cheiros contrastantes de fogo e água.

Sunny não conseguia descrevê-lo, mas sabia a sua origem. O odor estranho e a presença de água... Udide estava invocando a vastidão.

— Vocês três, afastem-se, a não ser que queiram abandonar seus corpos e atravessar para a vastidão — avisou Udide. A voz dela retumbou e vibrou, e desta vez, pedras caíram do teto da caverna. — Sunny-Anyanwu, você pode permanecer ou se afastar com seus amigos.

Sunny ficou. Ela queria assistir. Podia sentir aquilo se erguendo em volta dela. Era como estar de pé em uma onda que se elevava em uma grande praia. Aquilo gradualmente crescia acima dela. Sunny piscou à medida que sua perspectiva ficou dupla com a de Anyanwu, mas sua atenção estava centrada em Udide e no que ela tecia. Udide ainda era preta e peluda, mas também estava ficando vermelha e maior. E Sunny podia ver ainda outra versão justaposta a essas duas. Nessa versão, ela parecia feita de metal brilhante.

Udide trabalhou rápido, enrolando mais fios em volta daquele que estava suspenso. Os fios tomaram a forma de uma esfera branca de aparência pegajosa e do tamanho de uma bola de tênis. Depois, Udide ergueu uma pata e começou a girar a bola. Ela rodopiou, a princípio lentamente e, depois, rápido. Em seguida, a grande aranha realmente começou a trabalhar. Ela prendeu fios, costurou e deu forma tão rápido que agora os olhos de Sunny não conseguiam acompanhar. E, à medida que Udide trabalhava, Sunny viu alguns dos espíritos em volta dela pararem para observar. Um deles parecia ter a forma de um homem, só que ele era feito apenas de luz azul oleosa. Ele ficou de pé ao lado de Udide, com uma das mãos no quadril. Depois, ele levantou a outra mão, colocou-a no queixo e pareceu soprar. O hálito dele era azul, e voou direto para dentro da coisa que Udide tecia.

Outra criatura da vastidão veio e fez a mesma coisa. E, à medida que cada uma delas acrescentava seus ingredientes etéreos, a criatura de Udide começou a se mexer e a ficar com diferentes cores. De esférica, passou a uma massa amorfa com muitos apêndices em cima, embaixo, dos lados. Ela também começou a crescer. Inicialmente do tamanho de uma bola de tênis, ela logo ganhou as dimensões de um cavalo e, depois, de uma van.

Sunny então voltara a se juntar aos amigos, que estavam todos boquiabertos.

Uma das criaturas que Sunny começara a chamar de pessoas de espírito colorido veio e soprou na grande massa que Udide tecia, e que ainda crescia, e a grande aranha pareceu se irritar e empurrou-a para longe. Por algum motivo, isso fez Sunny sentir uma cãibra na barriga por conta de um ataque de risos.

— O que há de errado com você? — sussurrou Chichi, franzindo o cenho para ela. — Você está bem?

Sunny apenas balançou a cabeça.

— Talvez o veneno de aranha que ainda resta no meu corpo esteja me deixando meio boba, sei lá. — O corpo dela com certeza ainda doía. Mas isso não deteve as risadas que borbulhavam para fora. Quando ergueu o olhar, viu a forma levemente luminescente de Anyanwu empoleirada de cabeça para baixo no teto da caverna, rodeada de aranhas enquanto observava Udide tecer.

— O que é tão engraçado assim? — indagou Sasha. Quando olhou para ele, o amigo estava dando um sorriso de escárnio.

— Isso... tudo — murmurou ela.

E isso fez com que Sasha também desse risadinhas. Orlu deu o melhor de si, mas ele também estava visivelmente cansado, sobrecarregado de emoções e aterrorizado. Em breve, seus olhos estavam lacrimejando pelo esforço de conter o riso. Só Chichi fazia cara feia, com os braços cruzados contra o peito.

Sunny estava rindo tanto que, quando a enorme massa que pairava tecida por Udide caiu no chão, ela não teve medo. Respirou fundo e tentou não pensar no fato de que ela estava bem no fundo de uma caverna sob a cidade de Lagos, com uma aranha do tamanho de uma casa, que estava tecendo uma massa de teia que começava a se mexer.

Ela virou as costas para tudo o que acontecia e olhou para a escuridão da gruta. Aquilo ajudou a conter as risadas. As bolas de gude que ela jogara no chão iluminavam bastante naquela caverna muito cavernosa, mas a luz delas só iluminava um trecho muito pequeno do túnel. Era como se a luz se desviasse na direção de Udide. Sunny inspirou, expirou e tornou a inspirar. Ela podia sentir cada lugar em que as aranhas a haviam picado para injetar veneno e, depois, antídoto. Esses trechos da pele dela coçavam, e provavelmente estavam vermelhos e inchados. Mas, fora isso, ela estava bem.

— Que vida a minha — comentou.

À esquerda, Sunny podia ver cerca de trinta aranhas grandes na parede da caverna caminhando rápido em direção à escuridão. Para onde elas iam Sunny não sabia, e tampouco se importava.

Os quatro quicaram quando Udide ergueu a massa envolta em teia e tornou a soltá-la no chão. Eles tossiram e se juntaram, agarrando-se uns aos outros enquanto a nuvem de poeira passava sobre eles. Tudo era tão azul-claro quanto as bolas de gude no chão, e Udide e sua criação brilharam mais forte em meio à poeira que se assentava.

— Ai, meu Deus, é exatamente como eu imaginei — exclamou Orlu. — *Thryonomys volante,* uau.

— Você *imaginou* isso? — indagou Sasha, apontando para a massa.

— Que nojo — comentou Chichi.

A massa ondulava. A luz das bolas de gude azuis só a iluminava parcialmente. Havia algo dentro dela. "Oinc, oinc, oinc", grunhiu a coisa ali dentro. Parecia o som de um grande porco. Udide correu apressadas em volta da massa três vezes, pousando três patas nela a cada volta. Em seguida, arrancou um pelo de suas costas e, usando duas patas, enfiou-o na massa como se fosse um alfinete. A massa se acalmou, e Udide soltou uma grande nuvem de sua fumaça fedorenta, que fez os olhos de Sunny lacrimejarem. Em seguida, a grande aranha deu um passo para trás e esperou.

— Um de nós tem de soltá-la dali de dentro — afirmou Orlu depois de algum tempo.

Todos olharam para Sunny. Ela balançou a cabeça.

— Eu...

— Porque nós vamos morrer se nos aproximarmos dela — falou Chichi. — Nós não podemos sobreviver à vastidão.

— Agora já é seguro — garantiu Udide. — Assim como Osisi é segura para todos vocês. Eu abaixei o véu da vastidão. A criatura é mortal e viva.

— Então vá você — sugeriu Sunny para Orlu. — É você quem adora animais.

— É — concordou Sasha. — Quem de nós sabia o seu nome científico?

— Ok — assentiu Orlu.

— Não podemos ir todos juntos? — indagou Chichi.

— Não, a princípio deve ser só um de nós — informou Orlu. Ele se esgueirou para a frente e lentamente atravessou a grande caverna. Levou quase cinco minutos para chegar à metade do caminho. Orlu parou, fechando e abrindo as mãos com força. Depois, começou a movê-las rapidamente no ar.

— O que é isso? — berrou Sunny.

— É... — Ele mexeu as mãos mais um pouco. — Não esquenta. Eu estou bem.

— Ele está desfazendo jujus — observou Chichi.

— A criatura protegeu a si mesma — gritou Orlu. — E... bem, eu acho que ela está brincando comigo. Mas não de um modo bom. Se qualquer um de vocês estivesse no meu lugar, estariam no chão agora mesmo sentido coceiras e gritando por conta das picadas de Sete Mosquitos Picadores.

— Maldição — chiou Sasha. — Eu usei esse juju uma vez na Biblioteca dos Leopardos de Chicago porque um cara me deu um empurrão para pegar um livro que nós dois queríamos. O cara gritou feito desesperadamente.

— Ela ainda nem saiu do casulo e já está demonstrando que tem um senso de humor doentio — bradou Orlu. — É por isso que é melhor que só uma pessoa se aproxime dela. — Quando ele alcançou o casulo, parou e encarou Udide.

— Eu sei exatamente o que ele está sentindo — murmurou Sunny. Não havia nada como ter Udide concentrada apenas em você.

Orlu estava distante demais para que eles ouvissem qualquer coisa, mas era evidente que estava conversando com Udide. Depois, ele se aproximou do casulo e sacou sua faca juju. De onde estava, Sunny podia ouvir os sons do corte, que eram parecidos com um zíper sendo aberto.

— Ai, meu Deus — exclamou Sunny quando ela viu a cabeça marrom-acinzentada despontando do corte que Orlu havia feito.

A criatura possuía uma cabeçorra redonda, orelhas felpudas redondas e imensos olhos azuis tão redondos quanto. A ratazana-do-capim tinha marcas pretas na testa, mas Sunny não podia vê-las direito de onde estava. O animal não se parecia muito com as ratazanas-do-capim que Sunny estava acostumada a ver, que eram grandes roedores parecidos com marmotas e parentes dos porcos-espinhos. Ela farejou à sua volta com seu grande nariz. Cheirou Orlu, que permaneceu completamente imóvel. Depois, ela olhou para Udide, se assustou e fugiu para o casulo.

Udide estendeu uma pata e chutou a parte de trás do casulo, e a ratazana-do-capim voadora grunhiu alto como um porco e saiu correndo do casulo. Ela disparou bem na direção de Sunny, Chichi e Sasha — seus enormes olhos azuis arregalados de medo e choque. Todos se viraram para correr. Depois, Sunny ouviu a voz de Orlu ao pé do seu ouvido.

— Abaixe-se! — E, como ela estava habituada a confiar nos amigos, Sunny se jogou no chão, caindo em cima de Chichi. Sasha fez o mesmo bem ao lado delas.

— Zuuummm! — A ratazana-do-capim voadora fez jus a seu nome e deu um voo rasante tão próximo do grupo que conseguiram sentir e ouvir quando ela passou por eles. Sunny olhou para cima bem a tempo de ver o animal açoitar e estalar seu longo e peludo rabo à medida que voava rápido em direção ao teto da caverna e desaparecia.

— Esperem — falou a voz de Orlu. Quando Sunny olhou para trás, viu Orlu de pé, com a faca juju contra o próprio pescoço. Ele estava usando o juju de projeção de voz, e o lançava especificamente sobre eles três.

— Ali! — exclamou Sasha, apontando para a entrada da caverna, que conduzia à escuridão.

A ratazana-do-capim voadora estava com as costas imprensadas contra a parede enquanto olhava para dentro da gruta.

— Ela quer fugir, mas está muito assustada — observou Chichi. Ela riu.

A distância, a grande criatura parecia desolada, e até que bem bonitinha, enquanto grunhia e se imprensava contra a parede. Era basicamente uma recém-nascida. E ela foi acordar justo naquele lugar, uma caverna escura com uma aranha gigante e cheia de aracnídeos menores.

— Eu também teria medo — murmurou Sunny.

— Não a deixem escapar — disse Orlu. Ele estava vindo na direção deles. — Se ela voar para dentro da caverna, ela vai escapar, e não vamos conseguir pegá-la, confiem em mim. Elas são inteligentes. Ela foi feita por Udide, então é capaz de entender qualquer língua. Falem com ela ou... algo do gênero... *delicadamente*. Mas se apressem.

Eles caminharam até a ratazana-do-capim. Ela os encarou, com suas narinas muito dilatadas. A luz da bola de gude era fraca ali, mas refletia os olhos da ratazana e, naquele instante, Sunny sabia que podia ficar olhando fixamente para eles por horas. Os olhos eram como joias, e pareciam gentis também. Mas havia outra coisa com relação ao rosto da criatura como um todo que fez com que Sunny quisesse ir mais devagar. A ratazana-do-capim não era apenas bonitinha, ela era furtiva e astuta. Isso foi confirmado quando Sunny sentiu o chão desaparecer sob seus pés. Ela tropeçou e caiu.

Chichi também tropeçou e caiu quando a raiz de uma árvore despontou do chão bem em frente ao pé dela. Ela xingou em efik enquanto tropeçava. Sasha olhou para elas, e depois riu entre dentes.

— Vá em frente — disse Chichi. — Se você ainda não caiu, talvez seja porque esse animal maldito gosta de você. — Ela tentou se levantar, mas a raiz ficou mais apertada em volta de seu pé. Sunny sabia que era melhor não se dar o trabalho, e simplesmente ficou sentada ali.

— E aí? — falou Sasha para a ratazana. — Acho que tenho o que você precisa, cara. — Ele tirou a mochila das costas e olhou para trás. — Orlu — falou enquanto Orlu ia para o lado de Chichi e Sunny. Sasha gesticulou para que o amigo se aproximasse. — Veja se ela deixa você.

— Vocês estão bem? — perguntou Orlu para as amigas.

— Sim — respondeu Sunny. — Acho que ela só gosta do Sasha.

Orlu olhou e depois deu alguns passos à frente. Quando nada aconteceu, ele prosseguiu, e logo estava de pé ao lado de Sasha. A ratazana-do-capim voadora olhou para os dois com olhos semicerrados. Ela deu um passo vacilante para trás, mas isso foi tudo. Sasha abriu sua mochila, e Orlu olhou dentro dela. Quando Orlu riu, a ratazana-do-capim voadora não fugiu, apesar de Sunny ter certeza de que ela iria. Em vez disso, o animal chegou para a frente para ver o que havia na mochila.

— Sasha, você é um gênio — elogiou Orlu.

— Isso me veio à mente hoje de manhã — explicou ele.

Quando Orlu retirou da mochila o primeiro punhado de grama, a ratazana-do-capim voadora lambeu-o das mãos dele com uma língua azul gigante. Ela mastigou e, à medida que sentia pela primeira vez o prazer "comestível", todo o seu corpo tremeu de alegria. Sasha deu um pouco mais de grama para ela comer.

— Venham — falou Orlu para Sunny e Chichi.

Lentamente, elas se levantaram e foram em direção ao animal. A ratazana olhou para as duas com desconfiança, mas não lançou mais jujus sobre elas. Sasha deu a mochila para Sunny.

— Dê um pouco de grama a ela.

A ratazana não hesitou em comer os punhados que Sunny lhe ofereceu. Sunny observou à medida que ela comia, reparando que a ratazana não era apenas cinza e marrom. Quando Anyanwu apareceu ao seu lado, tão tênue que Sunny suspeitou que somente ela podia vê-la, a ratazana-do-capim parou de mastigar. Ela farejou na direção de Anyanwu, depois bufou e continuou a mastigar. O pelo marrom dela tinha nas pontas filamentos brancos que pareciam teia de aranha grossa. Sunny franziu o cenho, e arriscou se aproximar. A ratazana observou-a enquanto ela se aproximava e lhe tocava a bochecha peluda. Sunny estivera imaginando como seria a sensação. Seria o pelo pegajoso como teia de aranha? Não. Era macio. Muito macio.

Quando Chichi deu-lhe comida, a criatura deixou a mão dela toda babada. Orlu balançou a cabeça para a amiga, que reprimiu o que certamente era uma exclamação de nojo. Sunny podia jurar ter visto os olhos da ratazana brilharem. Chichi rapidamente foi para trás de Orlu e Sasha, lutando contra a vontade de esfregar a mão molhada nas roupas.

— Meu nome é Orlu e sou um ser humano — apresentou-se ele. — Este é Sasha. Esta é Sunny. E esta é Chichi. Estamos na Terra, um planeta. Vamos lhe mostrar. Você sabe ler?

Sunny pensou que Orlu tinha perdido a cabeça, mas, então, a ratazana-do-capim grunhiu, enfiando sua língua na mochila e pegando mais da metade da grama.

— Que bom — afirmou Orlu, sorrindo. — Qual é o seu nome?

Sunny arquejou à medida que a imagem explodiu em sua mente. Um enorme campo verde, grama verde sob um agradável sol no céu. *Chomp! Chomp! Chomp!* Um enorme par de dentes planos aparava a grama como um cortador de grama.

— Ratazana-do-capim? — perguntou Orlu. — Esse é o seu nome?

A ratazana grunhiu. Outra imagem explodiu nas mentes deles. Eles viram O *livro das sombras de Udide* suspenso no ar. O tomo se abriu e as páginas viraram de um lado para o outro até que encontraram uma das muitas histórias de Udide. A imagem de um velho e de uma ratazana-do-capim entretidos em uma discussão saiu das páginas. O velho efik tinha um sotaque carregado. Sua plantação de inhame era constantemente atacada por uma ratazana-do-capim e ele tivera de entrar na toca da criatura para negociar com ela. Na história, a ratazana gostara do modo como o homem havia dito seu nome.

Orlu pronunciou o nome do mesmo modo que o velho:

— Ratazã? É assim que você quer que pronunciemos o seu nome?

Ela assentiu com alegria, soprando ar pelo nariz.

Sasha riu.

— Ai, meu Deus — exclamou ele.

— Bem, você gostaria de outro nome? — perguntou Orlu.

A ratazana grunhiu, obviamente em negativa.

— Ok, Ratazã — falou. — Entendemos.

— Ai! — berrou Chichi. — Quem foi que me beliscou?! — Ela olhou para Ratazã. — Foi você!

Ratazã grunhiu de alegria, depois balançou e estalou seu estreito rabo preto de 3 metros.

— Bem, a maioria de nós entende — declarou Orlu. — Você vem conosco?

A ratazana pegou mais grama da mochila.

— Nós podemos lhe mostrar mais do que apenas essa grama — afirmou Sasha. — Podemos lhe mostrar um lugar em que a grama tem cores diferentes!

Ratazã soltou um rom-rom grave com sua barriga, e seus olhos pestanejaram de prazer.

— Não minta pra ela — avisou Orlu.

— Eu não estou mentindo — replicou Sasha. — Ouvi falar que há muitos tipos esquisitos de grama em Osisi.

O chão vibrou à medida que Udide se aproximou deles.

— Era isto o que você queria? — indagou ela.

Ratazã subitamente desapareceu pela caverna atrás deles. Mas Sunny podia ouvir o grunhido suave dela. A criatura ainda estava lá.

— Sim — respondeu Sunny.

— Vocês vão tratá-la bem? — perguntou Udide. Sunny podia sentir a ameaça por trás da pergunta. Dizer que sim era apenas uma pequena parte do pedido de Udide. Se algo acontecesse a Ratazã, eles sofreriam.

— Sim — afirmou.

— Então podem ir — falou Udide. — Mas tem uma coisa. — Ela apontou uma pata grande para Chichi e, depois, para Sunny. — O veneno do meu povo está em vocês duas agora. Ele jamais deixará o corpo de vocês. O veneno decodificou e se ligou ao seu DNA. Eu posso encontrá-las em qualquer lugar. Vou saber onde estão o tempo todo.

Sunny sentiu um calafrio. Com toda a animação, a dor das picadas havia sido quase esquecida. Agora ela tornava a sentir a dor e a ardência delas.

Chichi arquejou.

— Sim, você sabe do que estou falando, Chichi. Você sabe mais do que deixa transparecer. Você não é ignorante. Não totalmente. Você ouviu boatos. Você ouviu mitos. Você ouviu fofocas. Você sabe a quem perguntar. Quando terminar a sua missão, traga-me o que é meu. Vá até o seu povo e traga-a de volta. Esta aqui, Sunny, é do clã guerreiro do seu povo. Ela vai ser sua "leoa de chácara", sua guarda-costas. Se você não a trouxer de volta, saberei onde lhe encontrar.

Chichi assentiu, com os olhos arregalados de horror.

— Garota esperta — provocou Udide. Ela voltou para o lugar em que estava quando eles chegaram lá. Deu as costas para o grupo e pressionou suas patas grossas contra o teto da caverna. — Deixem-me. É Ano Novo. Lagos é a teia emaranhada que eu teço.

As bolas de gude rolaram de volta para Sunny e ela as pegou. À medida que saíam da caverna, escoltados por uma procissão das aranhas mais asquerosas que Sunny havia visto, Orlu explicou para Ratazã que ela tinha o poder de ficar invisível. Depois, explicou a ela *por que* deveria permanecer invisível. Ratazã, que planava acima deles, apenas grunhiu, indicando que havia entendido. Se cooperaria ou não era algo que eles teriam de descobrir quando saíssem da caverna.

26

Ratazana-do-capim voadora

Quando eles saíram da caverna e ficaram sob o sol incômodo, Ratazã olhou pela primeira vez para o mundo que havia ali fora. Ela grunhiu e depois emitiu um zumbido com sua barriga. Virou-se lentamente à luz do sol, com suas grandes patas pisoteando o empoeirado chão de terra. Depois, balançou sua pelagem marrom esbranquiçada.

Na luz do dia, Sunny podia ver mais nitidamente o estranho pelo marrom com pontas brancas. As partes brancas eram leves e finas, e quase flutuavam como se uma brisa soprasse, quando, na verdade, não soprava brisa nenhuma. Ela também podia ver que os olhos da ratazana não eram exatamente azuis, mas de um tom de violeta, como um oceano desconhecido. Eram ainda mais agradáveis do que Sunny suspeitara.

Quando a ratazana virou aqueles olhos misteriosos na direção de Sunny, ela suspirou. O olhar dela era desarmante. Sim, oceano misterioso era a descrição perfeita. Quando Ratazã a encarou, Sunny sentiu a corrente do oceano. A vastidão. Ela se perguntou se os outros também sentiam a mesma sensação aquosa quando olhavam para os olhos da criatura.

— Você gosta daqui de fora? — perguntou ela.

A ratazana ronronou mais alto, em afirmação.

Sunny sorriu e disse:

— Bem, você ainda não viu nada. Mas... — Ela olhou de soslaio para Orlu, e ele assentiu com a cabeça. — Mas... para que possamos lhe mostrar as coisas, e para que ninguém lhe faça mal, você precisa ficar escondida.

Ratazã subitamente desapareceu bem diante dos olhos dela. Sunny sentiu todo o seu corpo ficar alarmado. Aquele estranho roedor do tamanho de uma van e com pelos estranhos estava bem diante dela e, depois, sem nem se mexer, havia desaparecido. Não importava quanta mágica presenciasse na condição de pessoa-leopardo, ela sempre reagia com confusão nesses momentos. Momentos em que ela sentia que seu cérebro se partiria, quando todas as suas bases sobre certo e errado, normal ou não, possível ou não pareciam estar à beira do colapso total.

Ratazã reapareceu e começou a bufar enquanto observava Sunny. Ela estava rindo. A criatura sabia exatamente o efeito que sua desaparição provocara nela e achou aquilo muito engraçado.

— Isso não tem graça — reclamou Chichi, mas ela estava sorrindo.

— Sunny, você devia ver a sua cara — disse Sasha. Quando Sunny franziu o cenho para ele, ele deu um passo para trás, estendendo as mãos na frente do corpo enquanto ria. — Só estou dizendo que suas reações são muito extremas. Consigo entender porque ela quis te assustar. Não conseguiu resistir.

Antes que Sunny dissesse qualquer coisa, a criatura parou de rir e olhou bem nos olhos dela. O animal deu um passo à frente e depois fez uma mesura lentamente. O gesto foi tão encantador, especialmente vindo de um roedor gigante, que Sunny esqueceu sua raiva. Ratazã balançou a cabeça e depois desapareceu.

— Está vendo? Não vamos ter problemas — observou Chichi. — Ela vai cooperar.

— Humff — bufou a criatura invisível. Ela estava bem ao lado de Sunny, a julgar pela lufada de bafo quente que ela sentiu na bochecha, soprando por entre suas tranças afro. O hálito tinha o cheiro do incenso doce que a tia de Sunny nos Estados Unidos gostava de acender quando estava estressada.

— Graças a Deus — exclamou Sunny. Ela se virou para onde Ratazã provavelmente estava. — Muito obrigada! Nós...

— Ainda não — interrompeu Orlu.

— Ah — falou ela. — Ah... nós, hum, nós estamos muito, muito gratos por sua compreensão, de verdade. — Ela franziu o cenho para Orlu. Ratazã achava que somente os acompanharia para Osisi. Se eles não perguntassem naquele momento se ela os *levaria* para lá, quando perguntariam? Quando tivessem que partir? Ninguém, nem um animal esperto, gostava que essas coisas lhe fossem pedidas logo antes de o favor ter de ser feito. Mas, por enquanto, Sunny ficou aliviada. Pelo menos eles conseguiriam voltar para a casa do amigo do irmão de Sunny mais facilmente. Por quanto tempo eles ficaram fora? Algumas horas? Seu irmão certamente estaria preocupado.

— Uma coisa de cada vez — avisou Orlu.

Ela concordou. Pelo menos uma parte da travessia deles havia ficado para trás: tinham concluído seu assunto com Udide. E agora Ratazã ficaria invisível, o que evitaria o caos e o desastre que seria provocado se um bando de ovelhas vissem o que elas somente poderiam chamar de monstro.

Levar a ratazana-do-capim voadora para a casa dos tios de Adebayo foi um pesadelo.

Foi um desastre tão patético que Sunny não conseguia parar de rir e dizer:

— Tem um porão mal-assombrado com nossos nomes gravados à nossa espera embaixo da Biblioteca de Obi! — Depois, riu mais ainda enquanto o motorista do *kabu kabu* que levava ela, Chichi, Sasha e Orlu reclamou e choramingou à medida que olhava para o espelho retrovisor e pisava fundo no acelerador. Ratazã tinha um senso de humor doentio, e ele (Sunny tinha acabado de vê-lo voar bem acima deles e, sim, Ratazã *definitivamente* era macho) não tinha a mínima intenção de permanecer escondido do mundo.

A princípio, as coisas correram bem. Estranhas, mas bem. Quando eles chegaram de volta ao mercado, a pouco mais de 300 metros da entrada da caverna de Udide, encontraram o lugar lotado. Estava abarrotado de pessoas, como se estivessem no meio de uma semana sem feriados.

Para piorar, assim que eles passaram pelas primeiras barracas, o celular de Sunny começou a apitar sem parar à medida que recebia uma série de mensagens de texto.

— Você está de brincadeira? — queixou-se Sunny enquanto metia o cotovelo para abrir caminho entre um grupo de mulheres esperando diante de uma feirante que vendia tomates grandes.

Orlu pegou a mão de Sunny quando ela conseguiu passar pelas mulheres, puxando-a mais para perto de si. Sentiu seu telefone apitar de novo, desta vez indicando que ela também tinha mensagens de voz.

— Não, não estou — disse ele. — O que os seus olhos lhe dizem?

Os olhos lhe confirmaram o que ela sabia ser verdade. Havia se passado pelo menos um dia desde que eles entraram na caverna de Udide. O Ano Novo já tinha ficado para trás fazia tempo.

— Udide adora uma boa história — comentou Orlu. — Então porque não complicar mais ainda as coisas para nós ao nos atrasar por alguns dias?

Sunny se sentiu enjoada. Ela sabia exatamente qual era o conteúdo das mensagens que recebera. Ela só não sabia da gravidade delas. Seriam as mensagens de seus pais ou de seu irmão?

— Se apressem — falou Chichi por sobre o ombro. Sunny e Orlu apertaram o passo. Chichi tinha razão. Ratazã havia dito a eles que os encontraria do lado de fora do mercado. Era melhor não o deixar esperando.

O caos começou bem antes de eles saírem do mercado. Começou com cochichos nervosos, e com as pessoas perdendo o interesse em fazer compras. Sunny pescou trechos de conversas.

— Temos de sair daqui...

— ...pela outra entrada.

— Alguma coisa perto da...

— Se forem ladrões armados, tenho o meu alfanje...

Os quatro continuaram andando, e logo se encontraram lutando contra uma multidão de pessoas cada vez mais aterrorizadas. Sunny e Orlu se agarraram a um poste de madeira à medida que multidão aumentava e passava rápido por eles. Algumas pessoas estavam gritando, e todas fugiam às pressas. Quando a procissão diminuiu o ritmo, Sunny viu que Sasha e Chichi estavam agarrados a outro poste. Eles se entreolharam em silêncio e depois começaram a correr. Quando saíram do mercado, a entrada, que normalmente ficava lotada, estava deserta. As últimas pessoas que haviam sobrado escapavam em carros, *okada* e a pé. Havia uma enorme nuvem de poeira se elevando na área aberta em frente ao mercado, e Sunny sentiu um aperto na barriga.

— Você não fez isso! — gritou Sasha para a poeira que se assentava.

— Não! — censurou Orlu. — Não reconheça a existência dele.

Sasha imediatamente entendeu e fechou a boca. Ele parou de correr e caminhou de volta entre uma barraca abandonada que vendia mandioca e melão e um estande que vendia molhos cheios de folhas verdes de *ugwu* e de beldroega-grande. Sunny parou atrás de Sasha.

— Por que ele faria isso?

Sasha riu.

— Porque acha isso tudo engraçado.

— Aposto que ele pousou no meio de todo mundo, apareceu por um segundo e, depois, desapareceu — conjecturou Chichi. — Apenas por tempo bastante para fazer as pessoas pensarem que tinham visto alguma coisa, mas não para terem certeza do que tinham visto. Os leopardos também têm regras para criaturas como o Ratazã. Se ele causar muitos problemas, o Conselho da Biblioteca vai vir aqui e sacrificá-lo.

Sasha assentiu.

— Sim, apareça por um milissegundo e deixe que os nigerianos tomem conta do resto. Vocês já são supersticiosos demais. Uma coruja pousando em um galho já é o bastante para provocar um tumulto. Uma coisinha já basta.

— Temos de tirá-lo daqui — disparou Orlu. — Antes que as pessoas, por curiosidade, voltem.

— Tenho uma ideia! — exclamou Sunny. Ela se sentia atordoada, satisfeita consigo mesma. — Sasha, Chichi, lancem dois *Ujo*. Fortes. Assim, todas as ovelhas vão sentir um medo irracional demais deste lugar para se aproximarem daqui. E como vocês dois podem fazer um *Ujo* forte, vamos ter bastante espaço em volta da ratazana-do-capim. — Ela apontou para as folhas de *ugwu* e de beldroega-grande que havia ao lado deles. — Não é capim, mas talvez nós consigamos atrair a atenção dele com isso. Ele certamente jamais provou isso antes. Orlu, você leva jeito com animais, então é melhor que seja você a aproximar-se dele. Eu fico atrás de você com mais folhas.

Todos fizeram uma pausa e olharam para Sunny. Depois, Sasha escancarou um sorriso.

— Boa ideia — declarou.

Chichi sacou sua faca juju e fez um *Ujo*. Sasha fez a mesma coisa, lançando seu juju na direção oposta. Orlu pegou um molho de folhas. Sunny colocou a mão no bolso, tirou de lá alguns nairas e depositou-os na caixinha que havia abaixo de um dos molhos maiores. Depois, pegou algumas folhas de *ugwu* e foi atrás de Orlu.

Assim que ficaram ao ar livre, Sunny escutou Ratazã bufar ruidosamente. Em seguida, soltou uma risada sibilante.

— Espero que tenha se divertido — chiou Orlu.

Ratazã riu um pouco mais, aparecendo lentamente diante deles. Olhou para as folhas que eles carregavam e suas narinas se dilataram à medida que farejava na direção delas. Ratazã deu um passo à frente e Orlu e Sunny pararam.

— Assim como você sabe ler — começou Orlu —, sabe também o que vai lhe acontecer se tornar a se mostrar. Tome, isto é pra você.

— Pff! — retrucou Ratazã, insolente. Ele avançou apressado e Orlu e Sunny pularam para trás.

Orlu interveio:

— Não, não, não! Assim não.

Ratazã parou, olhando para os dois com seus grandes e lindos olhos.

— Você quer isto aqui? Sei que pode tomar isto de mim. Mas nós conhecemos este mundo, e você, não. Você tem os conhecimentos de Udide, mas não tem acesso a tudo. Eu sei. Eu li sobre a sua espécie. Explicaremos nosso mundo pra você, podemos lhe indicar livros para ler, e podemos lhe indicar comidas que você adoraria comer. — Ele ergueu as folhas. — Estas são folhas de *ugwu*, e nós, os igbo, as usamos para fazer sopa de *ogbono* e de egussi. Elas têm um gosto bom e... — Ele olhou para Sunny. — Levante as folhas!

Sunny ergueu o molho de verduras que carregava.

— Essas — falou Orlu, tornando a se virar para a criatura que escutava — são folhas de beldroega-grande. Elas... — Ele se virou para Sunny, franzindo o cenho. — Você sabe em que receita elas são usadas? Eu não sou cozinheiro. Mal conheço o *ugwu*!

Sunny balançou a cabeça em negativa.

— Elas são usadas para fazer sopa *edikaikong*. É um prato dos efik — explicou Chichi por trás de Ratazã. Enquanto Ratazã se virava para observá-la, Chichi apontou para o próprio peito. — Sou metade efik e metade igbo.

— Sunny e eu somos igbo — acrescentou Orlu. — Essas são etnias... dos seres humanos. Você conhece a palavra "etnia"? Tribos?

Ratazã grunhiu e bateu o pé no chão. Em seguida, olhou para Sasha, que estava de pé ao seu lado.

— Eu sou... Eu sou americano — afirmou ele com um sorriso escancarado. — Afro-americano. Não tenho tribo. Pelo menos não que eu saiba. — Quando Ratazã simplesmente ficou olhando para ele, esperando, Sasha rapidamente começou a contar a Ratazã a história dos africanos usurpados, dos ladrões europeus que os levaram, dos povos nativos das Américas, que acabaram envolvidos no meio disso tudo, e como ele era descendente de "toda aquela merda".

Ratazã escutou com interesse e atenção absolutos. Ele evidentemente adorava ouvir histórias, assim como sua mãe, Udide, a Aranha. Depois, Ratazã comeu as folhas de *ugwu* e de beldroega-grande vorazmente — ele gostou muito mais das folhas de beldroega-grande e foi para a barraca abandonada comer o que havia restado delas. Os quatro tiveram de fazer uma boa vaquinha para pagar pela refeição da criatura.

Sunny ficou aliviada quando eles finalmente conseguiram que a ratazana-do-capim concordasse em voar de volta para a casa de Adebayo, na ilha Victoria. Ratazã concordou em voar acima deles enquanto tomavam um *kabu kabu*. Assim que Ratazã desapareceu, o grupo seguiu seu caminho. Ninguém sabia quanto tempo iria demorar até que a criatura voltasse a sentir vontade de aterrorizar os cidadãos de Lagos.

Eles tiveram de caminhar cerca de 400 metros até que conseguissem que um *kabu kabu* parasse para eles. O *Ujo* que Chichi e Sasha haviam feito de fato era potente e tinha um longo alcance. Até aquele momento, se houvesse alguma pessoa ali por perto, ele ou ela estampavam no rosto uma expressão de terror tamanha que nenhum deles sequer queria falar com a pessoa. Havia também vários *okada* que haviam sido abandonados por seus motoristas aterrorizados. Sunny ficou aliviada por nenhum deles ter sofrido um acidente. E as pessoas que dirigiam carros vinham e depois faziam curvas abruptas, cantando pneu.

— Entrem logo! — gritou o motorista para eles. Era um jovem com uma careca brilhante, cavanhaque bem-feito, e um olhar violentamente nervoso nos olhos. — Ouvi dizer que havia alguma coisa acontecendo aqui, e onde há coisas acontecendo, há pessoas que precisam de um meio de transporte. Mas, quanto mais eu me aproximo do mercado, mais eu tenho a sensação de que EU NÃO DEVERIA ESTAR AQUI!

Eles pularam para dentro do carro, e Sunny ainda estava fechando a porta quando o motorista decidiu dar uma meia-volta violenta com o carro a toda, levando-os para longe dali enquanto gritava freneticamente alguma coisa em iorubá e berrava de medo. Conforme foram se afastando do mercado, o homem foi se acalmando e logo ele já havia recobrado o juízo. À medida que dirigia, não parava de pedir desculpas.

— Tive um dia longo — explicou ele. — Vou levá-los aonde vocês têm de ir, não se preocupem, não se preocupem.

Enquanto eles seguiam seu caminho, Sunny olhou para o ar. Assim que fez isso, viu Ratazã fazer aquilo de novo. Por uma fração de segundos apenas, ele tornou a aparecer. Um homem em um *okada* deve ter olhado para cima a tempo de vê-lo. Assim como o motorista de um caminhão repleto de laranjas. Tudo aconteceu em câmera lenta, e cada instante parecia interminável.

— Ah, não! — exclamou Sunny, virando-se para Orlu. — Ele se mostrou para um... — O caminhão de laranjas estava na frente deles e desviou para o lado, em direção ao canteiro central de terra batida da estrada, passando para a pista que seguia em sentido contrário. Dois carros e um SUV desviaram do caminhão à medida que o motorista entrava em pânico, tentava se desviar dos dois carros e do SUV e, ao fazer isso, perdeu o controle. Cantando pneus, o caminhão foi para um lado e capotou, derrubando as laranjas por toda a estrada.

Assim que o caminhão ficou desgovernado, o motorista do *kabu kabu* levou eles para fora da estrada e freou cantando pneu. Foi assim que eles também testemunharam o *okada* e seu motorista voarem em direção a uma vala do lado em que eles estavam da estrada e rolar pela grama alta. Ele se levantou com um pulo e observou o céu, boquiaberto. Depois, olhou para eles.

— Vocês... eu vi... — Ele olhou em direção ao caos que era a rua e se esqueceu daquilo que ia dizer.

Sunny tinha certeza de ter ouvido a risada furtiva da ratazana ali por perto. Ela inclusive achou ter visto algumas das laranjas caídas desaparecerem.

— Isso está muito errado — murmurou ela.

— Pelo menos ninguém morreu — observou Chichi.

Todos voltaram para o *kabu kabu* e ficaram em silêncio pelo resto da viagem de dez minutos, e, assim que saíram do carro, o motorista disparou a toda sem sequer cobrar seu pagamento.

27
Escolhas rápidas

Sunny soltou um enorme suspiro de alívio. Em primeiro lugar, nenhum carro do conselho aparecera. Isso significava que as indiscrições de Ratazã não haviam sido graves o bastante para que rendessem a eles uma punição. Em segundo lugar, o carro de Adebayo não estava na casa. O irmão de Sunny e Adebayo haviam saído. Eles não tinham visto Chukwu e seu melhor amigo desde que os dois saíram para uma festa na véspera do Ano Novo. Mas e os empregados da casa? Que dia era aquele? O estresse tornou a se instalar nos ombros de Sunny. O que aconteceria se as ovelhas vissem Ratazã? Se o vissem *de verdade*? Por mais do que apenas um átimo de segundo? Depois que entraram no condomínio onde morava Adebayo, eles ficaram de pé parados. Esperando. Depois, a poeira no grande estacionamento se elevou à medida que Ratazã fazia um pouso tranquilo.

— Por que você fez tudo aquilo? — berrou Sasha. — Pessoas podiam ter morrido!

Mais risadas da ratazana-do-capim.

— Por favor — pediu Orlu suavemente, ficando na frente de Sunny. — Descanse um pouco, Ratazã. Você acabou de nascer. Sei que está cansado.

Sunny ouviu a ratazana grunhir.

— Tire um cochilo — sugeriu Orlu. — Ninguém vai lhe fazer mal aqui. Esse lugar é bom, você estará seguro aqui.

Uma brisa leve ficou mais forte, jogando poeira contra a lateral do condomínio, perto da casa. Ratazã ronronou de leve. Sunny podia ver as ervas daninhas que ali cresciam ficarem achatadas à medida que Ratazã se acomodava. Quando ele parou de fazer barulho, os quatro se reuniram em silêncio na entrada da casa.

— As ratazanas-do-capim ficam invisíveis quando dormem — explicou Orlu. — É um mecanismo de proteção. Elas costumam dormir por cerca de cinco, seis horas depois do nascimento, então temos tempo até o final da tarde. Acho que temos de sair daqui logo. Senão alguém pode ver Ratazã. Ele não consegue resistir à tentação de assustar seres humanos. E é esperto o bastante para fazer com que suas aparições sejam curtas. Mas, mais cedo ou mais tarde, ele vai cometer algum deslize, nós todos vamos parar no porão da Biblioteca de Obi e ele vai virar adubo para as plantas.

Sunny bateu à porta. Se dias houvessem se passado, a menina que morava na casa dos empregados talvez estivesse lá dentro, limpando ou preparando uma refeição. Depois que ninguém atendeu, eles se sentaram na escada em frente à casa. Sunny pegou o celular. Sem se dar o trabalho de ler as mensagens, ligou para Chukwu. O telefone tocou uma vez antes de ele atender.

— Chukwu — disse Sunny. — Oi! Eu...

— Sunny? SUNNY?!

Ela afastou o telefone do ouvido, pois o grito dele foi muito alto.

— Sim, sou eu.

— ONDE VOCÊ ESTÁ? Você está bem? Por onde você andou?

— Eu...

— Você está bem?!

— Estou bem. Estamos na casa do Adebayo.

— Ah, graças a Deus!! Pensei que assassinos ritualistas tinham levado você! Pensei que estava morta! Pensei...

— Já falei que nós não estamos metidos com nada disso.

— Então em que diabos você está metida? — disparou ele. — Você desapareceu por dois dias! É você mesma quem está falando?

— Sim — berrou Sunny.

— Não acredito. — Mas ele parecia mais calmo. — Por que eu deveria acreditar?

As sobrancelhas de Sunny se ergueram. Dois dias. Aquilo era ruim, mas não tanto assim. Ela deu um tapa na testa. Por que não pensara em checar a data no celular?! Estava passando tempo demais com Chichi, Orlu e Sasha e começava a ser influenciada por eles. Sunny estava perdendo a confiança que depositava na tecnologia a cada segundo que passava.

— Você ligou para os nossos pais?

Ele fez uma pausa longa.

— Não — respondeu finalmente.

As pernas de Sunny fraquejaram de alívio à medida que ela se escorava contra a porta.

— Graças a Deus — exclamou ela.

— Eu fiquei na dúvida — confessou o irmão. — Eu devia ter ligado, mas...

— Fico contente que você não tenha ligado. Estou bem. Nós... nós fizemos o que precisávamos fazer, mas, Chukwu, tem mais coisas. Vamos ter de ficar em Lagos por mais tempo.

— O quê? Por quanto tempo? Minhas aulas começam em poucos dias. Eu tenho de ir.

— Então... então, vá. Eu posso...

— Não. Vou voltar pra casa com você. Por onde você andou?

— Não posso dizer.

— Então para onde você está indo?

— Também não posso dizer.

Fez-se uma longa pausa.

— Chego aí em cinco minutos. Estou com Adebayo. Desde que vocês sumiram, estamos procurando vocês por todos os lados. — Ele tornou a fazer silêncio por um instante. Havia algo que ele não estava dizendo. Sunny não perguntou o que era.

— Ok. Vejo você em breve. — Sunny encerrou a ligação e se virou para os outros. — Ele está a caminho.

— Contanto que não tentem estacionar o carro naquele lado do condomínio — comentou Orlu, apontando para o lugar onde Ratazã dormia —, tudo vai ficar bem.

Adebayo não parava de lançar olhares estranhos para Sunny. Seu irmão lhe deu um abraço apertado e ela até pensou ter visto lágrimas nos olhos dele.

— Eu estou bem — assegurou Sunny. — De verdade.

Chukwu apenas resmungou alguma coisa e empurrou Sunny de leve para o lado para pegar Chichi nos braços. Chichi deu risadinhas à medida que ele a abraçava, e Sasha parecia prestes a explodir.

— Dei mais alguns dias de folga para as empregadas — revelou Adebayo, destrancando a porta. — Seu irmão... me deve uma. Faz dois dias que só comemos porcarias.

Depois de tomarem banhos demorados, Chichi e Sunny cozinharam sopa de *edikaikong* e bananas-da-terra fritas. Todos comeram e depois assistiram a um filme de Nollywood na TV de tela plana. Depois, o sol começou a se pôr. Adebayo estava entretido com videogames na enorme TV e havia colocado fones de ouvido grandes para aproveitar ao máximo o som. Chichi e Chukwu estavam no sofá sentados perto demais um do outro, conversando calmamente. Em algum momento, Sasha saíra da sala. Orlu puxou Sunny de lado.

— Precisamos partir hoje à noite — informou ele.

Sunny esfregou a testa e suspirou.

— Tudo isso está acontecendo rápido demais. Mal consigo recobrar o fôlego.

Orlu concordou, dando um tapinha no ombro dela.

— Talvez consigamos convencer Ratazã a nos levar depois que escurecer — especulou Sunny.

Orlu balançou a cabeça.

— Mas e se ele se recusar? — perguntou ele.

— E se ele fizer barulho demais? E se o meu irmão sair da casa para ver o que está acontecendo? E se... Orlu, eu não posso voltar para aquele porão — afirmou Sunny. Ela tremeu, sentindo seus olhos lacrimejarem subitamente. Ficou com o corpo retesado, pensando no estrago que acontecera ali. — Não vou voltar pra lá.

— Não se preocupe — falou Orlu, pegando a mão dela.

Enquanto Chichi mantinha Chukwu entretido com seus olhos que pestanejavam e com uma conversa despreocupada e Adebayo jogava seu videogame, Sunny e Orlu foram para a cozinha, embalaram um pouco de comida e colocaram-na em suas mochilas. Eles encheram potes de plástico com arroz de *jallof* e carne de bode congelados que encontraram na parte da frente da geladeira, e Sunny fritou mais bananas-da-terra. Eles também acharam pacotes de biscoito e garrafas de água nos armários. Chukwu e Adebayo haviam comido quase todas as outras coisas que havia na geladeira e não estavam cruas.

— Isso deve ser o bastante para um ou dois dias — afirmou Sunny. — Espero que não demoremos mais do que isso. Sugar Cream diz que o tempo passa de forma diferente em Osisi. Sabe como dias se passaram enquanto ficamos uma hora dentro da caverna de Udide? O contrário acontece em Osisi. Se conseguimos chegar rápido lá, não teremos muito com o que nos preocupar. Quando a vastidão atemporal se mistura com o nosso mundo, o tempo se dilui, eu acho.

— Você consegue carregar isso? — indagou Orlu enquanto Sunny testava o peso de sua mochila nas costas.

— Está pesada, mas... — Ela ergueu a mochila mais alto. — Acho que não haverá problema.

— Lembre-se de que, se isso der certo, você vai estar agarrada à pelagem de Ratazã, a vários metros acima do chão *e* segurando essa mochila.

— Eu consigo — insistiu Sunny.

Orlu riu e deu de ombros.

— Está bem.

Os dois olharam pela janela. Estava escuro lá fora. Era hora de ir. Na sala, Sunny viu Sasha passar por Chichi e Chukwu no sofá. Sasha fez cara feia para eles e foi direto para a cozinha. Chichi virou o rosto para vê-lo passar. As pontas das tranças afro de Sasha estavam desfeitas, sua camisa, amarrotada, e ele terminava as tranças enquanto andava. O sorriso que ele exibia no rosto era enorme e um pouco assustador. Estava carregando seu tocador de MP3 e fones de ouvido nas mãos trêmulas.

— Vão lá fora — Sasha articulou com os lábios, sem emitir som, para Sunny e Orlu. Ele não queria que Chukwu ouvisse. Sunny assentiu com a cabeça, e Orlu fingiu olhar para o outro lado.

— Não tem muita coisa pra comer — comentou Orlu alto demais.

— Só quero uma bebida — disse Sasha, pegando uma das garrafas menores de água. Ele deu um grande gole enquanto Sunny e Orlu o observavam.

— Você está bem? — perguntou Sunny, baixinho.

— Venham comigo lá pra fora — pediu Sasha em voz baixa.

Ratazã estava do lado de fora. O que ele havia feito? Sunny não ouvira nenhum barulho de coisas se quebrando ou estalando. Será que ele teria comido as árvores? Estaria visível? Quando Sasha saiu da cozinha, os dois logo foram atrás do amigo.

— Voltamos daqui a pouco — avisou Sunny para Chichi, olhando bem nos olhos dela.

— Ok — assentiu a amiga, devolvendo o olhar.

— Está tudo bem? — perguntou Chukwu.

— Acho que não — respondeu Sunny por sobre o ombro.

Adebayo xingou alto e todos pularam de susto e olharam para ele. Mas Adebayo nem percebeu. Ele não podia ouvi-los com os fones de ouvido. Seus olhos estavam grudados no game militar que ele jogava on-line com várias pessoas. O cara estava em outro mundo. Sunny revirou os olhos e seguiu Sasha até a porta da frente.

Do lado de fora, Ratazã estava no mesmo lugar em que tinha dormido. À vista de todos. Sua cabeça despontava acima do muro de concreto que circundava o condomínio. Suas ancas estavam tensas, seus olhos encantadores, arregalados, sua estranha pelagem marrom esbranquiçada, eriçada, e suas narinas, dilatadas. Se um roedor gigante podia sorrir, este estava sorrindo. Sasha foi direto até Ratazã e colocou a mão em seu pelo. Ratazã cutucou ele com a cabeça, e Sasha riu.

— Ratazã acabou de me levar voando por aí sobre Lagos! — revelou Sasha. — Ele... — Ele voltou a rir. — Nós temos uma coisa *muito* importante em comum. — Sasha mexeu no tocador de MP3 e começou a tocar bem alto um álbum de Nas chamado *Hip Hop Is Dead*. Os olhos de Ratazã ficaram mais arregalados, e seu pelo, eriçado, e depois ele fez uma coisa que deixou Sunny e Orlu boquiabertos. Ratazã estava dançando, balançando de um lado para o outro, ondulando seu pelo e seu corpo. Tudo ao ritmo da música.

— Ele é fã de hip hop! — exclamou Sasha. — Eu vim aqui fora, coloquei os fones e estava ouvindo minha música quando, de repente, me dei conta de que ele estava respirando por cima do meu ombro. Coloquei os fones nos ouvidos dele, e ele simplesmente ficou todo *animado*! — Sasha estava rindo novamente. — Vocês deviam ter visto. Foi como ver um bebê ouvir música pela primeira vez. Botei jazz, blues, um pouco de metal e country. Ele gostou de tudo, mas nada fez ele dançar como hip hop.

Ratazã se virou lentamente à medida que fazia seu pelo se mexer como ondas na água. Aquilo era quase hipnótico.

— Então como ele estava gostando da minha música e estava de bom humor e tal, perguntei a ele o que precisávamos perguntar.

Sunny prendeu a respiração.

— Você... você perguntou se...

— Sim, disse a ele que precisávamos não só chegar lá, mas que também precisaríamos de uma maldita carona. Ele aceitou numa boa e me levou para voar pra mostrar como ia ser. É melhor do que qualquer montanha-russa! Caramba! Foi incrível.

Sunny precisava se sentar e foi o que fez, ali mesmo, no chão. Ratazã balançava a cabeça ao ritmo da batida, igualzinho a qualquer pessoa que gostasse das batidas de Nas.

— O que é isso que estou vendo? — sussurrou Sunny. — Isso é... muito estranho.

— Iiiiiiiiii! — Um guincho, que mais parecia um gritinho de menina veio da porta de entrada logo atrás de Sunny.

— Não! — Ela ouviu Chichi berrar. — Preste atenção no que estou dizendo!

Quando Sunny se virou, viu a silhueta corpulenta de seu irmão vindo em direção à porta aberta, arrastando Chichi consigo enquanto ela tentava puxá-lo de volta para dentro da casa.

— Ele se recusou a me dar ouvidos! — disparou ela. — Ele queria ver e se recusou a me dar ouvidos!

— Que diabos é isso?! — Chukwu deu um grito agudo. — O que é ISSO?!

Escandalizado, Ratazã rugiu e desapareceu. Mas Chukwu pôde vê-lo por uns bons cinco segundos.

— O que foi isso?! — gritou de novo Chukwu. Os olhos dele estavam injetados e arregalados, e suor se formava em seu rosto. — Ele ainda está aqui! Eu posso sentir o cheiro! Tem cheiro de incenso! O QUE DIABOS FOI ISSO?!

Todos ficaram ali em silêncio. Depois, Sasha disse:

— Temos que partir!

— Imediatamente — acrescentou Orlu.

— O QUE FOI ISSO? — berrou Chukwu mais uma vez.

Em breve, vizinhos curiosos estariam olhando por suas janelas ou saindo de suas casas.

— Ratazã! — bradou Sasha. — Reapareça!

Alguns segundos se passaram e nada aconteceu.

— Por favor — pediu Sasha. — Ele já te viu. É tarde demais. Tudo o que podemos fazer é partir. Mas não podemos ir se não pudermos ver você.

Mais segundos se passaram e, depois, lentamente, gradualmente, a ratazana se mostrou.

— *Chineke!* Meu Deus! — berrou Chukwu. Ele agarrou Sunny e tentou empurrá-la para trás de si. — O QUE É ISSO?!

Sunny lutou contra ele, tentando ficar na sua frente, mas o irmão era forte demais.

— Ele não vai te machucar — garantiu ela, tentando passar na frente de Chukwu. Ele empurrou Sunny para trás.

— É um monstro! É um *mmuo*, um espírito! Isso é bruxaria! — Cuspe voou da boca dele enquanto ele falava, e seus olhos injetados brilhavam por conta do choque.

A garrafa de água e os potes de comida se remexeram na mochila de Sunny enquanto ela tentava ficar na frente do irmão.

— Montem nele — ordenou Sasha. — O conselho vai chegar aqui a qualquer minuto!

Ele montou nas costas da besta. Chichi hesitou por um instante.

— Não se preocupe — prosseguiu Sasha. — O pelo dele é muito, muito resistente. Eu nem acho que seja totalmente pelo. Você pode puxar e ele nem sente. Venha!

Chichi agarrou o pelo da ratazana e montou. Orlu olhou para Chukwu.

— Nós... Eu vou mantê-la segura. Temos de ir ou coisas piores vão acontecer, confie em mim. Você viu o que não devia, e nós vamos sofrer as consequências disso. Você, não.

— Não vou deixar minha irmãzinha subir nessa coisa! Para onde vocês sequer estão indo?! O QUE É ESSA COISA?!

— É uma... ratazana-do-capim — confessou Orlu. Ele parecia querer falar mais, mas não podia.

— Ratazanas-do-capim são do tamanho de gatos! Essa daí é ENORME! — Os olhos dele se arregalaram e sofreram espasmos enquanto ele agarrava Sunny.

— Eu sei — assentiu Orlu.

— Merda! — berrou Chukwu. — Olhe só essa cabeça!! *Kai!*

— Por favor, nós temos que ir.

— Eu não... Eu vou com vocês — disparou ele, ainda pegando Sunny pelo braço e andando em direção à ratazana.

Orlu bloqueou seu caminho.

— Você não pode! Você não entende para onde estamos indo. Eu... Eu não sei se você sobreviveria.

— Eu não vou deixar minha irmã ir para um lugar desses sem mim!

— De todos nós — disse Orlu —, garanto que *ela* vai ficar bem.

Chukwu olhou para Sunny, e suor escorria de seu rosto. Ela implorou para o irmão com os olhos. Ele se virou de volta para Orlu.

— Se... Se você puder me dizer para onde estão indo, então eu fico aqui.

Quando Orlu não conseguiu dizer, Chukwu soltou Sunny, avançou, e estava prestes a agarrar o pelo de Ratazã. Rápida como um raio, Sunny tomou uma decisão e sentiu Anyanwu vir, se acomodando logo abaixo de seus músculos. Ela se sentiu forte e alinhada. Pegando sua faca juju, ela trabalhou o mais rápido que pôde. Pegou o saquinho do juju com a mão trêmula. Já dava para ouvir um carro parando em frente ao portão do condomínio. O conselho havia chegado. Ela lançou o *Ujo* contra Chukwu. Sunny detestou fazer isso, mas era melhor do que vê-lo arruinado. Uma ovelha certamente enlouqueceria ou morreria em Osisi... ou algo pior.

O terror que brotou no rosto de seu irmão fez Sunny querer chorar. Ele já não tinha sofrido o bastante nas últimas semanas? As feridas da surra que ele havia levado ainda nem se curaram totalmente. O trecho de pele cicatrizando no ponto em que haviam cortado o rosto dele latejava enquanto ele se afastava de Sunny.

— Eu vou ficar bem — garantiu ela, com lágrimas escorrendo dos olhos. — Lembre-se disso. Diga à mamãe e ao papai que estou bem! E eu vou voltar.

Mas Chukwu não estava vendo Sunny. Ela não sabia o que ele estava vendo. Mas, o que quer que fosse, devia ser algo aterrorizante, pois ele abriu a boca, gritou muito alto, se virou e correu desesperadamente para dentro da casa. Sunny simplesmente ficou parada ali. Depois, ela sentiu alguém agarrar a gola de sua camisa.

— Sunny, monte! — exclamou Chichi, se inclinando até ficar quase de cabeça para baixo para puxar Sunny.

Mas Sunny não conseguia fazer seus pés se mexerem. Tudo o que ela conseguia ver era o rosto do irmão. Como ele estampara de súbito um terror no rosto e fugira desesperado. Será que o *Ujo* dela havia sido forte demais? Será que o teria levado à loucura? Subitamente, a visão dela aumentou, e ela sentiu que alguém a puxava fisicamente para trás. Depois, era como se ela fosse uma passageira em seu próprio corpo, observando a si mesma montar em Ratazã. Assim que montou, Anyanwu empurrou-a para a frente mentalmente, e Sunny arquejou, olhando nervosamente à sua volta.

Sasha estava sentado na nuca de Ratazã, Chichi estava agarrada à cintura de Sasha, e ambos encaravam Sunny boquiabertos. Sunny sentiu o braço de Orlu agarrá-la com força à medida que decolavam. Instintivamente, Sunny agarrou os pelos da criatura, com a mente ainda tentando reter muitas coisas ao mesmo tempo.

O corpo de Ratazã era duro e fazia Sunny se lembrar da pele grossa de um porco ou elefante. Mas os pelos resistentes do animal eram macios ao toque.

Quando a ratazana levantou voo, Sunny não sentiu euforia. Enquanto eles disparavam por cima da casa, para longe do carro do conselho, que estava parado enquanto a polícia do conselho abria o portão, Sunny chorou e chorou. Tudo o que ela conseguia ver em sua mente era a expressão de terror no rosto do irmão. Era uma expressão que indicava que ele estava vendo um monstro. *Eu sou um monstro*, pensou ela.

Sim, era um juju, mas ele era o irmão mais velho dela e estava tentando protegê-la do perigo. E não tenham dúvida, Sunny estava indo para um lugar muito perigoso. E ela o forçara a fugir como uma criança aterrorizada. Se aquilo não era uma coisa que somente um monstro seria capaz de fazer, ela não sabia o que era aquilo.

28
A plantação de inhame

Eles eram fugitivos. Não haveria jeito de escaparem daquilo sem serem presos. Não conseguiriam voltar para casa sem receber uma punição severa, independente do que descobrissem em Osisi.

Durante a primeira meia hora, Sunny não conseguiu pensar em nada além disso e da expressão de terror no rosto do irmão. Depois, talvez tenha sido a sensação do vento soprando em seu rosto ou o balanço suave do voo de Ratazã, ou ainda o som da rara risada de prazer de Orlu. O que quer que tenha sido, aquilo tirou dos ombros dela a sensação de tristeza e fatalidade. E logo ela ficou espantada com toda aquela experiência.

Ratazã voava bem alto, em uma altitude em que a temperatura era mais fresca e havia silêncio. O corpo dele era supreendentemente morno, então ninguém sentiu incômodo. E Ratazã voou suavemente. Não era como um avião cortando os ares. Era como se a mera presença dele fizesse o ar se partir ao meio e abrir caminho. Apesar de estarem voando rápido, o vento não uivava. Eles seguiam na direção nordeste.

A seu modo, Ratazã comunicou a eles que sabia por instinto o caminho para Osisi. De acordo com Orlu, que era quem mais bem entendia a criatura, Ratazã podia farejar o caminho. Eles estavam invisíveis para o mundo ao redor. Quando Ratazã ficava invisível, eles também desapareciam, contanto que ficassem agarrados aos seus pelos. Sunny inclusive conseguia sentir aquilo: era uma sensação quente que percorria seu corpo de baixo para cima. A princípio, ficou agradecida por aquele vazio visual. Ela era apenas vento cruzando os ares, assim como quando deslizava.

Quando finalmente tinham saído da cidade, todos concordaram que não havia problema se Ratazã ficasse visível. A noite estava escura e eles estavam passando principalmente sobre árvores e pequenos vilarejos apagados. Sunny encarou o celular. Ele dizia: SEM SERVIÇO. Ratazã ficou em silêncio enquanto voavam. Sunny se perguntou se ele estava preocupado com o que o conselho faria quando pusesse as mãos nele. Na Nigéria, criaturas inteligentes que quebravam o protocolo ao se revelar para ovelhas eram executadas.

— Mesmo que cheguemos em Osisi sem sermos pegos, não sei o que devo procurar lá — confessou Sunny.

— Bem, pelo menos você vai chegar lá do mesmo modo que chegou em seu sonho — observou Orlu. — Pelo ar. Talvez você se lembre do resto do sonho quando chegarmos a essa mesma parte.

— *Se* chegarmos.

Começou a tocar hip hop. Sasha estava segurando seu tocador de MP3 perto do ouvido de Ratazã. A ratazana ronronou, voando alegremente com movimentos ondulantes.

— É isso aí — falou Sasha, animado. — Assim é que tem que ser. Se animem! — Ele se virou para Sunny e Orlu, com Chichi agarrada à sua cintura. — Todos vocês, se animem. Estamos indo para um lugar pleno! Quantos de nossos colegas poderão dizer a mesma coisa? E estamos fazendo isso ao mesmo tempo em que fugimos das autoridades. Esse é o tipo de coisa que lemos em livros, cara. Viver o presente. Não sei quanto a vocês, mas eu vou aproveitar ao máximo. Quero ver esse tal lugar chamado Osisi.

— Eu também — concordou Chichi. — De todo modo, o conselho não vai conseguir nos encontrar lá. Nem mesmo o melhor juju de rastreamento é capaz de encontrar alguém em um lugar misturado com a vastidão. A pior coisa que eles podem fazer é nos pegar quando tentarmos voltar pra casa.

Sunny franziu o cenho. Aquele comentário não a fez se sentir muito melhor.

— Um coisa de cada vez — resmungou Orlu.

— É isso mesmo, cara — falou Sasha. — Uma coisa de cada vez. — Ele colocou o volume da música no máximo.

Eles decidiram parar em um pequeno vilarejo rural depois de voarem por horas. O sol estava nascendo e era lindo. Sunny não pôde evitar pensar na última vez em que esteve fora de casa durante a aurora, quando havia sido liberada do porão da Biblioteca de Obi. Ela sentiu um calafrio ao pensar uma mais vez: *Não posso voltar pra lá.*

Ela não podia usar o GPS do seu telefone, que raramente funcionava, até mesmo em momentos normais. Naquele instante, nem o relógio do celular funcionava. Talvez isso tivesse a ver com Ratazã ou com o lugar em que eles estavam. Qualquer que fosse o caso, ela teria de adivinhar a localização deles. Haviam saído de Lagos pela direção nordeste. Talvez estivessem no estado de Ondo ou, quem sabe, no estado de Kogi. Ratazã estava voando muito rápido, e, sem sentir o vento, eles talvez tenham viajado para muito mais longe do que Sunny pensava. De todo modo, o vilarejo abaixo deles era tranquilo, com plantações de inhame e mandioca se estendendo além do pequeno conjunto de casas.

Estavam invisíveis quando aterrissaram ao lado de um grande açude.

— Silêncio — pediu Orlu enquanto eles olhavam ao redor. — Algum de vocês viu alguém?

— Ali — apontou Sasha, baixinho. — Naquela plantação de inhame.

Todos olharam. A cerca de 800 metros do açude, passando por plantações exuberantes e viçosas, um velho com um facão estava inclinado inspecionando as trepadeiras e tubérculos de sua plantação. Além do velho, o lugar estava tranquilo. O açude parecia limpo e calmo, com várias das plantas crescendo bem na beirada dele por conta da proximidade da água. Era o tipo de lugar que as mulheres usavam para lavar roupa ou tomar banho. Aquele vilarejo tinha sorte de ter um açude tão saudável.

— Ele provavelmente nem vai reparar na gente — especulou Sunny.

— Talvez — retrucou Orlu.

— *Nada disso*, vamos lá — resmungou Chichi. Ela ficou visível à medida que soltou o pelo da ratazana e começou a desmontar. — Vou morrer se não descer dessa coisa um pouquinho.

Os outros fizeram o mesmo, mas Ratazã permaneceu invisível. Quando Sunny alcançou chão, sentiu cãibra nas coxas.

— Ai! — gemeu ela, cambaleando.

— Montar em uma ratazana-do-capim voadora é um bom exercício — zombou Chichi, rindo.

— Vou ficar dolorida pelo resto da vida — resmungou Sunny, rangendo os dentes enquanto dava pancadinhas nas coxas para relaxar os músculos magros. — Me sinto como se tivesse jogado futebol por dez horas. Preciso comer duas bananas, *no mínimo*.

— Ratazã, aqui tem plantas o bastante — comentou Orlu. — Estou vendo grama selvagem, ervas daninhas e outras coisas do gênero. Por favor, não coma a plantação do homem!

Ratazã grunhiu de um jeito que pareceu triste para Sunny.

Os quatro se sentaram em um trecho de terra seca perto do açude e comeram um belo café da manhã, com bananas-da-terra, pão e amendoins. Era uma refeição comunitária e todos estavam tão famintos que nem se importunaram com a sujeira. A melhor coisa que podiam fazer era lavar as mãos antes de comer.

Quando terminaram, Sunny foi até o açude. Molhou as mãos em suas águas claras e ficou maravilhada com os peixinhos marrons que nadavam em disparada para longe da mão dela. Um deles voltou para comer um pouco da sopa de egussi que havia sido lavada de seus dedos. Ela passeou pela beirada do açude, na direção oposta à do agricultor, olhando de perto a grama alta para ver se havia cobras. Ela jamais imaginara que algum dia estaria em um lugar como aquele, naquele momento, por aquele motivo.

Olhou para as águas calmas. O açude era muito tranquilo. E muito... grande. *Precisamos sair daqui*, pensou ela. Senão alguém os acabaria vendo. Com certeza haveria pessoas que usariam o açude àquela hora da manhã. Ela pegou o telefone. A bateria estava completamente carregada, mas o celular ainda estava sem serviço. Sunny considerou ler as mensagens que os pais e o irmão haviam mandado enquanto estava na caverna de Udide. Ela balançou a cabeça. *Não, vou afastar essas coisas da minha mente até que eu termine isso.*

Sunny estava guardando o celular no bolso quando reparou na cobra vermelha a centímetros dos pés dela. *Não!*, pensou, com o corpo sentindo a adrenalina. *Isso* não *é uma cobra!* Assim que processou a informação, o tentáculo se enroscou com força em seu tornozelo e puxou. Sunny caiu para trás, deixando o telefone escorregar das mãos quando seu cotovelo se chocou contra uma pedra. Um segundo tentáculo maior se enroscou com firmeza em volta da cintura dela e apertou. Antes que ela pudesse se dar conta, estava submersa nas águas do açude.

Não era um açude. Era um lago. Um que normalmente não ficava ali. O velho agricultor não tinha tirado os olhos de seus preciosos inhames. Eles deviam estar na Igbolândia. Somente um agricultor igbo ficaria tão concentrado em seus inhames para não perceber que um lago surgira com a aurora a apenas 800 metros dele.

Tudo isso girou na mente acelerada de Sunny enquanto ela se debatia contra a água, contra o tentáculo, enquanto buscava por oxigênio. Quando ficou sem ar, ela sentiu sua cara espiritual ser arrancada dela. Em um instante. Como se elas duas estivessem sendo açoitadas por um tornado e não pudessem mais se agarrar uma à outra.

Anyanwu!, gritou Sunny em sua mente. Não houve resposta.

Dor explodiu no peito dela à medida que Sunny era puxada mais para o fundo. Bolhas escapavam de seus lábios. A luz desapareceu da superfície. Água entrou na boca dela, nos olhos, nos ouvidos. Alguma coisa agarrou-a pelo pescoço. E puxou-a de volta. *Ploft!* Ela pousou na grama verde, se debatendo de barriga para cima, como um peixe fora da água. Sunny abriu bem a boca. Ela tinha uma boca, mas ainda sentia que estava desvanecendo. Em seguida, sentiu Anyanwu pular para dentro dela. Sunny respirou — sua hora ainda não havia chegado.

— Onde? — Ela rapidamente se levantou, com o corpo dolorido. Tocou seu rosto e, em vez de pele, sentiu madeira. Sua cara espiritual. Mas a voz dela não era a voz grave de Anyanwu. Sunny ouviu uma flauta tocar uma música assombrada e gemeu.

Ekwensu falava com a voz grave de um terremoto, cavernosa como uma pedra rolando. Isso fez com que todos os pelos do braço de Sunny se eriçassem, pois ela de algum modo levara seu corpo para a vastidão.

— Quando crocodilos se movem sob as águas, as ondulações são visíveis. — A voz de Ekwensu retumbou. — Estou no fundo da água, portanto, você não pode ver minha boca aberta.

Ekwensu prosseguiu:

— Apresento-lhe Morte, meu amigo íntimo e aliado. Que bom que consegui trazer você completa para cá. Ele gostaria de conhecer melhor *todas* vocês.

Morte apareceu atrás de Sunny. Ela podia sentir o cheiro dele, como carniça apodrecendo. Podia senti-lo, frio e úmido. Podia pressenti-lo, pois sua presença absorvia todo o som em volta dele: era como se houvesse um buraco negro atrás dela.

— Olhe para mim, criança — ordenou ele, com a voz do pai de Sunny. — Estive esperando para conhecê-la formalmente. A vastidão não é um lugar para o qual eu costume vir, pois não há vida aqui. Mas você é uma ocasião especial. *Olhe para mim.*

— Por quê? — indagou Sunny. Ela não ousou se virar. — O que você quer?

— Você faz com que eu me sinta impotente — afirmou Morte, rindo com escárnio. — Você morre e volta, e seu corpo ainda está vivo. Você vem e vai, vem e vai. Você está livre de amarras, mas ainda vive. Por que o seu corpo não morre *aqui* depois de tantos segundos? Quem é você?

Preciso sair daqui, pensou Sunny.

— Eu não sei — retrucou ela, rangendo os dentes.

— Vire-se — ordenou Morte.

Não se vire, recomendou Anyanwu na mente dela. Sunny respirou fundo várias vezes. À medida que expirava, ela zumbia.

— Não vai ser doloroso — afirmou ele de modo reconfortante, soando como o pai dela. Sunny sentia muita saudade dele. — Virem-se. Vocês duas.

Sunny fechou os olhos, tocando sua cara espiritual de madeira e imaginando o oceano, vasto e pleno. Logo abaixo da água, cardumes de peixes e criaturas maiores nadavam, com a água os protegendo dos raios mais intensos do sol. A água formava ondas — nunca ficava estagnada, nunca ficava parada, porque água é vida. Sunny chegava à superfície e Anyanwu provocava mais ondas, mais ondulações... porque ela estava viva.

— Emerja — sussurrou ela. Morte estava atrás dela, mas Sunny tinha de concentrar sua mente até um ponto muito aguçado, assim como Sugar Cream lhe ensinara. Sunny jamais havia levado seu corpo físico para a vastidão. Quem *faria* isso intencionalmente? Até mesmo quando ela deslizava, Sugar Cream dizia que a essência que era seu corpo físico se transformava em luz, ficava invisível e permanecia no mundo físico. Dessa vez, o monstro do lago a havia puxado por completo ou talvez Ekwensu tenha usado a criatura para fazer isso.

Ainda assim, o processo de retirar o corpo dela dali tinha de ser igual a quando ela entrava ali como espírito. Em sua mente, chamou seu próprio nome: *Anyanwu Sunny Nwazue.* Sunny agarrou os ombros, dando-se um abraço, e brilhou em um tom amarelo e intenso como o do sol.

Sunny respirou fundo, apenas uma vez, e depois lentamente se virou na direção de Morte. Logo antes de encará-lo, Sunny fechou os olhos. E, enquanto fazia isso, tomou impulso para sair dali, como se estivesse na água.

Ela ouviu o rugido raivoso de Morte à medida que seu corpo disparava para longe. O impulso de Sunny diminuiu e ela sentiu a gravidade a puxando de volta para baixo. *Ah, não!*, pensou. Depois, caiu na água. Ela se debateu, chocada com a aquosidade e o peso da água. O corpo dela brilhava como o sol, penetrando a escuridão aquosa. Ela se virou e ficou cara a cara com o olho surpreso do monstro do lago. Ela o encarou diretamente. Depois, escancarou um sorriso. O corpo dela brilhava em tons de amarelo e branco, cegando a enorme criatura aquática.

Chutando com as duas pernas, Sunny nadou diante do olho do monstro do lago e afundou seu punho cerrado nele. Sentiu algo estourar, e o monstro do lago rugiu e se debateu de dor. Ele girou, açoitando tudo ao redor com seus tentáculos. Depois se contorceu, contraindo todas as partes do corpo até formar uma bola, e nadou em disparada para as profundezas.

Sunny se debateu na água. Ela ainda brilhava, mas o brilho se esvaía. Sentiu uma pressão no peito: ela precisava de ar. Nadou para a superfície até que sua cabeça emergiu. Ela abriu bem a boca e respirou fundo. Depois, cuspiu água. A margem mais próxima ficava a pelo menos 40 metros de distância.

— Sunny! — Ela ouviu Orlu berrar.

Sasha disparou para a água e saltou. Sunny sempre fora boa nadadora, mas estava cansada e assoberbada. Então fez o que sempre fazia quando ficava cansada na água: flutuou de barriga para cima. Ela olhou para o céu da manhã. Estava muito limpo. Muito vivo. Sunny piscou e, tossindo, soltou uma risada cansada. Lá estava Ratazã, pairando pelas copas das árvores perto do lago.

— Você está bem? — perguntou Sasha quando a alcançou.

— Sim.

Ele estava nadando com uma grande garrafa vazia sob os braços. Mantendo a garrafa entre eles, enganchou seu braço com o de Sunny e começou a nadar com ela de costas, de volta para a margem.

— Eu fiz um curso de salva-vidas faz dois anos — informou ele enquanto nadavam. — Apenas relaxe o corpo. Não estou cansado, então posso carregar você.

Sunny ficou feliz em fazer isso e, em dois tempos, ele a tinha tirado da água. Orlu a ajudou a chegar à terra firme.

— O que aconteceu? — indagou ele.

Sunny estava prestes a falar, mas então percebeu que o velho agricultor estava ao lado de Chichi. Sunny olhou para Orlu.

— Aquele monstro do lago sabia que vocês estavam vindo — afirmou o agricultor em igbo. — Já o vi antes, mas agora sei o que ele estava esperando.

Sunny ficou de queixo caído.

— Ele nos ajudou a lutar contra o monstro em terra — revelou Orlu. — *Oga* Udechukwu é do terceiro nível. Estaríamos mortos se ele não fosse.

Foi somente então que Sunny reparou nos tentáculos espalhados pela plantação de mandioca ao lado da água. Havia três deles, mais grossos do que mangueiras de bombeiro, e duros de tão congelados, com uma névoa branca saindo deles.

— Ele me puxou para a vastidão! Ele estava tentando matar vocês ao mesmo tempo? Havia mais de um monstro?

— O monstro do lago tem três cérebros — explicou o agricultor. — Estudei muito sobre ele, sobre o primo dele, o monstro do rio, e sobre vários parentes deles quando era jovem. São monstros fascinantes. Mas eles têm o hábito de se mancomunar com forças ou pessoas negativas e perversas. — Ele soltou um muxoxo, olhando para o lago — Eu sabia que aquele monstro estava tramando alguma coisa. *Kai!* Mal posso esperar para contar à minha esposa. Ela poderia jurar que ele estava aqui apenas de passagem.

O velho os levou até a pequena cabana onde morava e apresentou-os à esposa, que entregou uma xícara de chá quente para cada um, visto que já haviam comido. Ela também pegou as roupas de Sunny e secou-as com uma combinação de luz do sol e ferro de passar quente.

— Não adianta usar jujus quando a natureza tem um método melhor — comentou. Ela deu a Sunny um cafetã longo e colorido para que vestisse enquanto esperava. O agricultor e a esposa eram pessoas-leopardo que decidiram, quando jovens, que depois de passar anos sendo alunos da Biblioteca de Obi, queriam viver como seus antepassados. — Há mais conhecimento a ser adquirido lendo os livros da Terra do que lendo qualquer livro da biblioteca — prosseguiu a esposa. Era uma mulher idosa e muito magra, com braços fortes e cabelos crespos e grisalhos.

Chichi torceu o nariz e balançou a cabeça. Sasha deu um chutinho nela para que se calasse.

— Estamos indo para Osisi — informou Orlu. — Vocês já ouviram falar de lá?

— Osisi? — O agricultor se virou para a esposa. — Está vendo, Nwadike? Está vendo como eles estão vestidos? Devem ser de Lagos. E estão aqui, a horas da fronteira. Para onde mais eles poderiam estar indo?

A esposa dele soltou um muxoxo.

— Os jovens de hoje estão sempre tentando tornar suas vidas complicadas demais — murmurou ela enquanto se levantava e recolhia as xícaras vazias. — Telefones celulares, engenhocas, jujus bobos, sempre correndo para Osisi.

O agricultor tornou a se virar para eles.

— Por quê? — indagou ele. — Por que vocês querem ir para aquele lugar terrível?

— Temos de encontrar uma coisa lá — afirmou Orlu. — Não é por diversão ou coisa do tipo.

— Nunca fomos lá — acrescentou Sunny. — Nós só...

— Vocês *não deveriam* ir — alertou o agricultor. — Não me importa se é pleno ou não, Osisi não é um lugar para seres humanos. Por que vocês quatro não simplesmente vivem uma vida honesta? Estudem os seus livros, depois encontrem maridos e esposas, tenham filhos. Fiquem longe de encrenca. Sejam forças positivas no mundo.

— *Oga* — falou Sunny. — Esta viagem é importante. Você viu nossa ratazana-do-capim voadora? Nós inclusive fomos ver Udide para...

— Ratazana-do-capim? — perguntou o agricultor, ficando de pé com um pulo. — Vocês trouxeram uma ratazana-do-capim pra cá?! — Ele saiu correndo da cabana, olhou ao redor, com os joelhos magros se chocando um contra o outro. — Onde está o animal?! Minha plantação, minha plantação! Isso vai ser o meu fim. Eu sei o que essas coisas fazem. Uns jovens imbecis voaram até aqui com uma faz dez anos, tentando chegar a Osisi pelo caminho mais rápido. Eles não conseguiram controlar a ratazana e ela comeu *tudo*!

— Nós falamos pra ela não comer nada, senhor — garantiu Sasha.

— Ah, essas criaturas nunca dão ouvidos a ninguém — resmungou o velho. — Vocês têm de ir embora. Agora, agora, agora, *biko*! — Delicadamente, mas com firmeza, ele os conduziu para fora da cabana. Quando a esposa dele ficou sabendo da ratazana-

-do-capim, também entrou em pânico e trouxe as roupas de Sunny dobradas e secas.

— Fique com o cafetã, ele é seu. Só tirem a sua besta daqui e vão embora, por favor!

— Ratazã! — chamou Orlu. Ratazã desceu voando e pousou no mesmo lugar onde pousara antes, ao lado do açude que virou um lago.

Todos montaram em Ratazã.

— Desculpem — lamentou Sunny. — Mas, caso isso ajude em algo, vocês podem ver que ele não destruiu a plantação de vocês.

O agricultor assentiu.

— Por enquanto. Ratazanas-do-capim são mentirosas notórias e igualmente conhecidas por serem traiçoeiras. Confie em mim quando digo que vocês só podem confiar em uma ratazana-do--capim quando ela estiver muito distante. Tenham cuidado!

Ratazã bufou, ofendido.

— E, por favor, pensem em nosso conselho sobre viver uma vida simples — acrescentou a esposa do agricultor.

— Pode deixar — assentiu Sunny. — Vocês não vão ter problemas com aquilo? — indagou ela, apontando com o polegar para o lago.

— Ah, ficaremos bem — retrucou o agricultor. — Agora que ele já fez o que tinha vindo fazer, vai se mudar para outro lugar.

— Ainda mais depois de você dar um soco na cara dele — acrescentou a idosa. Todos riram.

Eles voaram para longe dali, deixando as plantações para trás. À medida que subiam para o céu, Sunny olhou por sobre o ombro, para a plantação, bem a tempo de ver o elegante BMW preto parar em frente à cabana na estreita estrada de terra. Mesmo ali, naquele cafundó, o conselho os encontrara. Tinham escapado por mero acaso.

— Nós só precisamos chegar a Osisi — falou Orlu. — Se aquele agricultor estiver certo, não teremos de fazer outras paradas.

Ratazã grunhiu de alívio, e Orlu deu tapinhas em seu flanco.

— Não se preocupe. Não vamos deixar que lhe façam mal.

— Esquecemos de perguntar a ele onde estávamos — observou Sunny minutos mais tarde.

— E isso realmente importa? — indagou Sasha. — Na minha opinião, estávamos bem no meio do nada.

Por horas, todos ficaram em silêncio enquanto Ratazã seguia voando. Sunny não sabia o que se passava na cabeça dos amigos enquanto eles olhavam para as nuvens à frente, atrás ou ao redor, mas ficou feliz pelo silêncio. Ela começou a sentir um frio nos músculos, uma dor de cabeça nas têmporas e, em seus ouvidos, ouviu um grito muito agudo. No fundo de sua mente, como a poderosa imagem residual que persiste quando alguém calha de ver um raio caindo, ela viu a figura de Morte. Não havia olhado diretamente para ele, mas o vira com sua visão periférica quando tomou impulso para sair da vastidão.

E ainda via aquela imagem: uma brancura ribombante que podia engolir qualquer coisa se você a encarasse. Ela chegara muito perto. Sunny fechou os olhos, reprimindo um choro que vinha do fundo de seu âmago. Ekwensu estivera lá, Morte estivera lá... e Sunny estava desmoronando. *Se eu tivesse olhado para Morte, aquilo que faz de mim Sunny teria morrido e eu seria apenas Anyanwu.* O *que significa que eu de fato não existiria...* Ela sentiu Anyanwu chiar uma reclamação com aquele pensamento e se empertigou. Mas demorou horas para que o vislumbre de Morte sumisse e mesmo assim não foi por completo. Sunny não achava que algum dia a imagem desapareceria totalmente.

29

Lugar pleno

Sunny não sabia ao certo quando eles tinham cruzado a fronteira para as terras plenas. Não havia uma linha divisória visível, mas dentro de quatro horas as coisas haviam mudado... drasticamente. Abaixo deles havia quilômetros e quilômetros da floresta tropical mais exuberante que Sunny jamais havia visto. Um cobertor enorme e espesso de copas de árvores. Do alto, pareciam ramos de brócolis. Sunny tinha certeza de que eles deviam estar em algum lugar perto da Floresta da Travessia do Rio. Que outra parte do país poderia ter aquela aparência? Mas aquilo não fazia sentido, pois eles estavam indo em direção ao nordeste. Ela avaliara isso pela localização e pelo movimento do sol.

Mais tarde, começou a pensar que Ratazã decidira voar mais baixo. No entanto, após vários minutos de inspeção mais detalhada, Sunny notou que na verdade eles não voavam mais baixo — as árvores é que eram mais altas, bem mais altas, e maiores. Árvores monstruosamente colossais, de um tipo que Sunny jamais vira. Tinham mais de 300 metros de altura, e Ratazã agora tinha de voar costurando por entre elas.

Ratazã ficou visível outra vez.

— O que está fazendo? — perguntou Orlu. — Alguém vai...

— Vê-lo? — interpelou Sunny. Os dois riram de nervoso. Havia coisas muito mais estranhas no ar, no chão e nas árvores. Sunny vira uma espécie de criatura semelhante a um inseto, e do tamanho de Ratazã, voando a distância.

— Olhem só! — exclamou Orlu enquanto eles passavam lentamente pelo mogno mais alto que Sunny já vira na vida. Seu tronco áspero era tão largo quanto uma casa e, em meio às folhas que ficavam no topo, havia criaturas vermelhas e peludas que pareciam ter saído diretamente dos *Muppets*. Tinham braços longos que balançavam, e a pelagem em seus corpos era tão espessa que eles pareciam bolas vermelhas, felpudas e gigantes. Eles estavam colhendo e coletando as frutas verde-claras e em forma de bola de beisebol do mogno e depositando-as em sacos de pano.

Sunny piscou e tornou a olhar. A vista era anormal de muitos modos. À medida que passaram a apenas metros das criaturas, Sunny viu que seus olhos emitiam um brilho laranja e amarelo, como sóis que se punham. Um deles ergueu um dos braços e soltou um uivo de estourar os tímpanos enquanto Ratazã voava por perto, e todos os outros acenaram com suas enormes mãos humanoides. Eles não tinham pelos nas palmas. Sunny, Orlu, Chichi e Sasha acenaram de volta. A partir daquele momento, eles se depararam com uma criatura estranha atrás da outra.

Houve o bando de beija-flores e de louva-deus, todos igualmente de um verde gritante, que voaram com eles por vários minutos. Alguns pegaram carona no rabo de Ratazã, o que o deixou bem irritado. Eles piavam e pareciam intrigados demais com as mãos de Orlu, voando ao redor e pousando nelas quando Orlu as erguia. Depois, deixaram uma corrente de ar levá-los para longe dali.

Houve uma coisa sombria que espiava de uma parte morta da floresta abaixo deles, apenas um par de olhos enormes que os encaravam. Essa coisa fez Sunny se lembrar do monstro do rio. Ela estava disposta a apostar que era outro primo dos monstros do rio e do lago, e que aquele agricultor provavelmente estudara sobre esse monstro quando era aluno da biblioteca. Sunny ficou contente quando a criatura não pulou para tentar agarrá-los.

Eles viram o que só podia ser um pequeno mascarado sentado no centro do topo de uma palmeira. Depois, um trecho de floresta em que folhas gigantes de grama ondulavam. Um pinheiro com formigas brancas do tamanho de crianças pequenas correndo para cima e para baixo de seu tronco. E uma pilha do tamanho de um monte que parecia ser de lixo, e que tinha cheiro de lixo também. Passaram por cima da primeira cidade que se parecia com fumaça e, mesmo sem contar com a indiferença de Ratazã, Sunny soube que aquele não era o lugar que eles procuravam.

— Você tem certeza? — indagou Orlu enquanto passavam sobre o aglomerado de casa de aparência moderna, que balançavam com a brisa. Pessoas esfumaçadas, que pareciam espectros, caminhavam sobre as estradas muito bem pavimentadas. Não havia carros.

— Sim — afirmou Sunny. — O que eu vi em meu sonho era muito, muito maior. Era como Nova York.

Em breve, as árvores tornaram a se aglomerar e eles estavam de volta à floresta de mata cerrada. Perto da cabeça de Ratazã, Sasha e Chichi discutiam baixinho. A julgar pelo modo como disparavam comentários raivosos um para o outro, Sunny soube exatamente de que se tratava a discussão. O estado do relacionamento deles era a última coisa em que Sunny iria pensar quando estavam tão perto de Osisi, então ela os ignorou.

Orlu suspirou.

— Como assim não há *pessoas* aqui?

Sunny não havia reparado e sentiu um calafrio. E se Osisi fosse simplesmente cheio de espíritos, apesar de tecnicamente ser um lugar em que se estava tanto no mundo físico quanto na vastidão?

— Nós estamos no ar — observou ela, na esperança de parecer convincente. — As pessoas, em sua maioria, devem estar no chão, não é?

Uma hora depois, eles viram Osisi. De longe, parecia uma cidade em chamas e envolta em fumaça. Sunny perdera a noção do tempo, mas a julgar pelo sol que se punha, a noite se aproximava. O efeito do céu laranja e da cidade laranja envolvida por fumaça preta e cinza era assoberbante. Era exatamente como Sunny vira em seu sonho e ela sentiu vertigem por um instante enquanto o sonho e o mundo real, o mundo físico e a vastidão, se misturavam.

Sunny fechou os olhos e, quando os abriu, eles estavam bem no momento do sonho em que ela acordava. Sunny ofegou. Osisi *de fato* se parecia com o lugar apocalíptico daqueles sonhos. Ela sentiu um aperto no estômago — eles estavam voando direto para lá.

— Ratazã — berrou Sunny. — O que você está fazendo?

Sasha estava xingando e gritando com Ratazã, e Chichi buscava de toda a forma um jeito de desmontar da besta voadora.

— Simplesmente se abaixem — mandou Orlu. — Protejam suas cabeças!

— Mas, mas, mas... — balbuciou Sunny. Ela estava sentada com a coluna reta, incapaz de tirar os olhos da cidade em chamas. Orlu agarrou-a e a puxou para mais perto da pelagem de Ratazã.

— Ele não é suicida — afirmou Orlu.

Ratazã concordou, grunhindo de irritação.

Em seguida, eles voaram por entre as primeiras chamas. A sensação era a de ser atingido por um balde de água, com a exceção de que nem eles nem Ratazã sequer ficaram molhados.

— Ah — suspirou Sunny enquanto espiava por entre os pelos quentes de Ratazã. As chamas se dispersavam quanto mais eles se aproximavam da cidade, revelando uma silhueta de construções contra o céu mais espetacular do que as de Nova York. Osisi era rodeada por um grande anel verde. Sunny franziu o cenho. Havia barcos se movendo nele — seria aquilo água em um tom de verde vivo?

— "Quando passares pelo fogo, não te queimarás, nem a chama arderá em ti." — recitou Sasha. — Isaías, capítulo 43, versículo 2.

Ratazã fez um voo rasante, roçando a superfície com suas patas traseiras só de brincadeira. Não, não era água verde, mas água coberta com algas de um tom vivo de verde. Depois que passaram pela primeira parede de chamas e fumaça, o céu ficou mais limpo e azul. Osisi era uma megalópole gigante de arranha-céus vítreos, prédios de pedra enormes e coloridos e árvores frondosas e largas que pareciam mais velhas do que o tempo. Era um lugar da África Ocidental simultaneamente moderno e antigo. E mesmo a 500 metros de distância, Sunny podia ver que a cidade era repleta de espíritos.

O primeiro prédio por cima do qual eles sobrevoaram era uma grande cabana de pedra ladeada por duas palmeiras esguias e impossivelmente altas. A cabana ficava tão perto da água que parecia que ia cair nela. Bem na beira da água, Sunny podia ver a parte de baixo do prédio, onde a terra se desfazia, revelando raízes... raízes do *prédio*, e não de árvores. Havia também uma enorme sombra oleosa assomando-se sobre o telhado do prédio que, de fato, se encolheu à medida que Ratazã voou perto dela.

Acima dos prédios, Sunny pôde ver várias criaturas grandes e aladas, flutuantes, planadoras e arrebatadoras. Algumas estavam pousando em prédios, outras só estavam de passagem. Uma enorme criatura parecida com um morcego escalava a lateral de um arranha-céu, arranhando a fachada da construção com suas asas com garras nas pontas enquanto escalava. Eles inclusive passaram por outra ratazana-do-capim voadora, e isso deixou Ratazã tão encantado que ele quase voou contra um prédio.

— Onde devemos aterrissar? — perguntou Orlu.

— No aglomerado dos prédios mais altos — respondeu Chichi. — Esse deve ser o centro da cidade, onde tem agitação.

— Mas nós não estamos atrás de agitação — observou Orlu. — Não de verdade. — Ele se virou e olhou para Sunny. — Você tem algum pressentimento com relação a alguma coisa?

Ela balançou a cabeça.

— Sei que esta é Osisi. É o lugar para onde eu ia quando sonhava. Estamos no lugar exato do meu sonho, que fica um pouco ali atrás. Não sei o que fazer em seguida.

— Vamos aterrissar primeiro — propôs Sasha. — Este lugar é incrível. Estou morrendo de vontade de ver mais coisas. Vocês viram aquela árvore coberta de aranhas?

Sunny cruzou os braços contra o corpo.

— Este parece ser um ótimo lugar para ser morto.

Chichi riu.

— Algo me diz que morrer aqui não é a mesma coisa do que morrer no nosso mundo.

— O que quero saber é se as pessoas daqui, tipo, trabalham. Elas pagam aluguel e têm hipotecas? — indagou Sasha. — Caramba! Vocês viram aquele prédio que desapareceu e reapareceu no quarteirão seguinte, à esquerda? Ele criou um espaço novo!

Sunny esfregou a testa.

— Vamos aterrissar logo, por favor.

Orlu se inclinou mais para perto do ouvido de Ratazã.

— Está tudo bem?

Ratazã grunhiu.

— Você gosta deste lugar?

Ratazã tornou a grunhir e ondulou seus pelos com alegria. Orlu sorriu.

— Mas nem tudo aqui é incrível, não é?

Uma imagem brotou na mente de Sunny. A julgar pelos semblantes de seus amigos, Ratazã estava mostrando a todos eles a mesma coisa. Havia um homem de pé embaixo de uma árvore. Um coco caiu na cabeça dele, e antes que ele atingisse o chão, a árvore se inclinou, agarrou-o, abriu uma boca cheia de folhas afiadas, e devorou a cabeça do homem. Sangue jorrou da abertura no pescoço do sujeito à medida que seu corpo caía e se debatia.

Sunny fechou os olhos, mas a visão permaneceu em sua mente. Ela sentiu seu corpo travar, prestes a vomitar o que ela havia comido três horas antes.

— Argh! — berrou ela. — Por que você foi nos mostrar logo aquilo? — Seus olhos lacrimejaram enquanto ela tentava conter as lágrimas.

Sasha estava balançando a cabeça, como se fizesse um esforço de remover e descartar a imagem grotesca.

Orlu franzia o cenho muito, muito intensamente.

— Entendi — comentou Chichi. — Isso é um aviso.

Ratazã grunhiu.

— É melhor mesmo que saibamos o quão perigoso este lugar é — prosseguiu Chichi. — Daqui de cima não parece tão assustador.

— Você que pensa — sussurrou Sunny.

— Leve-nos para baixo — pediu Orlu para Ratazã. — E... obrigado pelo aviso.

A imagem de Udide passou pelas mentes deles. Rataz sabia o que sabia por causa de sua mãe.

Ratazã desceu devagar entre duas grandes casas, em uma rua tranquila. Eles desmontaram e olharam ao redor. O prédio na frente do qual eles pousaram — que parecia muito uma casa — na verdade devia ser uma pequena biblioteca, com uma placa com um grande livro preto aberto na frente e ladeado por densos arbustos verdes com frutinhas pretas. Não havia ninguém subindo ou descendo as ruas, ou saindo de algum dos prédios, pelo menos não que Sunny pudesse ver.

— É tranquilo demais — sussurrou Chichi.

— Silêncio! — chiou Sasha. — As aparências enganam. Você não consegue sentir? Tem alguém por perto.

Orlu ergueu as mãos e as colocou diante do rosto. Sunny sentiu seu coração dar piruetas. O dom natural de Orlu era desfazer jujus danosos instintivamente. As mãos dele eram como um radar, se erguendo e se preparando para desfazer o juju antes que pudesse surtir efeito. Ele estava trabalhando em alguma coisa ali.

Sunny olhou para a rua de terra vermelha batida. Um contraste estranho com os prédios modernos que os cercavam. Sunny franziu o cenho à medida que uma lembrança tentava se entocar em sua mente. Ela distraidamente seguiu os outros enquanto eles subiam a rua. Uma brisa quente os atingiu enquanto passavam por um prédio todo feito de vidro. Dentro do prédio, o que pareciam ser seres humanos em trajes típicos dos hauçá estavam atarefados carregando papéis e sentados em baias que abrigavam computadores e escrivaninhas. A brisa se materializou na porta de entrada, tomando a forma de uma dessas pessoas de aparência hauçá, mas o homem não abriu a porta — ele simplesmente escorregou parede adentro.

A excentricidade de Osisi fazia Leopardo Bate parecer um lugar mundano, normal. Osisi era a Lagos dos leopardos na Nigéria. Sunny queria montar de volta em Ratazã e fechar os olhos, mas não podia. Ela estava à beira de alguma coisa. Era a rua.

— Não tem estradas asfaltadas aqui — murmurou.

— Sim, eu percebi isso lá de cima — concordou Orlu.

Sunny apontou para uma árvore atarracada com um monte de folhas no topo e mordeu o lábio enquanto aquilo de que ela tentava se lembrar ia para a ponta de sua língua.

— E aquele é um baobá.

Orlu assentiu, sem dizer nada. Ratazã estava ao lado de Sunny, olhando de perto para o rosto dela. Chichi e Sasha estavam na frente deles, rindo de alguma coisa. Sunny não queria falar. Não queria se mexer. Não queria respirar. Foi bem ali. Alguma coisa. Alguma coisa...

O vento subitamente soprou, quente e úmido. Quando parou de soprar, eles estavam no mesmo lugar, mas em um lugar diferente. Pelo menos para Sunny. Ela estava novamente vendo as coisas como Sunny e como Anyanwu. Eles estavam de pé na estrada de terra vazia em que edifícios comerciais, casas e uma árvore gigante e gorda se acotovelavam por espaço, e as pessoas dentro do prédio agiam e se pareciam com... pessoas. Naquele mesmo exato instante, Sunny estava rodeada por um mercado movimentado que ocupava um quarteirão.

A metros dali, havia uma mulher que não era uma mulher vendendo frutas que não eram frutas. Quando um homem se aproximou dela e pegou uma das não frutas, que parecia uma maçã, a não fruta desapareceu. Havia velhas empoleiradas em cima das barracas, olhando famintas para os compradores. Uma delas apontou para um rapaz e todas escancararam sorrisos e balançaram a cabeça. Um homem andando e falando em um celular parou e silenciosamente caiu em uma fenda na realidade. Sunny ficou boquiaberta. Ela respirou fundo e alto.

— Vocês... vocês estão vendo tudo isso? — perguntou ela. Mais uma vez, Sunny se sentiu enjoada. Aquele lugar parecia pesado, lotado. Parecia... pleno.

— Vendo o quê? — perguntou Orlu. Um espírito de luz azul passou através dele para chegar em uma barraca comandada por uma mulher que mal parecia estar ali. Ela vendia saquinhos de pipoca.

— Parece ter ficado um pouco mais frio — comentou Chichi. — Só isso.

Ratazã olhava freneticamente ao redor, tentando não pisar em coisas pertencentes a dois lugares diferentes. Então ele também conseguia enxergar a vastidão.

— Estou vendo... Ah... — Então Sunny lembrou. Uma estrada de terra vermelha. Descendo uma daquelas ruas ladeadas por prédios altos e árvores e arbustos. Modernos e antigos. Uma casa de pedra de um tom amarelo-girassol. Sua avó lhe mostrara o lugar na mensagem que lhe deixara. A folha escrita em nsibidi. A avó de Sunny conhecia Osisi. E Sunny sabia como era a aparência da casa. E agora que ela estava em Osisi, ela sabia onde ficava a casa. Quando Sunny olhou para cima, tudo pareceu entrar nos eixos. Ela já havia estado ali antes. Quando leu o bilhete em nsibidi de sua avó. *A casa!*, pensou ela.

— Sei para onde ir — anunciou ela. Olhou fixamente para Orlu enquanto tudo lhe voltava à mente. — Eu... eu sei para onde ir! — Ela cambaleou até Ratazã e agarrou o pelo dele. Ratazã inclinou a cabeça na direção dela.

— Você também está vendo? — indagou Sunny. Ratazã assentiu, se aproximando de Sunny.

— Onde? — perguntou Orlu.

— Vendo o quê? — perguntou Sasha.

Chichi cruzou os braços, tremendo.

— Tem uma casa — falou Sunny, tentando se concentrar. O mercado da vastidão os rodeava. Se ela e Ratazã ficassem onde estavam, "pessoas" voluntariamente se desviavam deles. — Não fica longe daqui. Ratazã, vamos montar em você e depois vamos voar direto pra cima.

Todos eles tornaram a montar, e Ratazã voou para o alto o mais rápido que pôde. Abaixo deles, a rua vazia do mundo físico e o mercado movimentado da vastidão se misturavam em um profundo ato de coexistência. Olhar para aquilo fez os olhos e as têmporas de Sunny latejarem ainda mais do que quando entraram em Osisi, mas ela observou mesmo assim. O mercado se estendia ao longo da rua por cerca de 800 metros. Então, apesar de estar localizado na vastidão, o mercado continuava a reconhecer a existência da rua no mundo físico, pois as barracas estavam instaladas na margem dela. Ainda assim, os espíritos atravessavam as pessoas que não podiam vê-los, como Sasha, Orlu e Chichi. E por que eles deixavam Chichi com frio?

— Ok, pare — pediu Sunny para Ratazã. Ele parecia aliviado por pairar no ar bem acima de tudo por um instante. A distância, uma enorme criatura parecida com uma centopeia verde e brilhante espiralava entre dois arranha-céus. Sunny se perguntou se os amigos podiam vê-la.

— O que estava acontecendo lá embaixo? — indagou Orlu. — Eu não vi nada. Só uma rua deserta e prédios silenciosos.

— Eu também não — admitiu Sasha.

— Eu não sei — admitiu Sunny, esfregando as têmporas doloridas. Ela estava cansada do mesmo modo que ficava quando lia nsibidi. *Anyanwu*, chamou Sunny em sua mente. O *que está acontecendo?* Apesar de Sunny continuar com a visão dupla, Anyanwu não respondeu. Para onde ela tinha ido? Lágrimas caíram dos olhos de Sunny, seu nariz escorreu e seu coração começou a palpitar. Ela fungou e fechou bem os olhos. Respirou fundo. Alguém pegou sua mão.

— Inspire — aconselhou Chichi. Sunny inspirou. — Expire. — Sunny expirou. — Faça isso de novo, Sunny. Respire. Precisamos que você fique forte agora — falou a amiga delicadamente.

Sunny inspirou e depois expirou, e a cada vez que repetia essa ação, Chichi apertava as mãos dela, reconfortando-a. Sunny abriu os olhos e piscou para espantar as lágrimas.

— Ela foi embora outra vez — sussurrou Sunny.

— O que disse? — perguntou Chichi.

Estou incompleta, pensou Sunny. *Você não consegue perceber?* No entanto, ela não disse isso em voz alta. Apenas balançou a cabeça.

— Por que sequer estamos aqui? Eu tive uma visão do que eu *pensei* ser o apocalipse e depois uma velha que se recusa a vestir uma camisa me disse para vir para cá. O que é isso?

—Anatov diz que o universo guia a todos nós — comentou Chichi. — Cabe a nós prestar atenção. O universo está lhe empurrando pra cá. Você sabe disso. Deixa de ser covarde. Você é uma garota-leopardo e devia ser mais sensata.

— O mundo é bem maior do que eu, certo? — perguntou Sunny.

— Certo — concordou Chichi, dando um sorriso.

Surpreendentemente, a frase que ela escutara inúmeras vezes de seus professores e mentores leopardos, a frase que sempre lhe parecera muito cruel, fez com que ela se sentisse melhor naquele momento. O universo podia estar querendo usá-la, mas o objetivo dele não era fazer mal a ela especificamente.

Chichi sacou sua faca juju e a ergueu. Sasha fez a mesma coisa, e depois, Orlu. Sunny tirou sua faca do bolso. Quando as encostaram umas nas outras, assim como amigos tocam taças de vinho em um brinde, aquilo provocou uma faísca violeta e uma descarga elétrica. A ponta de uma faca juju era como se fosse a extremidade de uma parte do corpo de seu usuário. No entanto, quando tocaram as lâminas umas nas outras, eles puderam sentir com quatro facas.

Além disso, por um instante, Sunny viu através de quatro pares de olhos ao mesmo tempo. Viu a si mesma, e viu Orlu, Sasha e Chichi de maneiras em que ela não os via normalmente. Viu a si mesma com a pele e o cabelo amarelos, mas se viu diferente. Sunny era ela mesma, mas era linda. Seria assim que Orlu a via? Ela viu Sasha com a pele mais clara, feições mais pronunciadas e uma aura vermelha emanando do corpo — Sunny o via através dos olhos de Chichi. Viu a si mesma de novo, com seus traços amarelos brilhando como o sol, e com sua cara espiritual não visível, mas pronta para despontar a qualquer momento. Era assim que Sasha a via?

A faísca violeta pairou no ar à medida que eles afastavam suas facas umas das outras. Eles observaram enquanto a faísca se elevou no ar por alguns centímetros. Depois, explodiu em uma luz branca, assustando Ratazã. Ele rugiu de surpresa e voou mais alto. Chichi resmungou alguma coisa em efik enquanto Sasha agarrava o braço dela para que não caísse.

— Está tudo bem — garantiu Sunny, dando um tapinha no flanco de Ratazã. — Está tudo bem.

Ele diminuiu o ritmo de sua subida e grunhiu. Sasha foi até o ouvido dele e botou um pouco de música para ele ouvir.

— Aqui, balance ao som de Jill Scott, um clássico — ofereceu ele, tocando uma música chamada "A Long Walk".

Os ouvidos de Ratazã se aprumaram e se concentraram na batida vibrante e relaxante. Sasha se recostou na orelha de Ratazã e escancarou um sorriso enquanto segurava seu tocador de MP3.

— Tem uma casa — Sunny se forçou a dizer. Ela examinou a área. — Ah! — Ela apontou. — Ali! Estou vendo! A casa amarela! Ratazã, você está vendo? Vá até lá! — Ela fez uma pausa. Aquele era o lugar, com certeza. — Aquela é a casa de que a minha avó me falou.

Enquanto eles voavam, Sunny lhes contou sobre o pedaço de papel que a avó lhe deixara. Foi difícil explicar como se lia o nsibidi.

— É uma coisa que você meio que tem de *fazer* para entender. — Mas o fato de que ela podia descrever o cheiro das flores que cresciam em volta da casa de pedra amarela e a porta da frente espessa e translúcida, que era redonda como a porta da casa de um *hobbit*, rapidamente os convenceu a acatar o que Sunny dizia.

Em frente à casa havia um gramado em que o capim crescia alto. No bilhete de sua avó em nsibidi, a grama era mais aparada e bem--cuidada. Aquele gramado era como um grande campo selvagem entre dois grandes prédios de pedra parecidos com bibliotecas. Ninguém havia estado ali por muito, muito tempo. Antes que eles pudessem desmontar de Ratazã, ele botou a mão na massa e começou a comer a grama apressadamente. *Chomp, chomp, chomp!* Era como se ele fosse o cortador de grama mais feliz da Terra. Nem reparou quando eles desmontaram e correram para o lado.

— Meu Deus, olhem só ele comendo — exclamou Orlu enquanto a ratazana-do-capim fazia jus a seu nome e comia... capim.

— Olhem só os dentes achatados dele — observou Sasha. — Me faz lembrar do Barney.

Sunny riu.

— Quem diabos é Barney? — indagou Chichi.

— Um dinossauro grande, roxo e irritante de um programa de televisão para crianças — respondeu ele. — Ele estampa constantemente um sorriso escancarado e superfalso, com dentes brancos e achatados sem divisões nos dois maxilares.

Ratazã grunhiu de prazer enquanto atacava a grama. Mas Sunny estava mais interessada na casa. Inclusive na grama alta. Ela protegeu os olhos do sol.

— Por que... — Chichi foi parando de falar.

— Eu não sei — replicou Sunny. — No bilhete em nsibidi ela não parecia tão grande. — Ela invocou Anyanwu mais uma vez. Não houve resposta.

A área de mato alto em volta da casa era mais como uma campina do que um gramado. A própria casa amarela era muito maior do que os prédios ao lado dela, que pareciam bibliotecas. De onde eles estavam, Sunny podia ver uma palmeira com uma copa bem frondosa crescendo bem no centro da casa. A palmeira também era larga e ampla. Mas no bilhete em nsibidi, as folhas era verdes e vivas. Agora, elas eram marrons e secas. Será que a palmeira havia morrido desde a época em que a avó de Sunny estivera ali? Eles atravessaram a grama selvagem.

— Então *aquela* porta é feita de um tipo transparente de asa de besouro? — perguntou Sasha à medida que se aproximavam da porta. — O besouro devia ser do tamanho de um SUV!

A porta tinha mais de 6 metros de altura.

— Devia ser maior ainda — sugeriu Orlu, esticando o pescoço para olhar.

— *E* é impossível de destruí-la — informou Sunny. — Ou pelo menos foi o que minha avó disse. — *Mas por que ela não me disse que a casa pertencia a um gigante?*, perguntou-se ela. *Hum, então é possível mentir ou omitir fatos em nsibidi.* Um pequeno *chittim* de ouro caiu aos pés dela. Ela não teria reparado nele se não estivesse olhando para os próprios pés, pensando e tentando juntar as peças daquele quebra-cabeças. Sunny se inclinou para baixo, pegou o *chittim* e o colocou no bolso.

— Por que você ganhou isso? — perguntou Chichi.

Sunny simplesmente deu de ombros. A casa simples de dois andares ocupava o espaço de quatro casas. Era ladeada por duas palmeiras vivas de tamanho normal e por um enorme arbusto de aparência raivosa que crescia nos fundos. Sunny ficou de pé ali, olhando para a casa. Nada daquilo fazia sentido. Imaginara que sua avó havia deixado o bilhete em nsibidi porque achava a casa linda e porque era uma imagem tranquila para mostrar a Sunny. Ou talvez fosse um lugar que ela queria que Sunny um dia visitasse. Mas o que *poderia* morar ali?

Um grupo de quatro mulheres carregando grandes jarras de água na cabeça passou pela estrada de terra que ficava em frente ao extenso trecho de plantas que cresciam soltas. Elas acenaram para Sunny, Sasha, Orlu e Chichi, que acenaram de volta. Uma das mulheres pôs as mãos em concha e gritou alguma coisa em iorubá.

Sasha e Chichi riram. Ratazã grunhiu alto, se virou lentamente e estendeu uma pata, ondulando seu pelo. Sasha deu um passo à frente para responder às mulheres. *Quando foi que Sasha aprendeu a falar iorubá?*, perguntou-se Sunny.

— O que elas estão dizendo? — perguntou Sunny.

— Elas estão admirando Ratazã — respondeu ele. — E estão impressionadas pelo fato de nós termos encontrado Udide pessoalmente.

Chichi correu na direção das mulheres e falou com elas por um instante. Sunny se virou em direção à porta e a tocou. Era lisa e se arqueava na direção deles como uma bolha espessa e impossível de estourar.

— De quem é esta casa? — indagou Orlu.

— Eu não sei — admitiu ela. — Não consigo entender por que a minha avó dedicou tanto tempo para me falar tudo sobre esta casa. Sei o que há lá dentro, onde ficam todas as coisas. Mas por que ela não me disse que a casa em si era gigantesca?

— Talvez ela não quisesse que você soubesse — especulou Orlu.

Sunny franziu o cenho para ele.

— Não há jujus mantendo-a fechada — revelou Orlu, apontando para a casa com a cabeça.

— A porta?

— Sim. Não pressinto nada. E se houver alguém lá dentro? — perguntou Orlu. — Não podemos simplesmente...

— Não tem ninguém lá dentro — afirmou Chichi, chegando por trás deles. — Aquelas mulheres disseram que este lugar está abandonado. Elas não sabem quem mora aí ou quem é dono da propriedade, mas a maioria das pessoas se mantém afastada. Disseram que alguns dos anciãos locais devem saber.

— Sua avó disse alguma coisa sobre como se entra na casa? — perguntou Sasha.

— Não — respondeu Sunny. — A porta simplesmente se abria ou algo do tipo. Eu não sei.

Chichi sacou sua faca juju, soprou a ponta, fez um floreio circular e bateu suavemente na porta. Seus olhos se arregalaram.

— Ai! — berrou ela, dando um pulo para trás.

— É, eu tive um pressentimento de que um simples juju para abrir portas não ia funcionar — comentou Sasha.

— A porta pareceu me *morder*! — falou Chichi, esfregando a mão direita enquanto segurava a faca.

— Achei que você tinha dito que não havia jujus protegendo a casa — disse Sunny para Orlu.

— Não é juju — observou ele.

— Então trata-se de uma terra ancestral — deduziu Sasha.

— Exatamente — confirmou Orlu. — Quem quer que seja o proprietário desta terra ancestral não é um ser humano.

— Deixe-me ver sua mão, Chichi — pediu Sasha, pegando a mão dela.

— Está vendo esta marca vermelha? — perguntou Chichi, e sua voz foi ficando mais suave à medida que Sasha se aproximava dela.

— Sim — retrucou ele. — Quer que eu dê um beijinho pra sarar?

Sunny revirou os olhos e Orlu virou o rosto, incomodado.

— *Na wao* — murmurou Orlu.

Eles ficaram ali olhando para a porta por um instante.

— Bem, se sua avó gostava tanto de nsibidi, talvez ela o tenha usado para abrir a porta — sugeriu Chichi. — Você sabe como se diz "abra" em nsibidi?

Sunny estava prestes a dizer que sabia apenas *ler* o nsibidi. Mas então o pictograma surgiu em sua mente. Ela viu a porta se abrir quando tinha lido o bilhete de sua avó em nsibidi. Lentamente, a porta se abriu como uma espessa redoma de vidro. Ela estava relembrando essa imagem quando se deu conta de que houve um clarão de alguma coisa.

— Esperem — sussurrou ela. — Esperem. — Sunny recapitulou a imagem: lá estava ela outra vez. Ela ergueu uma das mãos e fechou os olhos. — Esperem. Fiquem calados.

Ela tornou a rememorar a imagem e, desta vez, de forma muito mais lenta. Então repetiu, de modo ainda mais vagaroso. E foi aí que ela viu o símbolo. Nitidamente. Era mais do que um "abra". Era algo mais forte. Era força e insistência difícil. A avó dela havia invadido aquela casa quando esteve ali. Um pesado *chittim* de bronze caiu. Sunny ouviu o tilintar contra a porta e o sentiu cair em sua sandália. Ela abriu os olhos, se curvou lentamente e pegou o *chittim*. Olhou para cima e sorriu para os amigos.

— Vocês sabiam que as imagens que o nsibidi cria quando é lido podem ser separadas dos símbolos?

Sempre com a mente ágil, Sasha e Chichi facilitaram o trabalho de explicação de Sunny.

— Então... se você se lembrar da imagem, pode invocar os símbolos? — indagou Chichi.

Sunny assentiu, guardando o *chittim* na mochila.

— Ah, entendi. Você estava se lembrando da imagem da porta se abrindo — constatou Sasha, balançando a cabeça. — E essa imagem é o símbolo em nsibidi. Você é esperta.

— Nsibidi é o que há, *dey* maneiro — acrescentou Chichi, impressionada.

— Não estou entendendo — admitiu Orlu. — Mas se você consegue abrir a porta, abra-a, *sha*.

Sunny pousou a mão na superfície fria da porta e sacou sua faca juju. Fez uma pausa. A lâmina de sua faca era feita de um material quase idêntico ao da porta. Seria a faca dela feita da asa de algum besouro de uma terra distante? Pensaria sobre isso depois. Com a faca, ela desenhou na superfície da porta o símbolo que vira no bilhete de sua avó em nsibidi. Sunny trabalhou devagar, com cuidado, mantendo a imagem em mente enquanto dava o melhor de si para reproduzi-la. Gradualmente, a superfície da porta atraiu a sua faca como imã atrai aço. *Pop!* Os quatro pularam para trás. Depois, ouviram um chiado grave à medida que a enorme entrada se destrancava. Algumas plantas e raízes que brotavam sobre e dentro do portal foram arrancadas e caíram, e poeira e terra choveram sobre eles. A estranha porta translúcida se abriu como uma boca relutante.

Com as mãos erguidas, Orlu foi na frente, seguido por Sunny, Chichi e Sasha. Uma vez lá dentro, a porta se fechou suavemente atrás deles. No entanto, somente Sunny reparou nisso vagamente. Eles estavam muito ocupados olhando para a frente.

30
Abominação

Eles entraram lentamente na sala principal de pé-direito alto. Era como adentrar em um palácio. O som dos passos deles ecoava nas paredes com elaborados mosaicos. Um exame mais detalhado da parede revelou que o padrão geométrico que compunha os mosaicos era feito a partir das asas de besouros pretos, vermelhos, verdes e azuis. À medida que foram para o centro da sala — que tinha o tamanho de uma quadra de tênis —, Sunny sentiu a temperatura subir a cada passo. Orlu foi para o lado dela, com as mãos erguidas, pronto para desfazer qualquer juju que tentasse afetá-los. Depois, baixou as mãos.

— Parou — anunciou ele.

— O que parou? — indagou Sunny.

— Alguma coisa estava prestes a acontecer — informou Orlu. — E depois parou.

— Aposto que é por causa de Sunny — especulou Sasha.

Sunny olhou para o piso. Era liso e brilhante, como se houvesse sido polido uma hora antes. E era composto de milhões de círculos achatados que poderiam ser feitos de vidro, plástico ou algum outro material. Estavam dispostos em um padrão geométrico que deixava Sunny tonta quando o encarava por muito tempo. Ela não sabia dizer de que cor era o piso, pois ele continha todas as cores que conseguia imaginar. Era como uma flor que se abria constantemente. No centro da sala ficava o tronco da grossa palmeira morta que atravessava o buraco circular no teto. O topo da palmeira provavelmente protegia a casa da chuva, se é que ali chovia.

Havia enormes máscaras cerimoniais, elaboradas e expressivas, presas às paredes. Aquilo fez Sunny se lembrar do escritório de Sugar Cream, se o escritório dela fosse dez vezes maior e se as máscaras fossem mais assustadoras. Havia uma presa à parede que parecia feita de ouro maciço. Era da altura de Sunny e tinha o mesmo comprimento da envergadura de seus braços. O rosto da máscara tinha lábios carnudos, olhos arregalados e um nariz de batata. Os lábios estavam franzidos e fazendo bico, como se estivessem prestes a cuspir jatos de alguma coisa. Sunny saiu do alcance dela.

Então foi até uma máscara que parecia cheia de água, com a parede visível através dela. Tinha o rosto redondo e expressivo de uma mulher que ria de escárnio, e era cheia de marcas tribais iorubá nas bochechas. Sunny não conseguiu resistir: lentamente estendeu o braço para tocar a máscara. Então hesitou. Se aquele lugar tinha armadilhas de juju, talvez não devesse tocar a máscara. Mas ela sempre se sentira assim com relação a gelatina, bolhas e qualquer substância líquida que tomasse uma forma. Não conseguia resistir a dar uma cutucadinha. Afundou o dedo na máscara.

— É água — murmurou. No entanto, ali ela desafiava a gravidade e pendia da parede.

Havia mais quatro máscaras. A primeira era de madeira, e dela brotavam raízes que criavam uma juba em torno do rosto, que rugia. Ela também pendia de raízes que se entocaram na parede. A próxima máscara era de bronze: a cabeça de uma criatura parecida com um dragão do tamanho da parede. A outra era um pedregulho com aberturas rudimentares que formavam dois olhos e uma pequena boca. E a última era feita de lixo imprensado, garrafas plásticas, latas, papel amassado, cascas de laranja e banana secas, fitas cassete e outras coisas. Essa máscara ocupava toda a parede nos fundos da sala. E escancarava um sorriso.

Sunny se perguntou se as máscaras poderiam invocar Anyanwu.

— Onde está você? — sussurrou Sunny, tentando se acalmar. Anyanwu dissera que elas sempre foram uma só, mas por que não estava respondendo a seus chamados? Onde *estava* ela? Sunny *não* gostava da sensação de estar sem ela naquela casa assustadora com aquelas poderosas máscaras igualmente assustadoras. Havia portas à esquerda, à direita e no centro que levavam às outras partes da casa. Todas as portas eram enormes como o portão de entrada. Tudo era enorme. *De quem é esta casa?*, perguntou-se Sunny de novo.

Eles entraram em cada cômodo e, de fato, todos tinham algum juju como armadilha. E a cada vez que Sunny entrava em um recinto, o juju se desfazia. Teria a avó incorporado alguma outra coisa em seu bilhete em nsibidi? Sunny queria fazer uma pausa para tentar descobrir, mas, quanto mais tempo eles ficavam naquele lugar, mais nervosa Sunny se sentia. O que quer que precisasse achar ali, tinha de achar logo. Por mais que *houvesse* alguma coisa protegendo-a, o fato era que aquele lugar estava cheio de jujus que haviam sido feitos para provocar-lhes o mal.

Os amigos exploraram a casa por uma hora. Sasha e Chichi investigaram uma biblioteca no andar de cima, onde tiveram de trabalhar juntos para tirar da estante e abrir até o menor dos livros.

Sunny se lembrava do lugar do tour em nsibidi de sua avó — ela podia até sentir o cheiro do sândalo.

— Cara, esses livros são muuuuiiito proibidos — exclamou Sasha, animado. — Nem as pessoas que estão no quarto nível têm permissão de ver isso! — Ele e Chichi haviam arrastado um livro do tamanho de uma mala da parte de baixo das estantes, e quando abriram a capa, foi como se um universo lentamente rodopiasse dentro das páginas: um bilhão de estrelas azuis, amarelas, vermelhas e brancas giravam no redemoinho gigante que ocupava ambas as páginas. Sunny se afastou do cômodo à medida que eles se ajoelhavam para inspecionar mais detalhadamente o estranho tomo.

— Isso é seguro? — questionou Sunny da porta.

— Duvido — retrucou Sasha, enquanto lia algumas palavras que apareciam nas bordas da página.

Chichi havia pegado seu caderno e caneta e começado a anotar algumas coisas. Sunny procurou Orlu, e descobriu que ele havia conseguido abrir novamente a imensa porta da frente. Aparentemente, o que a mantinha fechada era um juju simples que ele desfizera. Orlu estava do lado de fora com Ratazã, mostrando a ele um dos livros da casa.

— Venha e me ajude a tirar Sasha e Chichi da biblioteca — chamou Sunny da entrada da porta. — Eles estão olhando uns livros muito estranhos lá!

— Eles não vão parar, não importa o que eu diga — respondeu ele, segurando o livro para Ratazã. A ratazana grunhiu, e Orlu virou a página. Depois, olhou para Sunny. — Vamos dar alguns minutos a eles.

Sunny assentiu, e decidiu espiar mais um pouco pela casa. No andar de cima, ela encontrou um cômodo com piso de mármore brilhante. Estava completamente vazio, exceto pelo tronco da palmeira que crescia no centro. Havia um canto perto de uma janela gigantesca por onde entrava a luz do sol. Sunny se sentou ali e deixou o corpo se acalmar. Ela não gostava nem um pouco daquela casa, apesar de suas paredes cheias de arte, da biblioteca, das máscaras. Desde que entrara ali, tivera uma sensação ruim. Mas, também, ela suspeitava que teria uma sensação ruim se entrasse em qualquer lugar que se parecesse com a casa do gigante de "João e o pé de feijão", especialmente se estivesse sem Anyanwu. Tudo o que conseguia pensar era: *E quando a pessoa que mora aqui voltar?*

Mas esse *tinha* de ser o lugar que ela estava destinada a encontrar. Tudo apontava para ali. O bilhete em nsibidi que sua avó deixara, seu complicado livro em nsibidi, os monstros do lago e do rio, os ataques passivo-agressivos de Ekwensu, Bola, os sonhos dela...

— E agora? — murmurou Sunny. Ela suspirou e, apesar de tudo, se descobriu relaxada pelos raios de sol quentes e pela solidão silenciosa do grande cômodo. Virou o rosto na direção da luz e fechou os olhos. Por trás de suas pálpebras, tudo brilhava vermelho. Ela ouviu um zumbido fraco e, quando abriu os olhos, uma vespa vermelha estava pairando bem diante de seu rosto. Sunny ficou imóvel enquanto a vespa entrava voando preguiçosamente no cômodo, com suas patas fracas pendendo do corpo.

Sunny se levantou lentamente enquanto outra vespa entrava no quarto pela janela aberta. Depois, outra. As vespas não deram atenção a ela enquanto voavam em direção à palmeira. De estavam vindo? *Talvez haja um vespeiro em uma das laterais da casa,* pensou. Alguma coisa zumbiu e pousou na ponta da sua orelha e seu corpo ficou tenso. Ela se sacudiu e deu um tapa na lateral da cabeça que foi forte o bastante para fazer seu ouvido zunir.

Quando olhou para a mão, viu que tinha esmagado uma grande formiga voadora ou cupim.

— Eca! — chiou ela, esfregando a palma na parede.

Sunny foi para as escadas, com o coração latejando. Alguma coisa não estava certa.

— Chichi? Sasha? — chamou ela enquanto pulava escada abaixo. — Devíamos sair daqui! Eu... — Eles não estavam na biblioteca.

— Estamos aqui embaixo — respondeu Sasha. Estavam de pé perto da porta da frente. O teto e as paredes estavam tomados de cupins, e Sunny também viu mais vespas e alguns mosquitos voando por ali. Chichi parecia especialmente horrorizada.

— O que está havendo? — perguntou Sunny, correndo até os amigos.

— Espere — disse Sasha, franzindo muito o cenho enquanto erguia um dedo.

Subitamente, Chichi berrou, deu meia-volta e correu para fora da casa pela porta aberta.

— Chichi — chamou Sunny. — Aonde você está...

Do lado de fora, Ratazã rugiu de súbito, com agressividade. Sunny e Sasha se entreolharam e correram para ver o que estava acontecendo. Eles saíram da casa bem a tempo de ver o grande enxame de cupins envolver e levar Chichi pelos ares, aos berros. A grama parecia um ondulante mar escuro, repleta de formigas pretas.

— Ai, merda! — xingou Sasha, dando um tapa no braço.

Sunny sentiu uma picada na panturrilha. A perna dela se dobrou de dor involuntariamente e ela agarrou o braço de Sasha.

— Você está bem? — perguntou ele, com o rosto franzido de agonia da picada que havia levado.

— Eu... — balbuciou ela. — E você? — Sunny olhou para baixo e viu uma abelha ainda enfiando o seu ferrão na calça dela. Sunny tirou a abelha dali e quase gritou de dor.

— Não — respondeu Sasha, olhando para o braço. — Meu braço está dormente!

Sobre o mar de formigas, o enxame de insetos que picavam rodopiou e tomou uma forma nodosa, engolindo o corpo de Chichi, que gritava. Um tecido azul reluzente apareceu na base da forma turbulenta, e gradualmente ficou acima da massa pairante de corpos de cupins. Ele parecia feito de seda e tinha o tom profundo de azul do oceano em um dia claro.

— Ok, esta é a Mmuo Aku que Chichi invocou no ano passado — afirmou Sasha.

Aquela que quase havia matado todos durante a confraternização no Festival de Zuma. Ah, sim, Sunny se lembrava muito bem. Morte por picadas. Orlu mandara ela de volta para o seu lugar, mas, antes de ir, ela havia sussurrado algo para Chichi em efik que, mesmo semanas depois, Chichi se recusara a contar para Sunny, insistindo que o que a Mmuo Aku lhe dissera era "assunto particular". Chichi gostava de ser sigilosa, e isso irritava tanto Sunny que ela no fim das contas simplesmente parou de perguntar. Agora, a mesma Mmuo Aku aparecera em Osisi, os encontrara e engolira Chichi, levando-a sabe Deus para onde. Sunny tomou uma decisão crucial ao mesmo tempo que Sasha.

— O que você está fazendo? — disseram um ao outro.

— Fique aqui — responderam ambos.

Eles se encararam.

— Não se aproximem da Mmuo Aku! Mas saiam daqui! — gritou Orlu das costas de Ratazã, que pairava logo acima.

TUM! TUM! TUM! Os ouvidos de Sunny coçaram, e seus dentes se chocaram com o barulho. A batida profunda continuou enquanto a nítida melodia de uma flauta também começava a soar. A melodia era como se um pássaro de canto doce servisse como arauto da morte e da destruição. Ekwensu estava ali. Ekwensu estava ali. Ekwensu estava ali.

Sunny e Sasha se entreolharam. Depois, Sasha correu para um lado, e Sunny se virou e disparou na direção oposta. Em direção ao tronco da palmeira morta que crescia no centro da casa. O tronco da palmeira cujas raízes agora protuberavam para cima à medida que um cupinzeiro abria caminho em meio à terra. Sunny cerrou os punhos e sentiu os nós dos dedos estalarem. E, ainda assim, Anyanwu não veio. O mundo em volta dela brilhava com milhares de tons de cores diferentes. As máscaras na parede olhavam para ela. Sunny se deu conta de que elas a vinham observando desde que entrara naquele lugar. Não havia reparado aquilo antes.

Não havia reparado várias coisas. Não reparara em como as folhas da palmeira que cresciam atravessando a casa estavam secas. *Talvez elas nunca tenham sido verdes,* Sunny se deu conta. *Talvez o verde no bilhete da minha avó em nsibidi tenha sido outra mentira.* Ela se sentiu tonta à medida que compreendia. Talvez sua avó soubesse que Sunny não iria para lá se soubesse que aquela era a casa de Ekwensu. *Não apenas a casa,* pensou. *A terra ancestral.* Sunny lembrou-se da terra ancestral que seu pai possuía, e em como ele e seus irmãos (essas terras eram herdadas somente por homens) brigaram feito cães por ela. Construir uma casa em sua terra ancestral significava manter vivo o nome da família. Era imortalidade. Em sua terra ancestral, a pessoa atinge o ápice de seu poder. *Mas também é onde fica mais vulnerável,* pensou Sunny. *Certo, vovó?*

Cupins se contorceram para fora da protuberância e voaram pela imensidão do lugar. Alguma coisa também começou a acontecer com o tronco da palmeira: ele começara a inchar, com gotas de água se formando e escorrendo pela casca lisa. A madeira estalou e se partiu em vários lugares, mas ainda assim o tronco continuou a inchar. O lugar ficou com o cheiro acre de óleo e asfalto à medida que esquentava.

Sunny podia ouvir a comoção do lado de fora: Ratazã rugindo, o som de algo molhado, zumbidos, Sasha dando um grito de guerra. Alguma coisa grande atingiu a frente da casa, onde Sunny e Sasha estiveram minutos antes. Uma lufada de ar gélido soprou ali, contrastando com o ar quente que havia ali dentro. Mas Sunny estava concentrada na palmeira gigante no centro da casa, que na verdade não era uma árvore — pelo menos não mais. Ela havia aumentado de diâmetro cerca de três metros, agora, seis, depois dezoito, derrubando o teto acima e, depois, o telhado. Em seguida, a casca do tronco caiu, revelando camadas bem compactas de folhas secas de palmeira. Lá estava Ekwensu. Outra vez.

E agora, pela primeira vez, Sunny podia ver o rosto dela. Rostos. No topo do grande monte de frondes compactas havia um capuz de tecido de máscaras de madeira. Sunny podia ver três das máscaras, uma que a encarava e outras duas, uma de cada lado, e provavelmente havia mais uma que ela não conseguia enxergar. Como o mascarado Aku que Chichi invocara no ano anterior, cada máscara tinha uma expressão diferente. A que encarava Sunny sorria.

Água começou a gotejar do telhado aberto. Tinha começado a chover. Com o profundo retumbar rítmico de tambores, Sunny não reparara que uma tempestade começara a cair também. A chuva batendo nas frondes secas de Ekwensu era como o som de uma grande plateia aplaudindo.

Ekwensu começou a dançar. Balançou seu enorme corpo de frondes compactadas para a frente e para trás ao som da flauta, derrubando mais partes da casa. Pedaços de pedras caíram — alguns bem diante de Sunny. Ela teve medo, muito medo. Mas não se mexeu. Encarou sua inimiga com um olhar desprovido de emoção. Ekwensu começou a girar.

Sunny ouviu um raio cair e Orlu gritar o seu nome. Algo miou alto, como um gato gigante. Havia espíritos espreitando por todo o cômodo. Sunny podia vê-los nitidamente, assim como tinha visto no mercado na rua deserta. Havia folhas de grama brilhantes no caminho de entrada para a casa que balançavam ao ritmo da música da flauta, e grandes e brancas massas amorfas pressionando nos cantos. Alguma coisa verde rolou para longe, à esquerda de Sunny, e saltou para dentro da boca aberta da máscara de ouro.

Estavam com medo de Sunny. Mesmo sem Anyanwu. O que isso significava? Mas eles não eram a preocupação principal da garota. Ela esticou o pescoço à medida que observava Ekwensu se preparando para atacar. Era assim que sua inimiga sempre operava, lembrou-se Sunny. Ela flexionou as pernas e girou os ombros, do mesmo modo como sempre vira Chukwu fazer logo antes de entrar em campo para um jogo de futebol. Encostou na faca juju em seu bolso, se concentrou no corpo de Ekwensu, que girava, e semicerrou os olhos enquanto tentava distinguir folhas individuais. Se Sunny esperasse mais tempo, Ekwensu estaria girando rápido demais. Ela prendeu a respiração e correu para a frente. *Se eu morrer agora, que assim seja,* pensou brevemente. E falava a verdade.

Já!

Ela agarrou a primeira fronde que viu. A folha se esfarelou em sua mão, e ela rapidamente agarrou outra, alcançando o máximo que pôde a base da folha. A velocidade a levou, e ela logo estava girando. Por vários instantes, Ekwensu não reparou em sua presença, e Sunny tirou vantagem disso, usando seus braços muito, muito fortes para erguer o próprio corpo e escalar à medida que o grande mascarado girava. Ela viu uma conta vermelha como a que a atingira entre os olhos cair por entre as frondes e atingir o chão. Depois, outra. Sunny arquejou, procurando freneticamente por mais contas. Sugar Cream não tinha dito que, caso Sunny pegasse uma dessas contas, ela poderia dar cabo de Ekwensu?

Ela viu outra conta, que estava longe demais para pegar.

— Maldição — chiou Sunny, sem fôlego. — Não consigo alcançá-la! — Ekwensu agora girava mais rápido, e as contas eram atiradas para todos os lados. Sunny decidiu ignorá-las e continuar escalando.

Ekwensu sempre fora arrogante, Sunny sabia disso. Ela esperara e presumira que Sunny, desamparada e tão jovem sem Anyanwu, fosse correr *para longe* dela, e não *em sua direção*. As frondes secas de Ekwensu estavam molhadas, o que as tornava mais fáceis de escalar. E elas estavam bem compactadas, e, contanto que Sunny agarrasse a folha certa, conseguiria um ponto de apoio e escalaria mais para cima. Sentiu seus músculos se flexionarem. Havia sido feita para aquilo. Ela era como um babuíno idiok na floresta proibida. Sunny se concentrou nas frondes molhadas para evitar a tontura. Estava quase lá. E tinha de se mover mais rápido!

Subitamente, Ekwensu parou de girar, com as contas vermelhas clicando e repicando à medida que atingiam as paredes e o chão. Sunny se segurou com toda a força e conseguiu não sair voando. Quando olhou para cima, um dos rostos de Ekwensu estava olhando bem para ela. O rosto sorridente. Seu sorriso raivoso ficou mais largo à medida que os inexpressivos olhos de madeira lançavam-lhe um olhar de fúria.

Ekwensu rugiu, e Sunny sentiu o corpo quente da mascarada se flexionar de um modo que nada feito de folhas secas deveria ser capaz. Por um instante, ela quase perdeu os sentidos. Como podiam frondes secas serem quentes e passar a *sensação* de serem feitas de algum tipo de... carne? A contradição a deixou zonza, mas ela se segurou. Uma substância escura começou a escorrer por entre as folhas, em milhões de filamentos capilares. Em qualquer lugar em que encostavam em Sunny, faziam seu corpo arder.

Não conseguiria ficar se segurando por muito mais tempo. E podia sentir aquilo: Ekwensu estava prestes a levantar voo. Sunny olhou de soslaio para baixo. Se ela se soltasse e aterrissasse do modo exato, quem sabe não sobreviveria para enfrentar Ekwensu em outro dia? Esse pensamento a reconfortou. Em seguida, um enxame de libélulas começou a açoitar a sua cabeça. Não, não eram libélulas. Uma delas diminuiu a velocidade bem diante dos olhos de Sunny, e ela arquejou. Nsibidi. Círculos, espirais, zigue-zagues, linhas de uma escrita amarela e viva. Uma delas parou bem diante dos olhos de Sunny e ela compreendeu seu significado: *Lembre-se, eu jamais abandono você. Leia isso,* era o que diziam os símbolos.

— Anyanwu? — sussurrou Sunny. — Isso vem de você?

O corpo de Ekwensu se balançou e, devagar, ela começou a girar outra vez. Sunny grunhiu e se agarrou com mais força à medida que se esforçava para se concentrar nos símbolos em nsibidi que flutuavam diante dela. Eles se mexiam junto com Sunny, e a combinação de tentar ler enquanto Ekwensu rodava fez o seu estômago se revirar violentamente. Ela tinha ânsias de vômito enquanto lia, e depois viu, ouviu, cheirou...

Floresta, lodo, águas turbulentas, tudo encharcado com a seiva oleosa e escura. Sunny conhecia aquele lugar. Ela o vira no noticiário. O *cheiro acre de árvores podres e mortas, sulfuroso como mil peidos.*

O lugar é silencioso porque tudo está morto. Depois eu vi Ekwensu emergir de uma enorme poça de lama preta e marrom rodeada por um círculo de árvores mortas. Lama borbulhava e estourava à medida que Ekwensu emergia. Em seguida, ela começou a girar e um de seus rostos cuspiu uma faísca amarelo-alaranjada. A faísca caiu em curva na lama escura e todo o lugar começou a arder em chamas. Me afastei o bastante para ver a floresta queimar e, em seguida, o vilarejo próximo, e depois, outro, tudo enquanto Ekwensu dançava na floresta em chamas.

Sunny parou de ler no instante em que compreendeu. O nsibidi desapareceu. Incendiar a parte do delta do Níger que recentemente fora encharcada de petróleo era simplesmente Ekwensu em ação. Era apenas a primeira coisa que ia acontecer se Sunny não fosse bem-sucedida naquele *exato momento.* Uma vez que Ekwensu de fato começasse a agir, ela transformaria o mundo naquele lugar apocalíptico que Sunny vira na chama da vela. Os olhos dela marejaram, não por lágrimas de tristeza, mas devido à fumaça que saía de Ekwensu e à ardência que sentia enquanto a mascarada girava cada vez mais rápido. Sunny continuou a escalar. Tudo dependia de seu sucesso.

O grave retumbar de tambores ficou mais rápido, e a flauta deu um crescendo, tornando-se um trinado agudo enquanto Sunny, cada vez mais fraca, escalava um dos flancos da mascarada, com seu corpo ameaçando ceder por conta da dor lancinante daquelas picadas. Sunny escalou até estar entre o rosto sorridente e o que fazia careta. Ambos se contorceram e tentaram mordê-la. Ela se inclinou para fora do alcance deles. Sabia o que estava procurando e, instantes mais tarde, ela viu: o pequeno espaço entre as frondes compactadas e os rostos. A base da máscara.

Com toda a força bruta que lhe restava, Sunny agarrou a borda da máscara de Ekwensu e a puxou. A máscara não cedia. Não se mexia. Ela havia chegado tão perto e, ainda assim, ia morrer agora. Sunny lutara contra Ekwensu certa vez havia muito tempo, em uma vida passada na vastidão. Havia usado sua faca juju porque era uma faca como a que ela tinha agora, uma que podia acompanhá-la pelos dois mundos. Naquela época, assim como agora, ela pertencera aos dois mundos. E, com isso, ela derrotara e banira Ekwensu. Depois, fazia um ano, Sunny derrotara Ekwensu com palavras mágicas que ela se lembrava da época em que era apenas Anyanwu. Ela tornara a usar um juju.

E agora lá estavam elas, pela terceira vez. E, desta vez, Sunny virara tudo de cabeça para baixo e lutava contra Ekwensu de um modo que a mascarada não esperara. Não com facas juju e mágica, mas corpo a corpo, com força física. E Sunny quase vencera outra vez. Quase. Mas a máscara de Ekwensu não saía.

Sunny puxou e puxou. Com um som grave e gutural, Ekwensu começou a rir, emitindo um ruído terrível, que incutiu na mente de Sunny lampejos nauseantes de imagens de fumaça, fogo, morte e sangue. Sunny podia sentir a bile subindo. Depois, enxergou a mesma imagem que tinha visto na chama da vela dois anos atrás. Desta vez, não era uma mera visão na chama de uma vela. Aquilo se abriu diante de Sunny com uma convicção que evocou a sua alma, as memórias dos seus ancestrais e os sonhos da futura prole dela. Sunny deu um grito e tornou a puxar. E puxar. E puuuxaaaaaaaar!

A máscara cedeu.

Como o último dente de leite de Sunny, que ficara uma semana preso por um fio. A máscara vinha saindo durante todo aquele tempo, o que aconteceu foi que nem Ekwensu nem Sunny perceberam isso. A máscara finalmente escorregou de seu rosto. Assim como Sunny. Enquanto caía, ela podia ver os braços salpicados de marcas vermelhas das picadas que recebera. Os músculos magros nos braços dela protuberaram. Quando ela tinha ficado tão forte assim? As mãos, cheias de veias saltadas, estavam agarrando a enorme máscara, que era maior do que todo o corpo dela.

Sunny caiu e caiu. A sensação era a de que ela caía por dias. Talvez o tempo em um lugar pleno não fosse apenas diferente do tempo no mundo físico: talvez ele tivesse um jeito de parar e recomeçar e ficar mais lento em certos momentos. Talvez. Talvez aquele fosse o caso naquele momento, porque Sunny viu tudo ao redor nitidamente. Centenas de contas vermelhas e vários *chittim* de bronze grandes caíram junto com ela. Sunny podia ver o corpo de Ekwensu, os filamentos pretos agora se partindo, se retesando como grafite de lapiseira, as folhas secas e encharcadas começando a se soltar e a se desfazer por conta própria. Sunny ouviu a música espiritual de Ekwensu perder o ritmo uma batida de cada vez, uma nota de cada vez.

— Iiiiiiiii! — Os gritos de Ekwensu fizeram os tímpanos de Sunny vibrar, e, pior do que isso: o som era físico. Como mil alfinetes espetando a pele dela. A máscara que despencava com Sunny a encarava. Somente um dos rostos estava olhando para ela, o rosto surpreso. Os olhos da máscara se concentraram nos olhos de Sunny. Sua boca preta em formato de círculo estava impossivelmente escancarada de choque. E o calombo em sua cabeça brilhou com um tom raivoso de vermelho à medida que expelia fumaça branca. Em seguida, Sunny atingiu o chão, e seus óculos saíram voando. Ela foi bombardeada por contas vermelhas à medida que a máscara caía em cima dela, e tanto o fôlego quanto os sentidos escapavam de seu corpo.

O pai de Sunny era membro da sociedade secreta de mascarados local. Ela jamais dera muita atenção àquilo até aquele momento. Em certas épocas do ano, o pai de Sunny ia encontrar o "povo dele" e voltava para casa tarde da noite. E, durante celebrações como o Festival do Inhame Novo,* ele também ia. Normalmente, a ausência do pai coincidia com a hora em que os mascarados desfilavam na rua.

— Não é da sua conta — replicara o pai quando Sunny, aos 5 anos, perguntou como era se fantasiar de mascarado.

— Bem, da próxima vez que eu vir um, vou arrancar a máscara dele — respondera ela, desafiadora.

Seu pai olhara para ela com a expressão mais séria que Sunny já o vira exibir, e dissera:

— Nunca tire a máscara de um mascarado. Está me ouvindo? Isso é uma abominação!

Então Sunny tivera esta lição muito antes de saber qualquer coisa sobre a sociedade dos leopardos. O fato de que desmascarar um mascarado era proibido fazia parte da sabedoria popular dos nigerianos. Depois de tudo o que ela havia se tornado e de todos os complexos jujus africanos que ela havia aprendido enquanto estava espiritualmente deficiente, Sunny derrotara Ekwensu usando força bruta e o conhecimento local que possuía desde que era bem pequena. Ela sorriu, e uma risada escapou de seus lábios.

Não havia casa, máscara ou mascarado se desfazendo à sua volta. Sunny estava deitada de barriga para cima em um campo. Um gramado.

---

* Festa popular em Gana e na Nigéria realizada pelos igbo para celebrar a colheita do inhame, a primeira hortaliça a ser colhida depois da estação das chuvas. Na Nigéria, a festa conta com dançarinos que usam máscaras que refletem as estações ou outros aspectos da natureza. *(N. do T.)*

— Grama. — A grama era verde-clara e se contorcia alegremente sob o corpo de Sunny. O céu acima dela já não tinha uma fenda aberta por onde caía uma chuva raivosa. Em vez disso, o sol brilhava. Sunny se sentou, com uma das mãos imprensadas contra as macias porém firmes e úmidas folhas de "grama espiritual". E, em meio à luz intensa, Sunny podia ver tudo nitidamente, apesar de não estar usando os óculos.

Quando olhou para baixo, viu que tinha mãos e um corpo, e que sua pele brilhava com um tom intenso de amarelo. Ela usava um vestido de ráfia que ia até a altura do joelho e pinicava. Era quase idêntico ao que se vira usando quando foi iniciada. Seria uma espécie de segunda iniciação? Ou quem sabe ela tivesse morrido, e aquele era o traje da vastidão.

— Tanto faz — grunhiu ela enquanto levantava, com os pés pisando em folhas de grama parecidas com minhocas. — As coisas são como são.

Sunny ficou aliviada quando a grama não a mordeu. Ela olhou para a frente e, depois, para a esquerda e para a direita. Não havia nada além de quilômetros e quilômetros de grama serpenteante. Sunny suspirou, e o som de seu suspiro ecoou, como se ela estivesse em um grande cômodo. Expirou, e sua respiração era de um tom tênue de amarelo. Ela não queria falar — falar perturbaria a paz daquele lugar estranho. Sua nuca formigava, e a parte de trás de suas pernas nuas estavam quentes, como se ela estivesse ao lado de um aquecedor.

Lentamente, Sunny se virou. Depois, pressionou a mão contra o peito e se esforçou para ficar de pé. Agora sim ela, *de fato*, se sentia como se estivesse morrendo. Já tinha visto mascarados antes. Acabara de enfrentar, escalar e desmascarar um dos mais poderosos deles. Agora ela se sentia assim porque entendia que o ser para o qual estava olhando apenas se projetava como um mascarado, porque na verdade ele era muito mais do que apenas um. Sunny sabia de quem se tratava, mas aquela ideia era impossível. Era impossível. Então deixou que seus olhos lhe contassem o que ela via. Estava olhando para alguém muito mais magnífico, infinitamente mais poderoso e abrangente do que Ekwensu jamais poderia ser.

O Incomparável Criador Supremo de Todas as Coisas. Chukwu!

E, sentada ao lado dele, havia um vulto feito de um brilho amarelo tênue. Anyanwu.

A aura amarela que exalava da pele de Sunny ficou mais brilhante. Ela estava tremendo, com a garganta seca, e sua voz falhou quando ela disse:

— Saudações, Grande *Oga*.

Chukwu era do tamanho de um elefante grande. Parecia um palheiro feito de camadas de um pano macio azul, amarelo, vermelho e verde, e tinha uma névoa multicolorida que saía do topo de sua cabeça, que era uma máscara de ébano de quatro lados. E em cada lado, havia um rosto de expressão curiosa. Eles não pareciam cruéis ou gentis, cada um tinha a mesma expressão inquisidora enquanto examinava Sunny atentamente. Onde ele estava, ramos verde-escuros brotavam do chão, se estendiam por vários metros, ficavam frouxos, secavam e esfarelavam. Ramos de inhame se inchavam com grandes tubérculos que desinchavam, mofavam e finalmente se desfaziam e voltavam a se tornar a grama ondulante. Plantas brotavam, floresciam com flores brancas, as flores morriam, vinham os frutos e as plantas morriam. À medida que Sunny olhava fixamente para a criatura, seus olhos se ressecaram e começaram a arder. Ela piscou e piscou, e lágrimas rolaram por suas bochechas. Apesar de se sentir aterrorizada, Sunny também se sentia fascinada. Ela era atraída pela criatura. Não. Não uma criatura. Tratava-se de muito mais do que isso.

— Sente-se — Sunny ouviu-o dizer. A voz não era nem masculina nem feminina. Será que tinha mesmo falado? Sunny sacou sua faca juju do bolso e colocou-a em seu colo enquanto se sentava ao lado de Anyanwu. Diante dela, ele parecia afundar de leve no chão ondulante, com mais plantas brotando, florescendo, frutificando e morrendo ao redor. Ele estava "se sentando". Sunny pôde sentir de leve seu odor: terra, frutas, putrefação e chuva. Era um cheiro bom.

Silêncio. Sunny encarou-o, e ele a encarou de volta. Um prato branco apareceu entre eles. Quando a noz-de-cola se materializou ali, Sunny quase teve um ataque de risos e, ao lado dela, Anyanwu de fato riu. Não bastava que Chukwu dirigisse o olhar em sua direção, agora ele queria quebrar cola com ela? Sunny abafou a vontade de gargalhar.

— É chegada a noz-de-cola — recitaram Sunny e Anyanwu.

O rosto de Chukwu não se alterou, mas Sunny sentiu que ele estava satisfeito. A noz-de-cola ficou na vertical, apoiada em uma das pontas, e depois caiu, separando-se em sete partes. De dentro do palheiro de pano saiu um braço longo e grosso, feito de ráfia e contas. Quando Chukwu tocou o prato, dois ramos de ráfia envolveram um pedaço da cola. Várias contas azuis e vermelhas caíram no prato. Chukwu colocou o pedaço de cola na boca do rosto que estava de frente para Sunny. *Croc, croc, croc, croc.* O barulho era tão alto que Sunny achou que sua cabeça ia explodir. Ela ficou tão fascinada pelo barulho que quase esqueceu de seu papel no ritual.

Tanto ela quanto o seu eu espiritual se inclinaram para a frente e pegaram um pedaço de cola. Chukwu pegou mais um pedaço e, por vários minutos, Sunny, Anyanwu e o Ser Supremo se entreolharam e comeram noz-de-cola. Tinha um gosto bom.

Depois do que pareceu uma hora, a cabeça de Chukwu começou a girar, e cada rosto olhou para Sunny e Anyanwu. Primeiro, um rosto; depois, outro; e então o terceiro; e, por fim, o quarto. Este último semicerrou os olhos na direção de Sunny, e depois os arregalou. Anyanwu lentamente desapareceu, e Sunny sentiu que ela se acomodava dentro de seu corpo, de um modo mais confortável do que desde que havia sido duplicada. *Chukwu me convidou para cá. Tudo o que eu podia fazer era incentivar você a lutar. Você tinha de lutar sozinha contra Ekwensu*, revelou Anyanwu. E Sunny compreendeu. Não se recusava um convite para se encontrar com o Ser Supremo. Jamais.

— Quando você aprendeu a escrever em nsibidi? — indagou Sunny.

— Não sei — respondeu Anyanwu. — Mas presumo que a proximidade com Deus possa provocar... revelações.

Chukwu gesticulou para Sunny com seu estranho braço. Ele pareceu apontar para a cabeça dela.

— O quê? — perguntou ela, tocando o próprio rosto. — Aqui? — Quando ele continuou a gesticular, ela tocou no pente em sua cabeça. Retirou-o do cabelo, e o rosto de Chukwu sorriu. — Isto foi um presente — disse Sunny. — De Mami Wata.

Ela estendeu o pente e Chukwu o pegou. Nas mãos de Chukwu, o objeto se quebrou, sua parte iridescente caindo na grama como três grandes conchas cintilantes. Em seguida, as conchas começaram a se mexer e caramujos fantasmagóricos com antenas compridas e nodosas se arrastaram para fora.

— Ah — exclamou Sunny, observando os caramujos comerem a grama enquanto rastejavam. Chukwu estendeu um braço para a frente. À medida que o braço seguia na direção do rosto de Sunny, havia duas coisas que ela podia fazer: fugir ou ficar parada. Não se fugia de Deus. Ela permaneceu imóvel. Quando o braço de Chukwu estava a centímetros do rosto dela, Sunny viu que na ponta havia algo que se parecia com uma agulha afiada. Ela fechou os olhos e se entregou ao seu destino. Chukwu tocou a testa dela, e o mundo explodiu.

Quando o mundo voltou a se recompor, Sunny estava em um coqueiral. Estava de pé, usando seu vestido de ráfia, com a faca juju na mão. A atmosfera ali era leve e, quando respirou, sentiu o ar preencher seu peito e depois sair pelo nariz. Ela estava respirando. Estava de volta a Osisi. Sunny tocou o próprio rosto e descobriu que estava usando seus óculos. E ela ficou contente, pois, *naquele* sol forte, era difícil enxergar bem.

Sunny tocou a testa. Havia um ponto levemente dolorido ali no meio, mas, fora isso, sentia-se bem. Franziu o cenho. Quando tentou se lembrar daquela parte de si que vinha de uma vida passada, não conseguiu absorver nada, nem mesmo a profundidade de seu ódio e fúria contra Ekwensu. Tudo o que pôde lembrar foi que certa vez elas lutaram na vastidão, e que ela usara sua faca juju.

O coqueiral era comprido e tinha muitos quarteirões de largura. Como todos os coqueiros que ela vira em Osisi, aqueles estavam carregados de cocos. Atrás dela havia um enorme arranha-céu que parecia ser feito de mármore azul. Não havia qualquer letreiro no prédio, e nenhuma das janelas tinha vidraças. Por dentro, ele parecia vazio, exceto pelo eventual vulto que passava. À direita de Sunny havia mais coqueiros. E, à esquerda, depois do coqueiral, havia um edifício de pedra que parecia uma biblioteca, e que ela reconhecia. *Ah, graças a Deus,* pensou. *A casa fica logo ali do outro lado.* Sentiu uma tontura e se escorou contra um dos troncos esguios. Ouviu-se um enorme barulho de explosão e uma nuvem de poeira se elevou do outro lado do prédio.

Sunny congelou à medida que as coisas voltavam a ficar silenciosas. Um coco caiu de um dos coqueiros ao lado dela. Depois, outro, de outro coqueiro. Em seguida, outro. Ela olhou para cima bem a tempo de ver outro coco cair. O corpo de Sunny estava tão dolorido e vagaroso que ela não foi capaz de reagir rápido o bastante. Logo antes de o coco cair em sua cabeça, uma enorme mão marrom apareceu e o segurou.

Com mais de três metros de altura, a criatura era humanoide, com a pele fibrosa e áspera como a casca do coco. Seu rosto comprido era uma impressão indefinida, como se fosse coberto por uma camada de casca de coco. A criatura tinha braços e pernas compridos, e sua forma era vagamente masculina. Graciosamente, o ser entregou o coco para Sunny.

— Obrigada — agradeceu ela, guardando a faca juju no bolso grande da frente do vestido e pegando o coco com as duas mãos. Chukwu havia oferecido a ela noz-de-cola, e agora um mascarado de coco oferecia-lhe um coco. O que aconteceria em seguida? O mascarado entrou em um tronco de coqueiro e desapareceu. Sunny botou o coco no chão e fez o floreio de limpeza com sua faca juju. O resquício verde da vastidão que saiu do corpo dela quando deu um passo para o lado foi tão espesso que Sunny pareceu estar ao lado de uma sombra sólida e verde de si mesma. Encarou aquela sombra enquanto ela se virava e parecia encará-la de volta. Depois, começou a se dissipar na brisa leve. Quando desapareceu, Sunny pegou seu coco e passou do coqueiral para a rua que dava na terra de Ekwensu.

Enquanto caminhava, outras pessoas se juntaram a ela, indo em direção ao barulho. Havia aqueles que pareciam ter vindo do vilarejo de Sunny, e alguns que estavam vestidos de modo mais elegante, como se viessem de Lagos, e outros que não aparentavam ser exatamente humanos, e ainda aqueles que deviam estar na vastidão. Sunny era parte de uma multidão quando alcançou a casa... ou pelo menos onde ela costumava estar. A casa havia virado pó e não restara nada além de uma palmeira alta e solitária. A poeira brilhava como brasas em uma fogueira, que lentamente desapareciam e voltavam para a vastidão.

— Orlu! — gritou Sunny, abrindo caminho em meio à muvuca. Ela decidiu deslizar através deles, sentindo seu corpo frio e deslocado, daquele modo estranho com o qual ela ainda estava se habituando. Ela voou através de massas de névoa amorfas, e sentiu elas se perguntarem aonde Sunny estava indo. *Eles são meus amigos*, enviou o pensamento a eles enquanto passava.

Quando reapareceu diante de Orlu, um *chittim* de prata caiu e ela o agarrou distraidamente enquanto encarava os olhos marejados do amigo. Ele estava coberto por uma poeira estranha, que brilhava como joias em tons de laranja e amarelo. Orlu estremeceu quando seu olhar foi de encontro ao de Sunny, e depois arregalou os olhos.

— Sunny? — sussurrou.

Sunny escancarou um sorriso.

Orlu tirou os óculos dela, colocou as mãos em suas bochechas e puxou o rosto dela em direção ao dele. Os lábios de Orlu estavam quentes, e a poeira brilhante neles fez os lábios de Sunny formigarem. Depois, ele deu um abraço apertado nela.

— Você estava morta. Tínhamos certeza de que você estava morta — falou ao pé do ouvido dela.

Por cima do ombro de Orlu, Sunny viu Ratazã no que antes havia sido os fundos da casa. Sasha e Chichi estavam usando suas facas juju para cortar cabelos muito, muito compridos, que pendiam das costas e dos flancos dele. Aos pés de Ratazã, havia uma grande pilha de *chittim* de bronze. Ratazã cutucava alguns com uma pata curiosa. Sunny franziu o cenho e se soltou do abraço de Orlu.

— Eu... Não, eu não morri. Mas... — O que poderia dizer? Que havia quebrado cola com Chukwu, o Ser Supremo? Como *soaria* aquilo? Será que Orlu sequer acreditaria nela? Ela tocou a própria testa e, por um instante, o mundo ficou mais brilhante e mais profundo. Sunny rapidamente retirou a mão daquele ponto. — Eu arranquei a máscara de Ekwensu.

Orlu a segurou um pouco afastada de si, botou os óculos de volta no rosto dela e a observou com atenção. Tocou o braço de Sunny, esfregando um dedo sobre as marcas vermelhas das picadas de Ekwensu. Ele ergueu uma das mãos e estava prestes a tocar o centro da testa de Sunny. Ela agarrou a mão dele.

— O que aconteceu? Alguma coisa a atingiu aqui? — indagou ele.

Sunny balançou a cabeça.

— Então o que é...

— Sunny! — berrou Chichi, correndo até ela. Orlu deu um passo para trás, com os olhos ainda grudados na testa de Sunny. Quando Chichi se aproximou, Sunny reparou que havia sangue na blusa dela e que seus braços estavam cobertos de vergões inchados. Em seguida, Chichi a estava abraçando. Ela cheirava a suor e a algo azedo.

— Aquele mascarado Aku queria acertar contas comigo — explicou Chichi. — Achou que tinha uma oportunidade melhor de me pegar quando Ekwensu atacasse você. Mas não contou com o fato de que teria de lidar com Sasha, o maior exterminador de insetos do mundo.

Ela riu e trocou um "toca aqui" com Sasha. Ele olhou de soslaio para Sunny e o sorriso dele tremeu um pouquinho. Sunny olhou de soslaio para Orlu, e ele virou o rosto.

— Você está bem? — perguntou Sunny para Chichi. — De onde... O sangue, de onde ele veio?

Chichi apertou os lábios, deu um sorriso e depois balançou a cabeça.

— Estou bem. Estou viva.

As várias pessoas que haviam se reunido começaram a vasculhar por entre os escombros da casa de Ekwensu. Algumas estavam de fato comendo a poeira brilhante que desaparecia, e outras a guardavam em seus bolsos, bolsas e até embaixo das camisetas. Cautelosamente, eles mantiveram distância de Sunny e dos amigos dela, apesar de alguns meninos estarem em volta de Ratazã. Eles o ajudavam a juntar os *chittim* que ele parecia não querer, e ofereciam-lhe punhados de grama. Ratazã aceitou-a de bom grado.

Orlu relatou o que tinha acontecido enquanto eles observavam o povo de Osisi recolher a poeira. O mascarado Aku havia tentado arrastar Chichi para a vastidão, para que pudesse observá-la morrer. Ele interpretara a invocação de Chichi no Festival de Zuma como uma tentativa de escravizá-lo, e não havia se esquecido do insulto que aquela tentativa representara. Provavelmente estivera rastreando Chichi desde o momento em que eles entraram em Osisi. E estava esperando pelo momento certo para atacar.

Somente o pensamento rápido e desesperado de Sasha salvara Chichi à medida que o mascarado a engolia e se preparava para atravessar para a vastidão com ela. Sasha havia incrementado o juju comum para espantar mosquitos, se envolveu nele e mergulhou no enxame. Insetos emergiram à sua volta enquanto ele nadava fundo, fundo, fundo para dentro do enxame de formigas, cupins, abelhas e vespas que mordiam e picavam e que compunham o corpo físico do mascarado, até que ele encontrou Chichi. Horrorizado e derrotado, o mascarado os vomitou e fugiu, mas não sem antes deixar uma ferida dolorida no peito de Chichi, que somente a percebeu depois que Sasha a arrastara para fora.

— Virem de costas — pediu Chichi para os garotos.

— E por que eu deveria? — reclamou Sasha, parecendo irritado. — Eu salvei a sua vida. E até parece que é algo que eu nunca tenha visto antes... — Ele escancarou um sorriso. — Mais de uma vez.

— Para — censurou Chichi, ficando séria. — Virem de costas.

Sasha e Orlu obedeceram. Chichi se aproximou de Sunny enquanto olhava ao redor para se certificar de que as pessoas ainda estavam mais ocupadas em recolher a poeira do que em observá-la. Depois, desabotoou alguns botões da blusa e abriu a parte de cima. Sunny se inclinou para ver. Ela arquejou e deu um passo para trás.

— Sasha usou algumas das formigas da Mmuo Aku para fechar a ferida — revelou Chichi.

— É isso que são essas suturas? — indagou Sunny, com as mãos tapando a boca. Os olhos dela lacrimejaram.

— É, elas têm pinças bem grandes e resistentes — afirmou Chichi. — Você as deixa morder e depois arranca o corpo com a unha.

— Isso é nojento — chiou Sunny, enojada.

Chichi apenas deu de ombros.

— É melhor do que morrer. Eu me lembro de Orlu ter falado alguns anos atrás sobre formigas usadas para fazer suturas.

A ágil memória fotográfica de Chichi a salvara mais uma vez. Enquanto estava caída com a enorme ferida no peito sangrando e sangrando, se lembrara de algo que Orlu lhe dissera. Em seguida, mandou Sasha procurar as formigas. Ele dera meia-volta e encontrara um grupo grande delas a seus pés, quase esperando por ele.

— Elas *estavam* esperando — afirmou Chichi. — Eu fiz com que elas viessem e esperassem assim que pude vê-las nitidamente em minha mente. — Sunny nunca entendeu muito bem os dons naturais de Sasha e Chichi, mas, com frequência, como naquele momento, Sunny se impressionava com os poderes deles.

Quando Sasha resgatara Chichi, nadando por uma avalanche de insetos que explodiam, com a abertura para a vastidão bem atrás dele, um dos insetos do mascarado Aku atacara. Chichi disse que sentiu o inseto se arrastar sob sua blusa e que ele era grande. Mas ela estava tão concentrada em sair dali que não podia fazer nada com relação ao inseto. Ele era grande e tentou arrancar o coração dela. Se Chichi não tivesse esmagado o inseto caindo de peito contra o chão quando escaparam do enxame, ela provavelmente estaria morta. No fim das contas, tratava-se de um bicho-pau marrom e gigante, com patas dianteiras afiadas como lâminas de barbear. Ele havia feito um corte de cerca de 5 centímetros do lado do coração de Chichi. Não era um corte muito profundo, então não chegara a atingir o esterno dela — o inseto nojento estava apenas começando o seu trabalho.

— E teve mais — falou Orlu.

Ekwensu planejara lidar com Sunny sem qualquer interferência. Então, quando Orlu e Ratazã tentaram entrar na casa, vários dos sequazes de Ekwensu atacaram. Eram espíritos sombrios e de cores brilhantes que conseguiam, de algum modo, afetar o mundo físico, e começaram fazendo Orlu cair das costas de Ratazã. Depois, tentaram derrubar Ratazã também. Orlu atingira o chão duro e perdera a consciência por pelo menos trinta segundos. Quando recobrou os sentidos, um alvoroço estava acontecendo logo acima dele.

— Ratazã era como o Homem-Aranha — afirmou Orlu. — Ele estava pairando acima de mim para me proteger e disparava teias de aranha de seu pelo! As teias envolviam e se enrolavam em volta dos espíritos, e eles caíam no chão se debatendo e depois se dissolviam de volta para a vastidão, imagino. — Ele balançou a cabeça. — Sunny, você talvez já tenha visto para onde eles foram, pois você consegue ver ambos os lugares. Ratazã foi incrível.

Quando o confronto terminou, Ratazã tinha muitos fios de teia presos aos seus pelos, mas não havia tempo de arrancá-los ou cortá-los. Fez-se um enorme clarão no interior da casa de Ekwensu e tudo ficou em um silêncio sepulcral.

— Aposto que as pessoas puderam sentir isso por toda Osisi — comentou Chichi.

Depois, a casa de Ekwensu começou a desmoronar. Com Sunny aparentemente dentro dela, a casa foi reduzida a pó. A nada. Nada além de uma palmeira.

Sunny contou tudo para os amigos... tudo, menos a parte sobre o encontro com Chukwu. Aquilo era uma coisa particular. Nenhum deles perguntou onde estava o pente que Mami Wata havia lhe dado, e Sunny ficou agradecida por isso. Que presumissem que o pente havia se perdido quando ela caiu do corpo de Ekwensu. Ou algo do tipo. Era melhor assim.

— Então, você ainda está... duplicada? — perguntou Chichi.

Sunny assentiu.

— Mas eu estou... nós estamos bem com isso.

Os três olharam incrédulos para Sunny.

À medida que voavam para fora de Osisi alguns minutos mais tarde, feliz por deixar aquele lugar para trás, Sunny usou sua faca para abrir o coco que o mascarado lhe dera. Ela entregou o coco para Chichi.

— Beba — ofereceu Sunny. A amiga bebeu de bom grado e disse que a água estava deliciosa. Instantes mais tarde, a ferida no peito dela ficou quente e começou a coçar. Quando o machucado começou a descascar junto com as suturas de formigas, revelando pele nova por baixo, Chichi chorou.

— Doía muito mais do que eu disse — sussurrou ela, secando as lágrimas. — Não tinha certeza se aguentaria a dor por muito mais tempo. — Sunny abriu o coco todo e eles dividiram a polpa doce e gordurosa. Até Ratazã comeu um pedaço, apesar de preferir ter devorado a casca crocante.

31

E então foi decidido

Assim que eles avistaram Lagos, Sunny checou o celular. Era o começo da noite e, na escuridão, a tela brilhava como uma estrela. A bateria só tinha uma barra restante. Quando viu a data e a hora, ela riu. Se recostou, com a mão pressionada contra o peito. Fechou os olhos. Só haviam se passado algumas horas desde que eles tinham voado para longe do irracionalmente amedrontado irmão dela.

O alívio de Sunny durou apenas alguns segundos. Ela se sentou empertigada.

— Caso ninguém vá perguntar, pergunto eu — anunciou ela. — O que vamos fazer?

— Deixar que eles nos deem chibatadas e nos atirem em algum porão em que você não tenha matado o que quer que se esgueire por lá — respondeu Sasha.

Sunny arquejou e sussurrou:

— Ai, meu Deus, vamos todos morrer.

Sasha deu de ombros.

— O que mais podemos fazer? Fugir? Eu não vou fazer isso. Tenho que terminar meus estudos. Prefiro dançar conforme a música... qualquer que seja ela.

— Mas e quanto ao Ratazã? — indagou Sunny. — Talvez ele devesse ter ficado em Osisi. Lá pelo menos tem outras ratazanas como ele.

— Eu cogitei isso — afirmou Orlu. — Mas lá ele nunca estaria totalmente seguro. Em algum momento, o conselho o encontraria. — Ele deu um tapinha no lombo de Ratazã, que grunhiu. — Nós já discutimos este assunto.

— Você e Ratazã? — perguntou Chichi.

— Sim — respondeu Orlu. — Eu queria que ele ficasse em Osisi, mas ele me convenceu que seria melhor se ele se arriscasse e tentasse limpar o nome. Ratazã não acha que fez nada de errado: foi um acidente. Na verdade, brechas se abrem o tempo todo entre o mundo das ovelhas e o dos leopardos. Alguém vê, escuta ou entra em alguma coisa. E normalmente as ovelhas não acreditam ou não entendem o que veem. Ninguém é castigado por isso, pois trata-se de *acidentes*. Bem, e isto também foi um acidente.

— É verdade — concordou Sasha.

— Mas ainda assim é arriscado — declarou Chichi. — O conselho é severo pra caramba.

— Temos de expor bem o nosso caso — observou Orlu. — Muito bem. Ratazã corre risco de vida.

— E nós também, caso eles nos deixem com algo como aquele djim — alertou Sunny. Mas ela entendia a diferença. No caso de Ratazã, poderia ser morte certa.

— Sunny acabou de derrotar Ekwensu — afirmou Orlu. — Mandou-a de volta para a vastidão, e agora Ekwensu já não pode mais provocar o *apocalipse*. Acho que o conselho vai ver com bons olhos o fato de que Ratazã contribuiu para que isso acontecesse. Temos de explicar as coisas. O irmão de Sunny *tinha* de estar conosco ou Sunny não teria conseguido permissão para vir até Lagos encontrar Udide, que foi quem teceu Ratazã, que nos levou até Osisi. Estão entendendo?

Todos entenderam. E então foi decidido.

Invisível, Ratazã pousou delicadamente no condomínio. Todos desmontaram, se certificando de continuar segurando seu pelo. O Hummer de Adebayo e o jipe de Chukwu estavam estacionados, e a casa estava silenciosa, exceto pelo som da televisão em um cômodo no segundo andar. Era quase meia-noite.

— Ok — sussurrou Orlu. — Um, dois, três e já!

Todos soltaram o pelo de Ratazã ao mesmo tempo. A brisa quente soprou no rosto de Sunny. Agora estavam visíveis. Ela pôde ouvir Ratazã seguir calmamente para a lateral da casa.

— Boa noite — sussurrou Sunny. Parte de um dos arbustos desapareceu, e ela pôde ouvir Ratazã mastigando.

Eles tocaram a campainha, e Sunny ficou na frente do grupo. Ela respirou fundo, se escorando no batente para firmar o corpo. Será que o irmão dela sequer estava *ali*? Talvez o conselho o tenha levado. Talvez ele tenha corrido pela rua e sido atropelado por algum carro. A porta se abriu. Ele deu uma boa olhada n ela. Os olhos dele se arregalaram e suas narinas se dilataram. Em seguida, deu-lhe um abraço apertado.

— Graças a Deus — exclamou ele.

Quando a soltou, Chukwu observou os outros, que retribuíram o olhar. Ele visivelmente queria dizer alguma coisa. Depois, apertou bem os lábios.

— Vocês... vocês já jantaram? — perguntou finalmente.

Todos responderam que não.

— Então que você e Chichi preparem a comida — disse ele rindo. — Adebayo e eu também não jantamos.

Todos entraram. Antes de acompanhá-los, Chukwu olhou para os carros estacionados e para o resto do condomínio. Sunny ficou para trás e tocou o ombro do irmão.

— Você está bem? — indagou ela.

Ele abriu a boca para dizer alguma coisa. Em seguida, em vez disso, fez uma longa pausa, mais uma vez com um olhar incomodado no rosto.

— Eu... eu estou bem agora, Sunny — respondeu ele. — Você devia ligar para os nossos pais.

Ela assentiu e pegou seu telefone. Sunny viu Chukwu se juntar aos demais na cozinha. Pelo comportamento dele, ela entendeu: o conselho havia lançado sobre ele um laço de confiança, mas não alteraram sua memória. Quanto ele sabia? E por que tinha *permissão* de saber? Sunny ligou para os pais.

32
Realinhado

A viagem de volta a Aba foi diferente da viagem rumo a Lagos. Chukwu rangia os dentes à medida que olhava para a frente na estrada e pisava fundo no acelerador. Eles aceleravam na autoestrada a quase 130 quilômetros por hora.

— Talvez seja melhor você ir mais devagar — sugeriu Sunny. Dessa vez, ela estava sentada no banco do carona, e o cinto de segurança parecia uma frágil tira de toalha de papel sobre o peito dela. O álbum favorito de Chukwu tocava mais uma vez, mas, naquele momento, a música *não* os ajudava em nada. A faixa número quatro do álbum *Who Is Jill Scott?*, "Gettin' in the Way", saía a todo volume das caixas de som. O comentário de Sunny acrescentou mais uma camada de mau humor ao temperamento ruim que Chukwu vinha nutrindo.

— Eu sei dirigir — resmungou ele, sem tirar os olhos da estrada.

Atrás dele, Chichi estava sentada colada a Sasha, que havia passado um braço por cima dos ombros dela. Os dois olhavam para um dos livros de Sasha, sussurrando um para o outro, alheios à raiva crescente de Chukwu. Estavam assim desde que Sasha salvara

Chichi do mascarado Aku. Sua amiga lhe deixara subentendido que Sasha havia feito alguma coisa incrível enquanto estavam em meio ao turbilhão de ferroadas de insetos, uma coisa que refrescara a mente dela e fizera com que lembrasse por que Sasha era seu "amor mais verdadeiro". É óbvio que ela não se deu o trabalho de explicar os aspectos mais corriqueiros disso para Chukwu. Esse não era o estilo de Chichi.

Sunny olhou de volta para ela, fazendo cara feia.

— Pare com isso! — falou Sunny sem emitir som, apenas articulando os lábios, quando a amiga ergueu os olhos na direção dela.

— Com o quê? — perguntou Chichi.

Sasha deu um sorriso de escárnio, puxando a namorada mais para perto de si enquanto olhava nos olhos de Chukwu pelo espelho retrovisor.

Sunny se virou para a frente quando seu irmão acelerou ainda mais.

— Você não vai conseguir escapar deles dois fazendo isso — murmurou Sunny.

— Sim, mas desse jeito chegamos em casa mais rápido — resmungou ele.

Atrás de Sunny, Orlu dormia pesado. Ele não contara a ela tudo o que passara entre ele e Ratazã, mas algo deve ter acontecido. Ele e a ratazana-do-capim voadora haviam passado a noite anterior quase toda aos sussurros, e Orlu pegara uma esteira e se sentara ao lado da criatura invisível, onde conversaram baixinho enquanto Ratazã grunhia e compartilhava imagens mentais com ele. Sunny havia deixado os dois a sós e fora para a cama. De manhã, quando olhou pela janela, viu Orlu deitado na esteira, presumivelmente ao lado da ainda invisível ratazana-do-capim.

Para dar uma desculpa para o comportamento dele, Chichi, de modo muito convincente, disse a Chukwu e Adebayo que Orlu era membro de uma remota seita cristã em que os fiéis gostavam de ficar horas rezando ao ar livre e depois dormiam onde rezavam. Na Nigéria havia tantos tipos diferentes de cristãos que nem o irmão de Sunny, nem Adebayo acharam aquilo estranho.

Enquanto observava Orlu dormir tão profundamente que ele sequer reparava na confusão entre Sasha, Chichi e Chukwu, Sunny se perguntou sobre o que ele e Ratazã haviam conversado.

Ratazã voava acima do jipe, invisível para o mundo. Sunny teria preferido estar voando com ele, por mais que estivesse chuviscando. Anyanwu estava lá em cima, sentada no lombo da ratazana-do-capim, se sentindo livre como um pássaro.

33

Guisado de ratazana-do-capim

Uma hora mais tarde, a meio caminho de casa, eles pararam em um casebre tosco na beira da estrada. Parecia que ele seria derrubado na próxima estação chuvosa. As paredes eram feitas de madeira gasta, e o telhado, de zinco. Atrás e nas laterais havia emaranhados de árvores, arbustos e plantas. Não havia prédios à esquerda ou à direita. O casebre não tinha letreiro. Apesar disso, havia carros estacionados ao longo da beira da estrada na frente dele.

— O que estamos fazendo aqui? — disparou Chichi.

— Almoço — retrucou Chukwu, deixando o carro em ponto morto.

— Servem comida *ali*? — indagou Chichi. — E você quer entrar e comer? *Kai!* Quer morrer de disenteria?

Sasha deu uma risadinha dissimulada.

— Por que não esperamos até encontrarmos um lugar melhor? — sugeriu Sunny.

— Não deixe que as aparências te enganem — respondeu Chukwu. — Não estou parando aqui por acaso. Adebayo me falou deste lugar. Ele disse que aqui servem um dos melhores guisados de ratazana-do-capim que ele já comeu. Disse que a carne é tão doce que você acha que alimentaram o bicho com chocolate por um ano antes de abatê-lo.

— Sim, vamos comer! — animou-se Sasha, saindo do jipe. — Meu pai comeu carne de ratazana-do-capim na primeira vez que veio à Nigéria e, desde então, não para de falar disso. Eu quero provar.

Chichi também saiu do carro.

— Eu já comi ótimos guisados de ratazana-do-capim. Vamos ver se Adebayo sabe do que está falando.

Orlu ainda estava no carro, franzindo o cenho. Sunny saiu do jipe e abriu a porta do lado dele. Ele não precisava falar nada: ela sabia em que Orlu estava pensando e por que franzia o cenho. Sunny pegou a mão dele.

— Venha. Eles não vão servir carne de ratazanas-do-capim *voadoras*. Só a comum mesmo. E você pode comer outra coisa. Se isso fizer com que se sinta melhor, eu posso jantar outra coisa também. Nunca gostei de comer ratazana-do-capim, mesmo antes de fazermos amizade com uma gigante e voadora.

Orlu suspirou e saiu do jipe. Ambos ouviram um grunhido suave bem acima deles. Uma imagem de uma mata exuberante veio à mente de Sunny. Ratazã iria para a mata atrás do casebre para ver o que podia encontrar para comer.

— Está bem — concordou Orlu.

— Como ele vai saber quando estivermos indo embora daqui? — perguntou Sunny, baixinho, à medida que iam atrás de Chukwu, Sasha e Chichi.

Orlu deu um sorriso misterioso.

— Eu aviso a ele.

O guisado de ratazana-do-capim de fato era o melhor do mundo, pelo menos de acordo com Chichi. Sasha comeu três tigelas, e Chukwu, quatro. Quando terminaram a refeição, os dois rapazes estavam tão bem-humorados que conversavam e riam das piadas um do outro.

— É como se eles estivessem bêbados de guisado — falou Sunny para Chichi enquanto elas saíam pela porta da frente. O dono do restaurante havia dito que os banheiros ficavam atrás do casebre. Sunny não levava muita fé no que iriam encontrar, mas, na pior das hipóteses, ficaria feliz em usar os arbustos como banheiro.

— Bem, era *mesmo* um bom guisado — comentou Chichi, cutucando os dentes com o dedo mindinho.

— Eles também fazem uma boa sopa de *ogbono* — afirmou Sunny. — Com frango.

— Eles só precisam fazer uma reforma — observou Chichi. — Deviam *pelo menos* arranjar um letreiro para o restaurante. O boca a boca não vai tão longe assim.

O sol se punha, mas o calor do dia parecia determinado a permanecer. A sopa de pimenta que Sunny comera estava especialmente picante. Não picante como as pimentas contaminadas, que deixavam a língua e a boca dela dormentes ao mesmo tempo em que intensificavam o sabor de todas as outras coisas que ela comia. Era picante do tipo normal, que esquentava todo o corpo dela e desobstruía suas vias aéreas. Essa quentura misturada ao calor do lado de fora fez com que ela se sentisse um pouco tonta.

Assim que chegaram na lateral do casebre, o barulho da conversa do restaurante lotado diminuiu. O mato ali era alto e malcuidado, e mal dava para ver a trilha que o atravessava. Quando chegaram na parte de trás, a grama era mais baixa. Sunny esperava ver Ratazã ali em ação, diminuindo a grama ainda mais, mas ele não estava à vista.

Aos fundos do casebre havia uma porta com sacos de lixo dos dois lados. Estava entreaberta, e Sunny ouviu o tilintar e o som de talheres, copos e pratos sendo lavados. Havia uma pequena clareira de terra batida bem atrás do casebre, e nela ficava uma espessa mesa de madeira. Atrás da mesa havia três casinhas vermelhas com tetos de zinco. E, atrás das casinhas, mais árvores e arbustos cresciam.

— Que nojo — reclamou Chichi, se aproximando da mesa grande. Era pegajosa porque estava repleta de sangue coagulando e seco, pedaços de carne (havia inclusive uma pata decepada ali), e moscas que voavam formando um redemoinho. — Espero que não seja aqui que eles cortam a carne que usam no restaurante.

— Provavelmente é — falou Sunny, a comida revirando em seu estômago.

Chichi pegou a pata de ratazana-do-capim e a ergueu.

— Eca! — bradou Sunny. — Como você pode tocar ni...

Clique. Clique, claque, clique.

Chichi olhou por cima do ombro de Sunny, e seus olhos se arregalaram.

— Ai, meu Deus!

Sunny olhou fixamente para a fonte dos cliques. Depois, rapidamente deu um tapa na mão de Chichi para que ela largasse a pata de ratazana. Mas aquele foi um gesto inútil. Se os urubus pretos, de aparência untuosa e com asas de envergadura maior do que a altura de Sunny, empoleirados sobre as casinhas, tivessem desejado a pata, eles já a teriam agarrado fazia tempo. No total, eram cinco. Os cliques vinham das garras deles batendo contra os telhados de zinco das casinhas à medida que se moviam.

— Eles provavelmente vêm para cá atrás da carne quando ela está sendo cortada — especulou Sunny. — Que pássaros nojentos e preguiçosos. Aposto que moram aqui, vivendo do lixo que os funcionários do restaurante jogam fora. — Ela balançou a cabeça e começou a se afastar. — Vou fazer xixi nos arbustos. Não vou chegar perto desses urubus, e muito menos dessas casinhas nojentas. Posso sentir o cheiro delas da...

— Sunny — chamou a amiga.

E foi aí que Sunny reparou que sua amiga sequer olhava para os urubus. Ela estava olhando para as árvores. À medida que Sunny desviava seu olhar para aquela direção, sentiu cada pelo do corpo se eriçar. Houve um zunido em seus ouvidos e uma pressão no rosto. As narinas de Sunny se dilataram. Ela sentiu cheiro de fumaça. De um tipo muito específico de fumaça.

— Silêncio — pediu Chichi, ainda olhando em direção às árvores. — Não fale.

Sunny teve de reprimir a vontade de gritar. Caso gritasse, alguém da cozinha poderia escutar e sair para investigar. Em seguida, a pessoa veria a gloriosa e peluda aranha gigante, com patas poderosas o bastante para partir árvores ao meio, de pé entre as sombras. Será que ver Udide significaria quebrar as regras dos leopardos? Udide era mais do que um monstro mágico. Ela era uma das lugares-tenentes de Chukwu, uma divindade.

Udide soltou uma espessa baforada na direção delas. Casas queimadas, este era o cheiro específico de fumaça. Sunny e Chichi se agarraram uma à outra, com os raios do sol poente batendo em suas bochechas.

— Não avisei a vocês que poderia encontrá-las em qualquer lugar? — indagou Udide, e sua voz vibrou na cabeça de Sunny como um trem passando. Pela expressão no rosto de Chichi, a mesma coisa acontecia com ela. — O veneno do meu povo está ligado ao DNA de vocês.

— Eu sei o que você quer — murmurou Chichi, tensa. Uma linha vermelha escorria de seu nariz para o lábio. Sunny tocou o próprio nariz e descobriu que ele também sangrava. — Por favor!

— Vocês ouviram os boatos — prosseguiu Udide. — Vocês ouviram os mitos. Vocês ouviram as fofocas. Vocês sabem o que peço.

Sunny balançou a cabeça.

— Nós não...

— Não podemos entrar lá — disparou Chichi. Ela fez uma pausa. Sunny ficou chocada de ver a aparência horrenda da amiga, com lágrimas escorrendo pelo rosto. — Da última vez que a minha mãe esteve lá, eles quase a mataram! — Ela respirou fundo. — Por *minha* causa. Eles... quase a mataram.

— Esta é uma história — falou a aranha. — *Minha* história. Escrita como gazel em uma tábua no formato de uma fita de Möbius, feita do mesmo material que sua faca juju, garota albina de Nimm, então você vai reconhecê-la. Ela não pode ser quebrada. É minha. Uma das minhas maiores obras-primas. Pertence a mim. Vão até lá, peguem-na e tragam-na de volta para mim. Meu veneno corre no sangue de vocês. A garota albina duplicada é uma guerreira de Nimm, esta história deixou isso evidente. Ela vai ser a sua leoa de chácara.

Sunny franziu o cenho. Leoa de chácara? Seria isso a versão feminina do leão de chácara? O irmão dela já tinha trabalhado como leão de chácara em eventos de luta livre quando não estava lutando boxe. Um guarda-costas. Ela era como guarda-costas de Chichi?

— Você é uma guerreira de Nimm, Sunny. Assim como sua avó — declarou Udide, voltando para o meio das árvores. A voz dela agora sumia. — Meu veneno se ligou ao seu DNA. — Depois, ela desapareceu. Chichi ficou ali, em silêncio, com lágrimas escorrendo dos olhos.

— Vamos embora — chamou Sunny passando um braço em volta de Chichi. Jamais se sentira tão mais alta do que a sua melhor amiga. Muito maior. Muito mais forte fisicamente.

Chichi olhou para ela com olhos trêmulos e contraiu os lábios.

— O que foi? — indagou Sunny. — Por que está me olhando desse jeito?

Chichi simplesmente balançou a cabeça e, cansada, virou o rosto.

— Vamos apenas voltar pra casa — falou Sunny. — Lidaremos com isso depois.

34

Dia do julgamento

O conselho chegou três horas antes da aurora.

Chukwu conseguiu deixar Chichi em sua cabana. Depois, deixou Orlu e Sasha na casa de Orlu, com Ratazã seguindo-o e pousando no quintal dele, escondido de modo seguro por trás dos muros. Em casa, Sunny teve tempo de cumprimentar os pais; dar uma espiada no quarto de Ugonna, que simplesmente resmungou um "oi" e voltou a dormir; tomar banho e desfazer a sua bagagem. Foi só quando deitou na cama para dormir por algumas horas que sentiu seus dedos do pé formigarem. Depois, o formigamento percorreu o seu corpo até chegar ao topo da cabeça, onde sentiu um puxão bem no meio.

— Ah, não — sussurrou enquanto era puxada dos lençóis janela afora. Em seguida, lá estava ela, descalça e de camisola em frente ao carro do conselho.

— Entre — ordenou a motorista em um inglês americano com sotaque igbo. Era uma mulher pequena com longos cabelos lisos e pretos, muita maquiagem e brincos enormes que tilintavam quando ela virava a cabeça. Sunny entrou.

No gramado em frente à biblioteca, Ratazã estava acorrentado, algemado, amordaçado. Ficou deitado ali, olhando com tristeza para Sunny quando ela passou por ele. Ele bruxuleava, aparecendo e desaparecendo, grunhindo de desespero e mordendo as correntes.

— Aguente firme — pediu Sunny enquanto era conduzida para dentro. — Vamos libertá-lo! — Tinha esperanças. Tinha, sim.

— Ande logo — apressou-a a motorista, dando-lhe um empurrão. — Preocupe-se consigo mesma.

Sunny jamais se esqueceria da sala de aula preta na Biblioteca de Obi. Até os assentos de couro e a mesa eram pretos. Havia membros, ou oficiais, ou carrascos do Conselho da Biblioteca sentados em cadeiras de *plush*. Sunny ou não os conhecia, ou não se importava. Todos eles bem que poderiam se passar por uma tia zangada e má, ou por um tio impiedoso. A única pessoa que Sunny reconheceu foi Sugar Cream. Sunny entrou e ficou de pé com os amigos diante da mesa dos adultos, sentindo-se irracional por conta da fadiga e da raiva. Ela reprimiu lágrimas de fúria.

— Recomponha-se — sussurrou Orlu. — A vida de Ratazã depende disso.

Anyanwu, chamou ela mentalmente.

Estou aqui, respondeu Anyanwu.

Sunny sentiu seus músculos se flexionarem à medida que se empertigava e encarava os severos e mais desconhecidos membros do conselho. Alguns tinham a idade de sua mãe, mas a maioria era muito mais velha. Ela não se importou. Estava intensamente concentrada.

— Mais uma vez você está aqui, Sunny Nwazue — observou uma idosa, em igbo. Tinha tranças finas grisalhas e parecia ainda mais velha do que Sugar Cream. — Sua terceira infração. Era de se esperar que você aprendesse a seguir as regras depois de quase morrer por causa de um djim. Ainda assim, aqui está você. E ainda por cima envolveu seu clã *Oha* e uma ratazana-do-capim em suas encrencas.

Orlu deu um passo à frente. Sunny colocou a mão no ombro dele.

— Deixa comigo — pediu.

Estava tremendo, mas não de medo — ela tinha a sensação de que ia explodir se não dissesse o que queria tão desesperadamente dizer. Sunny contou tudo a eles, desde o início. Falou de seu irmão integrando a sociedade secreta, de como ela terminou sendo jogada no porão da Biblioteca de Obi, do djim, dos sonhos, da duplicação, do encontro com Bola, de Lagos, de Udide, de quase enfrentar Morte, e depois de Osisi e da grande batalha deles contra Ekwensu, do mascarado Aku, e dos sequazes de Ekwensu. Mas, novamente, ela guardou segredo sobre seu encontro com Chukwu.

Quando Sunny parou de falar, os oficiais do conselho simplesmente ficaram encarando os quatro. E foi assim por vários minutos. Não discutiram nada entre si. Não escreveram nada. Não fizeram perguntas. Nem sequer se mexeram. Ficaram apenas encarando.

— Ser duplicado é muito triste — Sugar Cream finalmente se pronunciou. — Morte está sempre por perto, mas, no seu caso, ele sempre estará atrás de você.

Lembrando-se daquela imagem de Morte em sua visão periférica, Sunny sentiu o calafrio percorrer sua coluna e uma vontade incontrolável de desatar a chorar. Quase. Ela permaneceu impassível, principalmente por causa de Anyanwu, que a mantinha firme.

— Seu irmão — acrescentou um homem pequeno, de pele escura, que aparentava ter a idade da mãe dela. — Não alteramos as memórias dele. Demos a ele a escolha de esquecer ou de entrar em um laço de confiança. Avisamos que entrar no laço de confiança era a opção arriscada. Ele ainda estava sob o efeito do *Ujo*, gritando de pavor de vez em quando. E, mesmo assim, escolheu não esquecer. Em vez disso, ele escolheu lembrar e sofrer porque ele jamais poderá compartilhar essa lembrança. Nós normalmente não permitimos isso com relação a ovelhas, porque, com as pessoas erradas, isso pode levar à loucura. Mas, no caso do seu irmão, por conta das circunstâncias e do forte desejo de protegê-la, nós demos permissão. O que você vai fazer com relação a ele agora?

— Protegê-lo — retrucou Sunny, antes mesmo de pensar bem em sua resposta.

De novo, o silêncio.

Pouco depois disso, os quatro foram dispensados. Do lado de fora, Ratazã foi solto. E, de modo rápido, calmo e firme, eles saíram da Biblioteca de Obi.

Não importava que já fosse quase de manhã e que eles não tivessem certeza de como voltariam para casa: era melhor sair dali antes que os membros do conselho se recuperassem do choque. Era melhor sair sem pressa, para manter a imagem de inocência. Uma vez que chegaram às lojas de Leopardo Bate, montaram em Ratazã e foram embora voando.

35

Em casa, mais uma vez

Sunny chegou em casa por volta das onze da manhã.

Era sábado, e seus pais estavam fora. Ugonna estava na casa da namorada. Mas Chukwu estava sentado na soleira da porta, como se soubesse que ela estava vindo. Ele segurava seu celular, que apitou quando Sunny se aproximou.

— Você está bem? — perguntou ele, olhando de soslaio para a mensagem que acabara de receber. Guardou o telefone no bolso e olhou para Sunny. Ele vestia calça de moletom, chinelos Adidas e camiseta. Roupas que a tia deles mandara dos Estados Unidos e que Chukwu só usava quando queria impressionar de modo passivo-agressivo.

— Sim — afirmou ela.

Fez-se uma longa pausa. Nenhum dos dois podia expressar seus pensamentos para o outro, e isso era por causa de um juju, e não por relutância.

— Por que você está em casa? — indagou Sunny.

— Vim ver Akunna. Ela está vindo pra cá — respondeu ele. — De todas as garotas, ela é a mais legal. Se não fosse assim, eu simplesmente teria feito ela ir até a universidade para *me* ver.

Sunny sorriu e se sentou do lado dele.

— Que cavalheiro você é.

Eles ficaram sentados ali por um tempo. Ombro a ombro. Cheios de perguntas, mas aliviados. Aliviados por estarem vivos, a salvo e em casa. Quando Akunna chegou, Sunny acenou para ela e entrou.

Em seu quarto, Sunny jogou a bolsa no chão, trancou a porta e se deitou na cama. Ela desfrutou da tranquilidade, da quietude. Seus irmãos estavam com as namoradas. Seus pais estavam trabalhando ou comprando comida. Eles estavam bem. Tudo estava bem. Mas ela ainda não conseguia sorrir. Olhou para o computador, que ela mal usara, para sua cômoda e seus armários, para a pilha de livros, para a edição matutina do jornal de Leopardo Bate em sua cama, para a janela. Depois abraçou a si mesma. Tornou a olhar em volta do quarto. O efeito permanecia. Seu quarto não parecia o mesmo. Aquele lugar parecia apertado, inútil. Era como se pertencesse a outra pessoa.

Sunny franziu o cenho, tentando segurar as lágrimas. Ela havia partido para se encontrar e, nesse processo, perdera o seu lar e, de certo modo, a si mesma. Como isso acontecera? Ao mesmo tempo, ela e Chukwu estavam mais próximos do que nunca, assim como ela e Ugonna.

E, apesar de sentir seus pais mais distantes, uma espécie de compreensão se estabelecera entre eles. Não haviam ficado em casa esperando pela volta dela. Mas talvez eles tenham saído por não suportar a espera. Muito havia mudado nos dois últimos anos.

Algo zumbiu ao lado da orelha dela.

— Ah — exclamou Sunny, sentando-se na cama. — Della!!

Em meio a todos os problemas e à aventura, Sunny se esquecera de sua vespa artista. Seu corpo todo ficou tenso. As vespas artistas eram famosas por serem extremamente emotivas, especialmente quando negligenciadas. A reação delas à negligência era injetar em seu dono/plateia com seu ferrão um composto que induzia à paralisia. A vítima paralisada era, então, obrigada a assistir à vespa artista se suicidar dramaticamente. Sunny ficara fora por mais de uma semana, e quando voltara na noite anterior, não tivera tempo de ver como Della estava. Ela olhou em volta do quarto, atordoada.

Um zumbido alto vinha de seu closet. Sunny se esgueirou até ele e parou antes de abrir a porta. Se Della estivesse lá dentro, talvez fosse melhor mantê-la presa. Mas ela certamente podia sair dali, uma vez que fazia pouco que estivera bem ao lado da orelha dela. Sunny escancarou a porta do closet. Por um instante, não teve certeza do que via. Depois, se perguntou se estava vendo direito. As vespas artistas podiam criar coisas como aquela? Della, de fato, vinha desenvolvendo suas habilidades artísticas, mas...

— Isso é... — Sunny se ajoelhou e pegou. — Para mim? — sussurrou ela. — É meu?

Della zumbiu alto, pairando sobre a cabeça de Sunny, observando de perto a reação dela.

— Fiquei muito tempo fora — murmurou ela, segurando o pente. — Você sabia que eu estava voltando?

Della tornou a zumbir. Como ela sabia que Sunny já não tinha mais o pente que Mami Wata lhe dera? *Somente Chukwu sabe*, pensou ela, enquanto prendia o presente em suas tranças afro. Ela foi se admirar no espelho. O pente parecia feito de pequenas contas de vidro multicoloridas e brilhantes, inclusive os dentes. Ainda assim, ele reluzia em tons de amarelo e laranja quando Sunny virava a cabeça de um modo específico. Ela retirou o pente e colocou diante dos olhos. Quando o examinou de perto, viu apenas pontos de luz brilhantes e reluzentes, do tamanho de cabeças de alfinete.

— Do que é feito isso? — indagou.

Della deu voltas pela cabeça de Sunny até que ela desistiu da pergunta e riu.

— Sim — assentiu. — Eu amei. Amei muito. É a coisa mais linda que eu já vi!

Depois de dar mais voltas, Della disparou para seu vespeiro de barro no teto e ficou em silêncio.

— Uau — exclamou Sunny, admirando a obra de arte da vespa. Ela se recostou na cama, sorrindo enquanto tornava a prender o pente no cabelo. Um clarão vermelho saiu de sua cômoda. Um gafantasma estava subindo pela lateral dela. Enquanto caminhava, a criatura desapareceu lentamente.

Agora, sim, aquele lugar parecia ser o seu quarto.

36

O Festival de Rock de Zuma

O Festival de Rock de Zuma aconteceu um mês depois. Todos eles foram, menos Orlu. Ele e Ratazã haviam decidido ir com Taiwo e Nancy, o pássaro miri, à Floresta da Travessia do Rio para observar a desova de algum tipo de borboleta. Sunny sentiu falta dele, mas a animação de Orlu para fazer essa viagem a encantava mais do que a ausência dele a entristecia.

Apesar de tudo pelo que havia passado, ela ainda pôde desfrutar do festival com olhos renovados. Os três foram para a feira de artes, e Sunny comprou um *wrapper* e um top que combinava. Chichi comprou um marcador de livro feito de um pedaço de ráfia do mascarado Eji Onu. Quando colocado entre as páginas de um livro durante a leitura, o marcador tornava as figuras imaginadas pelo leitor muito mais vívidas. Sasha não comprou nada, pois estava economizando todo seu dinheiro para a feira do livro, que ficava quase na saída do festival.

Um joalheiro ficou impressionado com o pente que Della fizera para Sunny e ofereceu a ela uma quantia exorbitante em *chittim e* em nairas pelo pente. Disse que era feito de vidro *zyzzyx,* um soro que as vespas artistas secretavam quando atingiam o primeiro ápice de suas habilidades artísticas. Poucas vespas artistas davam de presente suas obras de vidro *zyzzyx*: o material era bonito demais para simplesmente ser usado como "penduricalho por uma garota". Evidentemente ofendida e intrigada, Sunny se recusou a vender o pente.

Os três seguiram para a feira de livros. Era enorme! No ano passado eles não a haviam visitado, e Sunny ficou feliz por isso. O festival do ano anterior havia sido tão avassalador que quase ficara catatônica. Se tivesse ido à feira de livros, teria gritado para voltar para casa e jamais teria vivido a experiência incrível de jogar na Copa de Futebol de Zuma.

A feira de livros consistia de fileira atrás de fileira de tomos empilhados no campo que mais tarde seria palco da partida de futebol da Copa de Zuma. Lá, as pessoas discutiam e às vezes brigavam por livros, e alguns dos livros discutiam e brigavam com as pessoas. Sasha entrou em uma disputa perturbadora com um homem de pele negra que usava um véu índigo no rosto, ao estilo dos tuaregues. Tudo o que Sasha fizera para que a briga começasse foi tentar alcançar um livro grosso de aparência nova, em cuja lombada havia sido gravado a fogo O *grande livro* em árabe. Para a surpresa de Sunny, o homem dera um tapa nas mãos de Sasha e, depois, outro tapa forte na cara dele, enquanto gritava algo em árabe.

Sasha gritara de volta para o homem em árabe. O sujeito simplesmente o ignorou, voltando sua atenção para o livro, agarrando-o e abrindo-o. Sasha estava com raiva demais para reparar, e Chichi estava ocupada demais tentando tirá-lo dali. No entanto, Sunny viu o interior do livro em questão. Na verdade, não era sequer um livro. A parte de dentro parecia mais a tela de um tablet.

Sunny foi ajudar Chichi a empurrar Sasha para longe do homem. Depois de ver outros livros, Sasha acabou escolhendo um que era do tamanho de sua mão. Era pegajoso, pois estava coberto de mel velho, e as letras eram tão pequenas que até uma criança com a visão perfeita precisaria de uma lupa para lê-lo. Várias de suas páginas haviam sido arrancadas.

— Mas é um livro que ensina jujus para pregar peças e foi escrito por um *abatwa*! — declarou Sasha. Ele comprou o livro por um *chittim* inteiro de cobre, conseguindo um desconto por conta das páginas arrancadas. Recusou-se a mencionar O *grande livro*.

Eles não assistiram à luta livre e, pelo que ouviram falar, a disputa mais uma vez foi sangrenta, mas nenhum dos lutadores terminou morto como no ano anterior. Ainda assim, Sunny se viu observando o céu e a confusão da multidão do festival ao redor, procurando por seu lutador que havia virado anjo da guarda, Miknikstic. Ela inclusive foi às escondidas para o lugar onde o conhecera no ano anterior, em frente ao campo de futebol. Sasha e Chichi estavam na mesa onde haviam acabado de almoçar. Eles estavam discutindo sobre a eleição recente para governador de algum estado, e a discussão estava tão acalorada que eles nem repararam que Sunny saíra de fininho.

Agora, ela estava no lugar exato, olhando para o campo. Ali fora o local onde Sunny se sentira tão deslocada, tão assoberbada... por tudo. Mas não desta vez. O festival agora parecia até mesmo um tanto decepcionante, mesmo com as partes intrigantes e fascinantes, como as feiras de artes e de livros, e até com a luta livre.

Sunny deu meia-volta e olhou para os leopardos vivendo suas vidas. Eles riam, conversavam, exploravam, faziam seus jujus. Pareciam tão confortáveis. Assim como os pais dela e todas as ovelhas que ela conhecia. Quando foi que ela terminou voltando para o lado de fora? Ela também conhecera Miknikstic ali, um homem que menos de uma hora depois se transformaria em algo muito maior. Sunny cruzou os braços contra o peito, apertando os músculos fortes de seus bíceps definidos com as mãos. Com o pé direito esboçou na terra uma série de círculos e espirais: o símbolo em nsibidi para dizer "Eu estou aqui". Fez uma pausa por um instante, procurando por algum sinal de movimento nos símbolos, como se ela já fosse tão versada assim em nsibidi. Sunny riu entre dentes e voltou para seus amigos.

Uma hora depois, ela estava no centro do campo segurando a bola de futebol. Haviam retirado as pilhas, caixas e estantes de livros. Agora não restava nada além de grama desnivelada e as linhas brancas do campo, grossas e perfeitas. Ela se sentia bem em seu uniforme branco e, desta vez, calçava chuteiras novas em folha, que havia comprado por alguns *chittim* em Leopardo Bate, meses antes. Sasha estava às suas costas, mais para a esquerda.

Sunny olhou para Godwin, o capitão do time verde. Ele estava jogando como goleiro e assentiu para ela em um gesto de confiança.

— Vou varrer este campo com a sua cara, menina fantasma — disse Ibou.

Sunny escancarou um sorriso para ele, colocando a bola no chão.

— Não — replicou ela. — Você não vai.

Ibou havia crescido mais de 7 centímetros, e seus ombros estavam ainda mais largos. Mas Sunny também crescera e ficara mais musculosa. O juiz soou o apito e Sunny pegou a bola com seus pés dançantes. Ela sentiu Anyanwu se deleitar com a arte do movimento e a graciosidade. Sunny chutou a bola para o lado esquerdo de Ibou à medida que ele avançava na direção dela. Deu uma volta, foi para trás dele e aparou a bola com o pé. Sunny riu e viu Agaja, seu companheiro de time, à direita. Ele estava livre. Enquanto fazia o passe para ele, Sunny já podia enxergar Agaja metendo a bola na rede.

Goooooooooool!

AGRADECIMENTOS

Antes de mais nada, um agradecimento cortês ao Universo, por ter feito este livro acontecer a seu próprio tempo.

Eu gostaria de agradecer à minha antiga editora na Penguin, Sharyn November, por me ajudar a dar mais força à continuação da história de Sunny. Obrigada à minha editora atual, Regina Hayes, por ter tomado as rédeas e feito esta história de fato brilhar. Obrigada à minha editora nigeriana, Bibi Bakare-Yusuf, por ter me ajudado a abrandar muitos dos americanismos que eu não consegui deixar de incluir no livro. Obrigada ao produtor Mark Ceryak e ao cineasta Barry Jenkins por aqueles dias, anos atrás, trabalhando no tratamento daquele filme que acabou me ajudando a gerar algumas das ideias contidas neste livro. Muito obrigada a Success T por ter me deixado incluir as suas experiências reais com confrarias neste livro: aquele capítulo foi praticamente literal. Obrigada ao ilustrador Greg Ruth pelas duas incríveis representações de Sunny Nwazue que são as capas de *Bruxa akata* e de *Guerreira akata*. Obrigada a Jim Hoover, que fez o design da linda jaqueta deste livro, por seu olho clínico para os detalhes e energia. E obrigada à minha mãe, ao meu pai, à minha filha, Anyaugo, Ifeoma, Ngozi,

Emezie, Dika, Obioma, Chinedu, e ao resto da minha família na Nigéria e à que está espalhada por conta da diáspora, porque família é família.

Os mascarados dançam, e os ancestrais riem.

E eles, por si só, fazem tudo valer a pena.

Nnedi Okorafor é uma romancista de ficção científica, fantasia e realismo mágico, com obras que se passam na África e voltadas tanto para crianças quanto para adultos. Nascida nos Estados Unidos de pais imigrantes nigerianos, Nnedi é conhecida por tecer a cultura africana com cenários evocativos e personagens memoráveis. Em um perfil da obra de Nnedi, o *New York Times* chamou a imaginação dela de "impressionante". Ela recebeu o World Fantasy Award, o Hugo Award e o Nebula Award, entre outros prêmios, por seus romances. Seus fãs incluem Rick Riordan, John Green, Laurie Halse Anderson e Ursula K. Le Guin, dentre outros.

Nnedi Okorafor tem doutorado em Inglês e é professora na Universidade Estadual de Nova York, na cidade de Buffalo. Ela divide seu tempo entre Buffalo e os subúrbios de Chicago, onde mora com a filha. Saiba mais em nnedi.com, ou siga-a no Twitter @nnedi.

Este livro foi composto na tipologia Berling LT Std,
em corpo 11,5/17, e impresso em papel off-white,
no Sistema Cameron da Divisão Gráfica
da Distribuidora Record.